逆途

1

米洛◎著

北京时代华文书局

图书在版编目（CIP）数据

逆臣．1 / 米洛著．-- 北京 ：北京时代华文书局，2018.9
ISBN 978-7-5699-2537-1

Ⅰ．①逆… Ⅱ．①米… Ⅲ．①长篇小说－中国－当代 Ⅳ．①I247.5

中国版本图书馆 CIP 数据核字（2018）第 182756 号

逆臣．1

NI CHEN

著　　者｜米　洛

出 版 人｜王训海
选题策划｜赵　雷
特约编辑｜夜　森　白　坯
责任编辑｜张　科
封面设计｜樱　瑄
版式设计｜蓝　翰
责任印制｜刘　银　姚　春

出版发行｜北京时代华文书局 http://www.bjsdsj.com.cn
北京市东城区安定门外大街 136 号皇城国际大厦 A 座 8 楼
邮编：100011　电话：010－64267955　64267677　57735442
印　　刷｜北京盛通印刷股份有限公司　010－52249888
（如发现印装质量问题，请与印刷厂联系调换）
开　　本｜787m×1092mm　1/16　印　　张｜18　字　　数｜394 千字
版　　次｜2018 年 9 月第 1 版　印　　次｜2018 年 9 月第 1 次印刷
书　　号｜ISBN 978-7-5699-2537-1
定　　价｜39.80 元

目录

序章

世间万事皆以因而起，以果而终，安危相易，祸福相生，种善因而得善果也……

二月十七，羊角山里乍暖还寒，三十七座土坯为墙、结草为顶的圆形茅屋，就跟野蘑菇一般茁壮地“生长”在参天大树下，有的墙垣几乎与粗粝的树干融为一体。尚未融尽的冰雪犹如一床丝绵被，将大半的茅屋都裹了起来，给这非黑即灰的幽谷深林增添了几笔趣致。

再有半个时辰天便要亮起，不同于他处拂晓时分鸟雀早已喧闹不休的景象，这儿是静悄悄的，仿佛有别于天地之间，自成一界似的。

就连缕缕晨风穿梭在密林茅屋之间都是无声无息，掀不起半点动静。

直到最东边的那间茅屋里，突响一声嘹亮的啼哭，惊得枝头鸟雀飞起，这小小的村子才变得热闹起来。

“哎哟喂，我们的小族长又哭上了吗？”西边屋里的烛灯亮起，有人开门出来瞧热闹，有人笑嘻嘻地端着木盆出来洗漱，从大大小小茅屋里出来的男女老幼，都朝着东屋的方向瞧。

“每天早晨都哭，都快赶上公鸡打鸣儿了。”一怀抱着三岁女娃的妇人，哭笑不得地哄着怀里还未睡醒的孩子。

“可不是，才一岁的娃儿，嗓门可真够大的。”白须长者笑眯眯地道，“走，咱们去瞧瞧今儿是怎么了？”

但不等他们过去，东屋的木门就打开了，一个身材修长、眉目英气的男子走了出来，满面歉意地招呼众人：“真是对不住各位，吵醒你们了。”

“卫族长，”妇人见状笑道，“都这个时辰了，本就该起了，只是卿儿是怎么了？昨夜里就听他哭过一回。”

“唉，这孩子白天里闹腾倒罢了，夜里睡觉也没个安生，不知怎的从小床里翻了出来，摔了一个屁股蹲儿，便哭开了。他娘哄了半天才好，今儿早上又翻出来了，好在我接得快，倒没摔着，只是吓哭了。”卫燐不好意思地挠挠头。

“孩子没事便好。”老者放心地笑了，“倒是你们两个，都当了一年的爹妈了，怎么还这么手忙脚乱的？叫大伙儿看了直乐。”

“这……”卫燐的脸上挂起一抹愁云，“也没人和我说，小娃儿是这么难伺候的，早知如此，我就不生了。”

“哈哈，当初嚷着要传承巫雀神力的人不是你吗？而且卿儿……”老者顿了顿，容色也变得肃然起来，“我就没见过灵力这么强的孩子，好生养着，不出十六就该显山露水了。”

“力量太强未必就是好事。”卫燐叹道，“有句话叫‘木秀于林，风必摧之’。”

“卫燐，你这人什么都好，就是爱杞人忧天，简直比我这糟老头子还怕事。我们巫雀族的力量虽然强大，但胜在与世无争，这都多少年了，一直隐居在这深谷之中，哪会有什么劲风来摧毁这秀木呢？”

“琉爷说的是。”卫燐露出一口白牙，“我先回去给钰儿搭把手，她正在喂卿儿吃米糊。"

"好，你去忙吧。"琉爷笑着摆摆手。

卫燐转身要走，妇人却叫住了他："哎，族长……"

卫燐想起什么地停下脚步，天已亮，但整座山谷依然被一片浓重的雾霭笼罩，宛若蒸笼里的水汽，被密实地盖着，怎么都发散不去。

卫燐抬起手，皓皓烟波在他的双手间流转，宛若点点萤火，旋转着升腾向高空。也就刹那间，万丈金芒就透射而下，整个山谷立时明亮透彻，爬满绿植的篱笆墙透出一抹鲜绿色，满地走着的鸡鸭肥硕无比，本该冰封的池塘也荡起渺渺浩波。

就好比神话故事一般，整座山谷焕发出截然不同的生机，雀鸟的叫声叽叽喳喳，闹醒了整片林子。

妇人终于满意地抱着孩子去张罗早点。卫燐回到自己的茅草屋里，一间屋由竹墙相隔分为左右两间，左边为厅屋，右边为卧房。

屋内没有金银玉器，没有华服罗帐，成套的木作桌椅、木食具，一张带有围栏的小床放在卧房一角，几乎挨着大床。

一个粉雕玉琢、眼圈却红红的娃儿正扒拉着小床栏杆，好不安分地蹬着小腿，嘴里还抿着米糊。卫燐的妻子坐在大床边上，手里拿着小碗，正在给孩子喂食。

"儿子好乖。"卫燐一手搭在妻子肩上，笑得眉眼都快不见了。

"他性子随你，只有吃东西时是安分的。"方钰摇头道。

"吃得多才能长得快呀。"卫燐又伸手捏了把白嫩的小脸，这手感就跟米糕一样又软又糯，忍不住多掐了一把。

卫卿不乐意了，撇撇嘴，作势要哭，方钰便拍着男人的手："快放开，捣什么乱。"

卫燐只得退到一旁，但很快又从怀里摸出一个湖绿色的玉石吊坠，用红线穿着，献宝似的递到妻子面前："看，终于做好了。"

"手艺真不错。"方钰暂且放下小碗，拿起吊坠仔细瞧着，正面有巫雀族的纹章，就好像一只凤鸟，但又有差异，背面刻着卫卿二字。

在父母盯着吊坠瞧时，卫卿扭着屁股转向了另一边，乌溜溜的大眼睛望着家里那抹着泥灰的土墙，墙外覆盖着积雪，许是雪水浸润，使深浅不一的颜色从墙里透出，依稀还夹着一些不知名的小草小花。卫卿将手伸向一朵已经冻萎了的小花，不出片刻，那花儿便成了明黄，花瓣鲜活极了。

卫卿那胖墩墩的小脸上浮出笑意。

"卿儿。"母亲的叫声让卫卿回头。他伸出手，要求抱抱。

"听老人家说，这青玉石能安神助眠，卿儿这阵子不常睡不安稳么。"父亲温柔的声音在卫卿的头顶响起。他伸出手抓着父亲的衣袖，同样要求抱抱。

"要真那样就好了。"母亲将他抱出围栏小床，父亲为他戴上吊坠。

说也奇了，巫雀族人能呼风唤雨，懂鸟雀走兽之言，身为卫家族长一脉更有起死回生的强大灵力，却偏偏都是凡胎，生老病死与常人无异。

既非仙也非魔，自古以来，巫雀族人就以特立独行的方式生存在这人世间。

但巫雀族并非一直如此隐姓埋名地活着。在六百前，曾助大燕立国而名声大噪，甚至一度被封为战神，只是这也招来大祸，曾经十万的巫雀族大军，历经无数战争后，只剩下现今的三十七户，不足七十人。

卫卿是最小的巫雀族人，也是未来的族长，身兼护卫全族的重任。

卫嶙有信心卫卿可以办到，他低头亲吻了一下儿子的额头。

方钰想要说什么时，屋门“砰”一声弹开，琉爷就立在门口，眼珠子瞪得跟金鱼目似的，都快突出眼眶，嘴巴则一张一合，却没发出声音。

“琉……”卫嶙才出声，一支铁槊破开琉爷的胸膛而出，鲜血喷涌而出，如骤降暴雨，噼啪作响，洒了一地。

卫嶙骇然失色，倒是方钰一把捂住儿子的脸，惊叫道：“快救人啊！”

琉爷摇摇晃晃，卫嶙疾扑过去，一把扶住：“琉爷！”

“……燕、大燕……快……”琉爷口鼻亦流着血，脸上满是惊恐，他挣扎着想要说话，却在紧紧一握卫嶙的手臂后就咽气了。

外头响起奔逃尖叫之声，卫嶙才往门外一个探头，就又有一支铁槊夹着劲风射来，穿过茅屋的墙壁，那兵器尖锐至极，闪着森寒的光。

如若是箭矢，断然射不穿厚土墙，卫嶙突然明白，这些本是骑兵用的铁槊如同利箭般袭来，应当是被架在了巨大的弓箭上，对方不想与巫雀人有直接的接触，选择了远攻，而村庄位于山谷底部，若把弓箭车架设在山谷上方的巨石阵里，会使得这些铁槊的杀伤力更甚。

“大燕……是大燕精兵！”虽然琉爷没能把话说完，但这兵器如此精良，且对巫雀如此了解而想要赶尽杀绝的，除了大燕帝国便没有别人了。

巫雀第十七代族长卫麓曾帮助大燕王建国，一度被封为护国大将军，但或许是忌惮于巫雀族人的卓著功勋和与众不同的能力，“使用巫妖之术”“妖道”“妖人”等的污名渐渐扣在了巫雀族的头上。

被一次次地送上战场赴死，却换不来大燕皇帝的一次放心。

或许是哀莫大于心死，或许是想要保护族人，卫麓终于把族人带走了，远赴荒芜沙漠，过着似游牧似浪人的日子，饥饿和疾病带走了好些巫雀人。

直到近两百年，巫雀族才来到大燕国界边上的密林定居。都过去这么久了，卫嶙不懂大燕皇帝为何还是不肯放过巫雀族呢？

“火！快救火！”外头响起族人的尖叫，卫嶙这才看到，除了铁槊，他们还投了很多熊熊燃烧的圆木来，不但撞烂畜栏房屋，也压住了来不及跑开的人们。

卫嶙冲出屋子去救人，他用力量唤来一场大雨，雨水让火势小了下去，但浓烟不散。

有的族人联手控住了风，犹如一道屏障挡住了铁槊的冲击力，它们在半空摇晃、颤抖、跌落到地上。

但更多的铁槊、火球扎堆而来，宛若张开的天罗地网，将苦苦支撑的巫雀人包夹了起来。

因为体力渐渐不支，再加上闪避不及而被射中的就有好几人，卫燐拉起这个人，那个人就又倒下了，纵使他有着呼风唤雨的力量，却也不是三头六臂，而且还缺乏实战的经验。

方钰抱着卫卿瑟瑟发抖地想跑向自己的丈夫，卫燐急得大吼："快回屋去！"

"卫燐！着火了！"方钰哭喊道，卫燐这才注意到他们的屋子已被大火吞噬！

"小心！"数支铁槊袭来，卫燐伸手送去一阵劲风，方钰的灵力在生下卫卿之后，几乎消失无踪，她没办法招架住如此多的兵器，卫燐很清楚，也心焦万分。

一支铁槊还是擦过了方钰的肩膀，她摇晃了几下，血染红了衣裳。

"快离开这。"卫燐使劲挥着手。方钰明白了，抱紧孩子转身就往村子的另一边跑，那有一条出谷的山路，通往旧重川，那是一条几乎贯穿整个大燕边境的朱雀河。

方钰朝着卫燐的方向移了一步，满脸是泪，痛苦万分，怀里的卫卿紧紧依偎着她。

看着被团团困住的丈夫，方钰终于下定决心转身，朝河谷的反方向奔去，她要保护他们的儿子。

河谷上方，是一片嶙峋的怪石林，但凡可以架起弓箭车的地方，都有人在列阵，往下投射数不清的火石、铁槊。

为首的男子身穿重甲，立在一巨石之巅，任凭脚下发出怎样的凄惨喊叫都无动于衷。

直到副将回报："将军，往东边河谷逃了一个。"

"什么？快追！皇上说了，一个活口都不能留！"男人厉声道。

"是！"这支训练有素、斩敌无数的精锐军，立刻分拨出一支追击小队，朝逃人的方向去了。

壮丽的朱雀河源自羊角山深处，在峡谷一带水流湍急，即便在冬日里也难以结冰，河岸两边终年堆积着嶙峋的怪石和黑色的淤泥。一只废弃了的竹筏搁浅在了岸边，随着水流轻轻摇晃。

方钰还未接近河边，就望见了竹筏，那就像一根救命稻草让方钰不顾一切地往那狂奔，哪怕双脚已经伤痕累累，每一个脚印都是血印。

终于，她神色仓皇地跳上了竹筏，可是早已破烂的筏子被踩碎了，她跌进了冰冷的河里，激起一阵浪花。

"卿儿！"她顾不上自己，紧张万分地检查怀里孩子。虽然已经湿透了，但孩子的眸子格外乌亮，不哭不闹地盯着母亲瞧。

"娘……"这一声奶声奶气的叫唤，让方钰松了口气，摸了摸那鲜嫩俊气的小脸蛋，把他放到竹筏上。正打算自己也爬上去时，就听得"嗖"的一声尖啸，一支铁箭瞬间穿透她的身体，笔直地钉在胸膛上！

她像无法置信一般瞪着血红的眼睛，一手牢牢抓住锐利的箭头，一手依然抱着裹着卫卿的棉布包。

“娘……娘！”卫卿急切地叫唤，她低头看了他一眼，就在这时，利箭如骤雨倾泻，把她苗条的身子打得像风中残叶，绝望地震动、挣扎，最终无力地滑倒下去……涌出的血液浸红了河滩。

方钰的右手还在努力地往前伸着，把护在身前的竹篓推上了筏子，这个动作用尽了她最后一口气！

“咚！”

拴住竹筏的绳索恰巧被飞来的利箭射断，湍急的水流下竹筏仿佛瞬间沉没，又被巨大的力量拽进了江心，岌岌可危地时浮时沉，载着哇哇啼哭的孩子漂流而去。

纷沓的马蹄声由远及近，眨眼就到了，士兵们在找到的尸体上又是一番粗暴地乱刺。

“死了吗？”一个身材魁梧的男人在马背上问道，声音粗浑暗哑。

“是！将军，她已经断气！”下马查探的士兵，下跪回禀道。

“那竹筏上是什么？”

“是、是个孩子……属下办事不力……竹筏已经漂走。将军，要追吗？”

男人没有回答，只是用那双阴鸷的眼睛扫视着汹涌的河流，一场暴风雪即将到来，就算那孩子命大没有被淹死，也很快会被冻死，巫雀族并没有传说中的那么厉害，还起死回生呢，山谷里的人已被全部杀干净了。

想到皇上竟然如此惧怕这个装神弄鬼的族群，男人不禁觉得好笑，他大力一扯缰绳，驱马转过身体道：“不用管了，全军回营！”

“是，赵将军！”

杂沓的马蹄再次溅起乌黑的泥浆，士兵们仓促地离开，不一会儿山谷的上方就下起鹅毛大雪来。

冰冷刺骨的雪花在狂风中飞舞着，咆哮着吞没整个山谷，那在远处颠簸摇晃的青皮竹筏，也渐渐没了踪影。

第一章

英雄出少年

斗转星移，日月如流，转眼便过去二十年。

在这二十年间，显宗帝淳于炆驾崩，九皇子淳于煌夜继位，设年号为建元。

淳于煌夜自小聪颖非凡，且有一统天下十五国的宏志，加上有柯王府义子柯卫卿的鼎力相助，使其所向披靡。

显宗帝在世时，纵观大燕国土，北部与天雺、鲁、嘉兰三国接壤，南方隔着大沧江与南烈、梁、飞翼三国隔江相望。西边有西夷国，东边则是东麟国，东南隔着大海，有晟、夏二国。

还有一个比天边还要遥远的国度西凉，隔着浩瀚无尽的沙漠和杳无人烟的戈壁，被认为是荒蛮之地，甚少被纳入天下版图之内。

而在大燕的西北、西南、东南、东北，有四个附属国，即青鹿、祈天、灵泉、腾国，除青鹿已被囊括在版图之内，其余三国仍以每年献贡的方式寻求大燕的庇佑。

数百年来，这十五国都是纷争不断，谁都想一统天下，成就大业，但没有一个君主可以真正达成此愿。

淳于煌夜登基时，方满十九，他对内发展农商、筹备军费，对外御敌四方、树立威信，短短数年，就使大燕国一跃成为天下第一国。

在建元八年，北方的天雺、鲁国以及附属的祈天、灵泉、腾国都已收纳至大燕版图之下，而这征伐统一的步伐一直都未停止。

在淳于煌夜有意的扶持下，大燕国名将辈出，其中又以年仅二十一岁的柯卫卿的战绩最为卓著。

说起柯卫卿，大燕国是无人不知无人不晓，当真是个传奇人物，他无父无母，险些在河里丧命，幸得柯贤王爷搭救，后在王府当马童。

他养得一手好马，就好像天生就懂马语似的，脾气再暴烈的马到了他手里都是服服帖帖。

在机缘巧合之下，卫卿结识了太子煌夜，成了他的马童。

因他天资聪明，学什么都一点即通，深得煌夜欢喜，柯王府便将他收为义子，冠以柯姓，送进宫里成为太子侍从。

从那以后，柯卫卿就更勤奋好学，学医、学文、学武，没有他学不会的东西。

煌夜年长柯卫卿六岁，对柯卫卿来说，煌夜是他的帝王也是教他武功的师傅，他愿为煌夜出生入死。

所以，在战场上，他奋勇杀敌，立下赫赫战功。在朝堂上，他提出新政举措，与煌夜联手从太后手里夺权，进一步稳固煌夜的统治。

柯卫卿还以仁闻名，他并非只顾战场厮杀，通过和谈、结盟等，避免了许多不必要的战事。

种种功勋使得柯卫卿成为大燕国最负盛名的儒将，而他身上另一处让世人称奇的地方，是他长得甚是好看，面若秋月，玉树临风，全然不像一个浴血沙场的糙汉将军。

但没人敢因为他生得太美而取笑他，那是要吃大苦头的。

据传闻，柯卫卿带兵犀利，除了深得煌夜教导之外，他还能观天相，预测风云变幻，做出最为恰当的排兵布阵，以至众将领都说他是战神转世，来帮煌夜成就一统大业的。

柯大将军的盛名在大燕国广为流传时，有一个人极为艳羡柯卫卿，那便是生活在大燕国国都睢阳的景霆瑞，年七岁。

不管边塞的战事有多紧，在繁华而又富足的都城，人人都过着赛似神仙的日子。

只有景霆瑞，明明是景亲王府的长子，却过得连王府门外的乞丐都不如。

这一日，国子学派人来到府内，考核、挑选新学生，大燕国但凡是亲王、郡王、藩王等贵族子嗣，均有入国子学学习的机会，且不设年龄限制。

这就需要进行考核，年纪太小，连自己名字都不会写的，自然是进不了国子学的。

国子学除了教算术、律法、天文、地理、诗词等基础外，还有武学师傅，这一点非常吸引景霆瑞。

他很想成为像柯卫卿那样受皇帝信赖受百姓敬仰的大将军。

为此，他脱去身上补了不知道多少遍的粗布衫，穿上了逢年过节才会穿的缎衫，扎起乌发，洗净双手，瞒着母亲偷偷去了府内的书房。

可他才怀着激动的心情踏入门槛，就被人用扫帚赶了出来，那人骂得极响：“什么乱七八糟的东西敢往这里闯，还不污了娘娘的眼。”

毕竟才七岁，景霆瑞被扫把狠狠一戳，往后跌倒，他太瘦弱了，竟像一根衰草掉落在地，掀不起一点尘土。

院子里的小石头磕破了他的手心，血不断地渗出，景霆瑞那漆黑如夜的眸子却更亮了，他咬咬牙地站起来道：“我是景安昌的儿子，我也要念书。”

“唷！你是景安昌的儿子，那我儿子是什么？”一个尖酸刻薄的声音响起。书房门敞开，方才那拿着扫帚、凶手恶煞的书童立刻卑躬屈膝地退开至一旁，满脸是笑：“娘娘，小心门槛。”

景亲王妃穿金戴银，浑身的珠光宝气，生得也很美，宛若仙女下凡，但她的眼神阴冷，直勾勾地瞪着小小的景霆瑞，仿佛他是自己的杀父仇人似的，充满了憎恨。

王妃的身边还跟着一个孩子，比景霆瑞小一岁，长得是白白胖胖，穿着锦褂却不见腰身，脖子里还挂着长命百岁的大金项圈，一望即知平日里过的是怎样锦衣玉食的日子。

“你是贱种！我才是父王的儿子！”白胖小子一开嚷，王妃便得意一笑：“还是我云儿聪明，懂得尊卑贵贱之分，不像有些人，贱人生的贱种，还敢在这里直呼王爷的名，真是不知死活！”

王妃这话方落，书童便明白了她的意思，举起手里的扫帚，朝着景霆瑞招呼过去。

扫帚用竹条扎成，又尖又硬，抽打在景霆瑞的脸上、身上，如同耙子一般划拉出数道血痕，景霆瑞的嘴角也被勾破了，鲜血直流。

书童本想把景霆瑞打哭求饶，可他小小的人儿也不知哪来的脾气，竟就站在那儿硬挨着打，这副模样甚为惨烈，就连白胖的世子都把脸藏到了母亲的身后，不敢再看了。

“你这贱奴才，还不快跪下认错！”书童为讨好王妃是边打边骂，十分起劲。

“我没有错。”景霆瑞的齿间都是血，“我既是亲王之子，自然可以上国子学。”

“这个小孩个头不大，口气倒是不小。”一个穿着学士长衣的中年男子走了出来，他上下打量景霆瑞，让书童退开。

“薛先生，你怎么出来了？”王妃换上笑脸，语气温和。

“娘娘。”薛正春对王妃一个拱手，然后道，“世子的入学卷卑职已经审验完毕，成绩为甲等，待来年开春，世子便可入学了。”

“云儿，你真是娘的好宝贝！”王妃一把捧过儿子的脸，喜不自胜地道，“一会儿告诉你父王，他定高兴。”

“母妃。”景霆云抱着王妃的腰身，“那许给我的小白马……”

“给你，小白马小红马，你要什么统统都有。”王妃笑道。

“娘娘，这孩子是？”薛正春指着景霆瑞明知故问，“他也要参加入学考吗？”

“考国子学这么大的事，我可做不了主，先生你看着办吧。”既然薛正春已经见着景霆瑞了，她便不好再插手，以免叫人说闲话。

“我可以考。”景霆瑞急忙道，“我会算术、会写字、会……”

“停。”薛正春一抬手，“我就问你三件事。”

“先生请问。”景霆瑞都顾不得擦脸上的血，目光炯炯地盯着薛正春。

“第一，你的母亲是谁？第二，你又是谁？第三，他们是谁？”薛正春说着他们的时候，眼睛往王妃母子那边一瞧。

景霆瑞小脸一僵，愣在原地。

“怎么不说了？你刚才不是很能嚷嚷吗？”薛正春得意一笑，“学堂里比你再顽劣、目无尊长的都有，但我还真没见过像你这么厚颜无耻的。”

王妃抿唇一笑，景霆云却摇着母妃的衣袖：“儿子不懂，他怎么不回答先生的问题？”

“他是没脸答。”王妃耻笑道，“我来替他答。他娘是小妾，嫁入王府之前还是茶楼的歌姬。他是王爷和小妾生的，就算比云儿大一岁，那也是庶出子，除去一个景姓，就没别的了。至于我们的身份，那就是摆在明面上的，我父亲是户部郎中孙丰年，母亲是婕珍郡主，我爷爷……罢了，就算再往上推个三五代的，都是达官显贵，说白了，我们都是正经人家的正经主子。先生，你看我答得对不对？”

“娘娘回答得对。有道是尊卑有序则天下和，虽说国子学是诸位皇族子嗣的学堂，但并非阿猫阿狗都能来念书。”薛正春顿了一顿，对着景霆瑞一脸鄙夷，“你口口声声说着自己是亲王之子，却连一点礼数都不懂，见到王妃和世子不下跪，还吵吵嚷嚷，成何体统。而且既然是庶子，本就不能入国子学，你竟连这个都不知，别说国子学了，连这个书房你都不该踏入一步，你还有你的母亲，脏污了王府门楣还不够，还想抹黑这御赐的‘荣宗耀祖’吗？”

薛正春对着书房上的牌匾一个拱手，严肃至极道：“人贵有自知之明，你既然出身低微，就该谨守本分。像你这样不念祖宗礼制，不念尊卑位分的人，就算让你去念了国子学，也是暴殄天物!”

薛正春的一席话别说景霆瑞没能反应，就连王妃娘娘都听得有些傻眼，国子学的先生果真厉害，将这小畜生骂个狗血淋头，却不带污言秽语，真是大快人心啊!

“娘娘!娘娘恕罪啊!”这声音仓皇而又凄楚，还没进院子就被下人给拦住了。

“让她进来。”王妃说。

一个穿着褐色长衫，略施粉黛的佳人跌跌撞撞地走入，连儿子都不敢多看一眼，直接跪倒在王妃的面前:“娘娘，霆瑞还小，他不懂事……”

“哼，果真是有娘生没娘教的，”王妃见她一副胆战心惊、诚惶诚恐的模样，心里便爽快了许多，“带下去吧，别再脏了薛先生的眼。”

“谢娘娘恩典!”安蓉这才起身去拉儿子的手，惊觉他浑身是伤，眼圈变红了，但也不敢掉泪，拉着儿子静悄悄地走了。

王妃本想拉着薛先生说会儿话，却见他的眼神有些发直，不禁心底暗啐:“呸，男人都一个样，就爱狐媚子。”

安蓉拉着景霆瑞的小手，出了书房院子后，她一把抱起儿子，小跑着回了北小院。

安蓉本不是住这里的，她比王妃还早一年进门，但自打王妃嫁入王府后，她和儿子就被赶来这里住了，离主屋远，冬冷夏热，不透风，以往是堆放车辕杂物的。

进了那间就算是大晴天也晦暗无比的卧房，安妃从针线盒里取出金疮药和纱布，动作熟练地给儿子上药。

“娘……”景霆瑞小声地道，“您别生气。”

“我有什么可气的?”安蓉涩声道，“我生你下来，就是让你遭罪的，是你娘没用，讨不了你父王的欢心……”

“娘……”景霆瑞哭了，握住母亲满是伤痕的手，“娘不用去讨好谁，娘有瑞儿在，瑞儿会保护您的。”

“傻儿子，你还这么小，连自己都保护不了。”安蓉摸了摸景霆瑞的脸，却让景霆瑞疼得“呲”了一声。

“娘，我不会永远都是个孩子的。”

“是啊，娘知道。你要是真想去国子学，我可以去求王爷开恩。”

“不，我不去国子学。”景霆瑞取过母亲手里的金疮药，自己往胳膊上抹，“今日已经见识过先生的本事，他既能成为新生考官，就知道国子学里也不过尔尔。”

“你这小小的人儿，说话这么老成。”安蓉用手指轻点了一下儿子的鼻头，“那去外边的私塾如何?你娘我还有一些积蓄。”

“不，娘可以教我!”

“在你两岁时，我就教你识字背诗，现如今我真的没有东西可以教你了。”安蓉看着这个聪明非凡的儿子，真是喜忧参半。

“没老师我就自学。”景霆瑞下巴一扬，“不是有句话叫无师自通吗?”

“我看你能学成啥样子。”安蓉是哭笑不得，“你饿了吧，娘去厨房给你热饭，你好好歇一歇，你的伤得好好养一阵子。”

“嗯，辛苦娘了。”景霆瑞乖巧地应着，安蓉便去了屋外的一个土灶，咸菜、馒头和糙米便是今天的晚饭了。

等她拿着刚热好的饭菜回屋时，看到景霆瑞捧着书在读。

安蓉觉得自己不能耽搁了这孩子，便还是去向王爷请求，给景霆瑞找一个好学堂。

王爷头两回没答应，认为小妾生的儿子，本就不寄厚望，不值得栽培，最重要的是，他很怕王妃生气。

直到安蓉再三下跪恳求，王爷才把景霆瑞分拨到一个武将的学堂，景霆瑞年纪太小，在学堂里多半做些打杂跑腿的活。

但好歹也有教骑马射箭的师傅，而这五大三粗的赵师傅相当赏识景霆瑞，认为他是百里挑一的学武苗子，就这样，景霆瑞在那里留下了。

一年三百六十五日，除去逢年过节，景霆瑞吃喝住都在学堂，安蓉负责支付他的生活费用，景霆瑞过得相当节俭，每天咸菜馒头糙米粥，个头却蹿得极快，比同龄孩子高出不少，赵师傅说他天生一副好筋骨，旁人是羡慕不来的。

这入学的第一年发生了一件喜事，大燕皇帝册封柯王府的烁兰郡主为兰贵妃，她是皇上迎娶的第三位后妃，也是地位最高的一个。

皇宫里派了公公出来，给学堂里的孩子们发放喜饼，酥脆的面皮裹着厚厚的豆沙馅，香喷喷的，景霆瑞没舍得吃，小心地装进书包里，打算拿回家给母亲。

“这柯大将军从此大发啊。”手里抓着喜饼的年轻武士笑道，“连姐姐都被封为后妃了，可见他荣宠至极。”

“你要是能为皇上打下这么多江山，你姐姐也能进宫当娘娘。”接话的武士年纪更小，嘴角都是喜饼碎屑。

“以我姐姐的姿色，哪需要我去战场搏命。”

“什么，你的意思是说，这个烁兰郡主长得很丑？”

“肯定很丑，要不然她一定会被立为皇后，而不只是妃子了。”

“有些道理，说起来，皇上怎么一直不选立一位皇后呢？”小武士道，“妃子倒是一个接一个地娶。”

“都不要命了！在这乱嚼舌根！”赵师傅过来，一人赏赐了一记爆栗。

这下手的劲儿可不小，两个武士抱着脑门疼得龇牙咧嘴，赵师傅还让他们去清扫马厩，以示惩戒。

景霆瑞向赵师傅行礼：“师傅，我想回家一趟。”

“今日本就放假，你想回就回吧。”赵师傅不忘把自己手里的喜饼递给景霆瑞，“我牙口不好，吃不了甜的，给你吧。”

“谢师傅。”景霆瑞接下喜饼。

“你要好好学，别像他们一样，十几岁的人了，还这么口无遮拦、不知轻重。”赵师傅余怒未消地道。

“谢师傅教诲。”

“等你长大了，就谋个城门当差的活计，虽然发不了财，但至少能吃饱穿暖，用不着在王府受那冤枉气。”赵师傅宽慰般地拍了拍景霆瑞的肩头。

“师傅，徒儿以后为什么不是做将军而是城门护卫？”景霆瑞抬头，较真地问。

“霆瑞啊，咱心气本事再高也敌不过那出身，就算当个城门护卫还得看看家门姓氏。就拿柯大将军来说，他若不是被柯王府收为义子，能进得了皇宫大门？”赵师傅语重心长地道，“有句话叫人以群分物以类聚，什么出身的人做什么事，才能过得安逸，懂了吗？”

“师傅的意思是说，出身低微之人一辈子都无法出头？”景霆瑞又问。

“也不是完全不能，只是希望渺茫，与其寄希望于不可能之事，倒不如安分守己一些，还活得长久。”李师傅一笑，“好了，回家去吧，再晚你就赶不上午饭了。”

景霆瑞鞠躬告辞，一路小跑回到家。母亲安蓉正在擦桌抹凳，见他出现，惊喜道：“今儿怎么回来了，不提前说一声，我也好多准备点饭菜。”

“皇上纳妃，学堂给放假一日，这是宫里赏赐的喜饼，这是师傅给的。”景霆瑞把喜饼拿出来给母亲。

“原来如此，难怪大宅子里一片欢声。”这个北院是被王府的人彻底遗忘了，但安蓉不介意，她看着儿子道，“快去洗洗，娘把喜饼热热给你吃。”

“娘吃吧，我不饿。”景霆瑞说完，就去了里屋，在一个破旧的柜子里翻来找去。

“你找什么？”

“找一本书。”景霆瑞回答，从一摞捆扎起来的废纸里挖出一本约一尺厚的书册，破烂不堪的扉页上依稀可辨“逸闻轶事”四字。

“这不是……野史吗？”安蓉看到吓了一跳，想要抢过来，“早叫你烧了的，怎么还在？”

这本书是安蓉在年头买旧家具时，夹带其中的。

“我就看一眼。”景霆瑞飞快地翻着书，中间的一页写着：开国皇帝的出身为普通人家。也就是说并不以出身论身份。

“好了，拿来。”安蓉终于拿到了书，用力折了折，扔进了才生火的土灶里，冒出一团薪火。

“烧了我也记得。”景霆瑞说，“开国皇帝出身普通人家，也就是说凡人也能做皇……”

景霆瑞的“皇帝”二字还没说完，就被母亲捂紧了嘴。安蓉是又惊又怒：“你反了！竟敢说那样大逆不道的话。”

景霆瑞却笑了，拉开母亲的手：“我没想反，我只是想确认一下，出身低微真的就一生庸碌无为了吗？纵然有一身本事，也无处施展了吗？”

“你才八岁，怎么脑袋里竟想些乱七八糟的东西。我让你去学堂学本事，不是去惹祸的。”

“孩儿知道。”

“知道你还藏着禁书，而且这书里的东西都是瞎编乱造的，什么巫雀族，什么呼风唤雨撒豆成兵，比说书的还离奇。”

“上头是说在开国皇帝麾下有一支巫雀军所向无敌，是大燕建国的大功臣，可见他们是当真厉害的武将。”景霆瑞只看过那书一遍，就被母亲搜走了。

“我压根没听过这世上有巫雀族。”

“天下这么大，母亲会不知道也正常。”

“娘问你，如若世上真有那样神奇的人，你会怎么做？”

“我想见识一下他们是否真有那样的本事。”

“呼风唤雨吗？哈哈，那就成神话啦。”安蓉笑着摸了摸儿子的脸，然后起身去看锅里的水开了没有。

“不，我想看他们是否真的能建国立业。”景霆瑞极小声地说，“城门守卫什么的，我才不想当。”

用完了午饭，景霆瑞并没有在家里歇息，而是回到学堂的院子里继续练习射箭。

一个在宫内当差的侍卫来找赵师傅，他们不知有人在，敞开窗子在说话。

这些话时轻时重地传入景霆瑞的耳内。

“我怕是干不长了，皇上接连撤换柯将军身边的卫队，我这个小队长很快也会被调出宫来，到时候，还请老哥给留个吃饭的位置，不然可就没米下锅了。”

“哪这么严重，皇上不是连柯将军的姐姐都娶了，还不放心他带的卫队？”

“皇上对柯将军是放心还是不放心，我也说不上来。他们两个整日待在一起，都快没了君臣之分了，但皇上确实不断削弱柯将军的兵权，这宫里呀，怕是有大变。”

“再变也变不了天，皇上的本事大着呢，论资排辈，柯将军还是他的徒弟不是吗？”

“那是，我就没见过这样威武非凡的人，天子终究是天子，哪怕远远地望上一眼，都能让你双腿打哆嗦。”

“哪有这么夸张，都说当今圣上是天下最美的男子，比那柯将军长得还俊，怎么到了你嘴里变得那么吓人。”

“不是吓人，是威慑十足。皇上的模样很俊，就像那天上曜日，俊得都让人睁不开眼；柯将军长得也好看，但他像水底月，美得虚幻，叫人摸不透。这两个人物当真不像是世间的人，你要是有幸亲眼见过一回，便知小弟我说的毫不夸张了。”

“我哪有你这么好命，生来就是公子哥，还能进宫当差。”

“老哥，你就别笑我了，我家早就被我爹败光了，全副身家买了这个官职，没想却干不长。”

“好啦，船到桥头自然直，都还在职，愁什么没饭吃。”

“人无远虑必有近忧啊。”

“哎，你还来劲了。”

景霆瑞朝着箭靶射出了一箭，窗子里立刻探出一个脑袋：“谁？”

“哦，那是我一学生。”赵师傅也伸出头来，“你不是回家去了，怎么又来了？”

“家里无事，徒儿回来练射箭。”

“好，勤奋刻苦是好事，你尽管练吧。”赵师傅点点头，把窗子关上了。

“大燕皇帝……”总是听着柯卫卿的大名，景霆瑞第一次听到有人谈论皇帝，应当说，平时没人敢说皇帝，仿佛以他们的身份根本没资格提及一样。

仔细想来，柯大将军如此厉害，能让柯大将军臣服效力的人一定更出色了。

景霆瑞对皇帝产生了很大的兴趣，虽然他的志愿一向是成为能和柯卫卿一样让皇帝都另眼相看的人，但这真的很遥远吧。

他们都是大人，而他还是个孩子。

景霆瑞又射出一箭，正中靶心，他看了看箭靶，走过去把箭矢都拔下来，比刚才又加多了步数，离得更远之后，继续凝神练习，似永无止境一般。

景霆瑞再次从师傅口中听到皇帝二字，是一年后的事情了。

皇上的弟弟穆仁亲王突然造反，且多采用奇袭战术，出兵迅速，大燕多地驻军防备不及，接连败退，不到三个月就被穆仁亲王攻下了十座城池，而且听说柯将军也牵扯其中，成为叛军中的一员。

大燕国祸起萧墙，皇帝震怒之下御驾亲征，这不是皇上第一次亲征，却是最惨烈的一次，毕竟参与战斗的都是大燕国人。

随着战事的深入，越来越多的人提到“巫雀族”，好像是说穆仁亲王造反是为了给巫雀族报仇。说当今皇上暴虐，肯定不容巫雀，以及只有他才会为巫雀正名。

大多数人都是听得一头雾水，巫雀是什么？一种鸟？穆仁亲王从小体弱多病，是抱着汤药罐子长大的，又怎么会认识什么巫雀族呢？

说起来，要不是有皇帝多加照拂这个弟弟，穆仁亲王早就夭折了吧。于是百姓纷纷指责穆仁亲王恩将仇报，良心都被狗吃了。

至于柯卫卿柯将军就成了众矢之的，人人都骂他是叛贼，愿意助皇帝讨伐叛军。

景霆瑞在的学堂里，但凡十四岁以上的都去参军了，他才九岁，即便想要去，赵师傅都不准。

不到半年的工夫，叛军就全部被剿灭了，穆仁亲王、柯卫卿等人全部被俘。

穆仁亲王少了一条右臂，押送回皇城的时候，街边围个水泄不通，只是这长长的囚车队伍里唯独没有柯卫卿。

有人说，柯卫卿曾跪在城门下，向皇帝叩首认罪，最后被饶恕了；也有人说，柯卫卿早就死在荒山野岭了；还有传说柯卫卿伪装成小兵，趁乱逃走了。

叛军被统一关在天牢中，皇上下了数道诏书申斥叛贼，但都没有提到柯卫卿的名字，就像他从未参与谋反一样。

三个月后，就当大家为柯卫卿的不知所踪而争论不休时，皇上突然颁下喜诏，兰贵妃生下一子，赐名永福。

大燕国有皇子了，举国上下都欢腾不已，对柯卫卿的讨论就更热烈了。

因为兰贵妃是柯卫卿的义姐，弟弟有罪，这姐姐就算生了皇子，还有可能母凭子贵地成为皇后吗？

又过了半个月，皇帝再下喜诏，确立了另外一名皇子的身份，赐名爱卿，还是皇长子，比兰贵妃的孩子还大了一个月。

这下举国诧异不已，这皇长子是哪位娘娘生的？怎么诏书里丝毫没有提及母亲？这“爱卿”的名字也很古怪，这不是指皇帝宠爱的臣子吗？谁会给皇子取这样的名？真是让人摸不着头脑。

就连武夫学堂里也对此议论纷纷，尤其是家里有人在宫里当差的，多少知道一些小道消息。虽说议论皇帝家事冒着大不敬的风险，但就是有不怕死的在炫耀他们的消息灵通。

“我爹说了，大皇子是皇上去讨伐叛军时，与民间女子所生，那女子没随皇上回宫，但皇上把孩子带回来了。”

“那还真是一段风流韵事。”

三五个十六七岁的少年凑在一起，手里还拿着箭矢、长刀。

“我倒觉得那女子不是没有回宫，可能是难产死了。”

“难产死了也能追封后妃呀，怎么说都生了一位皇长子呢。”

“那就是那女子身份低微，不值一提。”

“有这个可能，出身低的女子，连同孩子也……”

“嘘，别让景霆瑞听见了。”

“听见了就听见了，有啥可怕的。”

“你别说，他年纪虽小，但是本事很强，我们这几个人里，有谁能打得过他？”

“打不过又怎样？他不就是一个庶子，这辈子也就那点出息了。”

“就是，你连个孩子都怕，以后还怎么混？”

“好了，好了，不提景霆瑞了，说回皇子吧。”

“被你一打岔，都忘了该说什么了，那大皇子……对了，听说他长得可水灵了，比那永福要漂亮多了。”

“所以，那兰贵妃果然是长得很丑吗？”

话题是越跑越远，且越来越不知所谓，但有一点他们说得很对，景霆瑞的本事比这里任何一个学生都要好，可是他只能止步于此了。

出身犹如一道巨型门槛，霸道地拦在他面前，他握着手里的箭矢，即便可以百步穿杨，却跨不到门槛的另一端。

“景霆瑞！”院外，门管一声喊，“景王府来人了，找你回去。”

“王府？”景霆瑞一愣，莫不是娘有事？入学堂快两年了，都不见王府派人来寻过。

景霆瑞撂下弓箭，心急火燎地奔向学堂门外。陈旧的圆木栅栏外站着景王府的总管刘荣，他约莫三十岁，又瘦又高，跟个竹竿似的。

刘荣垂手而立，见到少爷出来却没有任何恭迎的意思，只是盯着景霆瑞看。

“刘管家，我娘怎么了？”景霆瑞轻松推开那道看起来十分沉重的木栅栏，走到刘荣的面前。

刘荣吃惊地看了看栅栏，似乎想要说些什么，但很快又正色道：“你娘好着呢，是王爷和王妃找你，快随我回府吧。”

听到母亲没事，景霆瑞顿松了一口气，然后道：“请代我向师傅交代一声，方才出来得匆忙，都未有告假。”

“不用你去告假，自有人去交代的。”刘荣点了点尖细下巴，一个随行来的王府小厮立刻会意地进学堂里了。

“王爷和王妃找我何事？”景霆瑞又问。

“当然是有好事等着你了，”刘荣抬头望了望这间破旧寒酸的武夫学堂，“你以后不用再来这里上学了。”

“什么？”景霆瑞很是吃惊。

“走吧，别让王爷和娘娘等久了。”刘荣一拉景霆瑞的衣袖，马车候在一旁。

景霆瑞上了马车，一路上刘管家都是闭目养神，景霆瑞只是望着车窗外，人流如织的街市热闹非凡，仿若是另外一个世界。

马车转入王府大街，行人顿时少了许多，路也宽敞了许多。

大部分的皇亲国戚都有自己的封地属地，长年生活在外，除非有传召，极少入都城。

只有极少数的皇亲能有幸留在睢阳生活，依照各府承袭爵位的不同，每年从皇上和朝廷那里领取相应的俸禄和赏赐，这对他们来说是极大的殊荣，也是来自祖上的庇佑。

景安昌的祖爷爷景孜是开国功臣，他其实并没有皇室血统，是被加封的皇爵。

虽然祖上是武将，但到了景安昌这一代已经上不了马背，也拉不开强弓了。他在城内购置了好些房产，来回倒腾加价出售，还把一些店面租给人家开铺子，从绸缎、粮油到镖局、当铺，可谓遍地开花，一年所获的租金比皇上给的俸禄还要多。

王妃的陪嫁是一千两金一万两银，以及城门外一千亩良田，所以王府的日子过得很是舒坦，在众多的异姓亲王中，财力实属中上。

马车在气派恢宏的王府门前停下，刘管家先在小厮的搀扶下下了马车，景霆瑞才下来。

刘管家领着景霆瑞从正门进，朝着主屋走，景霆瑞打从出生到现在都没走过正门，都是走仆役使用的偏门。

但刘管家并没有把景霆瑞带向厅堂，而是往左侧的庭院走去。

还没走到庭院，就先听到一阵欢声笑语，有男有女，有老有少，最明显的，那拔尖了的笑声是属于世子景霆云。

“王爷、娘娘，人带到了。”刘管家走了过去，笑容可掬地躬身，向端坐在太师椅里的主人禀报。

“刘管家，我要骑马！”景霆云一个飞扑抱住了刘管家的腿不放。

“哎哟，我的宝贝少爷，您要骑马当然行。”刘管家也不顾还有外人在场，直接就跪趴在地，满脸堆笑。

景亲王妃笑得合不拢嘴："就你那副身板，别给压折了才好。"

"就是，云儿，别闹管家了，你师傅还在这。"景安昌发话了，却也是忍俊不禁。

"世子是性情率真又不拘小节，尽管玩吧，现在不是上课时间，不妨事的。"赔笑着说话的男人，约莫四十岁，穿着一袭皮革软甲，腰间佩剑。不论从软甲缝制的精细度，还是佩剑上镶嵌的玉石，都可以看出他虽是教导孩子习武的师傅，但出身不低。

"驾，快爬！驾驾！"长得浑圆如球的景霆云丝毫不理会父亲的话，屁股坐着刘管家的腰，扯着刘管家的衣领直吼叫。刘管家累得脑门上都冒汗了，却还是一边爬一边笑。

"你让开。"景霆云朝站在院子里的景霆瑞吼道，"好狗不挡道！"

"霆瑞，你过来。"景安昌朝景霆瑞招了招手。

景霆瑞走了过去，鞠躬道："王爷、娘娘。"

"嗯，云儿从今天开始拜师学武，这位是王英师傅，你以后也跟着他学，不用再去那个旧学堂了。"

"我跟着学？"景霆瑞一时不明。或者说，是没想过这么好的事情会轮到自己身上。

"不是跟着，是陪着。"王妃冷笑了一下，"世子出身高贵，这刀剑无眼，若有个闪失怎么办？以后王师傅教什么招式，你就先和师傅过过招，再演示给云儿看，好让他慢慢学。别急急躁躁地弄伤了自个儿，反倒得不偿失。"

"对对，你要好好照看你弟弟，他还小，身子弱。"景安昌连连点头道，"不像你已经学了……学了两年多的武艺了吧？"

"是。"景霆瑞明白了，这是给世子找一个挨打的"沙包"。

再看白白胖胖的景霆云，都把管家压得直喘粗气，哪是身子弱呀，倒是生龙活虎。

"当然，我们也不会亏待你，往后云儿参加骑马射猎，还有皇室子弟的茶会，你都可以跟着去，当见见世面也好。"王妃又道，脸上的神情却是心不甘情不愿的。

因为这并非她的本意，谁让当今皇帝突然允许庶子出席这样重要的场合，而众人皆知景王府家也有一个庶子，王妃只得同意，权当给宝贝儿子找一个跟班奴才。

"还不快谢谢你的母妃。"景安昌说着，拿起一旁的茶盏，轻掀茶盖，抿了一口。

在很小的时候，每当父亲这么说时，景霆瑞就会说自己的母亲是安蓉，当然招来一顿打骂。

"你的母亲只有王妃娘娘，北院的那个是你的姨娘。"刘管家这样训斥着。

就连安蓉自己也让景霆瑞叫她姨娘。

景霆瑞再大一些，才知道母亲只有嫡母，妾室没有当娘的资格，只能是姨娘。

为了不让母亲挨骂，有外人在时，景霆瑞是叫母亲姨娘的，在北院只有他们两人时，他就直接叫娘，母亲拗不过他，便随他了。

"谢母妃。"

"嗯。"王妃敷衍地应着，伸手招呼景霆云，"宝贝，别骑马了，你看刘管家那颤巍巍的样儿，别把你摔着了。"

"我儿，快过来喝口茶，歇一歇。"景安昌叫的"我儿"，指的只有景霆云。

“我不要喝茶，我要酸梅汤！”景霆云终于放过了汗如雨下、面如土色的刘管家，跑去缠着父亲。

“好！酸梅汤，冰镇酸梅汤。”景安昌笑着吩咐下人去拿。这里已经没有景霆瑞什么事了，他不需要他们赶人，自己先行鞠躬，退下了。

回到北院，母亲正在织补破损的衣衫，得知景霆瑞从今往后要跟着世子学武，是又惊又喜。

“能留在王府办差是好事，指不定哪日，王爷会待你如同亲生儿子。”

“娘，难道我现在就不是亲生的？”

“呃，娘的意思是……”

“娘，儿子知道。”景霆瑞笑笑，不单是母亲，有的时候，他也会忘记自己的姓氏，但有些事情他不会忘记。

不管被当作沙包还是跟班，景霆瑞都想让自己变得强大起来。刘师傅曾说过，学会的本事是你的，谁也抢不走。

虽然管家说赵师傅那里自有人去交代，但景霆瑞还是去了一趟武夫学堂，向刘师傅叩了三个头，以谢师恩。

赵师傅感动得眼泪鼻涕一起往下掉，拍着景霆瑞的肩头道：“好孩子，好好保重自己。”

翌日，景霆瑞就开始了跟在景霆云的屁股后头，充当跟班的日子。

或许是觉得贴身伺候的奴才不能穿得太寒碜，管家给了景霆瑞几套新衣衫，不过很快就又破了。

因为王师傅教景霆云练武时，连他的一根头发都怕折到，但与景霆瑞过招练习时，可是完全没把他当孩子看待。即便是木剑抽到人身上也很疼，没几天的工夫，景霆瑞浑身上下都是青一块紫一块，有的地方还皮开肉绽。

安蓉见了直掉泪，却不敢去王妃面前多说一句，只叫景霆瑞机灵点，多躲躲。

“娘，这伤看着吓人，其实不疼。那位王师傅倒也是有几分真本事的人，你不用替儿子操心，儿子知道照顾自己。”

“唉。”安蓉再次叹气，除此之外别无他法。

景霆云对习武全无兴趣，完全当作游戏来耍，但再好玩的游戏也有腻歪的一天，不出两个月，他就与其他的富家公子哥们一起去玩斗蟋蟀了。

王师傅本就没有耐心，见世子不学了，他就不乐意教景霆瑞了，每天装腔作势地划拉几下就让景霆瑞自个儿练，当然该领的钱是分文不少。

王妃娘娘问起来，世子便让师傅撒谎，说自己一直在院子里练武。

这事本来瞒得好好的，待过了年后，皇上突然下旨说，想要举办一次皇室游园会，但凡睢阳城内的皇族贵戚之子均要赴宴。

这种游园会可不是吃饭喝茶这么简单，会叫上所有的皇子皇孙是因为要进行文学、武艺上的比试。

各王府之间少不得明争暗斗，这是给自家长脸面、博荣耀的大好时机。

景安昌满心以为景霆云已经学了大半年的射箭、舞刀，怎么说都能使出一些招数了。

但没想才试一试景霆云，就发现他连拉弓的姿势都不对，当然是没能射中箭靶。

景安昌暗暗叹气，让儿子改使刀。这刀更是舞得七歪八扭，还不如三岁的小娃娃。

景安昌气得面红脖子粗，但事已至此，宝贝儿子他是舍不得打骂的，唯有把王英痛骂一顿，赶出王府。

“瞧你找的好师傅！”王妃抱着儿子，委屈地说，“云儿都九岁了，连射箭都不会，那游园会可怎么办？”

“没事儿。这游园会嘛，说是人人参与，但哪次不是府内的大孩子比，小孩子凑个热闹罢了。”王爷心疼儿子和王妃，便说，“你别难过，我们当作去玩就是了。”

“可那个景霆瑞会射箭啊。”王妃说出她最想说的话，“他又长得高大，会把我们云儿比下去，让人笑话。”

“你放心，不让他比试就行了，他没名没分的，能参加宫里的游园会已是天大的福气了。怎么着，他还想出风头，给王府丢脸？”

“王爷说的是。”王妃终于放下心来，露出笑脸。

再之后，景安昌又禁止景霆瑞再习武练剑。道理很简单，既然世子都不习武了，那庶出子就更不该学了，任何事都要尊卑有序才好。

不能习武让景霆瑞非常伤心，但没想，事情很快就有了转机。

皇室游园会的当日，不但睢阳城里的皇亲贵戚全都去了，连大臣们的孩子也有幸参与其中。午门外的马车、轿辇一直蜿蜒至朱雀大街上。

但凡有亲王爵位的，轿辇皆可入宫。

景霆瑞跟在景亲王府那顶八抬大轿的后头走进宫时，宫门前的侍卫还以为他是王府的侍从，差点就把他拦在外头。

说是面见皇上，可事实上，妇人和孩子们都是在殿外叩拜，连皇上的脸都瞧不着，然后便移步东御花园，和兰贵妃、丽妃、华妃见面饮宴，观赏园中寒梅。

这三位娘娘皆是盛装打扮，尽显雍容华贵之相，尤其是为首的兰贵妃，头戴金凤冠，身裹白狐裘，由十二位宫女围簇着，气势宛若皇后驾临。

她长得还很美，就跟天仙似的。

贵妇们纷纷奉承兰贵妃，拉扯着自家孩子给贵妃下跪叩头。

兰贵妃却是不屑一顾，自顾自地坐在八角凉亭里喝酒、听曲、赏梅景。

这场面甚为尴尬，但在管事太监的张罗下，饮宴还算顺利地进行。

在席间，有人小声耻笑：“这兰妃有什么了不起的，生了个皇子而已，没被立为太子，她也不是皇后，就如此趾高气扬。”

“可不是，她难道忘了，她的外公赵国维因为意图谋反被皇上诛杀在牢里。她的娘家柯王府因牵连其中已被抄家，你别看她浑身珠光宝气的，这钱袋子可瘪着呢。”

“说到柯烁兰，”有人直接点了兰贵妃的名儿，往下道，“就不得不提她那位义兄柯卫卿了。”

“柯卫卿呀，他当真是因为要保穆仁亲王的命，而被皇上当成叛臣了吗？”夫人们全都来了兴致，似乎比起兰贵妃，她们对柯卫卿更感兴趣。

“穆仁亲王和柯卫卿两人年纪相仿，打小就认识，亲王贸然造反，柯卫卿当然着急。”一位身着紫色绣团花纹紫长衫的贵妇道，“听我家老爷说，穆仁亲王曾多次私下带柯卫卿离宫游玩。你想啊，一个是有继位权的亲王，一个是重兵在握的将军，他们走得这么近，皇上能不心存芥蒂吗？”

“那么穆仁亲王和柯卫卿联合造反的事情，到底是真的还是……”有一年轻少妇极为小声地问。

“是真是假，得看皇上怎么说，怎么做。”紫衫贵妇笑道，“就比如这兰贵妃，照理说，她外公反叛早就该诛九族了，可是皇上没有那么做。你们说，皇上是顾忌兰贵妃的命，没有夷灭赵国维的九族，还是顾忌柯卫卿的命，所以网开一面？”

“这……八成是为了兰贵妃吧。”少妇道，“一日夫妻百日恩，更何况还生了皇子永福。”

“对呀，所以就算她再趾高气扬，我们也得受着，指不定她明日就荣升后位了。”紫衫贵妇站起身来，“走吧，去给兰娘娘敬酒。”

这些在平日里被人推崇惯了的贵妇们，明知去敬酒是热脸贴冷屁股，也不得不端起酒盏笑眯眯地去了。

景霆瑞一直站在她们的后边，是因为王妃不让他离开，要他像仆从一样随叫随到。

到了午后，皇上和众多亲王、郡王、文武大臣出现在了花园一处廊檐下。

大到二十岁、小到三岁的世子、少爷们，纷纷涌现廊前，争先恐后地跪下了，贵妇则远远地跪在后头。

景霆瑞本也打算上前的，但是王妃拉了他一把，让他跪在这里。

早晨的时候下过一场小雪，乌云一直未散去，待皇上出现时，阳光竟然从乌云的间隙里透射而出，仿佛一匹打斜着挂下来的金布帛，在雪景的衬托下尤为闪亮。

有的臣子便逢迎拍马道：“皇上，天赐金缎，此乃祥瑞之兆啊。”

“是啊，皇上，内乱已定，叛贼皆灭，下一步便是一统天下了！”说话的穿着一品官服的文官，他那花白的胡子都因为情绪激动而抖得厉害。

一时间，几乎所有的臣子、公子，都在恭贺皇上。

“卫卿，你大病初愈，才随朕游园就见金光万丈，可见这是你的祥瑞之兆。”

皇帝一发话，所有人立刻鸦雀无声，甚至是有些诚惶诚恐了。

“是吗？”一句不轻不重，透着几许兴味的应声煞是好听。景霆瑞本是低头而跪，直视皇帝乃是大不敬之罪，而声音的来源就站在皇帝的身边。

所以他还是悄然抬头看向廊檐，那长长的走廊里虽站着好些文武大官，但都与皇帝隔开一段距离，唯独柯卫卿站在皇上的右侧，身上穿着的既不是官袍也不是甲胄，而是一席雪白的织锦缎衫。

隔得有些远，加上有梅树的遮挡，景霆瑞无法看清柯卫卿的长相，但是肤白胜雪，头发乌黑还是望得到的，就跟传说中的一样。

柯卫卿身材颀长，素净白衫也掩盖不住他的气宇昂扬，若要说在场有什么人能遮掩他身上的锋芒，大概就只有当今圣上了吧。

一身明黄织彩锦龙袍，一个黄玉发冠，可谓从头到脚都是颜色鲜艳、光彩夺目，但比这更耀眼夺目的，便是皇上那不怒自威的王者霸气。

什么是皇帝，在看到淳于煌夜的那一刻，景霆瑞才有了一个鲜明的认知。

皇帝，就是与这里所有人都不一样，只是单单望上一眼，景霆瑞的心头竟然滚过一阵寒噤，惶恐而不安，不由自主地把头给低了下去。

“但在微臣看来，那不过是虚幻一景罢了。”柯卫卿轻抬手指，这抹亮灿灿的金光竟慢慢消失了，乌云也渐渐散开，整个御花园亮堂起来。

这副景象实在有些神奇，不少孩子都抬头望着天，直到眼睛被太阳刺得流出眼泪，纷纷眯了起来。

“既然天已放晴，那就开始比试吧。”皇上并不介意柯卫卿驳了他的话，反倒兴致勃勃地让世子、公子们准备武艺比赛。

虽然游园会里的比试和游戏差不离，但箭靶、箭矢，用以丈量、评判的大臣，一应俱全。

皇帝离开了雕梁画栋的廊檐下，来到观花亭内落座，三位娘娘已迎候在侧。

对于兰贵妃，皇上并没有表现出特别疼爱的一面，兰贵妃还是与丽妃和华妃同桌用膳，皇上与柯卫卿另坐在主席筵上，当然还有宰相和老亲王等人作陪。

御膳房开始传上美酒佳肴，世子们也都背上箭壶，戴上扳指，全副武装就为一展射艺。

微风徐徐，梅香阵阵，推杯交盏之间，御花园内的气氛很是融洽。

直到负责评判的大臣，一再报出：“刘世子，年十八，十箭中七箭，靶心未中。”

“王世子，年十六，十箭中五箭，靶心未中。”

诸如此类的拙劣成绩之后，皇上终于放下手里的金樽，发问道：“这满院子的孩子，少说也有六七十人，不满十二岁的射艺不精倒也罢了，毕竟年龄小，怎么这些长得身高马大的少年郎，竟有如此多的脱靶。这才五十步距离，若到百步开外，岂不是无人能射中箭靶了？”

“皇上息怒。”满园的人都跪下了，却又无人敢站出来说吾儿可以。

“皇上，这里大多数的孩子都是第一次进宫，又是第一次在您面前献艺，难免因为紧张而发挥失常，不用着急，不是还有人没上场吗？”柯卫卿却是微露笑容道，似乎只有他不惧于皇帝的愠怒。

“那继续吧。”果然，皇上又一次依从了柯卫卿的话。

众人不约而同地松了一口气，只是接下来上场的世子、公子们不但没放松下来，反而更紧张了，这成绩简直可以用惨不忍睹来形容。

一位十四岁的公子在射箭时，慌得连弓都拉不稳，摇摇晃晃，连周围的人都看得直汗颜，别说皇帝了。

皇帝把酒樽往桌上重重一掷，吓得小公子胡乱放箭，这力道倒是蛮大的，可是箭射出去的方向不对，笔直朝着上空而去，还不偏不倚射中一只鸽子，鸽子掉下来的瞬间，不知是谁喊了句："小心。"

侍卫以为有刺客，都把腰间佩刀拔了出来，直到鸽子砸落在地，方知虚惊一场。

转而又是官员们忍耐不住的取笑："这都射的什么玩意儿，唉。"

景霆瑞望向亭子那儿，倒不是想要看皇上雷霆震怒的样子，而是方才有人喊小心时，他想保护皇上，便不觉抬头看去。

却看到皇上在那一瞬间，伸出左臂挡在柯卫卿的身前，虽然那只是一眨眼的事情，因为皇上很快就意识到那不过是一个小意外，便把手臂收了回去。

皇上在保护柯卫卿？这个情景让景霆瑞感到诧异，不该是臣子保护皇帝吗？

反观柯卫卿的反应，在皇上不动声色地把手收回时，柯卫卿拿起面前的酒杯，轻呷了一口，仿若什么事都没发生过。

因为柯卫卿的态度十分之淡然，以至于景霆瑞怀疑自己是不是看花了眼，毕竟还隔着一些距离。

"够了，除有信心能击中靶心的，其余人就不用上来了。"皇上的声音具有非同一般的穿透力，这些入宫前还春风得意的世子、公子，如今都萎靡万分，俯首低眉地龟缩原地。

这龙颜怕是马上要大怒了！

就在大臣们想办法度过此劫难时，有个宫廷侍卫竟然站出来道："启禀皇上，景亲王府的少爷，射艺精湛，卑职曾有幸见过，何不让他出来一试？"

这侍卫尽管想表现出一副沉着稳定的样子，可是他的双腿都有些打哆嗦，声音也有些发虚。

"景亲王府的世子，方才不是已经比试过了？"一位亲王出列道，"哪还有别的少爷。"

那位侍卫还来不及答话，皇上已然抬手，往那皇亲国戚的人堆里勾勾手指："景亲王出来说话。"

景安昌慌里慌张地小跑出来，"扑通"一声跪倒在皇上面前："吾、吾皇万岁，那孩子是本王的妾室所生，所谓射艺精湛不过是些雕虫小技，让他在这献艺乃是对皇上和各位公卿大臣的不敬……"

"因为是庶出，所以他不能比试，是吗？"皇上直接打断了景安昌的话。

"正、正是如此。"景安昌一个劲儿地磕头，显得极为虔诚。

"巧的是，朕也是庶出。"皇上此言一出，除了柯卫卿微微抿唇一笑，所有人都惊呆了。

从没有人拿皇上的出身说事，除非嫌弃自己命长，久而久之，会有人忘记皇上的庶出身份。

“那、那不一样。”话都到这份上了，景安昌再不说些什么，这身家性命可就难保了。

“哪里不一样？”

“不怕皇上笑话，臣的妾室不过是一个歌姬，但皇上您的母亲乃青鹿国嫡公主，身份尊贵，岂能与臣相提并论。”

“你说得不错，朕的母亲以和亲的身份嫁入大燕，但皇考亲自领兵灭了青鹿，自那时起，母亲便是亡国之女，是皇考的嫔妃，而朕不过是诸多皇子中的一个。若以王爷您的要求来评定，朕难道不是庶出吗？”皇上似笑非笑地说。

景安昌已满头冷汗，全然不敢接话。

“叫那孩子上来，既然连一个小小宫廷侍卫都能知道他的本事，想必是不错的吧。”皇上说完，侍卫吓得浑身一个哆嗦。

柯卫卿终于放下一直捏在手里的酒樽，笔直望向景霆瑞所站的方位。

“就是这个孩子吧，眼神不错。”

柯卫卿的声音并不十分响，却像是被风送过来的一样，让景霆瑞浑身一凛，呆愣原地。

“是他吗？过来吧。”皇上道。

有人从背后用力地推了景霆瑞一把，景霆瑞一个踉跄走了出去，周围全是不怀好意的目光，有期待看好戏的，有嫌弃他的出身的……如若这些目光是箭矢，早就把景霆瑞扎成刺猬了。

景安昌的目光是这些人当中最出彩的，有很深的责怪意味，仿佛景霆瑞射艺好是一种万恶不赦的罪过。

景霆瑞无视景安昌追过来的视线，定了定神后，跪在了凉亭外。

“景霆瑞叩见皇上，吾皇万岁、万岁、万万岁。”

“雷霆万钧、瑞气千条，这名字取得不错。”

“谢皇上赞赏，此名乃父王所赐。”

“哦？看不出景亲王还是很疼爱这个庶子的。”听不出皇上的口气是嘲讽还是当真赞赏，景安昌只能诚惶诚恐地跪叩谢恩。

而景安昌会给景霆瑞取这样好的名字，是因为景霆瑞出生之时，确实是一个雷霆万钧、祥瑞漫天的气象，才会给他以“霆”“瑞”二字为名。

如今看来，真有些分不清当时到底是祥瑞之兆，还是上天示警了，景安昌总觉得这孩子全然不像自己，一点都不安分，迟早会给王府惹出事端。

“你几岁了？”

“十岁。”

“年纪虽小，气势倒不弱。”皇上笑了，“去那边领十支箭，只要你能中八箭，我就不罚那侍卫了。你若能全中，朕就算他举荐有功，可获奖赏。”

越级发言有违宫规，就算侍卫想要禀报也必须向上级传达，获得许可后，才能由上级禀报圣上。

景霆瑞看了一眼边上战战兢兢的侍卫，认出了他。他就是那个与赵师傅称兄道弟，一起饮酒还商议前程的人。

在所有皇亲国戚、公卿大臣都沉默不语时，他会冲出来举荐，是想获得皇上的赞赏吧。

看来他真的很怕丢了自己的饭碗，也是放手一搏了。

“是。”景霆瑞躬身领命，不卑不亢地走向比试的场地，向评判官领了十支箭。

“景少爷，这里有十把弓，依照力度不同二分，您年纪尚小，请选中间的这把，有十斤的拉力，我给您的箭重二钱，刚好合适。”

“他不是很厉害吗？当然可拉强弓。”一世子见机起哄，“给他那把三十斤的弓。”

这里的三十斤不是指弓的重量，而是拉开弓相当于提起三十斤的重物。

“就是，挑轻巧的弓来用，再说自己厉害，那不就是矮个子里拔高个么，算什么本事。”兴许是见到庶子上场，心有不甘，那些平时被宠溺惯了的公子们终究是咽不下这口气，纷纷出言抗议。

“真是笨，哪有说自己是矮子的。”那世子的父亲终究忍不住，上前给了那小子一肘，世子终于不吭气了，却引来不少人窃笑。

“那就三十斤的弓吧。”景霆瑞对评判官说。

“这……”若不能控制弓弦，导致反弹，轻则断了手臂筋骨，重则终身残疾，怎么说也是王府的少爷，评判官有些拿不定主意，便看向皇上。

皇上微微颔首。评判官就双手端着巨弓递给了景霆瑞。

这弓可真大，都与景霆瑞的个子一般高。既然弓换了，箭矢也得改，变成五钱重箭，这是武将们惯常用的。

景霆瑞双手持弓和一支铁箭，往五十步外的用稻草扎起的仿佛锅盔一样的箭靶望了望，就转身往后头走了。

围观的人便跟着往后退，因为景霆瑞一直不停地走，有人质疑：“莫不是要逃跑吧？”

景霆瑞最终在一百步左右的地方停下，众人才知道他想以百步射箭，那同样是武将才能做到的事情。

“他这是瞧不起我们吗？”那些十六七岁的世子气红了脸，要不是有皇上在这，恐怕已经挥拳直揍景霆瑞的脸了。

“他当自己是神童不成，五十步能射中就不错了，百步……”围观者的话音还未落，景霆瑞已经拉弓射箭。因为他的动作太流畅了，没有一丝一毫的犹豫，“砰”的一声弹响，铁箭飞射而出，“咚”，锋利的箭镞深扎红色靶心内，而箭翎依然震动不止。

“哇！”真是一击即中而满座皆惊！

好些人倒吸一口气还没来得及吐出，景霆瑞开弓射箭，如电光石火一般的箭矢掠过众人的眼前，再一次正中靶心！

“太厉害了，简直神乎其技啊。”

“就是，他还这么小，未来必定是前途无量呀。”

风向立刻就转了，前一刻还是不自量力的景霆瑞，现今是人人称道的对象。

景霆瑞并没有受那些人影响，一连射出十箭，气都不喘一口，靶心不过碗底大小，十支铁箭皆中靶心，这块稻草扎起的箭靶承受不起这等力道，有三支箭镞甚至穿透了靶心。

“真是大开眼界，没想到这些后辈里头还有这等人物。”好些人重新打量起景霆瑞来，见他穿得像个仆役，但长得是浓眉大眼，且鼻头高挺，竟还是一位翩翩美少年。

此刻发出唏嘘感叹的人就更多了。

“我怎么瞧着这个庶子反倒更有世子的派头。”

“是啊，不管是本领、长相，还是那种少年老成的气度，都比那软塌塌的景霆云强太多了。”

景安昌站在那里，自然听到了那些议论，他笑也不是，不笑也不是，面露尴尬地站在那里一动不动。

景亲王妃早就气歪了嘴，但皇上和娘娘都在这里，哪容得了她发威，她只得用手绢轻掖唇角，假装若无其事。

“啪啪。”在各种各样的议论声不停时，皇上鼓起掌来，“很好，年纪轻轻就有这等能耐，果然是英雄出少年。”

就连柯卫卿也一直望着景霆瑞，但不作言语。

“你这侍卫叫什么名？”

“卑职广元。”

“从今天起，你就是这东御苑的侍卫长，朕再赏你白银五十。”

“谢、谢皇上赏赐！”广元跪下，连连叩头。

“至于你，”皇上眼里带笑地看着景霆瑞，问道，“想要什么赏赐，尽管说。”

“皇上，我不要任何的赏赐，”景霆瑞笔直地跪了下去，恳切地道，“我只想为您、为大燕国效忠。”

之前，皇上嘲笑景安昌看低庶出身份，并大方承认自己就是庶出，让景霆瑞大为震动，他身边所有的人都讲究尊卑位分，并以此作为行事准则。

而身为天下最有权力，地位最高的皇上，却认为不该如此。

皇帝的话就像一把火，点燃了景霆瑞压抑已久的斗志，也终于扫清了他内心的阴霾。

才华不应以出身来定论，景霆瑞的眼底投射出一股闪亮的光芒，充满期待地望着凉亭。

“面对皇帝，却自称‘我’，还敢抬头直视。”柯卫卿微微侧脸，对着皇上道，“真是初生牛犊不怕虎。”

即便皇帝不介意，在场纠察百官礼仪的监御使也会出面提醒，并惩处景霆瑞的。

“头一次见你这么关心一个初次见面之人。”皇上却道，“朕会让监御使免了他的无礼之罪。不过，你要告诉朕，为什么？”

“因为……”柯卫卿抬眼直视皇帝，“他很像您，让微臣想起过去的您。”

“是吗？哈哈。”皇上大笑，引得另一桌的嫔妃都纷纷转过头来，兰贵妃看起来相当不悦，可能是觉得皇上一直只顾着和她的兄长说话吧。

“皇上，那这个景霆瑞……”评判官见皇上只和柯卫卿低声耳语，却迟迟未表明意向，便替景霆瑞问道。

“赏金一百，赐从八品宫廷带刀侍卫，你就跟着广元吧。”不等景霆瑞谢恩，皇上就转而对广元道，“你这个新晋队长，要好好教他皇宫里的规矩，别让这初生牛犊真被老虎给吞了。”

“卑职遵旨！”广元赶紧跪下了。

“皇、皇……”景安昌想要说，皇上，这不合乎规矩，带刀的宫廷侍卫，怎么可以是一个十岁的孩子呢？

但圣旨已下，容不得他说一个不行，景安昌只得跪下谢恩。

景霆瑞跪在景安昌的后头，迟迟都未起身。

游园会按时散去，兰贵妃没能成为今天的主角，几乎绞碎了手里的帕子。

在与皇上分别之前，她上前哀声道：“皇上，福儿又病了，大约是昨夜里感染了风寒，希望皇上去瞧一瞧。”

“请过太医没有？”

“回皇上，还没。”

“怎么回事？”皇上责问的是身旁的太监总管李德意。

“这，娘娘未提及，奴才也……”皇上的眼神变得凌厉万分，李德意惊得脸都白了，“奴才这就去请太医看望二殿下。”

“嗯。”皇上颔首，这才对兰贵妃道，“你也别太着急，待太医回禀朕再说。”

然后，皇上就起驾去御书房了，柯卫卿则回他的甘泉宫。

徒留兰贵妃满眼怨愤地盯着皇上的御驾远去，半晌都没动。

甘泉宫里有温泉，用来休养一些经久不愈之病甚好。

皇上往御书房去时，特意陪同柯卫卿先回甘泉宫。在那殿门前，皇上甚至下了御辇，与柯卫卿话别。

“皇上，您既然娶了微臣的姐姐，又何必故作冷落？”柯卫卿直言道。

“既然你们从无姐弟之情，你又何必故作关心？”煌夜反问。

“是微臣多嘴了。”柯卫卿一个躬身，欲告退。

“你不是多嘴，只是太爱替别人操心。”煌夜却不让他走，“如果不是这样，你也不会乖乖留在这宫里吧。”

柯卫卿低头，没有言语。

煌夜也看不清他的神情，只是往下道："天牢里除了你的好朋友穆仁亲王，还有那些巫雀余孽。"

"他们不是余孽！是与你我一样的人，只不过……"柯卫卿猛一抬头，想要为族人申辩，却看到了煌夜脸上微露着笑。

"只不过都拥有神力，十分强大。"

"强大不代表具有威胁，无知才是，你的父皇因为无知杀了多少无辜之人。"

"朕还没想好，到底该怎么对付巫雀叛军。在朕还没有想好如何将此事公之于众之前，你不要再用你的力量了。"煌夜回避了柯卫卿的控诉，反而说了另外一件事，那便是柯卫卿在御花园里推开乌云，散去所谓的祥瑞之光。

"也请皇上不要再出手护着微臣的事了。"柯卫卿微笑，"微臣是元气大伤，但不至于连自我防身都不行，若是被旁人瞧见，皇上您……"

柯卫卿发觉煌夜正盯着他瞧，不觉噤声。

"卫卿，你背叛了朕，现今已不再是朕的徒儿，也不再是朕的将军，而是叛军的统领，作为人质留在朕的身边，所以你的命是朕的，朕要怎么做，你没有拒绝的余地。"煌夜说得认真，柯卫卿眼里原本的神采，也变得晦暗起来。

"罪臣知道，罪臣又多嘴了。"

煌夜点点头，起驾去勤政殿。

柯卫卿恭送圣驾，留在宫门前许久都没有离开。

一转眼，景霆瑞便在宫里当了一个月的差，广元总是带着他，教他宫里的种种规矩，例如应该自称"卑职、小的、奴才"等，断然不可自称"我"。

还有，哪些宫殿是不能去的，见了哪些人要跪，哪些人要鞠躬……全都是一套又一套繁复的规矩。

景霆瑞学得极快，因为遵守宫规意味着可以不被揪错，不被赶出宫去。

只是作为新进侍卫，他不得返家休假，一直住在宫里的侍卫殿内，在东西两座御花园内轮值。

除了游园会外，景霆瑞就再也没瞧见过皇上和柯卫卿，他们似乎不怎么去花园里游玩，哪怕雪景再美也是一样。

景霆瑞时常守着美得不可思议的雪夜美景，想着母亲若是在这，该有多欢喜，皇宫内的花园又大又精细，宛若仙宫。

侍卫之间很少闲谈，与武士学堂那种随意的氛围截然不同。但住在宫里，就算你不去在意，也会知道一些宫中之事，比如永福殿下总是生病，是因为早产，先天不足。

皇上整日忙着与嘉兰的战事，以及依然在审讯穆仁亲王那些叛贼。

皇上还让大皇子爱卿殿下认柯卫卿作义父。大皇子还很小，恐怕都不明白义父是什么吧。

皇上的喜好和脾气无人可以摸透，他下旨说让柯卫卿做大皇子的义父，也不管规矩上是否合适，柯卫卿便是大皇子淳于爱卿的义父了。

这就是皇帝，不论什么事，只消一句话便行。

景霆瑞尚且年轻，还不知皇帝一句话定天下的背后，是因为皇帝手握着实权。

雪花好像星星一样落下，在宫灯的映射下闪闪发光。

七位宫女、六位嬷嬷，另外还有两位乳母，在这原本该围着暖炉歇息的时候，却打着灯笼、纸伞，心急火燎地在百子门里寻找大皇子淳于爱卿的下落。

卿儿已有一岁三个月，已经很会认人了。柯卫卿挺喜爱他，没少来育婴堂，抱着卿儿，教他说话、唱歌，还手把手地教他走路。

这一来二去的，比起总是忙于政务的父皇，卿儿自然更喜欢柯卫卿。

大皇子学东西也很快，叫起“父皇”和“干爹”来，虽奶音十足，但像模像样，让人忍俊不禁。

而他走起路来就像小鸭子一样左摇右摆，尤其是“哒哒哒”跑起来时，可真够快的，一眨眼就没了影，让照管他的人提心吊胆，一刻也闲不得！

这不，在掌灯时分，刚喂他喝下一顿奶粥，让他在房里歇着。一炷香的工夫，嬷嬷再回去里屋探视时，只见温暖如春的炕头上，小棉被掀开着，哪里还有那小祖宗的影儿？！

这可真是平地起惊雷啊！百子门里的宫婢太监全都惊动了，这要传到皇上那儿，性命可就不保了。谁都知道皇上把大皇子当作心肝宝贝疼着，含在嘴里都怕化了！

所以这事被公公暂且压下，先不去禀报，大家分头寻找。这又不是在大街上，一个孩子还能凭空消失了不成？

可是，百子门说大不大，说小也不小，众人搜寻了半天，连水井里都看了，还是没看到大皇子的影儿。

“这下可怎么办？雪越下越大，殿下还那么小，万一摔在哪儿了，有个三长两短的……我可就不活了！”有宫女揪心地说，不由得哭了起来。

“你就是想活也活不成呀！”另一位嬷嬷掩面恸哭，这一来，哭哭啼啼的宫婢更多了，乳母更是跪在雪地里求菩萨拜祖宗，祈求上苍告知皇子的下落。

百子门里是乱成一团，但百子门外的曲径长廊和花园里却是一片寂静，唯有雪花在纷纷扬扬地飘落着。

景霆瑞撑着一柄油纸伞，独自走在花园里。

静幽幽的宫苑是那样深广，即便是在雪花飞舞的夜里，看起来也十分巍峨，气派非凡。

景霆瑞踩踏着厚厚的积雪，走上石阶，正想往侍卫所去时，忽然发现长廊下方的花圃里有异样！

一个雪白团子在茂密的灌木间耸动。是野兔？还是野猫？景霆瑞一怔，本想走开时，心里又产生了一丝怜悯。雪越下越大了，寒风刺骨，这小东西支撑不到天亮就会冻死吧？

景霆瑞叹了口气，重新走回长廊下边，靠近覆盖着皑皑白雪的灌木丛，弯下腰。

“爹……”那雪白浑圆的团子却突然说话了，奶声奶气，吓了景霆瑞好大一跳，差点跌坐在地！

“爹爹……抱抱。”那娃儿依旧叫着，伸出肥润的小手，揪住景霆瑞的锦袍衣摆，仰起脸来。

“好、好漂亮的娃儿!”景霆瑞心里“咯噔”一下，看呆了。

他的那双又黑又亮的大眼睛，直直望进人的心坎里，纤细的睫毛又长又密，就跟羽扇似的，让人想要轻轻触摸。

而他的皮肤也很白皙，衬托得小嘴分外的红，就跟蜜渍的樱桃一样。

“这不会是雪精吧？”有这么一瞬间，景霆瑞以为伸手抓住自己的，是跟随风雪降落下来的妖精。

据说，雪花中间是会有这样的精灵，长得可爱极了。

但这个粉妆玉琢的奶娃小嘴一扁，眼角就红彤彤地“哇”一声就大哭起来。

“哎？啊！”

似乎不是妖精啊！景霆瑞手忙脚乱，立刻把这个小祖宗抱了起来。好沉呢，还有一股浓浓的奶香，虽然外面穿的小棉袄被雪水濡湿了，但他的肌肤仍然很暖和，景霆瑞把他抱得紧紧的，连油纸伞都丢了。

“呜哇……父……皇……爹爹……”

这娃儿却是个混世小魔王，不仅在他耳边号啕大哭着，鼻涕眼泪全擦他身上，还揪住他的头发不放，景霆瑞一会儿抱着他，一会儿哄着他，解救自己快要被扯断的头发。

“好！我们去找你的爹爹！不过，你的爹爹……到底是谁啊？”

吃力地抱着不住闹腾的孩子往长廊走，景霆瑞低声问道。

这孩子估计也是百子门里的孩子吧，是哪个亲王或者郡王的后代呢？他们中有些是为了得到更好的教育，而有一些拥有兵力和封地的淳于姓皇亲，会把自己的孩子送到百子门来抚养，只是单纯想要博得皇帝的信任。

景霆瑞觉得这样做很无情，那么小的孩子就远离爹娘，仅为维系那些“皇亲关系”。

不过，这孩子叫的爹爹，难道是指柯卫卿？但这不可能吧，百子门怎么会如此怠慢大皇子，让他在大雪天里到处跑。

“嬷……嬷嬷……”娃娃的两眼忽闪着光，嘟囔道，“饿……”

“什么？你饿了？你还是喝奶的吧？我带你回去。”见娃儿两眼盯着他的胸口，垂涎欲滴的样子，景霆瑞更是惊慌，把沉甸甸的娃儿小心地托抱到背后，驮着他走向百子门。

为了不使娃儿受寒，景霆瑞还将自己的披风解下来，密实地裹住他。

寒风吹过长廊，冻得人直哆嗦，景霆瑞背着暖烘烘的娃儿，没走出多远，长廊的另一边就响起了一片凌乱的脚步声。

“殿下！大殿下！您在哪儿啊？！”

“大殿下！求您快应嬷嬷一声吧！”

“唉，这么小的孩子能跑多远啊？！”

“嬷嬷！孙嬷嬷！”被嘈杂的叫喊声吵醒，背上的娃儿张开双臂，朝声音的方向，欢快地响应着。

“什么？”景霆瑞没想到自个儿抱着的还真是大皇子。

不知是该对孩子肃然起敬，还是……景霆瑞回头看着奶娃噘嘴回应嬷嬷的可爱样，竟有些舍不得放开了。

“哎呀，大殿下！我的小祖宗！”

孙嬷嬷和宫女听到卿儿的叫唤，很快就赶到了。然后，她们惊愕地发现，这个平时极怕生，除了柯大人、皇上和嬷嬷外，谁都不让抱的大殿下，竟然乖乖待在一个少年的背上。

“大殿下没事，他只是饿了，还有棉袄有点湿，得换一身了。”景霆瑞把孩子抱回身前，交还给她们。

“真是太谢谢了！请问大人您是……”重新找回了大皇子，老嬷嬷和宫女们都激动极了，连声致谢。

“我是侍卫，并非大人。”景霆瑞微微一笑，向孙嬷嬷怀里的淳于爱卿下跪道，“卑职告退。”然后便转身离开了。

“啊！他就是景亲王的长子，景霆瑞！”一个年纪较小的宫女想起什么似的，叫嚷道，“就是皇上前不久钦点的宫廷侍卫！”

“哦，原来就是他啊！才十岁，长得可真俊……”

“就是啊，真是百闻不如一见。”嬷嬷、宫女低声议论着，抱着大皇子走回百子门时，心情一放松，就说起了那个震惊了全宫上下的游园会，什么技惊四座，前无古人，就跟说书一样精彩。

大皇子在她们的怀里，不吵不闹，静静听着，仿佛他能听懂这一切似的。

已是深夜，甘泉宫内，路灯微明。

太监总管李德意手提一个食盒，在几个太监提灯照明下，进入内殿。

这一拨人就跟一团萤火虫似的，走到哪儿就亮堂到哪儿。

到了柯卫卿歇息的寝室时，原本昏暗的室内一下子明亮起来。

虽然宫殿很老，但陈设簇新，柯卫卿披着一件单衣坐在罗汉榻内，正在一盏烛灯下看书。

“奴才给柯大人请安。”李德意跪下，笑吟吟道，“御膳房刚熬好的汤药，奴才给您送来了，还请趁热服用。”

“这个味儿我不曾闻过，是什么？”柯卫卿在给煌夜当太子侍卫前，曾到太医院学习过一段时间，鼻子又灵，一下就嗅出不同。

“不愧是柯大人，什么事都瞒不住您，”李德意道，“这是西凉国进贡给皇上的寿仙草，又加上了当归、灵芝等好东西……”

“这草药可是西凉的国宝之一，极为稀罕之物，皇上怎么可以给我？”

“只要柯大人身体无恙，皇上有什么东西是不舍得给的呢？”

柯卫卿看着那食盒，没有说话。

李德意打开食盒盖，把还冒着热气的汤药端出，食盒的第二层放着两个白瓷碟子，是蜜饯果脯。

在柯卫卿喝药的时候，李德意道：“今儿大皇子走丢了。”

“什么？！卿儿走丢了？”柯卫卿放下药碗，十分着急。

“大人别急，那个景霆瑞把皇子给找回来了，这事儿也并未惊动到皇上。”李德意道，“百子门的孙嬷嬷与奴才是老乡，她实在怕得很，在找到皇子后才告知奴才。唉，好在大殿下安然无恙，否则纵然有十个脑袋也不够砍的。”

柯卫卿明白了，李德意是想要保这个嬷嬷，是找他来帮忙的。

“卿儿已经能到处走了，你们要更小心一些才可以。”柯卫卿道，“且既然已经找到了，皇上应当不会再追究，但下不为例。”

“是，奴才谢柯大人。”有了柯卫卿的保证，李德意很高兴。

“还有，可有奖赏景霆瑞？”

“这……此事未有上奏，故还未有奖赏，等奴才回去就给他些赏银吧。”

“还是算了。”柯卫卿略一思忖，“他并非池中之物，迟早有一天，会获得比这更多的奖赏。”

“是、是。”李德意一边点头一边笑，“所以说，这朝中能明皇上心意的，就只有柯大人了。”

“怎么，皇上也提到景霆瑞了？”

“正是如此，今儿皇上说，景霆瑞是个习武天才，将来必有成就。”

“哦。”柯卫卿淡淡应着，心想：等景霆瑞再大一些，皇上应当会收他为徒吧。

就像当年，皇上教他学习《无双剑诀》一样。

这并非普通的剑谱，而是青鹿国的国宝，也是天下绝顶厉害的剑法，唯有青鹿皇帝方可承袭这剑谱。

已故叛臣赵国维攻入青鹿宫殿时，一直在找这本剑诀，还为此虐杀了很多青鹿贵族，却不知道它早已被青鹿公主带到大燕国来了。

青鹿公主，即皇上的生母，偷偷地把剑谱交给儿子煌夜。

《无双剑诀》极其难学，想要真正领略其精髓，得花上三四十年，等学成了，人也老了，这也是拥有着天下第一剑法的青鹿国，却保护不了自身的原因。剑法神秘又学者寥寥，几乎传承不下来。

所幸煌夜天资极高，是罕见的习武天才，没有师傅可以教他，他就潜心自学，不过三五年的工夫，就把这难啃的剑诀给拿下了。

后来，煌夜成了太子，还把剑诀教给了柯卫卿。

只是与煌夜的一战，又被赵国维下毒，柯卫卿功力尽损，现在再也使不出那样犀利的剑法了。

但剑法不能后继无人，煌夜会如此看重景霆瑞也无可厚非。

“大人，药要凉了。”看着柯卫卿若有所思，待着不动，李德意提醒道。

“嗯。”柯卫卿喝完药，但没有吃蜜饯，李德意收拾好食盒，退下了。

因受到嘉兰和大燕战事的影响，一再延后的大皇子淳于爱卿抓周礼，在特意布置起来的朝阳殿里隆重展开了。

只要是涉及大皇子的事，皇上就会特别上心，这一点明眼人都看得出来，皇上不仅请了众大臣、亲王来观礼，连侍卫也增加了三倍，景霆瑞便是其中之一。

他站在大殿里的廊柱下，望着众人举行典礼。

大殿上铺开的大红毡上，宫女和太监站了两排，各种抓周礼物已经准备妥当，有黄金算盘、狼毫笔、小书本、镶嵌宝石的小刀，等等。

景霆瑞不禁回想到，母亲说他的抓周礼，抓到了一把刀，还紧抓着不肯放，把小手都割破了，把她吓得够呛。

“殿下，看这边啊。”宾客都围在了毛毡的四周，因为不少东西都是他们送来的礼物，比如金丝银线做的袍子、雕刻精致的百岁挂锁等。

谁都希望大殿下能抓中自己送的礼物，便笑着拍手吸引大殿下的注意。

那穿着白裘皮袄子，好像年画娃娃一样可爱的卿儿，抓抓布偶丢开了，又捏捏算盘，但是没拿起来，往旁边一放。

围观的人太多了，他似乎有些害怕，嘴扁着，眼珠子骨碌碌地转，然后，他仰头，看着威武不凡的父皇。

煌夜微微点头，示意他继续找喜欢、想要的东西。

一把金光闪闪的宝剑，就在大红毡边缘摆着，卿儿笨拙地用屁股挪动身子，一点点往前移，惹得大伙笑了起来。

然而，小手伸出去并不是想抓住宝剑，而是拉住了一截棕色的衣摆。

“啊？”景霆瑞一呆，因为大殿下正揪着他的衣裳呢！

“瞧你，碍着殿下了，”有人不客气地道，“快让开！”

“哦。”景霆瑞弯腰下，轻轻握住大殿下的手，想要拉开，没想到大殿下“哇啊”一声，号啕大哭起来。

“哎呀！你怎么把殿下弄哭了？”

“哎？我？”景霆瑞不知该怎么办，嬷嬷赶紧跑过来哄，大殿下也不要，这会儿已经不是抓着衣裳了，而是整个抱住景霆瑞的腿，不论嬷嬷、宫女、太监等人怎么哄，他都不撒手。

“卿儿，你想要他吗？”就在大家乱作一团时，皇上突然开口道。

“父……皇……呜呜。”口齿不太清晰，但卿儿明确地向皇帝表明了心意，“他……宝宝要……”

“那好。”皇上充满威严的目光从不知所措的景霆瑞身上一扫而过后，重新回到爱卿的身上，“从即刻起，他就归你了。”

“可是，皇上？”景霆瑞惊呆了，就这么一句话，他从此以后就成了大殿下的人？一个还在喝奶的娃？

“你是卿儿今天抓到的东西。”煌夜的声音低沉悦耳，动听极了，“代表他以后会统治百官，倒也不错。”

“皇上万岁！”众亲王和大臣听出画外音，连忙躬身贺道。

可这确实是破天荒的头一回，抓周竟然抓到一个大活人，众人都说大殿下太有能耐了！

没人在意景霆瑞的想法，尽管大家都知道，景霆瑞从宫廷侍卫变成皇子“保姆”，等同被降职了。

景霆瑞并不讨厌揪着他裤腿不放的爱卿，只不过这与他想要为皇上出生入死的愿望背道而驰，心里难免失落。

数月后，在与嘉兰的战事取得胜利后，皇宫内却又掀起另一场血雨腥风。

皇上公布有关巫雀族之事，得知天底下竟然有这样神奇的人物，有敬畏的，有惧怕的，也有趁机作乱，想要从中牟取利益的。

兰贵妃便是其中之一，为了给儿子永福谋得太子之位，她暗中散布谣言，指皇上受妖人蛊惑已丧失治国心智，与此同时，密谋行刺煌夜。

在煌夜率诸多皇亲、皇子一同前往皇陵祭祖的半道上，近百刺客来袭，他们的目的很明确，那便是杀死皇上和皇长子，嫁祸给柯卫卿。

景霆瑞与爱卿在同一驾马车上，这是他第一次杀人，对方看到他是个少年，多少轻敌了。

景霆瑞没有给他后悔的机会，干脆利落地杀了他。

爱卿被保护得很好，没看到这血腥的一幕，另一驾马车上的永福就没那么幸运了，他的乳母被意外刺伤，幼小的他受到不小的惊吓。

刺客终究是被御林军所灭，皇上和爱卿都无恙，柯卫卿负伤，永福受惊过度，高烧不退竟夭折了。

兰贵妃大受刺激，言语混乱，被皇上打入冷宫。

风波过后，一切回归平静，但随着巫雀族人陆续被放出监牢，朝中各方势力风起云涌。

“瑞……瑞……”

刚饱餐了一顿，躺在床榻上午睡的爱卿，梦呓着将小脑袋塞进景霆瑞的怀里。

“殿下，卑职和您说过好几遍了，不是瑞瑞，是霆瑞。”景霆瑞皱眉说，轻拍着卿儿的背，耐心地哄着。

自从他来了以后，嬷嬷和宫女们就轻松许多，因为大殿下再也没有每天哭闹着要父皇或者干爹了，他似乎找到了和父皇一样，能带给他安心感的人，他的新“宠物”。

“瑞……抱抱……”听着大皇子慌张的梦呓，景霆瑞回过神来，将他抱得更紧了。不知大皇子又梦到什么了，在向他求救呢。

他顽皮又胆小，抓着毛笔往自己脸上乱画，画完从镜子里瞅见自己的模样，又吓得哇哇直哭，真是让人心疼又好笑。

“殿下，卑职在这儿呢。”景霆瑞低头，在那贝壳般的耳朵边低语道，“您不用怕，安心睡吧。”

爱卿粉嫩的脸蛋上露出微微的笑容，逐渐睡熟了。景霆瑞忍不住抚摸着他乌黑柔软的头发，忽然觉得，这样当保姆的日子也还不错。

“殿下，我会一辈子保护您的。”不只是受命于皇令，景霆瑞打心眼里喜欢这位殿下，虽然他们相处的日子并不长，但他已经被这个可爱的小东西深深迷住了。

当然，此时的景霆瑞还太年轻，并不知道要陪伴大殿下，会遭遇多么危险又充满坎坷的未来……

一转眼，景霆瑞已经在爱卿身边三年了，这也是翻天覆地的三年。

不知皇上与柯卫卿之间达成了什么协议，使皇上不顾群臣的反对，赐予柯卫卿“巫雀王”的封号。

而这个“巫雀王”并不是因为柯卫卿战功赫赫，而只是单纯地认为他是巫雀族之王。

朝臣认为这等同承认巫雀拥有皇族，也有建国的可能，他们本就有着非同凡响的能力，如今再受到大燕帝的册封，拥有了等同于藩王的实力，就构成了一大威胁。

皇上却认为巫雀本就自成一国，如今只是还他原本的名分而已。更何况巫雀王都在大燕的皇宫中以“臣”自称，整一个巫雀族亦是“臣之臣”。

当然，皇宫内有一个皇帝和一个族王，确实有些不合祖制，但皇上下诏曰：人要学会变通，以求上上之策。

除去那些始终看巫雀不顺眼的人外，还有一些人是赞成皇上的。

原因在于：听闻巫雀族非常忠于族长，柯卫卿便是他们的族长。皇上封柯卫卿为王，以厚礼待之，巫雀族必然感激，自不会生乱。

如果巫雀族心存歹意也不必担心，因为皇上把柯卫卿留在了宫里，说白了就是放在自己眼皮底下，软禁起来了。

巫雀王在皇上的手里，巫雀族自然不敢贸然地兴风作浪。

所以不论从明面上的道理，还是背后的实质，皇上这么处置是极为妥当的。

如果皇上能努力化解双方之间多年的仇怨，能让巫雀的神力为大燕所用，从各方面来说，对大燕都大有裨益。

因此，赞成皇上决策与始终坚持巫雀乃祸患的大臣争斗激烈，逐渐形成两大派系，反对一派中的有些人为证明自己的观点是对的，不惜谋划各种事端，引起许多冤假错案，也弄得人心惶惶。

在那一段时间里，几乎每天都有人因此而死。

皇上下旨彻查幕后黑手，甚至撤换了宰相，才慢慢地平息了这些事。

巫雀王柯卫卿暂且在朝中站稳了脚。

尔后，皇上下旨册封长皇子淳于爱卿为太子。

这是一桩大喜事，大燕国终于有储君了。

这也冲刷了朝内的血腥戾气，而这之后没多久便是一年一度的元宵佳节。

大燕帝淳于煌夜诞生于元宵夜，所以这元宵又是万寿节，皇上下令自打正月十四起，便废朝三日，金吾不禁。

而在这期间，睢阳城里真是冠盖络绎，游人如织，张灯结彩，喧闹达旦。

到了元宵节的这一天，皇宫里有许多贵族大臣的亲眷受邀入宫，与后宫娘娘一起游园、赏花、猜灯谜，皇上、太子和巫雀王就与大臣一起品茶博弈，难得的君臣同乐，气氛融洽。

景霆瑞已经升为从八品的太子近身带刀侍卫，也是太子身边年纪最小的近身侍卫。

在景霆瑞陪同太子一起去见那些有头有脸的王妃时，他明知以母亲的身份，是不可能出现在这种场合的，却还是按捺不住期盼地，在那些穿金戴银的贵妇堆里，寻找母亲的身影。

他看到了景亲王妃，依然是满身华服，被诸多贵妇环绕。她的身边还带着世子景霆云，几年未见，才十三岁的他长得很壮实，面若圆盘，阔膀粗腰，与人谈话爱扬下巴，那趾高气扬的样子，当真是一点都没改。

景霆瑞见到他们母子，便知母亲是没能来的，因为他们认为歌姬出身的母亲是王府的耻辱，更不可能出现在同一个筵席上了。

景霆瑞不着痕迹地叹息，看着那些相谈甚欢的人，思念着自己的母亲。

忽然，有一只又软又暖的小手握上了景霆瑞按着剑柄的右手，他一愣，低头下去，看到了太子爱卿满脸是笑，把头仰得高高地望着他。

天气很冷，太子原本是戴着一双嵌满羊绒的牛皮手套的，可此时他把手套脱了，就用那只暖融融的小手，紧紧地捂着景霆瑞那冰凉的手指。

“瑞瑞，”扑闪的大眼睛，稚气满满的叫声，景霆瑞那原本冰封着的嘴角，瞬间就融化了，绽出一抹宠溺的微笑。

“怎么啦？殿下，怎么把手套摘了，不冷吗？”景霆瑞反握住爱卿的白嫩小手，蹲下身，想要帮他戴好手套。

“不，我要牵着瑞瑞的手。”爱卿看着景霆瑞道，“瑞瑞不要难受，在宫里，瑞瑞有卿儿，卿儿陪着你。”

“殿下……”景霆瑞吃惊地眨眨眼，这么小的人儿是怎么察觉到他心里的感受的？

不，应当说，他就没见过比太子殿下还要温暖的人了，尽管他还只是一个五岁的孩子。就像现在，有谁会关心一个侍卫在想些什么？

“景侍卫。”总管李德意来了，看了一眼手牵着手，感情极好的主仆二人，似乎已经司空见惯，只是笑道，“皇上让你带太子殿下过去。”

“是。”按照规矩，景霆瑞应该牵着爱卿过去，但是他弯腰把殿下抱起在怀里，爱卿更是伸出手臂，环抱着景霆瑞的脖子，两人有说有笑，亲昵得很。

这一幕被景亲王妃和世子瞧见，见到他这个贱小子竟然和太子如此亲密也不禁咂舌。

因为人人都想攀上与太子的关系，却无处下手。景亲王妃想到以后为了王府以及世子的前途考虑，不得不去巴结这个小子而感到心里不痛快。

事实上，就因为景霆瑞被皇帝钦点成了侍卫，景王府对安蓉的态度已经改善不少，当然，还没好到当真把她当作王府娘娘看待，但至少不会在吃食上短缺她了。

但现在看来，光是吃食变好还不够，得给她另寻一个宽敞的住处。

景亲王妃寻思着：为了儿子的前程，她有什么委屈不能受呢。

“皇上？”景霆瑞在李德意的带领下，来到西御花园的长廊下，却看到皇上穿着深蓝绸衫，戴着白巾帻，若一介书生。

他的左侧站着柯卫卿，也是同样的装束，只不过柯卫卿是淡绿长衫，且手拿水墨折扇，举手投足间尽是儒雅之风。

“朕听闻今晚的睢阳城里，来了好些外省人，朕打算出宫去体察民情。你，太子还有三皇子炎都一并带去，他们还没出过皇宫大门一步，是时候让他们出去见见世面了。”皇上把事情交代完，便看着景霆瑞，似乎在等他应承。

景霆瑞怀里的爱卿听到可以出宫去玩，自然高兴万分，摇着景霆瑞的肩头：“去嘛！瑞瑞我们出宫玩去！”

景霆瑞微启嘴唇却没出声，因为皇上若真是去体察民情的，那提督府和御林军这边会收到消息，街市会被封闭，御林军会布满大街小巷，以护皇上安全。

所以，不管皇上把出宫的理由描述得多冠冕堂皇，也还是掩盖不住其“溜出宫去玩”的实质。

更何况皇宫内还有这么多贵客在，主人家却开溜了，这怎么可以？

景霆瑞不得不把寻求帮助的目光抛向柯卫卿，皇上可以任性妄为，但是柯卫卿从来都是以理服人……

景霆瑞很快意识到既然柯卫卿也换好了衣衫，便是和皇上串通一气的。

果然，柯卫卿对景霆瑞的求助只是抿唇一笑，如若说皇上还给了一个理由，那柯卫卿就是清新脱俗到连一个借口都不给。

“好，卑职知道了。”景霆瑞在柯卫卿的笑容里败下阵来，唯有抱着太子低头领命。

李德意早就备好了小孩的衣衫，给太子和皇子换上，三皇子还小，由侍卫抱着上了马车。

出宫的一共有两驾马车，一驾是皇上和巫雀王所乘坐，一驾是太子、皇子、乳母嬷嬷和景霆瑞。

皇上命青允将军和“铁鹰剑士”在暗中保护，铁鹰剑士是由皇上亲手且是秘密设立起来的情报机构。他们大多来自民间，个个身怀绝技，对皇帝抱有赤胆忠心，却因出身低微而无处伸志。

这些人在皇帝对付叛臣赵国维时起到了极大的作用，因为在那时，朝中一半以上都是赵国维的党羽，赵国维已是两朝元老，拥有的人脉盘根错节，根基极深。

而皇上身边就柯卫卿一个。

皇上让铁鹰剑士挖出赵党彼此之间的利害关系，并且逐一击破，终抓住了老狐狸赵国维的把柄和罪证。

扳倒赵国维后，铁鹰剑士愈发壮大，现今有许多铁鹰剑士当起了密探，潜入其他的国家，青允的同胞弟弟青缶就在天霁国。

青允则被皇上提拔为铁鹰剑士的统领，当然这个身份不能公开，明面上，青允是皇上的枭骑将军。

马车一前一后地停在一个百年茶楼前，见有大客到，掌柜的自然十分开心，热情招呼着皇上和巫雀王去楼上的雅座。

“临街的雅间，能看见元宵冰灯展，瞧见没，就在街对面的那块空地上，五颜六色的，可美啦！”

“还有冰灯？”柯卫卿好奇地问。

“你要去看吗？”皇上问柯卫卿。

“我倒是无所谓，但孩子们一定会想去看，这冰灯都是冰块雕刻的，早知道该多带点衣裳出来，别冻着他们才好，也不能喝太凉的东西，这天本就寒冷……”柯卫卿罕见地说个不停，当他看到皇上、周围的人都在笑，不禁皱眉，“臣……我怎么了吗？”

“你越来越有当父亲的样子了。”皇上颔首道。

“义父也是父。”柯卫卿撂下这句话，就往茶楼里去了。

皇上笑了笑，景霆瑞本想跟着进去，皇上却伸手一拦。

“你带爱卿和炎儿去看冰灯吧，我们喝完茶就来。”皇上从衣袖里掏出一袋碎银，放在景霆瑞的手里，“看好他们，别弄丢了。”

“呃……”景霆瑞愣愣地站着，皇上既然不想和皇子们一起玩，何必带他们出来。

爱卿五岁，炎四岁，正是最活泼又充满好奇的年纪。人潮汹涌，又是晚上，景霆瑞还真担心看不住他们。

皇上朝二楼雅座去了，连头都不回一下，景霆瑞只得一手抱起一个，在两位嬷嬷、两个太监的跟随下，往那光怪陆离的冰灯展去了。

在用巨冰堆砌的大门前，雕刻着“别有洞天”四个大字，爱卿兴奋极了，冰块和冰块做的甜点，宫廷里常见，但把冰块堆成围墙、房子，雕刻出门窗，还有花园以及一个迷宫，这就很稀罕了。

但凡进去玩得付二十文钱，大约是睢阳城里最贵的游览节目了。

景霆瑞付了钱，爱卿便不愿意再被抱着了，他下到地上，拉着弟弟炎的手：“走，我们去玩捉迷藏！”

然而才踏出一步，就被景霆瑞双双拉住了后衣领。

“二位别急。”景霆瑞笑道，“我们也想玩，让我们也加入吧。”

孙嬷嬷看了看景霆瑞，明了地笑道：“是啊，少爷，奴婢们也想玩儿。”

“那，我和瑞瑞一组，炎儿和嬷嬷一起走。”爱卿认真道，“你们先躲，我们来找你们。”

“皇兄，炎儿会躲得很好，你一定找不着。”炎长得很俊，小脸都是笑容。

“我肯定找得到，因为我比你大。”爱卿说着，信誓旦旦。

规则一定下，游戏便开始了，皇子身边都跟着人，大伙心里也能放心一些。

另一边，茶楼雅座内，一张圆桌上铺满了琳琅美食，煌夜叫了两壶梨花酿，与柯卫卿对酌，青允守在门外。

外头鞭炮声不断，烟花的硝烟味一直漫进屋内，柯卫卿突然发笑：“真是为难李公公了。”

“可不是，他们一定会追在他屁股后头，问皇上在哪儿吧。”煌夜也笑得灿烂。

“下一回，还是不要微服出来吧，万一有什么事，不管是知情的还是不知情的都难逃牵扯……”柯卫卿道，“这一趟出宫，大家可都是担着掉脑袋的风险。”

“有朕在，谁的脑袋都不会掉。”煌夜语气轻松，还夹了一块红烧肉放到柯卫卿的碗里，“你一晚上都没吃东西吧，朕看你尽喝酒了。”

“皇上难道……”这次万寿节筵席来的客人比以往多，也是柯卫卿被封为巫雀王后，第一次见这么多的“外人”。

他们对巫雀人很好奇，少不得偷看柯卫卿，仿佛他是什么稀罕之物一样。

“难道什么？”煌夜问。

“是为了微臣才想要溜出宫的？”在筵席开始后没多久，煌夜就把柯卫卿叫出来，和他说要出去玩，柯卫卿正觉得筵席乏味，便答应了。

“有你的关系，也有朕自己的关系。”煌夜举杯轻呷了一口，“这酒真不错！”

“他们要是知道微臣……”柯卫卿略皱秀眉，似有话要讲。

“他们不会知道的！”煌夜霸道地打断柯卫卿的话，“你放心，朕自有安排。”

柯卫卿不再发话，轻轻转动着手里的白瓷酒杯，看着透明的酒液在烛灯下闪闪发光。

“还有爱卿呢。”煌夜的语气变得温和起来，“就算朕办不到，还有爱卿在。”

“太子殿下是个纯善之人，”柯卫卿微露笑容，“虽然他还很小，但已显示出与众不同的天资，说不定他真的可以办到。”

“所以呀，柯卫卿，你别太悲观了。”煌夜笑着，“今儿是朕的寿诞，就陪朕喝到一醉方休吧。”

“您不陪孩子们玩了？”柯卫卿却道，“这不妥，皇上不能醉，要不孩子们会失望的。”

“你真的是……就不能顺一次朕的心意？”

“这叫忠言逆耳。”柯卫卿打趣着笑了，笑容轻浅，宛若澹月梨花。

煌夜随之笑道：“怕了你了，喝完这杯，朕便去寻他们。”

“瑞瑞！我已经输了两回啦！”爱卿扯着景霆瑞的衣袖，泪眼汪汪道。

“炎殿下太会躲猫猫了。”景霆瑞安慰着太子。

“再输一回，他就能在我脸上画老虎了。”这是他们的赌注。

“老虎也很可爱呀。”景霆瑞道，“我就属老虎。”

“原来瑞瑞属相是老虎呀，”爱卿眨着那双大眼睛，“那我就不怕被画成小老虎了。”

“殿下，我们去上边看看吧。”虽然那样说，景霆瑞没真的打算看着爱卿的脸被画成大花猫。

“上边？”爱卿抬头看看，有一座冰雕宝塔，里面放着烛灯，甚为壮观，但这宝塔没有梯子可以上去，仅供观赏之用。

“殿下。”景霆瑞伸手抱住爱卿的腰，“我们飞上去。”——就这么纵身一跃，两人竟然到了冰雕宝塔的顶部。

这满满的游人，五光十色的花灯，转眼就到了脚底下，宛如在银河之巅。

“哇！好美！”爱卿不由惊叹。

“您别乱动哦，掉下去可不得了。”景霆瑞紧抱着怀里的太子，不敢掉以轻心。

“我知道。啊！我看到弟弟了！”可不是吗，一旦占据高位，下面的情况一目了然。炎和孙嬷嬷站在一个冰雕的花灯边，正左右张望，应当是找爱卿在哪。

“很好，这一局是殿下赢了。”景霆瑞笑道。

“嗯。”爱卿笑着点点头，但看起来并不十分高兴。

“怎么了，殿下，哪不舒服吗？”景霆瑞担心地问。

“不是，瑞瑞，自打父皇让我去跟温朝阳学什么为君治国之道，我的心里就好不舒服呀。”

“您还在为那句‘君要臣死，臣不得不死’而介怀吗？”景霆瑞作为太子侍卫，自然跟着太子去学堂，也听到了太傅温朝阳的话。

“嗯，太傅的话让我感到害怕……瑞瑞，以后我做了皇帝，就一定要杀人吗？”

“殿下，太傅说的不是这个意思。他是指您日后，会有着至高无上的权力，大家都会听从您，就算杀人……那也是不得已而为之。”

“可是，就算不得已，我也不想要杀人。”卿儿转过头，看着眼前这个英俊、帅气的少年，“我想要大家都好好地活着，都像今天这样开开心心！”

“殿下，如果有人要杀您呢？您也不杀他？”

“嗯。瑞瑞，我不杀他。”爱卿扑闪着漂亮的大眼睛，认真地说。

“殿下，您真是善良……这样吧，既然这是殿下您的愿望，卑职愿帮您达成。”景霆瑞目光炯炯地说。

“真的吗？要怎么做？”爱卿惊讶地问。就连温太傅都说了，那是皇帝的命运，是谁都无法改变的。

“往后，若真的有那样的事发生，有人不服您，卑职都会为您解决掉。”景霆瑞停顿了一下，说道，“这样，您就不必杀人了。”

“哦……原来如此！”爱卿瞪大了眼睛，天真地以为只要自己不掺和进去，就不会有人被处死。

“嗯。但是，您要答应卑职一件事。”

“什么事？”

“等您长大后，不管天地怎么变，您都只信赖卑职一人。”景霆瑞微笑着，“只有这样，卑职才可以帮您处理各种各样麻烦的事情。”

“好啊。”卿儿不假思索地点头，他最讨厌麻烦的事情了。

“那就一言为定。”景霆瑞想，有了这份信任，哪怕以后要与全天下的人兵戎相见，他也会誓死效忠爱卿的。

“瑞瑞，你看。”爱卿一高兴，就拿出找炎时，从摊贩处买的烟火，之前他一直藏在怀里。

“要现在放吗？”景霆瑞微笑着问。这个在皇宫里以“冷面”著称的太子近身带刀侍卫，只有在爱卿的面前才会不时露出笑颜。

“要啊。”爱卿连连点头。景霆瑞便用随身携带的火石点了一个。

“咻咻！”一串绿色烟火以高速旋转的方式，飞了出去，在高空炸开，是一朵煞是好看的梅花。

“再来！我买了好多呢！”爱卿拍手笑着说。

“是。”

景霆瑞似乎从来都没有对太子说过“不行”，他无比宠溺着太子，不管将来要面临怎样的风风雨雨，他都不会放开手。

因为在这一夜，他已经得到了他最想得到的东西——淳于爱卿的承诺。

自此一生，他——景霆瑞都只为爱卿而活了。

第二章

知臣莫若君

光阴飞逝，十二年后。

已是三月，晴空万里。太阳晒融了早春的雪，荻花镇鳞次栉比的、有着镇角兽的瓦屋高楼，在嫣红金黄的万丈光芒中，显得晶莹耀眼，五彩缤纷。

喜鹊俏立在枝头，春风下柳岸新绿，行人如织，加上近有水，远有山，风景如画，灿若锦绣。

而今日又是一年一度，最为热闹的荻花镇庙会，是为了祭祀荻花山神而设，已有三百六十年的历史。

传说，当年荻花山神下凡界游览，走到这块风水宝地时，肚饿难耐，一对好心的夫妇给了他糕点吃食。他便感激地说，尔等会生下一双好儿好女。

已近中年的夫妇二人甚感惊奇，因为他们盼子已久，可是肚子却不见动静。

山神走后，就如他所说，善心的夫妇果真诞下了一对活泼可爱的龙凤胎。一家人就在此地扎根落脚，这个名不见经传的小县城，也取名叫荻花镇，从此人丁兴旺，子孙满堂！

所以，这庙会也成为百姓求子、求合家平安的盛会，尤其在这天下太平的时候，显得越发隆重。

方圆百里的村民、富商，扶老携幼、拖儿带女地早早赶来，这车水马龙的场面，比元宵节还要喧闹！

“来啊，乡亲们，都来瞅瞅！正宗的北岭野山人参！吃了百毒不侵！长命百岁！”一个光着膀子的壮汉，举着手里扎着红绸且带有黄泥的人参，大声吆喝道。

“太平锣，咚儿锵！爆竹、烟火样样齐！”摆着摊档的小贩，拿出了铜锣招揽过客，引得孩子们全都聚在那儿，缠着爹娘要买烟花。

而各种街头杂耍，更如潮涌般汇入庙会场所。到了晌午时分，人声鼎沸，曲艺喧嚣，人多得摩肩接踵，都快走不动路了。

“老、老爷！您慢着点！等等小的！”

在这穿着各色衣裳的人堆里，一个穿着褐色布衣的小厮，一边踮起脚、伸长脖子，声嘶力竭地叫着，一边努力拨开人群往前头挤。

原来，在前方的桥墩旁，正在表演喷火、走刀山的把戏，人是围得里三层外三层的，水泄不通。后头还有不少人在往里头钻，有个孩子夹在中间号啕大哭。

那个被换作“老爷”的人，实际上年轻得很，一身浅蓝色绸衫，无任何刺绣纹饰，头戴着一个朴素无华的蓝布巾帽，将头发全藏在了里头。

虽说他长得眉清目秀，但眼下毕竟是“衣帽取人”，所以与其说这是一位老爷，倒像是个赴京赶考的穷书生，着实平凡。

然而，在这每个人都被挤得面红脖子粗的当口，他倒是一脸轻松，面带微笑地绕来兜去，顺着别人的推挤，站到一个石墩子上，占据了高处。

他以手搭凉篷，四下张望，然后又跳下石墩，再上去时，肩上竟然骑着一个穿开裆裤的男娃。

就是他，一直在人群里哭着找娘亲呢。

不一会儿，就有一面色慌张的村妇主动找上了他，他把孩子交还给那名女子，对方千恩万谢之后，抱着孩子匆匆地走了。

直到这时，青年才从怀里取出一包炒松子仁，笑嘻嘻地看着七尺大汉表演气功。

那人头发剃得精光，宛若和尚，臂膀浑圆，强壮如牛。他铺开的排场也很大，二十多把铮亮大刀用绳子系牢，扎成梯子，就连扶手都是锐利的刀锋，大汉拿起一个白萝卜，往刀梯上一划！

"咔嚓"一声断成两截，如此货真价实！这人要是爬上去了，还不得鲜血直流？

这时，就已经有人往他张开的布衣兜里扔铜钱了。壮汉收好钱，抱拳作揖，大声感谢乡亲们捧场后，就活动了大脚板，往那刀山上爬！

虽然他很壮实，但手脚灵活，简直跟猴子一样蹿到了梯顶，还在上头用腿夹着刀梯，脑袋朝下，来了个倒挂金钩，这模样，哪怕不是被刀刃割伤，也会摔个倒栽葱，一命呜呼。

因此，众人越是惊呼，壮汉的动作也就越悬乎，只有那位年轻的"老爷"，一直在鼓掌叫好！

他还在那不停晃摆的刀山下，放下一锭白银，于是乎，各种碎银子、铜钱纷纷掷下，壮汉高兴得在上面连连抱拳："谢谢了，谢谢各位父老乡亲！接下来还有更精彩的……"

"老、老爷！"

等到小厮终于汗流浃背地挤到喝彩连连的前头时，青年却一拍他的肩，雀跃地道："小德，走，我们去买糖葫芦。"

"老爷！我们已经买了很多东西啦，您看我都快成货郎担了！哎，老爷，您等等我！哎！"见青年毫不理他，兴致勃勃往前冲，小厮赶紧提着那些风筝、山神面具，以及乡土糕点，往前追赶青年。

月牙形的石拱桥上，有个商贩肩扛一大把糖葫芦，这位青年就跟孩子似的，直往桥上奔去，还挥手喊着："卖糖葫芦的，我要六串！"

"好嘞！六串糖葫芦！"在一群嬉闹的孩子中间，青年终于心满意足地拿到了那红灿灿，裹着金麦芽的糖葫芦。

"老爷，"小厮看着抓着两手糖葫芦的年轻主人，一脸哭笑不得，"六串也太多了，吃不完啊。"

"来，小德，赏你的。"青年眯着眼儿，笑得是人比桃花艳，把右手上的三串都递了过去，"这玩意儿好吃得很！"

"谢老爷赏赐！"跑得满头大汗的小厮，原本还想抱怨几句，此时，接过那些红彤彤的糖葫芦，那感动劲儿，连眼眶都泛红了。

"我们去那边坐着吃。"桥上是人潮如涌，在桥下的河岸边，倒是有一个供人歇脚的露天茶肆。

"是，老爷。"主仆二人便来到河边，找了一个清静的位置，落座后，正好可看到桥上的朱红题字"水印桥"。

桥下碧波荡漾，有乌篷船轻轻泛过，荡起圈圈涟漪，而古桥倒影在水中，水的波光又反射在桥上，真是一幅极美的水乡画卷。

“真好啊！”青年望着此情此景，不由赞叹道。

“老爷是说哪里好？”小厮问道，他正忙着擦拭茶肆里的大茶碗，然后才给主人倒茶，这些事都不劳烦店家动手。

“哪里都好，糖葫芦好吃，这大碗茶也好喝！”青年微微笑着，十分满意。

“呵呵，哪是这里东西好，是老爷您头回见到，才会觉得新鲜罢了。”小厮笑着摇了摇头，“论茶水吃食，当然是宫里头的最好，光是这喝茶的杯碗，都比这儿的强上万倍了。”

小厮十分不满那粗糙无光的茶碗，既然是陶瓷怎么摸着硌手？这做工实在是太差了！茶水也是，没什么香气，并不是开春后的新茶。

“话虽如此，但宫里就算是过年，也不曾见过这般热闹。”青年手托着下巴，那清澈的黑眸，一动不动地望着桥上的人们，扶老携幼、夫唱妇随，在宫里头，何时见过这般温馨的场面。

“您想要宫里热闹，还不是您一句话的事儿。”小厮笑道，“等咱们回去，让御膳房照搬着做糖葫芦、大碗茶，让小李子、绿珠他们扮商贩……”

“你的主意倒是好，只是怕画虎不成反类犬啊，又要惹得某人发脾气。”青年叹了口气，转过头来看着小厮。

那乌黑如深潭、水波流动的眸子，煞是迷人，尤其在弯弯眉毛、浓密长睫的映衬下，更是形成一种不可思议的魅力，叫人心慌意乱，哪怕这只是一个很寻常的注视。

“皇、皇……哦不，是老、老爷！您喝茶。”小厮面孔涨得通红，结结巴巴道，“我给您添水。”

“哼！小德子，你不是想回宫去了吧？怎么今天一直在念叨宫里头的好？”青年的眼神里透露出些许怀疑。

“怎、怎么会？！”小厮赶紧解释道，“这出来前就说好了，老爷您去哪，小德子就去哪，就算是被景将军砍掉脑袋，奴才也是绝不会反悔的！”

“这还差不多，不枉我平时这么疼你。”青年满意地点了点头，很快就相信了小厮的话。

小厮偷偷松了口气，带着皇帝到处走，能不心惊肉跳的吗？要是能回宫里，自然是很好的事情，所以他才旁敲侧击了一番。

“想想看，我们出来都有两个月了，也不知宫里是什么情形。”青年突然说道，低头喝了口茶，刚才还觉得滋味不错，如今却有浓浓的苦涩留在舌尖，浸入心里。

“那个家伙，现在一定是气得脸色都发青了吧！”不等小厮接话，青年就又拧眉道，“哼，气死他算了！竟然随随便便就给朕安排婚事……还说是为了朕好……真是太可恶了，根本就没把我这个皇帝放在眼里！”

听到青年满腹怨气唠叨，抓着茶碗的纤细手指紧绷泛白，小厮便知道回去还是无望的，极小声问道：“敢问皇上，那咱们还是继续往南走吗？”

自打二人乔装溜出皇宫后，就一直南下，游山玩水，尝遍各地美食，别提多逍遥了。

这荻花古镇，是他们经过的第十七个，也是附近最为富饶的乡镇了，只是多少有些“店大欺客”的味道。

虽然老爷是玩得很开心，小厮却觉得这儿特别歧视外乡人，尤其是穷苦百姓，就连之前的庙会进香，那些衣服上打补丁的人都不给入，说是会污了山神的眼。

于是那些老实巴交的乡民，只能在风尘滚滚的庙门外叩拜，以祈求山神庇护。

而老爷他涉世未深，不能看出这些名堂，还以为是此地的风俗，倒也高高兴兴地跟着他们在庙外祭神，也不怕弄脏了衣裳。小厮看在眼里，难免心疼老爷，但为免扫了他的兴致，便什么话也没说。

现在，他想的是老爷可以尽早离开这儿，去下一个地方玩玩。

“当然啦，我留了字条说是要北上监督要塞建造的，所以，他们肯定是往北寻人，而我们要一直往南走，才能安逸。”听到小厮说要继续游山玩水，青年一扫刚才的阴郁心情，大力拍了拍小厮的肩头，笑道，“今天晚上，老爷我请你吃顿好的，听说这儿的竹筒烧鸡是出了名的美味！”

“好哇！多谢老爷赏赐！”小厮也是个馋鬼，一听到有好吃的就连忙点头答应。接着，他还让茶肆掌柜再换一壶茶，要上好的春茶，且一出手就是一锭白花花的银子。

直把掌柜乐得眼睛都看不见了，捧出好茶好点心，殷勤地伺候着这两位大爷。

小厮并不知道，他们二人在庙会上出手阔绰，一再亮出白银，早就引得窃贼们的注意，都已经悄悄地跟了他们两条街了。

“老爷，在那边，镇香楼！”

小厮老远就望见一栋三层高的临河酒楼，这一带商肆林立，老字号的粮油铺、古玩店、绸缎庄，数不胜数！

远县的乡民逛完庙会，就直接奔这儿来，歇歇脚，买吃食，再捎点灯油，扯两匹布，手上提着拿着，才欢欢喜喜地回家去。

而商家自然乐见生意兴隆，还纷纷折价售货，加上夜里没那么热，逛街的人更多，于是乎，这夜晚的人潮竟然比白天的庙会还要拥堵。

“看、看到了！”这老爷当然看到了小厮所指的方向，事实上，那并不远，就在五十步开外的地方。

然而轿子如山，人头攒动，喧嚣鼎沸，老爷一旦被吸入这“海潮”内，就由不得自己往哪个方向走了。

他被两个壮汉左右夹住，在人群里推来挤去，感觉衣裳都扯歪了，而小厮更是被挤得脚都踮不着地，急得哇哇乱叫救命。

眼见小厮要被冲走了，老爷伸出手臂，越过人的肩头，一把牢牢地拽住了小厮的后领，这可是憋足了劲，两人这才没被挤散了。

等一点点地挪移到镇香楼的门前时，他们大口大口地喘着气，满头的热汗，连话都说不利落。

伙计自是见怪不怪了，一声：“客官，来，往里边请！”就招待他们到了二楼上，靠楼梯口的位置。

“这地方人来人往的，怎么坐人啊？我家老爷还要不要吃饭啊？”小厮缓过了劲儿，对座位很是不满，叫嚷着要掌柜的出来。

掌柜四十来岁，见多识广，来者都是客，既然一个仆从的口气都如此之大，想必这位“老爷”是有一些家底的，便连忙笑着赔不是，让店伙计腾出风光最好的一间雅房，还亲自沏茶，伺候了一番。

掌柜的下去后，头等菜肴端上了八仙桌，一盘整只的草蘑菇炖野鸭，一碟切了薄片的红烧五香肉，一大碗腊肉片炖白菜，还有一碟芙蓉虾茸饺，一笼玫瑰豆沙包。当然，身为主角的竹筒烧鸡，腹内填满各种鲜菇、鱼肉丝，最后裹着竹叶，放入碗口粗的竹筒内，置于餐台中央。

据掌柜介绍说，这道菜要在篝火上烘烤三个时辰才能做成。所以外边的竹筒是焦焦的，都快成竹炭了。筒口以荷叶封死，别看这竹筒鸡个头不大，但香气足以盖过其他几道菜，难怪众口皆碑的。

“大老爷还要什么？”伙计把抹布搭在手上，敬候吩咐。

“再来一壶梨花酿，一坛女儿红。”青年的心情极佳，美食当前，当然也得美酒作陪。

“好咧，这就来。”伙计把酒水也上齐之后，老爷和小厮就着窗外灯火辉煌的河岸美景，大快朵颐，足足吃了一个时辰。

餐毕，老爷心满意足地打了个饱嗝，望着几乎被扫空的盘盘碟碟。

“老爷，这烧鸡太好吃了，等会儿再打包一只吧。”小厮满嘴流油、意犹未尽地提议道。

“好，我们就带一只回客栈去吃。”青年说完，站起身，往窗边站了站，夜风徐徐，酒足饭饱，还有比这更美好的事情吗？

“大老爷，吃得可还满意？”掌柜的来了，笑眯眯地搓着手。

“满意！”青年频频颔首，爽利地招呼道，“小德，结账、打赏掌柜的。”

“哎哟！谢谢了！”听到还有赏赐可领，掌柜连忙鞠躬答谢，然后把脸转向小厮，讨好地说，“小兄弟，这饭菜加上两壶酒，总共是四两六钱。”

“真便宜。”小厮的手往腰间一伸，什么也没摸着，然后一拍脑袋道，“对了，老爷，钱袋小的放您那儿啦。”

“我这？”青年一愣，随后想起，午后他们又买了好些东西，小厮要付钱，又要拿东西，手忙脚乱的，他就拿过钱袋，说要自己付账。

可后来，有没有把钱袋子还给小厮，青年记不得了，于是，摸了摸自个儿袖内，空空如也。

“我还给你了吧？”青年犹豫地问道。

“没有啊，老爷，我亲眼见您放袖子内袋里了。”小厮斩钉截铁地道。

这时，掌柜的脸色已经很不好看了，这两位莫不是来吃霸王餐的吧？可是，这镇香楼是什么地方？县太爷的奶妈是掌柜的三舅母，这可是沾亲带故的。

“胡说，我袖内一个铜板也没有，你看看，是不是你塞布包里了？”小厮身后的凳子上，放了很多他们买的东西，两只老鹰大风筝，三个狭山神面具，还有一些空竹、毽子、竹蜻蜓等的小孩玩意儿。

打开几个彩缎织锦的盒子，里面放的是枣糕、桃仁糕，味道是好，但不值几个钱。

因为青年出手大方，买糕点都给好几两银子，人家店家过意不去，硬是给装在锦盒里了，乍一看，还不知是什么宝贝呢。

所有的包裹、裤腰带里，小厮都翻了个遍，可就是找不出一个铜板，主仆二人，你看我，我看你，顿时愣住了。

“糟糕！钱袋被贼人偷了！”青年叫道，恍然大悟！

“什么？如何被偷了？！”小厮瞪大眼，跟着惊叫。

“在来酒楼的路上。”青年皱眉，努力回想着，还用手比画道，“有两个男人一左一右，拼命挤我来着，但我没想到是小偷！”

“两位的双簧戏唱完了吧？”

就在他们你一言我一语，在争论什么时候弄丢了钱袋时，掌柜气得吹胡子瞪眼的，比那狭山神的面具还要恐怖。

“什么双簧，我被贼人偷了钱袋，这是事实，就四两多钱，我还骗你不成！”青年不高兴了，大声嚷道，“我有的是银子！”

“那敢问您的银子在哪？哼！就拿几个破风筝，就敢充起大老爷来了，还蒙骗到老子头上，你们这是不要命了啊！”

掌柜扯起衣袖，咆哮着，伙计们闻讯而来，得知是吃霸王餐的，一个个顿时凶神恶煞，有的还举着一把菜刀，作势要砍。

“老爷！小心！”小厮虽然怕了，但也一挺身，护在老爷跟前，握起拳头道，“你、你们想干啥？别乱来！我可是会功夫的。而、而且我家老爷，你们可打不得！”

“嘿？凭啥打不得？当他是天皇老子啊？！”掌柜凶神恶煞地一挥手，一个壮丁就猛冲过来，三两下就把小厮拿下了，紧紧地扭着他的胳膊，摁在青石地上，疼得小厮哇哇大叫：“老爷！老爷！快救我！”

“小德！”青年十分着急，想要救人，可是对方人数太多，他伸手挡了几招后，便退到了角落里。

“你自己说，该怎么办？”掌柜半认真半威吓地道，“是要我们报官？还是把这小厮的胳膊给拧下来？！给大家瞅瞅，吃霸王餐的下场？”

“不、不能报官！”青年慌忙说。身为皇帝却吃霸王餐，还被人捉进了官府，这事若是传了出去，大燕国的颜面何存？真是死也不能进官府的！

“那是要我们拧断这小子的胳膊了？”掌柜狞笑，示意手下动手！

“不、不！也不是！”青年赶紧摆手道，“请住手！”

“这也不是，那也不是，你们这是诓老子呢？”掌柜一拍桌子，怒道。

“我有别的法子还钱!”青年脑袋一转，说道。

“别的法子？”掌柜想了想，皮笑肉不笑地道，“是让你的家里人送钱来？”

“我是外乡人，家里离得实在远，一时半会儿也拿不到钱，不过……我可以给你们写字、题匾额！”青年说道，“保证你们将来生意兴隆，财源广进！”

“哈哈。”掌柜和手下们打量着这口出狂言的青年，笑得都快岔了气，“你当你是穆仁亲王？亲王的字画乃天下第一，出价一万金都未必买得到，而你的破字能值几个钱？怕是扔在街上都没人捡吧！”

“放肆！你们竟敢这样折辱我家老爷，大逆不道！反了反了！”尽管被牢牢压制着，小厮仍然尖着喉咙吼着，“老爷，别理他们，就让他们把我的手拧下来，哼！为了主子，我脑袋都可以被砍掉！”

话虽是这样说，小厮的腿却在打哆嗦，吓得都快尿裤子了，青年也不可能真看着小厮被折断胳膊，再怎么说也是一顿饭而已，总不至于弄出人命吧。

“我、我洗碗好了。”青年连忙又道，“洗碗、抹地、擦凳，这顿饭要做多少活才能还清，我就做多少活！”

“好，这才算句人话。”掌柜这回倒是挺干脆的，示意手下放了那个哇哇乱叫的小厮，然后一边拨着随身携带的玉珠算盘，一边说道。

“二狗、大刘，你们看着他们，让他们到后院刷碗去，敢偷懒，就拿鞭子抽！刷五十只碗的工钱是一枚铜钱，四两六钱，算上利息，总共是三十两，大概就是一万只碗，加上平日的吃食要扣除，六个月后，你们就能走了。”

“什么？！”小厮听了，立即跳起来，“你们这是敲诈，是欺负人！”

要知道，这顿饭钱顶多就值一两个月的工钱，按掌柜这个算法，可是多还了好几倍。

“少废话！带下去干活！”掌柜横着脸呼喝，二人就被扭着胳膊，押送着下楼往后院去了。

虽然天上有着一个大大的骄阳，但因为镇香楼的后院搭建了不少厨工居住的小棚屋，于是，这个呈“口”字形的后院上空，挂满了晾晒出来的旧衣物、抹布以及海产干货，终年不见阳光不说，还有散不走的鱼腥味。

油腻的石板地上，放着五六个堆满脏碗筷的大木盆子，两个辨不出原色的矮板凳，一口长着青苔的水井，便是后院全部的风光。

想想看酒楼前边是尝不尽的美味佳肴，而这后院则是污水横流，阴暗潮湿如地沟，真是让人瞠目结舌，倒尽胃口，根本不能相信这是同一处地方。

这主仆二人初来乍到，真是怕极了这儿，老鼠乱跑，脏得连站人的地方都没有。

当然，看守他们的二狗和大刘早就见怪不怪了，说也巧了，之前洗碗的几个大婶嫌弃活太辛苦，都甩手不做了。

眼下正愁缺人手，这俩人就被逮住了，帮酒楼洗六个月的碗，少则有一两万只，简直就是天上掉下来的白工，能让人不乐吗？

为此，大刘的态度还算和气，丢给他们一人一件发臭的围裙，算是开工了。二狗就一直骂骂咧咧，嫌弃他们动作太慢，力气太小，吃得却太多，哪怕多吃的只是一个馊掉的馒头。

换而言之，二狗就是没事找碴、鸡蛋里挑骨头。兴许这也是掌柜的授意，因为明明是搬来就摔碎的面碗，硬说是他们碰坏的，还得赔钱，这旧账加新账的，主仆二人累死累活刷洗了三天的碗，结果却是，还得倒赔给掌柜一吊钱。

今日又是天没亮，就被二狗叫起来干活，连早饭都没给吃，说到了中午再吃。

而现在已经是正午时分，二狗也不说开饭，自顾自搬着一把竹凳坐在风凉的门廊下打盹。

“吱嘎、吱嘎！”

裤管一直卷起到大腿的小厮，咬着牙，正使劲摇着水井上方的辘轳，水桶很大，沉如磐石，他越是想把水打上来，就越拉不上来，加上肚子饿，气儿都快没了。

而水桶偏偏和他对着干似的，摇摇晃晃，眼见着又要掉下去了！

“小德子！我来帮你！”

坐在井台旁洗刷脏碗的青年见了，立刻起身，帮他稳住水桶，最后两人齐心合力地把满是寒冷彻骨的井水的水桶，给拎了出来。

“老、老爷，剩下的活我来做，您歇会儿吧。”小厮喘着气，心疼地看着老爷的手。

这才过了三天，那本该白皙修长的指头，就已经遍布大大小小的伤口，菜盘内的鱼刺、嗑破口的瓷碗，这些都能成为伤人的利器。

就连竹锅刷不小心刮过手背时，也是疼得让人龇牙！可这样的活，还得做满六个月！

“没事儿，你放心，我还能干。”青年笑了笑，又坐回放满脏碗的木盆前，拿起一块抹布，认真地擦洗着碗。

酒楼的生意好，脏碗脏盘是成百只地从灶屋里退下来，从早上到现在，青年的头都没来得及抬起来过，却还剩一大盆没洗。

而要是二狗醒了，必定又是一阵恶骂。

小厮看着青年，眼泪都要掉下来了，如果只是自个儿挨打、挨饿，他倒也能忍耐下去，毕竟是从宫里出来的，老太监惩罚起来，比二狗还凶哩！

但是要皇上跟着受罪，真是万万舍不得的。

小德子觉得自己成了千古罪人，后悔不该由着皇上出宫的，于是，他偷偷瞄了眼看守他们的二狗，见他仍睡得熟，便放下水桶，靠近青年。

“老爷……”小德子轻声说，“要不，还是让我去找景将军吧？兴许大将军正在外头，到处找我们呢。”

啪！

锅刷扔在水里，青年拉下脸，小德子一惊，差点就跪下喊“皇上息怒了”。

“找他搬救兵，我情愿刷一辈子的碗。”青年极倔地说，“还不是因为他，我才出宫的！”

“可景将军对您，是最忠心耿耿的！”

“哼，他以前是，现在可就难讲了。”青年的眉头拧成一个疙瘩，愤愤不平地道，“朕要他上朝觐见，他不来。朕不想见他时，他就偏偏上朝来说什么谏言！根本是跟朕对着干！哪里是忠臣？！”

“老爷，自古忠言逆耳……咳，当然，小的不是那个意思。”小德子见青年脸色如染蓝的布，连忙改口道，“那日，是景将军有公务在身，才不能上朝的，他绝非顶撞圣意啊。”

“你竟敢为他说话，是收了他的好处吗？！”青年怒气冲冲地说，冷眼瞪着小德子。

“小的当然没有！小的也只是为皇上，为您的龙体担心啊。”小德子虽然害怕青年发火，还是积极地劝说道，“难不成您真的要在这苦熬半年？您从小都没吃过这个苦啊。”

“朕虽然没干过粗活，但也没这么娇气……”青年正这么说的时候，后院的门外突然响起噼噼啪啪的爆竹声，小院内顿时烟雾弥漫。

“出了什么事儿啊？”

这声音惊醒了二狗，他懒洋洋地起身，打开了上锁的院门。

这时，青年和小厮才看到，后面是一条又深又窄的小巷子，也是别人家的后院，只是那些房子看起来就没有镇香楼那么气派了，都是泥墙草顶。

“老爷，是有人娶亲。”小厮伸长脖子，往外张望着道。一顶大红花轿正停在巷尾，但奇怪的是，拿着鞭炮的不是迎亲队，而是身穿官服的衙役。

“是吗？”青年也往外看着，怎么都觉得这阵势很奇怪。衙役们手持兵器团团包围一栋简陋民宅，用钢刀拍着门，厉声吆喝道。

“姓徐的！快开门！县老爷娶你们家的姑娘来了！”喊完，还提脚踹门，那粗陋的门板哪里挨得住这几下，“哐”的一下往里头倒了。

“爹！娘啊！快救我！”

衙役如土匪般，进去就是一顿乱砸，邻里听到动静，起初还开门看看，见是这副阵仗，立刻就把门关死了，完全不理会外头的吵闹。

一个穿着粗布绿裙、模样俊俏的少女，哭得是呼天抢地，却依然被衙役抓出屋子，盖上一块红布头，强送进花轿里。

一对老夫妇哭喊着追出门，被衙役打倒，衙役行凶后，扔下一张银票，还叫嚣着：“权当是县老爷买了你家闺女，以后生死不相往来！”

“这、这不是强抢民女吗？！太可恶了！”青年看在眼里，气得是浑身发抖，这等富庶之地，这青天白日底下，竟然还有这种事？！简直是目无王法！

“去！关你什么事？县老爷看上他家闺女，娶回去做小妾，是他们几辈子修来的福分。”二狗在旁边装模作样地说，“你们快点去刷碗，老子今晚还得去县老爷府里喝喜酒呢！”

“这哪是百姓的父母官，根本是流氓恶霸！”青年气炸了，可顾不得那么多，花轿眼见着要抬出巷子了，他左右一看，操起一根扁担，就冲了出去。

“老爷！等等我！”小厮大喊，都来不及阻止。

“浑小子！你给老子滚回来！”二狗大叫，急忙追出去，他着实没想到这看起来文文弱弱的小子，竟敢挑衅衙役，坏了县老爷的美事。

“站住！”青年大喝一声，手持扁担，横挡在花轿跟前。

衙役首领正得意扬扬地走着呢，前面突然冲出一个陌生男子，他不觉怔了一下，定神打量了一番。

挡路者年纪轻轻，一身粗布衣服，从头到脚都脏兮兮的，脸上还沾着锅底灰，拿根扁担当武器，一看就知道是草芥之流。

衙役口气极不善地道：“是谁家的狗绳没拴牢，放出这野小子，冲老子乱吠？！也不怕老子打断他的狗腿！”

“大胆！不准你出言不逊，顶撞我家老爷！”

小厮也紧跟着青年冲了出来，阻隔在青年与衙役之间，密实地伸手护着青年。

“老爷？哈哈哈！这副尊容竟还是位老爷？！”

衙役们哄然大笑，二狗急急忙忙地赶来了，先给衙役们鞠躬赔不是，然后解释道：“他、他们二人是乡下来的，到镇香楼里骗吃骗喝，被掌柜给逮住了，现在后院里当洗碗工。”

“哦，原来是镇香楼的苦力。”衙役一脸鄙夷地瞅着小厮和青年，心想，这镇香楼和县老爷是有点交情的，平时上贡也不少，不如回头再与他算账，便叱喝道，“二狗，快让他们滚开，误了老爷成婚的吉时，谁也担当不起！”

“是、是！那个——你！还不快滚！”二狗想呼喝青年的名字，却想起还不知对方叫啥呢，于是便戳指着青年的脸，嚷嚷道，“你、你！快滚回去洗碗！少管闲事！”

“闲事？俗话说路不平有人铲，事不平有人管！更何况现在是贼官当道，强抢民女，我身为大燕……大燕子民，岂能不管？！”

“哎唷！我看你小子是活腻了吧？竟敢骂县老爷是贼？来人，给我打！往死里打！打死有赏！”衙役首领怒气冲冲地吼道，一帮衙役就都围攻了上去。

“妈呀！这要出人命了！”二狗见情势不对，赶紧溜回院子去报信，只有小厮护在青年身前，却挨不住拳头如雨，棍棒如林，给打趴在地上，满脸是血！

青年手持扁担，一直格挡这恶狼扑食般的拳打脚踢，还把小厮从地上救起，对方见状，索性拔出大刀乱砍。

青年一脚就踹翻两人，还用扁担把衙役们打得满头是包，他叫喊道：“论打架，我可不输你们！我今天就是要替天行道，好好收拾你们这帮为虎作伥的浑蛋！”

他的脚底就像抹了油似的，不管衙役们怎么围攻他，都能灵活地转来转去，只把衙役打得哇哇乱叫。

“鬼叫什么！快砍死他！”衙役首领的额头被扁担敲破了，正流着血，疼得他大声嘶吼，这么一闹，连街上的人都跑进巷子里来瞧热闹了。

还有人在悄声议论："这是出什么事啦？打得这么凶？"

"听说是县老爷又要纳妾，娶的是徐家姑娘。"

"那这打架的又是谁？"

"兴许是徐家丫头的心上人吧，唉，这么冒死阻拦来着。"一位妇人说着，一脸唏嘘。

"真是造孽啊，谁都知道县老爷是最好色的，这妾室都娶了七个了，这眼下……谁能拦得了他。"

"当、当当！哐！"

开道的铜锣敲得是震天响，见又涌来了一大堆士兵，围观的百姓慌慌张张地避开了，在街道两边跪下，也不敢再多嘴议论。

来的人正是荻花镇的大官金富力，今年三十有七，相貌堂堂，身材威武。只见他一身新郎红衣，骑在高头大马上，雄赳赳气昂昂，宛如一只顶着红冠的公鸡。

他带来的兵是方才衙役的四五倍，这混乱的场面立刻被镇住了，那受伤的衙役首领暂且不打了，扑通跪倒在系着红绸的骏马前。

"大人！请恕罪！都怪这狗奴才捣乱，花轿才……"

"得了，你们先退下吧。"

在这众目睽睽下，他这个官老爷怎么说还得摆摆正经谱儿，训诫般地道："本官让你们来迎亲，瞧你们把人家弄得鸡飞狗跳，没个安生，人家怎能不打你？"

"是！都是属下失职。"鼻青脸肿的衙役首领如丧家之犬般，退至一旁。

金富力看也不看那个被围在角落里的青年，对身后的官兵下令道："去，把轿子给我抬走，快点。"

其他被打得躺在地上直哼哼的衙役，也被官兵扶起来，这场面看起来就像打了一场仗似的。

"不能走！"青年皱眉，依然想要阻拦下花轿，"你既然是父母官，就该为百姓做主，而不是仗势欺人，强占民女！"

他这话一说出来，可真是众人皆惊啊！

谁都知道县老爷是贪财好色之辈，却没有人敢当面这么说。

那简直就是把脖子往刀口上伸，完全是不要命的！

青年的话音一落，那是死一般的静寂，大伙都吓呆了，瞠目结舌。

这时，掌柜心急火燎地赶到了，他一见县老爷气得面如猪肝，额迸青筋，就暗叫倒霉，担心县老爷动起真格来，会把镇香楼也给拆了。

于是他左右一看，一农夫刚好挑着一桶井水，站在旁边看热闹，他一把抢过水桶，冲着青年的后背，猛浇了过去。

突然间，一大桶冰冷的水从身后扑来，自然令青年站立不稳，他往前趔趄了一步，从头到脚都湿透了，一旁的衙役见状，眼明手快地冲过去，夺去他手里的扁担，将他踢翻在地！

"混账！放肆！"

青年怒斥，很快就从地上爬起来，但是他浑身湿透，皱巴巴的巾帽也掉了，青年拿衣袖擦抹着脸上滚落的水珠，将那脏污的油腻与锅灰也擦掉了。

不知是否与刚才的容貌反差太大，所有人竟都看呆了神。

那真是面红齿白，美得不可思议啊！

瞧他那乌黑发亮的头发，如流瀑般垂到腰间。那件被水浇透的布衣，勾勒出他略显瘦的腰身，但并不是说他很文弱，因为他的个头颀长而四肢匀称，说明他是有练过武的，并非一介书生。

他的脸孔是那么俊秀端正，不论是白皙如玉的肌肤也好，还是山中溪涧般的澄清眼眸，绯红的薄唇，都有着让人失神的魅力。

世人都说，天底下不可能有十全十美之人，有的人嘴巴好看，眼睛就长小了，而有的人，轮廓都好，唯独鼻子太高，总而言之，那种天仙下凡似的美人，只存在于画作或诗人的幻想之中。

可是此人的相貌，真的是艳惊天下，倾国倾城、犹如画中之仙人了！金富力从不好男色，且自认见过美女无数，包括这抢来的新妾，也是这一带有名的美人儿。

可如今看到这青年，却是从未有过的红鸾心动，直勾勾地盯着看，根本是垂涎三尺了！

真是越看越赏心悦目，这人的眼睛怎会生得这么灵动，清澈如溪流、深邃而动人，高高的鼻子也很美，唯一美中不足，令人扼腕叹息的，大概就是——他是男人。

但是绝世美色当前，好色成性的金富力觉得是男是女都没关系，只要好看就成。

就这么一会儿的工夫，金富力已是眉开眼笑，而酒楼掌柜和二狗也都在旁边看得一愣一愣的。

俗话说，先敬罗衣后敬人，因为青年来店里时穿得太朴素，又戴着一顶挺惹眼的蓝布帽子，分去了他们的注意力，竟然没细看这青年的脸，而那个小厮总是阻挡在前面，一蹦一跳的，他们的眼里，自然只剩下对小厮的印象了。

原来青年竟是这样超凡脱俗的美男子，早知道让他去大堂伺候，还不得是宾客盈门、财源滚滚？掌柜睁大着眼，悔得是肠子都青了。

“怎么都不说话？”青年站在原地，见官爷和掌柜都是一副见鬼的模样，便仰头道，“可是知道我的厉害了？”

怎么说，他都是堂堂大燕天子，举手投足之间必定是威风凛凛，要知道在宫里头，每个人对他都是毕恭毕敬、唯唯诺诺，都不敢抬头多看一眼的。

能心平气定地与他对视的，大概也只有那个冷面无情的景大将军了。

想到这里，青年的心情就越发地不好，说道：“今日，我就不准你们犯事，做官、拿朝廷俸禄，不是让你们知法犯法的！”

“来人！”金富力突然叫道。青年蹙眉，摆好又要干架的姿势。

“大人。”衙役首领上前道。

“去把徐小姐放了。”金富力说。

“大人？”

“快点！”金富力板着脸催促，衙役首领便照做了。

哭得花容失色的徐家小姐，终于重回了父母双亲的怀抱，三人哭着抱作一团，然后还一起下跪，向青年叩谢，不停声的“恩公”，叫得青年是满面通红，快快扶起他们三人，让他们回家去了。

金富力一直背着双手，笑眯眯地看着青年，等他的事儿都完了，就问：“你是打哪儿来的？”

“睢阳。”青年见他倒是知错能改，便应答道。

“哦，是都城来的，不错。那你是多大岁数？可有成家？”金富力盘问着，心想，既是从皇城出来的，那大概是一位家道中落的富家公子，所以才穿得如此简陋，可全身又笼罩着一股说不出的贵气，不似凡夫俗子。

“十七，尚未娶妻。”青年不明白男人干吗问这个，但还是老实地回答了。

“正是青枝绿叶的年纪，未有妻妾，很好！”金富力围着青年转了一圈，一挥手，“来人，请这位公子上花轿。”

“遵命！”衙役首领第一个就冲过来。

“什么？大胆！你们想逮我不成？”青年以为县官反悔，想要拿下他泄愤。

“哪里，本官只是请你去一趟府上叙话，协助办案。”金富力有随口就给人安罪名的能耐，他看了看掌柜，丢了个眼色。

掌柜很会见机行事，上前一步：“禀大人，他和他的下人在草民的店里吃霸王餐，被草民给逮住了，还望大人替草民做主。”

“很好，本官自会替你做主，就有劳这位公子上花轿了。”金富力说得是有板有眼，让人无法拒绝。

“不行的，我家老爷不能跟你们走！”小厮却觉得这事儿不对，强忍着刚才挨打的痛，跳出来说道。

“他又是谁？”金富力掩鼻问道，“怎么臭烘烘的。”

“就是那位下人。”掌柜趁机说道，“他们是一伙的。”

“好，统统带回衙门受审！”金富力发号施令。

“走就走，我才不怕，不过我不上你的花轿。”青年皱起眉头。

“哎，路途遥远，伤着你的脚如何是好？”金富力道，目光贪婪又假惺惺地说。青年为了洗碗，脱去鞋袜，此刻正赤着一双脚呢。

“是啊，我老爷不上。”小厮跟着嚷道，声音比青年的还响，“这不合规矩。”

“这里哪轮得到你说话！来人！拿下他！”金富力不客气地命人绑了小厮，以此作要挟，且人多势众，青年一时难以招架。

最后，不管他如何挣扎，还是被捆住了手脚，强塞进了花轿。

“浑蛋！朕绝对要砍……”因为他骂个不休，嘴里又被塞进一块喜帕，金富力喜滋滋的，如今抱得美人归，根本没注意青年在骂什么。

“来，起轿吧！”金富力满脸是笑，于是那装饰着彩珠、绣球的大花轿里，坐着一个五花大绑的男人，在锣鼓声中，沿着大路往西走了。

江夏城外，一望无垠的荻江在火红的朝阳下金光闪闪，如龙吐焰，十分壮丽。

在北岸河滩上，伫立着军旗飒飒、刀枪闪耀的大燕精兵。他们精神饱满，队列齐整，军纪严明。冷冽的江风之下，唯有黑底红字的“景”字大旗，在迎风颤动。

为首的男人头戴金玉冠，身着黑铁甲胄，面容英俊，身姿伟岸如松。他骑在一匹油黑发亮，唯有额心一抹白的骏马之上，气度威武不凡。

男人面向红日初升的河滩，微眯起那双锐利如鹰的黑眸，金红色的光芒闪耀在他的眼底，亦笼罩着他，形成一幅人与山河交融的红色剪影。

“报！将军！”

突然，从官道上飞驰来一匹棕色快马，一身戎装的青年，如同箭一般蹿至黑色骏马前，飞身下马，跪地禀报。

“启禀将军！”士兵抬头，一脸严肃地道，“属下已查明，皇上与太监小德子确实在三百里外的荻花镇里。”

说完，他双手恭敬地呈上一件东西。

这是一只金银丝线缝制的织锦钱袋子，正反两面刺绣有松、竹、梅，以及花开富贵的纹样，可谓栩栩如生，巧夺天工，为江南丝绸府御制。

看得出它几经转手，原本装饰于袋口上的四颗北海珍珠都不翼而飞。

男人接过这只钱袋，出神地望着它，又猛然攥入掌心，那冷若冰霜的神色，令人不寒而栗。

“传本将军令，”男人的声音低沉而有力，每一个字似乎都迸射着火星，“全军火速前往荻花镇护驾，不得有误！”

“遵命！”士兵抱拳领命而去。

这支人强马壮、星旗电戟的队伍，以不可思议的速度沿着荻江往荻花镇前进，而为首的男人更是一马当先，如同旋风般疾驰向目的地。

“砰！砰！”“噼噼啪啪！”

大白天的，县太爷金富力的府邸门口，就燃放起绚烂多姿的烟花爆竹。

红色的纸片儿和烟尘几乎弥漫了整条大街，这县官金富力要娶八夫人了，且听说还是个男人！可真是稀奇了！

于是，本就锣鼓喧嚣的金宅门口，聚集了许多看热闹的乡亲，大家都想瞧瞧，到底是什么样的美男子，竟让金富力愿意大摆宴席，正儿八经地去迎娶。

要知道除了正室夫人外，那些小妾全都是从旁门抬入，或者说“抢”进去的，往往放两串鞭炮就了事了，从不声张。

围观者众，这客人更是络绎不绝。金富力作为新郎官，就站在大门口，拱手笑迎八方来客，这些客人都是非富即贵，金家总管收礼单都收到手软。

每收一单，管家还扯着喉咙喊着：“富阳县王大人送来鸳鸯被二床、百年好合金人偶一对！”

那放在红漆木匣里，上面撒落着红枣、花生的大红鸳鸯被，由两个小厮抬了进去，后面则有人捧着一个透雕的木匣，从镂空的花纹里，可以看到一对金灿灿、巴掌大小的人偶。

围观的百姓们见了，无不啧啧称奇，这玩意儿可得花多少钱呀？

金富力自然是笑逐颜开，亲自接待了富阳县的王大人，两人一番称兄道弟后，金富力还一路送王大人至院内，命下人好生招待着，这才折返门口，继续迎客。

金家府邸原本就大，自从金富力做官后，家宅更是扩大三倍，这大门前的吵吵闹闹竟然一点也传不到后院去。

那里有一座非常精致的小楼，雕梁画栋，锦幔重重，看上去就像是深宫殿阁一般幽静典雅。

显然金富力为了摆阔，亭台楼阁、小桥流水等样样参照皇城豪宅的样式建造，而且这里防范森严，别看花园里浓荫荟萃，花开枝头，里头隐藏有护卫，外人想进进不来，里头的人想要出去，也是插翅难飞。

哐！

那扇精致的雕花木门又被砸得震了震，护卫们兴许是习惯了吧，竟无人动弹，而一大盆热水，正在青砖地板上流淌。

“哎哟，我的好少爷，今儿可是你的大喜日子，总该梳妆打扮一下，才好见客人啊！”一位老妇的声音，听着却像青楼鸨母。

“放肆！朕是皇帝！谁敢碰朕？！”淳于爱卿气得脸上一阵红一阵白，方才这自称王婶的老妇人，端了一盆热水来，说要给他梳洗，然后又进来好些个捧着红衣的丫鬟，说是伺候他更衣成亲。

“哎，怎么又说自个儿是皇帝？那我还是王母娘娘呢！”王婶甩着艳俗的红帕子，捂嘴笑道，“金老爷不是审过你了吗？你因家道中落，流落此地，又受了些刺激，才变得语无伦次。要我说啊，这嫁了人也好，起码不愁吃穿了，不是吗？”

这府里的人，在金富力的点拨下，都认为这位公子是在镇香楼吃了霸王餐，受到掌柜的责难，大受刺激下，才变得如此痴狂，敢自称皇帝的。

虽然查证过他的小厮是个阉人，但没说阉人就一定是宫里的太监。这主人疯起来，小厮不也跟着一起疯，谁知道他们主仆二人在唱什么戏。

而且谁都知道，皇上近期要举行册妃大典，怎么可能跑到这大老远的荻花镇来？用脚趾头想，也是不可能的。

所以，这下人们只要伺候好主人，金老爷说要娶他，他们就尽力把公子装扮得像位新娘子就能交差领赏了。

王婶一边张罗丫鬟们去另打一盆热水来，一边是赞不绝口道：“你看这身吉服，这江南的面料多光滑啊，红艳艳的，多称你的肤色。金老爷为了公子，可花了不少钱呢，公子真是个有福气的人。”

又因为淳于爱卿总是搬出皇帝的名号，大家索性不再问他姓谁名啥，而是直呼“公子”了。

“说得这么好，你怎么不嫁！再说了！这世上哪有男儿下嫁的道理？！”

“公子生得好看，打扮好了之后，只要你不说话，谁能看出你是个男人呢？”

“混账！”淳于爱卿不由抢过王婶手里的吉服，扔在地上，还用力踩了踩。

“哎哟，公子，哪有你这么糟蹋东西的！你莫不是嫌弃金老爷配不上你的美貌？可是他在这荻山镇里，也是出了名的英俊……”王婶拼命拦着并劝道。

“朕看他根本是人模狗样！”淳于爱卿简直气炸了，“再说了，这天下，只要我父皇和义父在，没人称得了是好模样的人！”

“这大燕国的太上皇和巫雀王，是出了名的英俊潇洒，当然，公子您的容貌也是人间绝色。来来，坐下，我给你梳梳头。”

“别乱碰朕！”淳于爱卿一急，吼道，“连他都不敢随意碰朕！”

“这个‘她’又是谁？”王婶嗅到了不寻常的味道，便挑起细短的眉头，说道，“不管是谁劝你还是忘了吧，金老爷可不是那么客气的人。”

“笑话！向来只有他对别人不客气的份。”淳于爱卿正要搬出“他”的名号，没想王婶见吉时快到了，便招呼了几个护卫进来。

反正不是女子，倒也不用顾着男女授受不亲这一点，护卫武艺高强，四个人一起上，抓手抱腿的，硬是把红彤彤的吉服给他换上了，还梳了头，戴上一个缀玉的冠冕。

“瞧瞧，真是让人捧在心尖的一个美人，要我说，你才是天下第一美男子。”

“唔唔！”衣衫是换好了，为了不让他在客人面前出乱子，王婶让护卫把淳于爱卿捆得结结实实的，绑在了一把太师椅上，嘴里还塞着一块喜帕。

有这么成婚的吗？淳于爱卿的眼里满是愤愤不平。

“好了，大伙都累了，下去讨杯喜酒喝吧，过会儿会有人抬公子出去的。”王婶让丫鬟护卫统统退出厢房，她自个儿办成了事，就领赏去了。

淳于爱卿的额头上沁出了汗，他这是受了“成婚”的诅咒？在宫里，大臣逼他娶一个不相识的女子为妃，到了宫外，还要被一个色胆包天的男子抢去做小妾？

这可真是一个天大的笑话！可是怎么也让人笑不出来，淳于爱卿是怨气满腹，生平第一次气得想杀人！

因为归根结底，他会落到这般田地，都是“那个人”的错！

若不是对方不记誓约，逼自己成婚，他又怎么会出宫受这份罪？这一路上游山玩水是假，提心吊胆是真！

因为不知道回宫之后，会面对怎样一个烂摊子。

不得不承认，当那个人的眼角吊起来的时候，确实有那么几分吓人。

虽然说他的“冷若冰霜”“拒人千里”在宫里早就出了名，那些大臣还有宦官见着他，比见着自己还客气百倍。

……到底谁才是皇帝？淳于爱卿偶尔也会这么抱怨。

可是同样的一张冷冰冰的脸孔，在宫女那却很吃香，每当他凯旋，宫里按月配给的胭脂水粉都会用尽。

看着宫婢精心打扮，想要获得景霆瑞的青睐，却纷纷失败告终时，爱卿不知是该生气还是发笑。

有时，淳于爱卿也会想挫一挫景霆瑞的锐气，给他一点刁难，例如不接受他的觐见，要他在外头跪着等，虽然僵持到最后，每每都是景霆瑞得胜。

“景霆瑞……”淳于爱卿发现心里的抱怨，逐渐转变成了一份念想。

若有景霆瑞这个骠骑大将军在，自己哪会这样狼狈不堪。

“唉，他远在千里之外，哪救得了驾，看来朕今日只有手刃奸人了！”淳于爱卿想着，不论如何他也要自救。

这荻花镇衙门和金富力的宅邸，只有一门之隔。

原先倒也不是这样，只是金富力买了官之后，就圈占大片民房，增修宅邸，还筑起高墙，愣是把县衙府当成是自家门户了。

而今日是金富力的大喜之日，衙门里自然是不审案了，只有两个喝饱喜酒，抱着水火棍的衙役，坐在廊檐下打呼噜。

所以当骠骑将军的军队以雷霆万钧之势将县衙门包个水泄不通时，衙役却还在梦周公哩。

镇香楼的伙计二狗，被景霆瑞旗下一青年副将提着衣领，扔在县衙大门前的台阶上，他早已吓得面无人色，冷汗直流，几乎是连滚带爬地去敲县衙的朱红大门。

还杀猪似的喊叫着：“大人！老爷！快、快开门啊！”

无奈两衙役睡得忒熟，啥也听不见，而二狗的老爷镇香楼的大掌柜，此刻正和金富力一起欣赏婚宴上的歌舞，哪能听见高墙外头的鬼哭狼嚎。

二狗无计可施，只能跪在地上，可怜巴巴地望着青年副将：“这、这里头没人应……”

“砰咚！”

突然，仿佛连地上的尘土都震了三震的鼓鸣声，让二狗不由得浑身一凛，下意识捂住耳朵，回头望去，只见那位身材挺拔、魁梧不凡的骠骑将军，正在举槌敲击悬在梁下的鸣冤鼓。

按大燕律法，民有冤抑，可以槌击鼓，大鼓一响，官必上堂！

虽说荻花镇也会有几个击鼓鸣冤的人，只是这鼓声竟是这般浑厚有力？仿佛可穿透千百道高墙，他二狗的耳朵都快被震聋了！

这雷鸣般的鼓声自然惊醒了醉醺醺的衙役，其中一人骂骂咧咧地跑来开门：“谁家死人啦！大好日子的来击鼓？！”

衙府大门才开一条缝，就有人摔了进去，是魂不守舍的二狗。

“怎的是你？”一身酒气的衙役愣了愣，紧接着大门被轰然震开，一个手持金虎符令牌、样貌极俊的男人大步走入进来。

“——啊？！”

衙役怕是睡昏了头，揉了揉眼睛，再细看了看那道金灿灿的将军令，这下脸上的血色立刻褪尽，对着那气度威严的男人，猛地跪下！

“小、小的恭迎将军大驾！”两个衙役匍匐在将军那仿佛石碑一般高大的身影下不住发抖，“小的、小的是、是……”

“县官人在哪？”男人的声音，如闷雷滚过他们的头顶，让他们的牙齿止不住地打架，唯有抬起头，用手指战战兢兢地指了指衙门大堂旁边的朱红院门。

这院门直通金家府邸的后花园，这金老爷一办完公务，抬脚就能返家去，自然别人给的金银宝器，也都直接抬回府中，无须走街串巷地招人嫉妒。

男人看了看那扇显然是加建出来的大门，也即是说过了这扇门，就不再是大燕府衙重地，他也就无须再按律行事。

衙役们是额头碰地，再也不敢抬了，男人走过去，飞起一脚踹上大门！

这后头插着厚重门闩的院门竟然整个碎开，飞了出去，两扇门砰砰地砸上雕刻有“大富大贵”字样的影壁，发出极大的声响。

这里头来来往往的丫鬟、家丁可都看呆了眼，还没人敢砸金家的大门呢！于是，哭的哭，逃的逃，院里的迎春、牡丹都给踩烂了，乱成一锅粥。

金府的护卫自然要出去探个究竟，却与入府的精锐兵碰个正着，双方二话不说，见面就打，短兵相接，火星四射！

这后院异常的喧嚣，终于惊动了正打算与“八夫人”拜堂的金富力。

说是拜堂也真够古怪，新娘子被红绳捆在一把太师椅里，完全动弹不得，头上遮着一块极大的红绸盖头，他是被护卫们抬着行礼的。

这王婶的“一拜天地”都没喊完呢，就有个满身是血的护卫摔了进来，吓得客人纷纷避走。

“出了什么事？！来人！”金富力倒也镇定，立刻呼喝来更多的护卫。

那原本左右看守着太师椅的护卫也拔出刀来，围在了金富力跟前。

而这时，淳于爱卿正努力用舌头往外顶塞口的喜帕，红盖头又沉又大，他看不见外头到底发生了什么事？只知道有人打进来了，那人会是谁？想着金富力平时欺凌百姓的样儿，想必招人讨伐也是理所应当的事。

可是为什么打着打着，这乒乒乓乓的声音越来越小了？

这些人应该还没散吧？淳于爱卿想趁乱逃跑，然后去找被关在衙门监狱里的小德子，再火速回宫，他要好好发落这个色胆包天的狗官！

淳于爱卿用脚尖点着地，使出浑身的力气，带着椅子往旁边人声少的地方移动，这刀剑无眼，万一砍在他自个儿身上也不好啊。

然而，在他的一挪一移下，椅子是没挪动几步，头上的红盖巾倒是滑下大半，他露出一只眼睛，微眯了眯，却被眼前的景象惊呆了神。

竟然是——大燕精兵！

那些手持利刃，身覆铁甲衣的士兵围着花园、回廊、台阶站满了一圈，且空气中飘着一股腥涩的血气。

再看荷花池里，或漂或卧着多具尸首，宾客们早已吓得屁滚尿流，都缩身在歪倒的桌椅旁，由士兵持刀看守着。

而在满地狼藉的破碎杯盘前，是一个气势慑人、雄姿英发的男子，只见他的右手稳当地握着一把闪着青芒的长剑，锐利的剑尖直抵在金富力的咽喉上。

金富力是浑身僵硬，吓得连话都不敢说了，生怕吞吞唾沫，都会被剑尖刺穿咽喉，只是死命地瞪着那男人，眼里满是求生的乞怜。

淳于爱卿也看着那男人，仿佛觉得是在做梦，不由倒吸一口气："景霆瑞？！"

只是他嘴巴里仍然塞着喜帕，发不出声，这惊愕至极的叫唤声只能喊在心里了。

景霆瑞手里的利剑慢慢往下压，一缕鲜血便立即染红了金富力的丝绸衣领，此刻金富力也管不了面皮了，扑通跪地求饶，连声哀叫着："大侠饶命！大侠饶命！！"只是他脸上还有着不解，全然不明白发生了什么事？

"饶命？你不用对我磕头，朝廷命官犯事，自然得交由皇上发落。"景霆瑞冰冷地说，一旁的副将立即反扭住金富力的胳膊，把他捆了起来。

这时，景霆瑞才抬头看着那仍旧被绑得严严实实，一身大红吉服，嘴里还塞着锦帕的"新娘子"。

淳于爱卿被他的黑眸这么一盯，心里莫名地慌张起来，一种很不妙的感觉让他如芒在背。

"末将景霆瑞——给皇上请安！万岁、万岁、万万岁。"

果然！景霆瑞完全不顾他此刻的窘状，也不给他松绑，就先行了一个跪拜大礼！

顿时，抽吸声四起，王婶一声掩面尖叫："天啊！他真是皇帝！"就晕了过去。

镇香楼的掌柜那失魂落魄的样儿，就像连怎么呼吸都忘了，脸孔憋得青紫，好半天才跪在地上，不停地磕头道："皇、皇上恕罪！皇上饶命！小的有眼无珠！请皇上饶命啊！"

淳于爱卿心想，朕没打算让你死啊，无奈他说不出口。

景霆瑞一个眼色，士兵就押着掌柜下去了。

而来这参与饮宴的大小官员、乡绅富商，他们全都逃脱不了干系，一个个都吓得趴伏在地上发抖，面白如纸。

"皇上，请恕末将无礼。"景霆瑞说，从腰间拔出一把短匕首，笔直走向动弹不得的爱卿。

"呃，你想干吗？！别乱来啊！"冷汗飙出爱卿的脊背，他知道自己不该私下出宫，可也不至于要挨一刀子吧。

就在爱卿紧张得胡思乱想时，只见眼前锋芒忽闪，他手上、脚上的绳索便断开，景霆瑞则收好了匕首。

重获自由，爱卿赶紧拔出塞在嘴里的喜帕，舔了舔干燥的嘴唇，他的舌头都给压麻了呢！

当爱卿从太师椅里起身，如释重负地甩甩手，拍拍膝头，扭腰活动筋骨时，景霆瑞抱拳，声音低沉地请罪道："皇上，末将护驾来迟，让您受惊了。"

"吾等罪该万死！"那些士兵也统统跪下，齐刷刷地低头认罪。

"没有的事，景将军您来得刚刚好！是护驾有功才对！"不知为何，爱卿就是无法直视景霆瑞那张极英俊但也极冰冷的脸孔，笑着打哈哈，"瞧见没？朕毫发无伤，所以没事了，你们都退下吧。"

虽然他这么说，可一众人却都跪着不动，显然在等候景大将军发号施令。

爱卿的颜面上多少有点挂不住，谁让调兵遣将的金虎符在景霆瑞的手里，他这个皇帝，只有干瞪眼的份儿。

不过眼下这么多人在，爱卿倒是放松不少，起码，景霆瑞不至于当着大家的面，抓着他训话吧。

"皇上。"景霆瑞低声道。

"嗯？"爱卿终于看向他。

"您累了吧？末将扶您去里屋歇息，稍作休整，再摆驾回宫。"景霆瑞靠近爱卿，并没有在乎臣子不能直视皇帝的规矩，就这么凝视着他的脸。

"好。"爱卿倒是心虚地移开视线，还伸手挠挠自己发烫的脸。

"皇上，您的手怎么了？"景霆瑞一把就捉住了爱卿的手腕，"哪来这么多伤？"

"这、这个……"是在镇香楼洗碗刷锅时弄伤的，爱卿知道景霆瑞是担心，可是两人大庭广众之下拉拉扯扯的，有失体统啊。

爱卿左看右看，发现除了景霆瑞之外所有人都埋首而跪，便松了一口气。

"已经上过药了，不碍事。"爱卿把手抽了回来，小声道，"朕之前想要逃跑时还跌了一跤，那叫摔个狗啃泥。"

"什么，您跌伤哪儿了？"景霆瑞惊声问道的同时，竟然弯下腰，把爱卿打横着抱了起来。

"咦？"爱卿晃了晃悬空的脚丫子，想要下来。

"您别乱动了，万一加重伤势便不好了，末将去传大夫来。"景霆瑞柔声说完，便大步流星地往里面一间厢房去了。

"朕没事——让朕自个儿走！"院子里，徒留皇上无谓的抗议声，即便余音散去，这满院的人都是惊骇万分，却又完全不敢动弹一下。

金府门廊内悬灯结彩，到处张贴着大红的"囍"字。

爱卿注意到景霆瑞的脸色更铁青了一分，心下便十分不安，尤其此刻他还被景霆瑞抱在怀里，都没地儿可藏。

想着景霆瑞训起话来，比当年的太傅温朝阳还要啰唆上百倍，爱卿只有把脸低下去，尽可能看起来是在反省的样子。

作为皇帝，怎么说，私自出宫又迟迟不归是他不对。

“您不舒服？”景霆瑞突然对怀里的爱卿道。

“没有，何出此言？”爱卿是一脸困惑。

“您突然变老实了，让末将有些不习惯。”景霆瑞说着，迈入一间设有锦帐华褥的寝房。

“哼，朕也不习惯你这副目中无人的样子。”爱卿不由反唇相讥，两人虽然相差九岁，且身份是天差地别，但从小一起长大，且是形影不离。

在无旁人时，景霆瑞多少会显露出他本性的一面——“桀骜不驯”，绝非大臣和宫女们称赞的那样“刚正不阿”“奉公守法”。

因为光是对皇帝“大不敬”这一条，他就不知犯了多少条宫规、律法了。

对于爱卿的嘲讽，景霆瑞只是勾起那弯弓般的嘴唇，微微一笑，煞是好看。

可这笑容真真是让爱卿浑身汗毛竖起，怎么都不肯待在他的怀里了：“你先放朕下去，你就算不嫌累，抱着一个大男人也该觉得膈应吧。”

“末将不累，何况皇上今日穿得如此漂亮，末将自不会觉得膈应了。”景霆瑞慢条斯理地走到铺着鸳鸯被的床边，把爱卿放下了。

“句句带刺儿，别以为朕听不出来，还不快点给朕拿身衣服来换掉！”爱卿鼓起腮帮子。

景霆瑞命人拿来一件质地上乘的衣衫，放在床边后，又坐在床沿，伸手给爱卿解扣子，喜服的扣子做得特别繁琐，一个人怕是搞不定的。

“朕自己更衣，不用劳烦大将军。”爱卿一骨碌地爬进大床的里侧，拒绝景霆瑞再靠近一步。

“怎么会麻烦？末将倒觉得能伺候皇上更衣，是万分之荣幸呢。”景霆瑞出手极快，扣住爱卿的手腕，转瞬之间，就重新把他拉到身前。

“你、你耍赖！大胆！竟敢对朕用武力！”爱卿试图挣开他，可是不论怎么使劲，也无法逃脱那宽阔手掌的钳制。景霆瑞的力气是如此大，让他觉得自己是一只柔弱无用的小鸡，任由老鹰叼着玩耍，顿时脸孔憋得通红。

“皇上，您留下一份书信就乔装出宫？到底是谁耍赖？谁大胆？”景霆瑞的手指轻摸了摸爱卿的手腕，那里留有绳索的勒痕。

“那个……”不提起这事还好，一说起来，爱卿便是一肚子火，嚷嚷道，“还不是你干的好事！和宰相联手逼朕成婚！”

“让您纳妃的事情，末将事先并不知情。”景霆瑞蹙起眉头，明显不悦地道。

“你少骗朕了！那日宰相问你，是否也有此意，你不是点头称‘是’吗？！”爱卿气鼓鼓地道。

“那时，末将以为宰相大人问的是，是否同意皇上派军去北部剿匪一事，在末将进入御书房之前，等候在门旁的礼部侍郎王大人告知说，你们正在商议北部匪寇作乱的事，末将正好也想请皇上恩准发兵，于是才有了这一场误会。”

景霆瑞承认是自己疏忽大意，被人摆了一道，然而武将和文臣间的间隙之深，又岂是三言两语就可以解释得清的？明明是一场算计，他却只能以“误会”带过。

“你也太笨了吧！这么大的事都能弄错？！”爱卿并没有看出其中的名堂，很想去敲景霆瑞的头，但无奈双手被压得实实的，只能对着他干瞪眼。

“是末将不对，但念及末将为您收拾宫里的残局，又千里迢迢护驾有功，恳请皇上饶恕末将的乌龙之罪，准许末将随扈您左右。”

“等等，收拾残局是何意？朕不是已经留有书信，说要去北方监督要塞建造？大臣们应当理解才是。还有你千里迢迢赶来是没错，可你是怎么知道朕往南方走的？朕明明写的是去北方啊！”爱卿盯着景霆瑞俊逸的脸庞，总觉得哪里不对劲。

“皇上，所谓知子莫如父……”

“你什么意思？！”爱卿的眉头都揪了起来，自己年纪是不大，但还未幼稚到给景霆瑞当儿子吧？

“自您蹒跚学步起，末将就与您朝夕相对，自然摸得清您的想法。”景霆瑞倒也坦诚，“您留下书信，不过是想‘声东击西’罢了，而这个还是末将教会您的。”

“呃……”爱卿顿时一呆，他就为了让景霆瑞相信，才故意留下表明自己要去北方的书信，结果是搬石头砸自己的脚，反而让景霆瑞猜中了他真正的心思。

这么想来笨的人不是景霆瑞，而是太“想当然”的自己，爱卿不由抿了抿唇，冷哼一声，扭开脸去。

“至于收拾残局，您说是为监督要塞建造，但其实是为逃婚才出宫，宰相大人肯定会这么想。未免产生君臣分歧，引来不必要的纠纷，末将在见到您的书信后，就闭锁宫门，派兵驻守。对外声称皇上您感染了风寒，龙体不豫，需卧床静养，另外，为免宰相大人等怀疑，太医院每日照常送汤药进长春宫……”

“等等！照你这么说，朕岂不是不能回宫了？”爱卿打断道，“他们都以为朕在宫里头养病呢！”

“您放心，朱雀和玄武两道宫门，都由末将调去的人把守着，只要您别太声张，回去宫里是不成问题的。”

景霆瑞说得是胸有成竹，爱卿则听得脸色不佳，嘟哝道：“弄半天，你就是要朕偷偷摸摸地回宫嘛。”

“您怎么出来的就怎么回去，这合情合理。”景霆瑞丢出这么一句，暗指皇上您不也是偷偷摸摸出来的吗？

“景霆瑞！你好大的胆子！”爱卿自然听出这弦外之音，火气又被挑了起来，“你可知‘知子莫如父’的下句是什么？”

“是‘知臣莫若君’。”景霆瑞面不改色地答道。

“正是‘知臣莫若君’，可是朕却越来越看不懂你了。”爱卿显得既气愤又委屈地道，

“你以前从不会数落朕的不是，从来都明白朕想要做什么。在皇宫里，除了父皇外，对朕最好的人就是你了，可是现在……”

“现在怎么了，末将对您还不够好吗？”景霆瑞那双常年练武而显得粗粝的指头轻捏上爱卿的手指，将他的手掌摊开，仔细地检查那些纵横交错的伤口。

“不好！一点也不好！”爱卿故意板起脸，“要好的话，你就不会过了两个月才来找朕！也不会变得和那些迂腐老臣一样，总是找朕麻烦……啊，疼，你轻着点。”

“皇上，这伤口虽小但挺深的，得重新上药。”景霆瑞径直道，然后起身去传副将常春进来。

常春就守在门外。

“常春，你去拿我的金创药来，另外，再去寻一位好郎中。”

“是，将军！”常春领命退出。

“肚子饿吗？”景霆瑞笑着对爱卿道，“末将再去传点吃食。”

爱卿瞪着景霆瑞却是一言不发，每每与景霆瑞说些什么时，他便会岔开话题，转而说些无足轻重的事。

或许是他不想两人吵起来吧，但真的能大吵一场，也不会像现在这般尴尬吧。

“瑞瑞。”

“末将在。”

“我们两个就不能回到过去那种不分你我、畅所欲言的时候吗？”

“皇上。”

“叫我爱卿或卿儿吧，我已经很久没有听到你这么叫我了。”爱卿巴望着景霆瑞道，“这里又没有别人在。”

“皇上，您这是在为难末将。”

“为难？”爱卿深深叹息，“你管我们多年的交情叫‘为难’？”

“请皇上恕罪。”景霆瑞跪了下来，“末将与您从小就很亲近，但末将也说过，将誓死守护您和您的江山，而无规矩不成方圆，就算末将与您的关系是比一般臣子亲近一些，也不能改变您是皇帝，而末将是您的臣子，所以……”

“朕知道了！”爱卿端坐着身子，“你不必再说了。”

“是，皇上。”景霆瑞低头，就这么跪着不动。

见到如此恪守本分的景霆瑞，爱卿的身体轻轻震动了一下，眼圈都有些泛红。

“爱卿，做你想要做的事情，结识你想要结识的朋友，不要介意太傅说的那些话，你只要做你自己就好，不管如何，我都会支持你的。”

这话，是景霆瑞曾经说过的，现在怕是忘得一干二净了吧。

爱卿觉得很难过，难不成皇帝就注定是孤家寡人吗？没有知己，没有兄弟，没有情投意合之人。

任何事情都要从规矩、权势去分析考虑，再从中做出最有利的选择，似乎没有“心”，什么事有的只是没完没了的争权夺利。

“朕只是想要一个可以交心之人，”爱卿轻声道，“朕一直以为朕的身边有这样一个人在，可原来并非如此。”

“皇上……”景霆瑞抬起头来，似乎想要说什么。

“罢了，你下去吧。”爱卿道，“朕想一个人待会儿。”

“末将遵旨。”景霆瑞当真出去了，没有一点迟疑。

爱卿看着那扇紧闭着的门扉，苦涩一笑，有时候还真想回到儿时，哪怕只是些许的时候，也能感受是被景霆瑞真心对待着的。

不是被当作皇帝，而是淳于爱卿。

而今，他们之间是渐行渐远，因为身份的差别，因为时间的流逝，因为过去的种种……

七年前。

正是盛夏午后，骄阳似火，御道两旁深绿的小草都给晒蔫了，耷拉着，没有一点精神。

忽然，有一片人影笼罩下来，他左转转，右转转，背上驮着一个黄稠大包袱，沿着御道一溜烟小跑着。

这橙黄色的琉璃瓦，火红色宫墙，以及白云蓝天，都衬得他的身影越发的小，而宫苑深深，他倒是很懂得避人耳目，都是从旁门进的殿，那儿有两个守门的老太监，抱着手里的拂尘，低沉着头，正打盹儿。

这小身影溜进去，竟是一点声音都没有，这动作比猫儿还轻盈呢。

过了百子门，就到了养育皇室子孙的育婴堂，在皇子五岁前，都会住在这儿，受乳母、保姆、浆洗、针线等足足四十位宫人伺候，可谓万无一失了。

从大燕建国起就规定亲生母子不得同居一室，各位皇嗣必须分开教养，显然是不想“母以子贵”，而引出结党乱政的祸事。

这条宫规无人可以违背。

眼下，夏蝉震鸣，天正热得紧，乳母结伴在葡萄藤架下乘凉。一个小太监从井里捞起一个浸泡得凉丝丝的大西瓜，拿刀切了切，分给各位乳母、保姆吃。

“正好！”小人嘴里嘀咕了一句，从葡萄架的后头偷偷摸摸地溜过去，顺利地穿过院子，进入了里屋。

屋里又闷又热，尽管已经摆上了冰山，敞开了窗户，可是由于此时无风，还是酷热难当。一位年轻宫女原本该朝着冰山扇风，可无奈午后犯困，手里的扇子掉在地上，手枕着头熟睡着。

铺着凉席、设有绢丝帷帐的炕床上，一个穿着粉色小缎袍的女娃娃正爬来爬去。那小人见着她，立刻眉开眼笑，他解下背后的包袱，小声道：“珂柔妹妹，皇兄来瞧你啦！”

小女孩生得是粉雕玉琢，脖子里还挂着一个镂刻有“长命富贵”的金锁，看得出是备受疼爱的，她乌溜溜的黑眼珠一瞧见黄衣少年，便张开只有两颗小牙的红润小嘴，甜甜地笑了。

“来，好妹妹，皇兄抱抱你。”少年不过十岁，却十足一副兄长的模样，小心地托住那一团温暖又娇嫩的身子。

其实不等少年说，珂柔就主动地往少年身上靠了，将她娇嫩的小脸贴在少年同样白嫩的脸上，嘴里咿咿呀呀地说着什么。

“叫哥哥，哥——哥——我是你大哥，你知道吗？”少年高兴极了，也不在乎自个儿的身份，就仿佛寻常人家那样，称呼着小妹，然后，还把包袱抖开了，都是些女孩子家的玩意儿，有七彩塑泥的娃娃、缝制精巧的香包、绢帕、毽子什么的。

还有几盒好吃的糕点，他喂女娃吃了一些甜甜软软的藕粉枣泥糕，自己也吃了一块，还说道：“你知道吗？妹妹，父皇他可想你了，可惜他不能来看你，有一堆的事儿要做。皇帝呀，就是这么忙的。”

珂柔太小，似懂非懂，但坐在少年怀里乖巧得很，少年握着她的小手道：“不过妹妹别担心，哥哥我会常常来看你。”

这话让珂柔咯咯地笑，挥舞着藕节状的小手，想要玩游戏。

被妹妹如此邀请，这当哥哥的自然是欢喜得很，心里甜滋滋的，不由有些得意忘形了，竟让妹妹跨骑在脖子上，少年笑道：“来，哥哥带你去遛弯。”

他哪里知道这声音惊醒了宫女，她一睁眼就看到那一身杏黄色缎袍，腰带上悬着麒麟玉佩，这可是一副太子行头。

“太、太子殿下！奴婢给您请安！”她这一声招呼，可把屋外的保姆、乳母都惊动了！

十几号的人，一下子全涌进来，一见太子殿下正抱着珂柔公主呢，又齐刷刷地跪下了，一乳母赔笑道：“太子殿下！您来瞧公主，怎么也不知会一声，好让奴才们准备着。”

“有什么好准备的，我就是来看看皇妹。”太子不悦地道，不舍得放开珂柔。

“殿下，您看望公主是可以，只是眼下又非喜庆节日，这不合规矩呀。”

“少啰唆，这里又闷又热的，我要带妹妹出去玩，你们快让开！”

“这万万不可，殿下您私下来育婴堂，就已经坏了规矩，更何况您还要抱公主离开……”

“你没见皇妹都热得睡不着吗？她在这里爬来爬去，要是摔着了，那还了得。”对于如何照看妹妹，太子可是一点也不含糊。

“这……”保姆责怪地看了一眼宫女，宫女吓得脸都白了，跪下请罪：“是奴婢不小心睡着了……一定是热着小公主了。”

“所以，你们都是不顶用的，还是本殿下来照看她。”太子笑了笑，唇红齿白的模样煞是可爱。

皇帝膝下有四位皇子，三位公主，除去长公主和二公主是后妃所生，其余都是从宫外生下后，抱回来的。

皇帝常年出征在外，这并不出奇。

而自二皇子永福因病夭折后，皇室就只有淳于爱卿这一位皇长子，皇帝没有册封皇后也就没有嫡子，立皇长子便是顺理成章之事。

要说这七位皇子公主之间，长得最像皇帝的当属三皇子炎，眉眼里透着一股少年老成的俊气。

要说长得最可爱的就是太子殿下了，眉梢俊俏，一双大眼睛乌黑又明亮，肌肤也是粉粉的，就像是面粉团捏出来的人儿。

而珂柔公主与爱卿的容貌特别相似，当他们在一起时，那真是可爱得人心里都化了的。

珂柔公主也与爱卿最亲，总是缠着哥哥玩，这一来二去的，太子便总是不顾规矩地“擅闯”百子门。

宫人们虽喜欢但也惊怕，都是金贵的孩子，稍有点闪失，可如何是好？

“殿下，这万万不可啊！”保姆见劝不住，便斗胆上前抢夺公主，“请您回宫罢，这要是让上头知道了，奴婢们可担当不起啊！”

“你放手啦！知道了我自会认，你们怕什么？”太子却拦着不给保姆抱走公主，这拉扯来去的，公主受惊，“哇啊”一声哭了出来。

太子忙把她抱住，没想保姆用力扯住了太子衣袖，太子手一滑脱，珂柔竟然一屁股摔坐在炕床上，“咚”的好大一声！

顿时，包括珂柔在内，全都是一呆，紧接着，珂柔脸孔涨得通红，扁了扁小嘴，止不住地大哭起来，那声音如鞭子一般抽在太子的身上，让他心疼极了，赶紧抱珂柔起来，但很快被保姆夺了过去。

“快！快去请太医！公主摔着了！”保姆瞪了眼眶里都闪着泪花的太子一眼，呼喝着旁人赶紧去请御医，也有人忙着去告诉皇帝。

也不知是不是一屋子的人太多，小公主总是哭个不停，连气儿都快喘不上来了。

“皇上驾到，巫雀王驾到！”

就在御医给小公主诊断时，大燕皇帝淳于煌夜，一脸铁青地迈入屋内，而巫雀王柯卫卿也来了，看到此情景，众人都知道糟糕了，连大气也不敢出，统统埋首跪下去。

“这是怎么回事？！公主怎么会哭得这样凶？”俊美无双却也是威严冷酷的煌夜，冰冷的凤目扫视过跪在地上的保姆、宫女时，真是吓得她们止不住地发抖，牙齿磕碰声清晰可闻。

可是，她们纵然有一百个胆子，也不敢说是太子的错。

“是儿臣抱着她的时候，不小心摔的……”太子同样跪在一旁，虽然知道是保姆硬扯了一把他的衣袖，才致使珂柔坠地，但是他不想让奴婢担责，便抬起头道。

“太子殿下。”柯卫卿发话了，他低声叱问，“你怎么又跑来育婴堂了？”

“李御医，公主怎么样？”煌夜见是太子所为，眉头便蹙了蹙，但是他并未责骂，而是转身去问御医。

“回皇上，公主只是受了些惊吓，并无大碍。”有着两道白眉的御医，躬身道，“微臣给公主开一服安神的方子，喝了之后，睡一觉便没事了。”

煌夜点了点头，叮嘱御医道："好生照看。"

柯卫卿则扭头看着爱卿，颇为严厉地道："你怎么这个时候来育婴堂，不是该在文华殿里读书吗？"

文华殿属东宫的配殿，是新开辟出来的，给皇子们以及皇族子弟上学的书房，亦称作国子学，当然这和开设在皇城他处的国子学不大一样，这里的学生出身更高，真正的天潢贵胄。

"这个……"爱卿一时答不出来。

"淳于爱卿！你难道是逃学了？！"柯卫卿这会儿可真是气急了，怒瞪着他道。

"回义父，儿臣只是来看看皇妹，一会儿就去念书，不会耽搁太久的。"爱卿跪着说道。

"就会贫嘴！你身为长子又是太子，却不给皇弟们树立起勤奋刻苦的榜样，先逃学，后擅闯育婴堂，还惊吓到公主！"柯卫卿从炕床边站起来，怒气难消，看向煌夜，似乎想让他责备太子几句。

"是、是，卿儿这次是做得不对，但幸而公主无恙，卿儿也受到教训了，你看他正难过着呢，就让他回东宫去吧。"

没想到凡事雷厉风行的煌夜，却很轻松地饶过了太子，还劝柯卫卿道："他们都还小，你也别太动气，会伤身的。你早上不是刚喝完一壶药吗？太医说了，养病就必须平心静气的。"

"皇上！不是我不想平心静气，而是您太宠太子了，这都第几回了？温太傅都拿他没辙了，不成！这次一定要罚！"柯卫卿坚持道，黑黑的眉尖挑起，显然不想过于纵容太子。

"儿臣犯错，让皇妹受惊，请义父责罚。"爱卿倒是老老实实地磕了个头，"儿臣甘愿受罚。"

"别以为你这么说，我就轻饶了你。"柯卫卿依旧皱眉，语气严厉地道，"去书房搬一张桌子，抄写十遍《道德经》，不许坐着，得站着抄。"

"卫卿，这也太严厉了点，你看卿儿才十岁，《道德经》这么长，要抄到半夜呢……"煌夜偷偷拽着柯卫卿的衣袖，耳语似的劝说道，"就警示一下，罚他抄三遍就行了。"

"不行。皇上，要是别的皇子倒也罢了，爱卿是太子，岂能轻饶？"

"好了，你说怎样就怎样吧。"面对事事都极为认真的柯卫卿，煌夜败下阵来，"卿儿是个好孩子，在你的教导下，必定会有所成长，不用太心急的，你小时候不也是个时常惹祸……"

"皇上，"柯卫卿的眉头皱得更紧，"难道微臣小时候有他那么顽劣，屡教不改吗？"

"何止呀，是有过之而无不及。"煌夜笑道，"你忘了李德意那会儿总是跑太子殿来，向我告状，说你在太医院如何如何……"

"我那时在学医，爱卿是来百子门玩闹，这能一样吗？"

"是，是不一样。"看着柯卫卿越发肃然的脸色，煌夜打圆场道，"朕说笑的，你别当真。"

“教育孩子可说笑不得。”柯卫卿低头看着爱卿，“你回去好好抄写，写完了送到我殿里来。”

“是，义父。”爱卿老实地应承着。

百子门的宫人们也都跪着不敢说话，这说出去都没人信，在管教太子和皇子上，竟然是身为义父的温文儒雅的柯卫卿更严厉。

“来人。”煌夜唤来一位执事太监。

“奴才在。”一位红衣太监扑通一声跪地，有些颤抖。

“带太子殿下回去书房抄写，但不许饿着他，要按时送晚膳。”煌夜威严地吩咐道。

“奴才遵旨。”执事太监叩首。

爱卿也规规矩矩地磕头：“儿臣定当好好反省，儿臣告退。”

“唉……”看着爱卿走出宫门时的落寞背影，柯卫卿暗叹一口气，他也不想这么凶的，可是大燕的将来，巫雀的将来，全都压在他一人身上，怎么能轻松以对？

把爱卿立为太子本就是一招险棋，爱卿以后若因学艺不精遭遇任何的变故，柯卫卿怕是这一辈子都不会原谅自己。

“总该有人充当这个‘恶人’。”看着正在逗公主开心的煌夜，柯卫卿就知道煌夜再怎么叱咤风云，却也是敌不过孩儿的一张笑脸。

第三章 失而复得卿

“以正治国，以奇用兵，以无事取天下……”

书房内是宫灯高悬，明亮如昼。太子爱卿果真站在梨花木书案的后头，一边默念着《道德经》，一边用小楷抄写在宣纸上，铁划银钩一笔而下，如行云流水，美不胜收。

真不知是不是总被太傅罚抄书的关系，他的字是所有皇族子嗣里写得最好的，算是歪打正着吧。

“殿下，这说的是什么呀？”帮他磨墨的是一个绿衣小太监，叫小德子，今年才七岁，却古灵精怪的，他的小眼睛瞪着爱卿写下的小字，好奇地问道。

“就是说……唔……”太傅当初怎么讲解来着，爱卿歪着束金冠的小脑袋，用毛笔尾端频频搔头，嘀咕道，“就是说……天子要依律治国，打仗要出奇制胜，不可以惊扰百姓，等等啦……”

怕小德子越问越多自己解释不了，爱卿打马虎眼道：“唉，反正都是些高深的道理，我说给你听，你也不懂，还是别吵我啦。”

“是，殿下。”小德子卖力地替太子磨墨，书案上堆着这么厚的一叠白纸，这罚抄恐怕要抄到半夜吧。

爱卿又写满一张纸后，放下笔，转了转酸涩僵硬的脖子，还扭了扭腰，又一次问小德子：“景侍卫还没回宫吗？”

“没有吧，前殿的春汐姐姐说了，景侍卫回来，就会让他立刻来书房见太子的。”小德子递上一盏新沏的冰糖红枣茶给太子，“殿下，您渴了吧，歇歇再写。”

“嗯……他到底跑哪里去了？”爱卿苦皱着脸，才端起青瓷茶碗，就听得外头一声嘹亮通报：“太子殿下，景侍卫到了。”

“呵呵，他终于回来了！”撂下毛笔，爱卿就像一只欢快的小兔子，直奔殿门而去，留下小德子慌忙地替他收拾毛笔、纸张，才写好的字可不能弄脏了，还得拿去给巫雀王瞧呢。

爱卿兴冲冲地来到门口时，皎洁的月色下，那一抹高大的身影正迈入殿槛，他二话不说，就冲了过去：“瑞瑞！”

那可真是一蹦三尺高，不过来人很轻松就抱住了他的腰，仰起头，看着爱卿那染着墨迹的清秀脸孔。

“殿下，抱歉，属下回来晚了。”

景霆瑞比太子年长九岁，如今已十九，不仅是东宫的带刀侍卫，还因为武艺高超，为人刚正不阿而备受皇帝重用，常让他帮助刑部、吏部出宫调查一些案件。

不过，他毕竟是太子殿的人，所以景霆瑞每次奉旨出宫，爱卿就很不愉快，那简直是盼星星盼月亮般地等他回来。

连煌夜也会吃醋地抱着他道：“卿儿，你的侍卫朕只是借用一下，他虽出宫去了，但还有朕陪着你，不是吗？”

“父皇，那是不同的。”爱卿总会那样回答，可到底是哪里不同，他自个儿也说不清。

自从他记事起，景霆瑞就陪在他身边了，景霆瑞的存在就像围绕他的阳光、空气、花草树木般理所当然，只要他一不见，爱卿就浑身不自在，坐立难安。可现在不比儿时，只要他一哭闹，父皇就主动把景侍卫塞给他，这能成功止住他的眼泪，且百试百灵！

现在，他已经长大了，只能忍，忍到景霆瑞回宫见他，哭鼻子这种事情，他是再也不会做了。

“哼，你也知道回来晚了？”虽然心里一直担心着景霆瑞的安危，可是爱卿此刻却也板起脸来，“你心里只有父皇，没有我了！”

“怎么会，太子殿下您在属下心中，永远是第一位的。”景霆瑞在旁人眼里，虽然长得极俊，却不爱说话，也不爱搭理人，给人的感觉像一大块冰，还时不时地透出一股拒人千里的寒气。

但他在太子面前，尤其是无旁人时，他的眼神和语气都是那么温柔，充满着溺爱的意味。

“可是只要父皇一句话，你就飞也似的出宫去了！”爱卿小声咕哝道。

从小他就备受父皇宠爱，四岁时被册封太子。有了父皇撑腰，他向来是驰骋宫中，天不怕地不怕的。

但他最近越来越了解到权力是怎么一回事，因为只要父皇一个眼神，景霆瑞就不会再听他的话了，而且也不会告诉他去了哪里，去做什么，让他非常担心。

“呵，殿下，那些都是公事，身为臣子替皇上做事，是职责所在。”景霆瑞微笑着说，把爱卿放了下来，伸手抚摸着他的头。

“那你说——到底是父皇交代的事情重要，还是我？”爱卿拉着景霆瑞的手问。

“皇上的事情比较重要，”景霆瑞答道，“但重要的人是殿下。”

爱卿想了想，似是听明白了，又似乎不太明白，总而言之，景霆瑞的回答太高深了。

趁着爱卿听得发愣的当口，景霆瑞半蹲下身道：“殿下，我给您买了糖人。”

景霆瑞每次出宫回来就会带些好吃的东西，像冰糖葫芦、麦芽糖人等，这些东西在宫里头吃不到，许是宫人们嫌弃做工粗陋，又不洁净吧。

但是爱卿很喜欢，捧着生肖形状的糖人能吃上很久。

“糖人？在哪儿？！”爱卿听到有吃的，果然是精神百倍，那股活泼劲儿，简直能看到他屁股后头好似有尾巴在摇晃呢。

景霆瑞忍俊不禁，捏了捏他粉嫩的脸蛋：“在您的寝殿里，春汐说，您在这儿抄书，所以我放下东西就来了。”

“咳，这么说，你知道我被罚抄书了？”爱卿的脸更红了，虽然不是头一回了，可是随着年纪越来越大，总觉得这种事被景霆瑞知道是不好的。

“嗯。”景霆瑞站起来，牵住爱卿的手，“走吧，您应该还没写完吧？”

“是啊，义父这回可狠心了，一下就罚我抄十遍《道德经》。”爱卿与其说在抱怨，更像在撒娇。

“也好，您的《道德经》不是还没背熟，下次温太傅考您默写，就不用我帮您扔纸条了。”景霆瑞笑着道，却惹来爱卿一记拳头。

爱卿回到桌旁，小德子已经铺好一张宣纸，象牙管的狼毫笔蘸饱墨水，就等太子来挥毫了。

“您就站着抄吗？”景霆瑞见太子都没有座位，便问道。

“是啊，今个儿殿下犯了错，抱着公主跌了一跤，巫雀王可生气了。”小德子极小声地说。

“原来是这样，也难怪陛下要生气了。”景霆瑞转头看着爱卿，关切地问，“您呢？可有受伤？”

“我没有，唉，总之，我抄就是了。”爱卿瞪了小德子一眼，嫌他太多话，“去，让御膳房准备点心，景侍卫回来得晚，都没吃饭呢。”

“是！殿下。”小德子应命，一溜小跑去了。

爱卿凝神静气，很想一口气把余下的都抄写完，可是之前心里惦记着瑞瑞还没回宫，数了数，从午后到现在也就抄了四遍。现在瑞瑞回来了，陪着他了，可他又静不下心来了。

眼角不时瞄瞄景霆瑞，他穿着深蓝云纹锦衣，缀墨玉的皮腰带，黑布马靴，腰间除了常年都佩戴的蚩尤剑，还有一块翡翠镶金挂件，这是景亲王府的信物。

爱卿知道景霆瑞虽然是景亲王家的长子，但碍于庶出的身份，所以并未得到亲王府的世子名分，而那些荣华富贵，以及世袭荣耀都将由他嫡出的弟弟，小他一岁的景霆云继承。

尽管景霆云是个好逸恶劳，什么都不会，只有长相可取的家伙。

对于这一点，爱卿一直愤愤不平，还缠过父皇，要给景霆瑞应有的名分和地位。

可是父皇说，虽然在他眼里是嫡庶平等，但祖宗礼制不可废，且这是景亲王的家事，所以他无法干涉其中。

至于景霆瑞本人似乎并不在意身份地位，也鲜少回亲王府，不过今天，他的腰里挂着信物，就说明父皇让他去景亲王府办事了吧。

“安妃娘娘还好吗？”爱卿问的是景霆瑞的生母，一位身份低微的歌姬，因长相极美，而被景亲王看中，收为妾室。

“母亲一切都好，多谢殿下关心。”景霆瑞面带微笑地说，“她也有问起您，还让属下好好地伺候您。”

“瑞瑞，我要是知道你是回王府的话，就不会催着你回来了。”爱卿停下笔，一脸的歉意。

“呵呵，殿下，自属下十岁进宫当您的侍卫，已有九年，早就把这儿当成是自己的家了。”景霆瑞却笑着道，“您不必在意这个。”

“瑞瑞，我会对你非常非常好的！”爱卿却还是皱着秀眉，发誓般地说道，“以弥补你不能归家的遗憾。”

“殿下，您的心肠太好了。”景霆瑞抬手轻抚那张虽然稚气满面，却大有倾国之姿的年少脸庞，“属下反而会担心……”

“担心什么？”那双乌黑澄澈，宛如星空般的美眸，仰视着景霆瑞。

“不，没什么。”景霆瑞莞尔一笑，将太子抱入怀中，低着头，在他耳边说道，“您只要这个样子就好，无须为其他事情烦忧。”

“嗯！”爱卿重重地点了下头，不管是什么事，只要瑞瑞说没什么，那就是没问题的。

“殿下，您累了吧？”景霆瑞又问，“站着抄写多久了？”

“从午后开始，大概……”爱卿顿了顿，“有三个时辰了吧。”

“那真该歇会儿了。”景霆瑞蹙眉道，“不然明日就该腰酸腿疼了。”

“可是瑞瑞，我还要抄六遍呢。”爱卿愁眉苦脸着，估计得忙活到亥时吧。

“别急。来，让属下抱您。”景霆瑞温柔地说，轻轻松松地抱起太子，让他坐在书案上，两人的目光就齐平了。

“瑞瑞？”爱卿看着景霆瑞，不明所以。

“巫雀王不准您坐在椅子上抄书，所以才把这里的椅子锦墩都撤走了吧。不过，只要不是椅子就成了，您坐这儿也一样的，剩下的，属下来写就好。”

“这怎么可以？义父要是知道了，还不得再罚我一顿！”爱卿连忙道。

“天知地知，你知我知，这儿又没旁人。”景霆瑞的胆子不是一般的大，说道，“小德子也不会出卖您，最重要的是……”

他拿起笔，照着爱卿刚才写的地方，接了下去，“我舍不得您站着抄写，而我都替您抄过七八回了，对模仿您的笔迹是驾轻就熟的。”

“瑞瑞。”爱卿的脸孔红彤彤的，伸手轻轻扯了扯景霆瑞的衣袖，“对不起，我又给你惹麻烦了。”

“没有的事，殿下，您想做什么都可以，只要您开心就好。”景霆瑞轻捏了把太子的鼻头，“只是下回，您抱着公主可要小心些，别再摔跤了。”

“知道啦，下次肯定不会了。”爱卿鼓起腮帮子，他可心疼珂柔了，比摔着他自己还疼呢！

爱卿托着下颚，坐在桌上看景霆瑞写字。那真叫一个飞快，而且字迹笔画，根本是如出一辙。

夜越发地深，小德子点燃了更多盏烛灯，而爱卿看着看着，竟然犯起困来，哈欠不断，小脑袋一摇一晃地，不知不觉就靠在景霆瑞的右肩上。

景霆瑞停下笔，什么话也没说，只是换了左手执笔，然后右手抱稳太子的腰，让他靠在自己肩头休息，就以这种不自然的姿势，花了两个多时辰，他就替太子罚抄完了。

抱着熟睡的太子，将他送回寝殿，叮嘱春汐小心照顾太子之后，景霆瑞便带着那沓厚厚的《道德经》去长春宫，向巫雀王复命了。

即便已是夜半三更，长春宫里依然灯火通明。

身为“协理朝务”的巫雀王柯卫卿，正伏案看兵部上呈的机械图，这是最新的攻城器械，构造十分精妙。

柯卫卿不是大燕国第一位摄政王，却是地位最玄奇的一位。

往前推几年，柯卫卿还是以巫雀族“人质”的身份留在皇上身边，可是随着柯卫卿帮皇上处置的事务越来越多，以及他也未有做出任何对皇上、对大燕不利之事，逐渐地，朝内对柯卫卿能文能武的才干是赞赏不绝。

当然，依然有人不喜欢柯卫卿，认为“非我族类其心必异”，更何况还是一个翻手为云覆手为雨的人物。

但在皇上的一力促成，以及朝中对巫雀向好的态度下，柯卫卿被封了正一品的“摄政王”。

宰相的权力被架空了，皇上、摄政王足以统领整个朝廷。

穆仁亲王也因为柯卫卿的得势而保住了一条性命，被皇上流放至边塞。

在天牢被关了数年的巫雀人也得以尽数释放，除了少部分人留在睢阳，打算陪伴他们的巫雀王，其余的人都回归了山林生活。

这些人都是赵国维奉显宗帝的密旨去屠村时，恰巧外出的人。

那次屠村，柯卫卿是唯一的幸存者，却因为年纪太小而全然不知自己的身份。

柯卫卿从有记忆开始，身上就不缺主人家打的鞭伤，为保护一匹母马，他曾被柯烁兰打得差点死掉。

显宗帝携皇子们来柯王府的牧场狩猎，因缺少驱赶野兽的管围仆役，柯王府就把年仅八岁的他给充塞了进去。

这是一个九死一生的活，不是被野兽咬死就是被箭误杀，一般都是死囚充当此职。

在被一头饥肠辘辘的老虎穷追不舍的时候，是煌夜一箭放倒了它，这就是柯卫卿和煌夜初识的经过。

当然，柯卫卿很快就还了这救命之恩。

在广袤的猎场上，大皇子淳于耀祖派出刺客，想要杀了与之争夺太子位的煌夜，柯卫卿救了当时掉落水中，失血昏迷的煌夜。

这些事情明明已经过去很久了，但柯卫卿偶尔回想起来时，却清晰得仿若发生在昨日。

“煌夜，你可知道是你最亲的父皇，下令杀了我的父母，我的族人！”在战场上，在和穆仁亲王并肩而立，向煌夜拔刀相向的时候，柯卫卿曾这样质问煌夜。

煌夜的神情是痛苦的，柯卫卿便知他是知道的，他一早便知道，却从没有告诉过自己。

“我竟帮着仇人的儿子登上帝位，帮他征战四方！”

每每想起这些事，柯卫卿的心窝就会激起一阵生疼，他不是没想过“父债子偿”，可是……他却一直狠不下心当真杀死煌夜，为族人报仇。

世人都说淳于煌夜是一个冷漠无情、酷爱杀伐的皇帝，只有从小与他在一起的柯卫卿，知道他是一个外冷内热之人。知道他并没有那么喜欢杀人，只是皇权不容侵犯，任何胆敢挑衅他的人，都会死无葬身之地。

所以柯卫卿至今都不知道，煌夜为何会饶恕了身为叛臣的自己。

“他难道是在同情我？”在和穆仁亲王联手，攻打大燕城池时，柯卫卿用了很多力量，虽然说他是可以操纵风云，可以让万马只听他一人的指挥，但到底还是凡胎一个，身体无法负荷，吐血、发烧、昏迷，几乎是九死一生。

还是煌夜派出御医北斗帮他医治，让他恢复神智。

“你不能再用你的力量了，除非你真想死。”北斗说，他虽是御医，却是煌夜从外寻来的神医。

他年纪不到三十，却尝尽百草、用药如神，任何疑难杂症到了他手里，都能迎刃而解，只不过他常年漂泊，行踪不定，煌夜派出密探，掘地三尺地把他给挖了出来。

北斗本不愿留在宫中当御医，但是当他得知要照顾的是一个巫雀人时，非常感兴趣，总是问东问西的，直到煌夜说要拔了他的舌头，他才有所收敛。

但北斗的医术当真名不虚传，原本柯卫卿病重得连下地都困难，现在却能熬夜看公文了。

只不过受过重创后的身体到底是大不如前了，前些日，不小心淋了一点雨，今日就脑仁生疼，柯卫卿不住地揉着额角时，外头太监通传：“太子侍卫景霆瑞求见。”

“让他进来。”柯卫卿坐直了身子。

“卑职叩见殿下，祝殿下圣体安康！”景霆瑞单膝下跪道。

“怎么是你来交差，太子殿下呢？”柯卫卿既然身为太子的义父，自然要起到教养他的职责，有意思的是，当年煌夜是怎么严厉教导他的，如今他又把这一套照样画瓢地放在了太子的身上。

虽然在少年时期，他没少觉得煌夜很凶，可是轮到自个儿当这个“家长”时，就会觉得严师才能出高徒，更何况爱卿还是太子，要求便更高了。

“殿下，太子殿下抄完《道德经》后，过于疲乏，此时已睡下。”景霆瑞再次躬身道，“还望殿下恕罪。”

“罢了，他打小就熬不了夜，能把书抄完实属不错了。”柯卫卿也没想当真要爱卿抄写一宿，本来就打算差人去看看，好让太子休息了。

“这是太子抄写的《道德经》，卑职带过来给殿下过目。”景霆瑞双手捧着那厚达百页的宣纸，一旁的太监接了过去，再呈给柯卫卿看。

长春宫虽然是一座寝殿，但因柯卫卿把书案都搬入进来，方便时时处理宫中事务，所以，这儿除了檀木熏香之外，更有砚台笔墨的香气。

案头的烛火微微轻颤，一时间，只有柯卫卿一张一张地翻阅宣纸的轻响，衣袂摩擦着纸面，明明是如此细微，却触动着听者的神经。

景霆瑞低垂着头，等听到柯卫卿一声低低的，却是无奈的叹息时，他立刻跪了下来。

“你以为……”柯卫卿的声音显得有些恼怒，但又克制着，他挥了挥衣袖，屏退旁人。

太监和宫女全都跪安，退出殿外。

“你以为本王是这么好糊弄的？”四下无人，柯卫卿一拍书案，叱责道，“这些字至少有一半都不是太子所写！”

景霆瑞没有说话，只是跪在那里，权当是默认了。

“你以为你临摹太子的笔迹，我就认不出来了？卿儿性子急躁，是做不到抄写十遍都无一个错字漏字！尤其这最后的几篇，连字间距都丝毫不差，哪像卿儿会注意到的事情。”

“殿下，卑职知道就算再怎么模仿，也蒙骗不过您的慧眼。”这时，景霆瑞抬头，回话道。

“那你还替他抄写？！岂不知本王可以降罪于你！”

“殿下，太子犯错即是卑职犯错。身为太子的近身侍卫，卑职没能及时警醒殿下，便是渎职之罪，所以卑职才斗胆，替太子殿下罚抄的。”

景霆瑞停顿了一下，又道：“殿下已深刻反省，且此事为卑职执意为之，恳请殿下勿要再责怪太子。”

“你啊！真是忠心太过了！”柯卫卿摇了摇头，叹道，“就连皇上都不会宠他到这种地步！”

“殿下，卑职并非愚忠，也非刻意纵容殿下，卑职只是想尽一己之力，为殿下排解忧烦而已。”景霆瑞磕了个响头，“还望殿下成全。”

“你！”柯卫卿停顿了一下，指着雷声隆隆的外头，“去门外跪两个时辰再回去。”

“谢殿下！”明明受罚了，景霆瑞看起来却没有任何的委屈或者不满，他那张相当俊气的脸孔上，总看不出在想些什么。

他起身走到殿外，也不顾天正在下雨，就这么直截了当地跪在阶梯之下。

柯卫卿翻了一会儿书，太监李德意端来一碗雪蛤人参汤，是皇上让御膳房送来的，他今日迟迟还未回寝宫，是在与大臣们商议最近与北部嘉兰国的战事。

近年来，嘉兰又来骚扰大燕边疆，不时兵戎交接，皇上一直想灭了嘉兰，只是此事必须慎重以待。

所以，夜这般深了，皇上还在与朝臣议事。

柯卫卿饮下热汤，来到窗前，外头的雨是越下越大，不时划过数道闪电，照亮了雨中跪着的人。

景霆瑞挺直腰脊，跪姿一丝不苟，任由雨水浇灌着自己。

闪电照亮了他的脸庞，虽然很年轻，却有一双鹰鹫般锐利的眼眸，脸庞也不像年少入宫时那样的稚气了，有的是棱角分明，尤其与那些养尊处优而面庞圆润的大臣一比，越发显得他英气逼人。

而景霆瑞总说太子现在年少，可是他入宫时，不也只有十岁？却是如此沉稳懂事，且武艺高强，一入宫就能担当太子的近身侍卫。

想到这两人在性情上的差别，可真是一个天上一个地下，柯卫卿轻叹一口气，原本有景霆瑞照看太子，他的心里是很放心的。可是，就怕景霆瑞过于宠爱太子了，每次太子闯祸，都有他在背后担待着，这样只会让卿儿更加顽皮，无法无天吧。

“也许，我该给卿儿换一个侍卫。”柯卫卿这样想道，等到景霆瑞跪满两个时辰后，就让他先回东宫去了。

接连三日的大雨过后，便是格外晴朗的天，鸽子飞进华禧宫的花园，“咕咕、咕咕”叫个不停。

有宫女在廊前泼水，清扫阶梯，繁忙的一天由此开始。

淳于爱卿在这热闹的声响中醒来，打了一个大大的哈欠，习惯性地摸了把床沿的外头，空落落的，没有人在。

“唔……瑞瑞？”他掀开锦被，坐了起来，孙嬷嬷立刻走上前，替他挽起帐帘。

宫女们鱼贯而入，伺候太子殿下起身梳洗。

“殿下，昨晚睡得可好？”孙嬷嬷欠身行礼，她原是太子的乳母，本该在太子断奶后便出宫返家去的。可是她舍不得离开太子，而她自己的孩子不幸夭折，丈夫另娶，即便出宫也是无家可归，她多次跪求皇上恩准，留她在宫里伺候。

皇上见她为人老实本分，又视卿儿为己出，便同意让她留在太子身边。这一晃数年，如今也是东宫的首领嬷嬷。

“我睡得可好了，嬷嬷，昨夜里总算没打雷了。”爱卿笑眯眯的，心情大好，可不是么，义父也不再罚他了，应当说，自从霆瑞去过长春宫之后，义父就没再说什么了。

以前也是如此，只要自己犯了错，景霆瑞就会去向皇上和巫雀王求情，也不知他是怎么办到的，到最后，父皇还有义父，就都饶恕了自己。

他大事化小，小事化无的功夫，堪称一绝！或者说是非常值得信赖。

另外一件让爱卿备感安心的事，是每当电闪雷鸣、暴雨倾盆的夜晚，瑞瑞就会守在他的床榻旁，告诉他，打雷没什么可怕的。

“殿下，我就在这里，哪里都不会去的，您就安心睡吧。”景霆瑞跪坐在床外，隔着帐帘陪着太子，直到他睡着为止。

第二天清晨，景霆瑞也是第一个伺候太子起床的，替他更换衣裳，穿好鞋袜。

虽然昨晚并未下雨，但爱卿担心到了半夜里又要打雷，所以就让瑞瑞守在帐外，只是这会儿起来，见不着他，心里不禁有些纳闷。

“瑞瑞是去校场操练了吗？”爱卿问孙嬷嬷，嬷嬷正在绞干铜盆里的巾帕，递给太子。

“殿下，昨日半夜，景侍卫就被李总管带走了。”嬷嬷笑了笑说，“您睡着了，所以不知道吧。景侍卫有交代，叫我们别吵醒您。”

“李总管？”爱卿想了想，问道，“就是伺候义父的李德意吗？”

“就是他，长春宫的总领太监。”嬷嬷服侍太子盥洗完毕，又吩咐宫女去准备梳子。

“倒是少见义父找瑞瑞的。”爱卿自言自语地说，“难不成除了父皇，连义父都要借瑞瑞去办事了？唉！”

“殿下，您要用早膳吗？”比起走掉的侍卫，嬷嬷更关心太子的衣食起居，她和蔼地问，“奴婢让人备了您最爱吃的糯米红枣羹，还有……”

“不，我还是等瑞瑞回来一起吃吧。”爱卿说完，走出不时有宫女穿梭而过，忙碌收拾的寝殿。

宫女们纷纷跪下，恭送太子离开。

“所谓君君、臣臣、父父、子子。”左手抚着白须，右手持着《论语》，一边摇头，一边念念有词着的，是太傅翰林大学士温朝阳，由皇上钦点，为太子和诸位皇子教学。

国子学的课程里，除了最寻常的四书五经，还有《大燕国史》《大燕律法》等，都是需要好些岁月才能讲解完毕的巨作。

照理说，太子有太子专属的书房，太子太傅也只负责教导太子一人为人臣为君主的道理，可是，爱卿不愿意一个人上学，嫌闷得慌。

皇上竟然由着他使性子，还把年纪相仿的皇家子弟都集结起来，全都送入国子学，陪着太子读书。

太傅即便觉得这不合宫规，但他还能抗旨不成？横竖都是皇家血脉，都得尽心尽力地教导，只是这学生一多，难免生乱，尤其太子是第一个坐不稳的。

“这话是说，做君主的要像君的样子，做臣子的要像臣的样子，而做父亲……”温朝阳讲解着，眼睛却瞄向正中的位置。

一张八仙桌，后头坐着太子，他时而左手托腮，望着窗外发呆，时而扭动腰身，趴伏在桌上，拿着毛笔在宣纸上乱画一气。

太傅忍不住了，这课才开始讲呢，太子怎么就听不进了？心思涣散得很！

他拿起桌上的戒尺，啪啪地敲了敲桌面，站在太子身后的小德子见了，连忙偷偷拉扯一下太子的衣袖。

“别烦我啦。”没想太子丝毫不收敛，反而大声地让小德子放手。

“咳，殿下今日心神不宁，所谓何事？”温朝阳耐着性子问道。

“师傅，我想出去五谷轮回一下。”爱卿起身说道。

“去什么？”温朝阳一时没明白。

三皇子淳于炎，微微地笑了，他坐在爱卿的右手边，略微靠后的位置，没人可以和太子平坐。

他虚岁九岁，小太子一岁半，虽是皇弟，却反倒像个兄长一样，个头长得比太子高大，论武功学识，也比太子来得深厚。

他的眼睛是墨黑色的，像极了皇帝，他喜好骑马射猎，性格虽直率，但不莽撞，也不会仰仗父皇义父的庇佑就在宫里调皮捣蛋，这在诸位皇子当中，实属难得。

大臣们私底下都认为三皇子炎才适合当大燕太子。

当然，太子之位很早就已经定下，皇上也无意更改储君，这件事，顶多是茶余饭后的谈资，还没人正式提到朝上去，因为这只会自讨没趣。

谁都知道，皇上最偏心疼爱的孩子便是太子淳于爱卿了。

“炎弟都听懂了，师傅您还不明白吗？”爱卿眨着眼睛问道。

“为师怎么不懂。”温朝阳不想被太子看轻，便故作明了地道，“五谷为稻、黍、稷、麦、菽，这五种是为师最爱吃的，这轮回么，就是五谷吃个遍……”

“哈哈哈！”温朝阳的话还没说完，一声爆笑而起，是坐在更后头一些的四皇子淳于天宇，今年七岁。

他身旁坐着是与他几乎一个模子刻印出来的孪生弟弟天辰。

天辰虽然没笑，但也憋得辛苦，小脸都红了，肩膀还在发抖。

“笑什么笑？”温朝阳脸上挂不住了，有些恼地道。

“师傅，五谷轮回指的是去茅厕方便。”爱卿这时为弟弟们解围道，“学生觉得课堂上，谈去茅厕有诸多不雅，故而隐晦了一下。”

话到这儿已是哄堂大笑了，除了皇子还有几位亲王之子，更是笑得在地上打滚。

这原是他们几个兄弟之间在玩耍时想出来的名堂，后来还去翻了翻古书，竟然书中也有记载。不过，大多是野史上用的，也难怪太傅不晓得。

温朝阳的脸孔是一阵白一阵红，胡子气得都在发抖，手指戳戳点点，当然，是朝着几位陪读的侍从的，他还不敢直接指摘皇子们的不是。

“你、你们太不像话了！竟然联合起来捉弄为师！”温朝阳认定是太子故意为之。

“没有啊。”爱卿摇头否认，“我说我的，他们笑他们的，互不相干。”

“你、你……”太傅为之气结，最后竟转身拂袖而去。

“这下完啦，太傅又要去告御状了。”天宇索性丢开书本，坐在了八仙桌上，脚踩太师椅，一副山大王的样子。

“你知道会这样，还帮腔起哄了，不是吗？”天辰叹了口气，“你怎么就忍不住呢？”

“你不也笑出来了？还说我。”天宇一副无所畏惧的样子，“师傅被大皇兄气跑也不是第一回了。”

“虽然这么说，可是大皇兄的心情似乎不怎么好。”天宇歪着头道，大皇兄以往是有捉弄师傅，但顶多是丢丢纸团，或者画师傅的小样，在他脸上添上山羊角什么的，且都是玩得很开心的。

今天，他却不怎么笑，说是去五谷轮回，其实只是不想念书，借口出去溜达罢了，而且仔细看的话，他的脸色也不好，怪苍白的。

“皇兄。”不等天宇问什么，炎先站了起来，他来到爱卿的位置前，俯身凑了过去，额头轻触在爱卿的头上。

“三皇弟？”爱卿有些不解。

“你也没有发烧啊，脸色那么不好，是身子哪里不爽快吗？”炎抬起头来，一脸担心地问。

“我只是没用早点。”爱卿苦笑了一下，“瑞瑞，不，是霆瑞他没回来，我本想和他一起吃的。”

在外人面前，用儿时的昵称怕是不妥的，爱卿不由改口道。

“你也太傻了，一个侍卫不回来，你饭也不吃了？”炎皱起眉头，“他一定又去为父皇办事，没个三五天回不来的。”

因为和爱卿很亲近，炎一早就知道景霆瑞秘密受到父皇的差遣。

“不是，这回是义父叫去的。照理说，义父顶多是找他问问话，应该很快回来的，可是直到我上学，霆瑞都没回来。”爱卿说着说着，眼底竟然有些泛红。

许是大家都知道太子从小就很爱哭，所以都见怪不怪了，只有炎依然柔声安慰着：“没事儿，等你放学，景侍卫就回来了。我带你去小厨房吃点东西吧，别饿坏了身子。”

“我们也去！”天辰跳起来道。

“我还不饿。”天宇却唱反调。

“主子们要吃什么，小的去拿就是……”小德子不放心他们离开。

“你要吃什么，我给你带回来。”没想，爱卿反而要给小德子带吃食。

“这使不得……”

“蜜枣桂花糕？”

“唔……”这是小德子最爱吃的，听见了便是一副都快流出口水的馋样。

“好了，你就留下，师傅指不定一会儿就来。”说话的是炎，他又对两位弟弟道，“你们也别走，我们去去就回，有好吃的都给你们拿来，且师傅若是回来，看到我们都跑了，可真要气得告老还乡了。”

炎的安排大伙都同意，留下的人自然是聊天说笑了，炎牵着爱卿的手，两人一同去往东宫的小厨房。

其实离书房不远，穿过两座宫所便是。

“太子殿下、三殿下。”嬷嬷和太监见着两人纷纷躬身，当然是不敢问为什么这上学的时候会出现在这儿的。

“锅里热的是什么？”炎瞅着青砖搭砌的灶台，沸腾的锅里加着高高的蒸笼。

“回三殿下，这第一笼是灌汤饺子，第二笼是莲蓉包，第三笼是蜜枣桂花糕。”膳食太监笑着道，“本就给殿下们备着的点心，正打算晚些时候送去书房呢。”

“我们在这吃，不过也别太张罗。”炎这么说，可是嬷嬷还是立刻叫了一拨宫女进来，擦桌抹凳，铺上丝锦桌袱，放上最好的食器。

炎也懒得说他们了，拉着爱卿入座。

热腾腾的灌汤饺子端了上来，炎首先夹了一个，放在爱卿面前的碗里：“快吃吧。”

爱卿咬了一小口，猪骨连肉熬了三天，和在菜肉馅里包成的饺子，只要一口，就鲜美得让人忘却一切烦恼了。

可是，他就是提不起劲来。

“还记得吗？”炎似乎想要爱卿开心起来，便道，“小时候的元宵节，父皇带着我们，还有景侍卫，一起溜出宫去玩儿，观赏元宵冰灯。”

“‘别有洞天’！”爱卿接着道，脸上总算有了一丝笑颜，“怎么会不记得呢？元宵节，也是父皇的诞辰，这闹元宵和万寿节在同一日，皇城里别提多热闹了。而那座名为‘别有洞天’的冰雕园，更是让人乐不思蜀。如今想来，还如同昨日一般历历在目呢。”

“是啊，我们还一起捉迷藏。”炎看着爱卿一口气地说了这么多，便也笑了，“像寻常百姓那样，围坐在一起吃着寿桃包。”

“今日的桌子看着有点像那日的。”爱卿说，看了看四周，“只是没有那么多人骚扰。”

他指的是周围站了一圈宫女和太监，为他们打扇、纳凉、端茶递水。

“他们有他们的活，主子有主子的事。”炎却道，“爱卿，你不能因为景霆瑞离开一会儿就不开心。”

“我知道，可你知道吗？炎儿。”爱卿坦白地道，“因为那日瑞瑞也在，所以我玩得特别开心。”

“你呀，上辈子欠他的不成？三句话不离‘瑞瑞’。”炎直摇头，还道，“我可以陪着你呀，何须……”

炎的话还没说完，外头响起几句交谈声，听着是两位年轻的宫女，她们应当不知殿下在小厨房里用餐，就这么一边大声交谈，一边迈入门槛来，旁人都来不及阻拦。

“真可惜啊，这东宫里是再也见不着景侍卫了。”

“是啊，虽说他是升了官，变成御前侍卫了，可是这东宫少了他，真是花也不香了，树也不绿了，唉！”

“——放肆！”炎的一句叱责，让两位宫女大惊，连忙跪倒下去，叩头求饶，“殿下恕罪！”

“身为宫女，乱嚼舌根，还什么花不香，树不绿的，是想找死吗？！”

“奴婢们再也不敢了，请殿下饶命！”两宫女直发抖地道。

“不成，这里留不得你们，我得回了父皇，让他好好教训你们！”炎这么训斥着，命人将这二人撵了出去。

“她们刚才说，瑞瑞去做了父皇的侍卫？”好像这会儿才回过神来，爱卿直愣愣地看着余怒未消的炎。

“这……”炎犹豫了一下，想必宫女说的是事实，否则景霆瑞怎么会不和爱卿打一声招呼就不见了呢。

唉，所谓长痛不如短痛，这样也好，炎便缓了缓语气，说道：“其实吧，景霆瑞去做殿前侍卫也很好啊，至少是官从三品……”

“一点都不好！”爱卿站了起来，用发抖的声音说，“瑞瑞是我的侍卫，怎么可以说调走就调走呢？”

“你怎么知道就是调走的？兴许是他自己想高升，才离开太子殿的。”炎随口说道。

爱卿愣住了，可不是吗？皇上和义父都知道瑞瑞对他来说有多么重要，怎么会突然调走他呢？

“瑞瑞不要我了，为什么？”爱卿伤心得浑身发抖，“我惹他生气了吗？”

“怎么会呢，我看他经常为父皇办差，大概是想早日升官吧。人各有志，你又何必勉强他留下。”炎趁机开解爱卿道，“这宫里的侍卫这么多，你干吗非得要景霆瑞啊？”

没想，爱卿却狠狠地瞪了他一眼，又一屁股坐下来，拿起一个包子就塞进嘴里。

很显然，爱卿不想再和炎说话了，但他一边吃，晶莹似珠的眼泪，就跟决堤般地滚落下来。

那简直跟断了线的珠子一般，一颗又一颗，他也不号啕，就这么一边吃，一边掉眼泪，看得出是伤心极了。

炎头一回觉得束手无策了，谁都知道太子爱哭，还经常被四皇子天宇、五皇子天辰给捉弄到哭，但那都是以前的事情了，因为爱卿笑起来的模样，可比哭好看多了。

而他一哭，那真真是叫人肝肠寸断，光是看着心里就揪得直痛。也难怪父皇最怕他的眼泪了。

“你别哭嘛，卿儿。”炎急得是连皇兄都不叫了，手忙脚乱地叫宫女拿帕子，亲手替爱卿抹泪水。

可是爱卿也不搭理他，自顾掉泪，嬷嬷和宫女都吓坏了，跪了一地。

这时，长春宫的李德意来了，后头还跟着战战兢兢的小德子。

原来，是巫雀王召见两位皇子，温朝阳果然跑去长春宫告状了，李德意见太子正红着眼圈掉泪儿，便觉得难办了。

倒是太子抹了抹眼睛，吸了吸鼻子，主动站了起来，用沙哑、哽塞的声音说：“走吧，我也正想去找义父。”

“传太子车辇，去长春宫。”李德意吩咐下去，炎也应命跟着去了。

长春宫东侧的常宁殿，四处通透，临池而建，是盛夏纳凉避暑的好地儿。

身着深蓝缎袍、头戴碧玉冠的柯卫卿，坐在一象牙楠木雕的圈椅内，面色有些肃然。

爱卿一进殿就察觉到殊于往日的紧张气氛，无论宫女，还是太监，全跟木头人一般地垂首而立，无人上前给他请安。

加上柯卫卿喜好一切从简，这里家具陈设很少，没了热闹的人声之后，敞朗的殿阁内，只有两位皇子沉沉的脚步声在回荡。

“儿臣给义父请安！”爱卿跪下了。炎也跟着叩首道：“殿下千岁，圣体安康。”

“还安康？我不被你们气死就不错了！你们两个真是太混账了！”柯卫卿拍案道，声音如雷贯耳，让人胆颤，“竟然欺侮师傅？！让把他老人家气得都犯头晕病了！”

爱卿闻言，抬头看了看，温朝阳就坐在柯卫卿下方的锦凳上，抚着额头，正直哼哼呢。

“是儿臣不对，出口不逊，惹得师傅生气，儿臣甘愿受一切责罚。”爱卿磕了一个头，“但这和炎弟无关，还请义父明察。”

“不，殿下，此事是我的过错最大。”炎却急着揽罪，“是我第一个笑出来的，侮辱了温太师。”

“得了，你们两个是一条绳上的蚂蚱，谁也脱不了干系！”柯卫卿捏了捏隐隐作痛的额头，说道，“各自回宫闭门思过十日，这次不是罚抄写就能算了的，每人打掌心三十！李德意！”

李德意领命，拿着戒尺走了过来。

爱卿看了看，伸出两只手，摊开手掌。三十下，说多不多，说少不少，加上温朝阳还紧盯着看，李德意可是马虎不得，“啪啪”的拍击声，不绝于耳。

炎在一旁看得着急，时不时小声催促：“够了，该打我了。”

李德意也显得非常为难，只能赶紧打完太子的手心，又打了三皇子三十下，这才算完事。

两人都受罚之后，手心里跟抹了胭脂似的红透了，还肿起一条条的杠儿。

“谢义父责罚，学生恳请师傅原谅。”爱卿的脸上湿湿的，肯定是疼得紧，声音还有些哆嗦。

炎没有哭，挨打完了也松了一口气，和爱卿一起再向温朝阳磕头赔罪。

温朝阳这才消了气，躬身感谢柯卫卿处置得当，他的头晕病是“药到病除”，都没有宣太医来，就先告退了。

柯卫卿还想训诫孩子们几句，外头通传，皇上驾到，他便起身接驾。

一直没什么精神的爱卿，这会儿倒是直起腰背，很积极地看向外头。

威武非凡的煌夜如旋风般地进来了，看起来是闻讯而来，显得急匆匆的，他身后跟着两个御前带刀侍卫，其中一人便是景霆瑞。

爱卿看到他，眼睛里立刻蓄满了泪水，可是却拼命咬牙忍耐着不哭出来。

景霆瑞看着跪在地上的两位皇子，表情一怔，但很快便站在他应站的位置上去了。

“这是怎么了？闹得这样大？朕一下早朝，就听说你要罚太子。”煌夜挥手，免去柯卫卿的行礼，反而搀着他，一同落座。

“对师傅不尊重，自然是要惩戒一番的。”柯卫卿说，又叹了一口气，“今日犯错的不只有卿儿，还有炎儿。”

“炎？”煌夜似乎有些意外，“他可是一向很乖的。”

“父皇，是儿臣不对。”炎说，低下头去。

“他都被卿儿带坏了。”柯卫卿皱眉道，“在书房里不好好读书，尽胡闹！”

尔后，那有关“五谷轮回”的事情，柯卫卿讲了一遍，煌夜听了竟然哈哈大笑，还说其实挺有意思的，惹得柯卫卿一直怒瞪他。

“罢了，师傅会生气也难免，你们下回就不要这么捉弄他老人家了。”煌夜道，又一次放走了爱卿，“快回去让嬷嬷敷敷手，不然这笔都要握不住了。”

“儿臣告退。”炎起身告辞。

“瑞瑞……”爱卿却不肯走，他的眼睛盯着一旁的景霆瑞呢。

“怎么，卿儿，你找景侍卫有事？”煌夜问他道。

“父皇，义父，为什么突然把他调走了？”爱卿看着他们，显得十分心急地问。

“你父皇任人唯贤，景侍卫武功高强，担当得起御前侍卫一职，你应该替他感到高兴才是。”柯卫卿苦口婆心地道，“再者，你身为太子，与其注意别人，倒不如多反省自己，别再调皮惹事了。”

“所以，是因为我太顽皮，瑞瑞才离开我的吗？”没想，爱卿却悟出了这层意思。

一旁的景霆瑞微微开启双唇，却是欲言又止，因为这不合规矩。

“是啊，你的所作所为都不像一个太子。”柯卫卿起身，走到爱卿的面前，“你想想看，他和你在一起，替你挨了多少罚？”

“挨罚？”爱卿不解地看着柯卫卿。

“是啊，你总是犯错，义父数次饶了你，是因为有景侍卫替你求情，主动为你受罚。有这么忠心的下人，义父也不忍再罚你了，可你倒好，逃课、戏弄太傅，越发的无法无天了，你既屡教不改，就不该有这么好的太子侍卫，我让他去你父皇那儿当差……”

“那么，义父，儿臣不做太子了，请把瑞瑞还给我吧。”爱卿抬头，看着柯卫卿道。

此话一出，真是众人皆惊！连煌夜都瞠目结舌了。

在大家还没回过神时，“啪”一记清脆响亮的耳光甩在了爱卿白嫩的脸上。

那一下耳光扇得极重，爱卿一下就摔倒在地上，嘴角流血，景霆瑞二话不说地冲过去，一把扶住爱卿，察看他的伤势。

而柯卫卿看着自己不住发抖的右手，似乎这才反应过来自己做了什么。

方才还在座上的煌夜，也在眨眼的工夫移身到柯卫卿的身旁，用关切的眼光望着他。

柯卫卿慢慢抬头，什么话也没说，只是眼底写满哀伤与懊悔。

“来人，送太子回宫。”煌夜当机立断地道。孙嬷嬷赶紧进来，可是景霆瑞却不愿放开爱卿。

“霆瑞，你退下。”煌夜沉声道，景霆瑞这才松开了手，起身退至一旁。

“走吧，殿下。”孙嬷嬷半拉半拽着太子，硬是把他带了出去。

太子走了，柯卫卿却咬着下唇，沉默不语。

“你还好吧？”煌夜问道，对他的愁容心疼不已。

“抱歉，皇上，我一时情急……”柯卫卿低声道。怎么说，他打的也是太子。

“当初，是朕让你收他为义子，你说，这是朕的儿子，你管不着，可事实上，你早就把卿儿当作亲生儿子那般看待了吧。”煌夜含笑道，“打在儿身痛在父心，你的苦楚朕岂会不知，尤其……卿儿还承袭了你所有的仙力，是下一任的巫雀王，你很想教育好他，可是，孩子总是要慢慢教的，哪能一口气就成才呢。”

“微臣也知道，可是微臣……”担心来不及。柯卫卿对着满面是笑的煌夜无法说出口。

“卿儿这孩子当真一点都不像朕，反倒像你。”

“怎么会像我？”柯卫卿疑惑地问。

“是像你。像你一样可爱漂亮，像你一样存有仁善之心又特别的重情重义。”煌夜道，“卿儿总是让朕想起小时候的你。”

“微臣小时候哪有您说的那样好。”柯卫卿笑了，“为了研究一个药方子，差点把太医院都给炸了。”

“那些都是例外，还有别的事儿，你想听朕说说吗？”

“微臣不听！”柯卫卿捂起耳朵，还背转身去。

“那朕说给自己听。”煌夜还当真坐了下来，自言自语道，“你在太医院当学徒时，不是救了许多宫里的猫猫狗狗，对了，还有鸽子、燕子，有一只小猫不幸夭折，你还直哭鼻子，这不是和太子一模一样吗？”

“微臣才没有哭鼻子！那只是风沙进了眼。”

“咦，你不是不要听吗？怎么知道朕在说什么？”

“皇上，您不是很忙吗？怎么有这个闲工夫在微臣这里闲聊。”

“才说上两句，你就要赶朕走？朕今日可忙了，连口热茶都没喝上。”煌夜备感委屈地道，“就请巫雀王给口茶喝。”

“您还……罢了罢了，来人，给皇上看茶。”柯卫卿是哭笑不得，煌夜便借着喝茶的工夫，又与柯卫卿聊了好些过往趣事，直到柯卫卿的心情平复，不再因太子而心烦意乱了。

已近亥时，东宫寝殿里，掌灯太监逐一灭去桌灯、壁灯，只剩几盏宫灯仍散发出优雅、暗淡的光芒。

就算少了些灯火，夏夜里仍是闷热难耐，寝殿的门窗全打开着，孙嬷嬷搬着凳子坐在太子的床边，手里持着一把鹅毛扇，不时对着侧卧着的太子扇上两把风。

这夜深人静的，没多久她也乏了，歪着脑袋，肩靠在床柱上，打起盹来。

一身黑衣的景霆瑞从窗里跃入，却没有一丁点儿的声响，熟门熟路地绕过桌椅、屏风，来到那挂着鹅黄色纱帐的寝榻旁。

景霆瑞看了眼毫无反应的孙嬷嬷后，屈膝跪在了床边。

爱卿的身上裹了一条绣满夏日花卉的水蓝色锦被，他面朝外，蜷缩着身子，就跟小猫儿似的，在这偌大的床榻上，显得娇小可爱。

太子从小就喜欢贴着床沿睡，一不小心就滚下来，而以往，都是景霆瑞值守在他的床前。

“瑞瑞，我睡不着，你把手伸给我。”熄灯后，太子会在薄薄的纱帐里头，撒娇地说。

“是，殿下。”景霆瑞会伸手进去，任由太子抱着自己的胳膊，还把脑袋枕靠在上头，完全当作抱枕了。

这之后没多久，太子便睡着了，且一夜安枕无忧。

为了太子能乖乖睡觉，景霆瑞手臂被压麻了也不吭一声，直到太子翻身，不再需要他时，他才会缩回手，闭目小憩一会儿。

这样的日子慢慢地流逝，和太子的亲密相处早就变成了一种习惯。

不过，太子八九岁大的时候，就不再要求景霆瑞做出这种举动，孙嬷嬷对太子看得很紧，她总是嫌弃武夫做事不够细密，不能像自己那般伺候好太子。

景霆瑞也不与她争辩，改去寝殿门口守夜了。当然，但凡雷雨天气，太子怕打雷，他还是会入殿守着殿下。

只是那样雷雨天，并不很多。

“殿下……”景霆瑞看着那张微微泛红的脸蛋，还和儿时一样水灵灵的，皮肤吹弹可破。

因此，白天柯卫卿打的那一巴掌，仍留着一道清晰的指痕，没能消退。

爱卿的眼角哭得很红，虽然是睡着了，但也会抽泣一下，肩头微颤，说不定在梦里头，也还在哭鼻子……

景霆瑞不由轻叹一口气，伸手轻轻抚摸太子那沁着细汗的额头，再轻柔地翻开他的小手，察看了一下手心。

戒尺打手，虽然不会留下明显的伤痕，也不需要特别的包扎处理，可毕竟十指连心，太子他一定很痛。

更何况，太子今日不只是手痛，心里更疼吧！

以前，不论爱卿多调皮，柯卫卿也不会动手打他，最多是说教，再不济是罚抄写。

但是，这回柯卫卿是真动怒了吧。

因为爱卿说，不想当太子了。而这一切的源头，景霆瑞认为都是自己不好，才害太子挨打。

不知该如何补偿太子，除了这半夜探访之外。

“啪嗒、啪嗒。”

殿门外，响起东宫侍卫整齐一致的脚步声，他们正在巡逻。

孙嬷嬷动了动脖子，似乎要醒来了。

景霆瑞最后看了一眼太子，站起身，沿着来时的路，悄无声息地退了出去。

月色如银，无处不照耀。

大燕皇宫佛堂——静心殿的后院内，那一棵合抱粗的菩提树，在月光下变成一片黑色。

“咻！咻咻！”

在巨盖般的树荫底下，不时闪出犀利的银芒，那划破黑暗的态势，就似劈开苍穹的闪电，迸射出耀眼的火星！

景霆瑞是从静心殿的屋顶，飞身掠入院中的，这里是一座规模不大的宫内庙堂，平时除了敲钟念经的两个和尚，都不见其他人。

他们从不踏足进入菩提园，因为皇上早就下旨，把这里列为宫中禁地。

追寻起因，是前一位住持渡生大师患有失心疯，对太上皇言语不敬，钦天监说，是后院风水不好，才让住持发癫的。

不过，这里被封起来，还是近几年的事，大臣们也不知皇上怎么突然起兴，追究起渡生发疯的事来，因为老和尚死了都好些年了。

只是这也不是什么大事，皇上愿意怎么办就怎么办，众人很快就遗忘了这座风光别致的小院。

景霆瑞站在离菩提树不远的水池旁，看着树下的剑影，若有人置身这锋芒当中，想必早就四分五裂了吧。

这剑气是如此凌厉，而这套剑招更是如松之劲，如风之迅！

“钩、挂、点、挑、刺、撩、劈”，一招一式如行云流水，一气呵成！

这样近乎完美的剑术无法不让人赞叹和欣赏，景霆瑞是一个武痴，三岁便懂得拉弓射箭，四岁起自学百家剑术，八岁时，武夫学堂里的武师们都对他甘拜下风。

等到九岁那年，父王已经带着他，参加皇亲贵戚的围场射猎，论结果，他是当之无愧的第一名，只是因为他还有一个嫡出的弟弟景霆云，父王便让他居第二，把辛苦得来的战果都让给了弟弟。

既然他是庶出，就没办法继承家业，迟早是要出去自立门户的，但凡光耀门楣的事情，显然都归功于嫡长子。

不只是景王府，任何一个贵戚家中都是这么看待庶出子的。

景霆瑞自打懂事起，就明白“嫡庶有别”是什么意思。虽然他并不屑于争名夺利，但是，因为对方是嫡出，哪怕武艺再差也能成为众星拱月的第一名。

而庶出的自己却被排挤在外，他的心中是真真有怒火的。

幸而当今圣上英明，赏识他的本领，景霆瑞才有了一展所长的机会。

许是想得有些远了，景霆瑞略有些恍神，就在瞬息之间，菩提树下的银锋陡然一转，以石破天惊的气势突破黑暗，一束剑气笔直地冲他划来！

这下变化猝然，景霆瑞略一凝神，似移动了位置，却又像根本没动。

剑气所到之处，院内石板无一幸免，爆碎开来，留下一条长长的“沟渠”。

一缕乌黑发丝，随着剑气的消散，慢慢地飘落在碎石之间，在月色下，发着清幽的光芒。

“什么啊，只是斩掉几根头发而已。”伴随着不屑又不满的声音，持剑的人走出菩提树下。

景霆瑞看着他，才八岁而已，却年少有成，又是一个天生习武的怪才。

“卑职见过三殿下。”景霆瑞抱拳道。

“你的气功怎么那么强，到底是怎么练的？”淳于炎用剑锋指着景霆瑞，无视他的行礼，说道，“竟能抵消我突发的剑气。”

“属下没有用气功，只是略微移动了位置。”景霆瑞如实说道。

“什么？！你唬我的吧？”炎很是诧异，他的眼睛一直盯着他，却完全没有捕捉到他的移动！

“没有，正因为属下只是移位，并未用气功抵御，所以才有发丝斩落。”景霆瑞沉静的目光，注视着一脸不满的炎。

炎的武艺虽不错，处事上却难免急躁些，毕竟还是个孩子吧。有些心事，会清楚地表露在他的剑法上。

虽然招式完美却有些心浮气躁，他突然地杀来，确实让景霆瑞意外了一下，不过，许是剑气的怒意太重，反而拖泥带水了，让他有了躲闪的时机。

倒不如之前树下练剑时，斩杀得那样干脆利落。

“算你狠。”炎收起剑，愤然地道，“我本来想教训你一下的。”

“嗯？”景霆瑞望着炎。

“是你害得卿儿被义父打，这件事不会这么算了的。”炎原来是在记恨这个。

景霆瑞也没有为自己辩驳，事实如此。

“最可气的是，”炎却越说越上火，咬着牙地说，“卿儿还这么喜欢你！”

“卑职也喜欢太子殿下。”向来很少与人搭腔，哪怕对方是主子，景霆瑞此时却难得地剖白心意。

“呸！你以为我不知道吗？”炎怒目以对，道，“我去调查过，虽然调遣你去御前当差是义父的意思，但你明明可以拒绝的！义父一直很看重你，是不会强人所难的！”

炎接着道：“可是你却没有任何的异议，就跑去父皇那里当差了。你别和我说，你是为了加官晋爵，才这么听话的！”

对于炎对此事竟然可以看得这么深，景霆瑞是有些惊讶，抑或者说，因为对方是卿儿，他才如此追着不放？

“正如您说，卑职是可以拒绝。可是，接受巫雀王的调遣，就是属下的意愿，这其中没有半点的勉强。”景霆瑞告诫般地道，“何况，这是我和太子之间的事，您最好还是别插手了。”

“你说什么？”炎恼了，“你眼里还有没有我这个三殿下？！我关心皇兄又有何不对？竟敢叫我别插手？！”

“吵吵嚷嚷的，成何体统！”正当炎又要对景霆瑞拔刀相向时，一个伟岸的身影迈入院来。

“父、父皇！”

“皇上，万岁、万岁、万万岁！”景霆瑞跪下接驾，却没有丝毫的惊讶。

“朕开辟这儿，是让你们好好练武，不是吵嘴斗气的。”煌夜蹙眉，十分不悦地道。

这座菩提园早就不是原来的样子了，除去菩提树和池塘未有改变，这里设有稻草人、箭靶，以及全是真刀真枪的陷阱机关。

煌夜知道这皇宫里，最具备习武天资的人，就属景霆瑞和炎儿了。

他自然愿意教导他们，自己一身的绝学——《无双剑诀》。

这套剑法所向披靡，横扫千军，是世间最变幻多端，也是最犀利的剑法，但同时，此剑诀花费年月、功夫也最多，若是没有天分的人，哪怕是练上一辈子，也只是略懂皮毛而已。

而要练就到那山河色变、日月无光的境地，就非要武学天才莫属！

煌夜曾带出一个非常出色的徒儿，那便是柯卫卿，只是他的武功尽废，难以持剑之后，煌夜再也不提无双剑诀之事了。

“儿臣知错。”炎低头。

“卑职知错。”景霆瑞俯首道。

“把破剑的招式，练一百次。”煌夜背负双手，如此令道。

炎微微一怔，这个时辰重复上一百次，恐怕要在这待到天亮了。

景霆瑞没有犹疑，拔出佩在腰间的蚩尤剑，在银白色的月光下，屏息凝神，开始练剑。

炎见状，不想落后，赶紧也练了起来，两人犹如一阵旋风，时而飞掠半空，时而落地旋转，剑气四射，菩提的枝叶如狂风扫到似的，如雪飘散。

煌夜一直盯着他们，注意他们缺漏之处，加以指点，炎仍年少，气息不稳，纰漏较多，而景霆瑞无一丝错处。

最重要的是，他的心是如此沉稳，或者说是冷若冰霜？

无双剑诀，不单单是指此剑法天下无敌，练剑之人，更要处在顶峰之上，君临万物，是武林霸主。

这样的人，没有一点冷酷心肠是做不到的。

炎显然还需要时间磨砺，而景霆瑞……

煌夜总觉得在他身上，看到了过去的自己。

让他陪着卿儿，会是正确的选择吗？这会不会是养虎为患？

煌夜心有预见，有警惕，可是想了想，不入虎穴，焉得虎子？

景霆瑞以后会是卿儿最得力的一员大将。

而正所谓儿孙自有儿孙福，他能做的，就是尽可能把好的东西都留给卿儿。

白头雀啾啾啼叫，菩提院里，笼罩着一层薄薄的晨雾，太阳还没出来，空气仍是清凉的。

“呼！喝！”炎却是从头到脚，都被汗水浸透，握着剑的手都在微微发抖，看起来快要站立不稳的样子。

景霆瑞虽然不至于像炎这般气喘如牛，但是汗水也沿着他端正的下巴流淌在地上。

“就到这里吧。”煌夜说，摆了摆手。

“卑职送您回去。”景霆瑞说，他现在是御前侍卫，理应要随行。

煌夜微微颔首，他们正要走，炎突然道：“父皇，请留步。”

“怎么了？”煌夜停下脚步，回头看着他。

“为什么不是皇兄练无双剑？”炎抬手擦了把额上的汗，目光灼灼，“与其费心教一个外人，何不让皇兄来学呢？”

况且，比起对着景霆瑞这个“大冰山”，他更想要看着爱卿那可爱的脸蛋。

“炎儿，景侍卫不是外人。”煌夜扭过头去，声音低沉而有力，“若朕不信他，就不会让他来护驾。”

“是……父皇。”被教训了，炎有些泄气。

“至于朕为何不教卿儿习剑……”煌夜看了眼景霆瑞，幽幽地道，“那是因为没这个必要。”

“嗯？”炎和景霆瑞都一愣。

“你们以后都会是他的臣子，有你们尽心竭力的辅佐和保护，何需他练武。”煌夜颇无情地道，“明白了吗？”

也就是说，他们今日的勤学苦练是为了淳于爱卿的江山。将来，他们要用毕生所学去保护淳于爱卿，哪怕豁出身家性命。

炎微微睁大了眼睛，父皇偏疼爱卿，这是他从小就知道的，他也没有异议，因为爱卿就是招人喜爱。

但是从父皇的口中亲耳听到这样的话，炎还是难过得垂下了眼帘。

“是，儿臣明白了。”炎的声音不仅沙哑，而且充满了挫败感，景霆瑞不由看了他一眼。

“你们是臣子，不论发生什么事，都不可以下犯上，那是死罪！”

煌夜说这话时，冷冽的目光瞥向景霆瑞，无论如何，二十多年前，众皇子夺位，互相倾轧的悲剧事件以及赵国维叛乱的事，他都不会让它再在大燕宫廷上演。

“是，皇上。”景霆瑞跪地领命。

炎也跪下了。

“嗯。”煌夜点点头，在初升的朝阳光辉中，离开了静心殿。

天刚破晓，那重楼叠脊的宫宇，巍峨耸立的城墙，仍覆盖在一片灰暗难明的雾色下。

唯独东宫是灯火通明，有宫女捧着洗漱用的铜盆，还有换洗衣裳，进进出出。

“殿下，您又这么早起去练武吗？”说话的是孙嬷嬷，且一脸惺忪。

“嗯，是还早，你们都歇着吧，我一人去就行。”看起来已经完全清醒的爱卿，独自穿好了鞋袜。

“这怎么可以，哪有主子起来了，下人们自顾睡的道理。”孙嬷嬷连连摇头，立刻招呼宫女过来伺候太子梳洗更衣。

“只是，殿下，您昨晚看书到深夜，现在又起这么早，可别累坏了身子。”孙嬷嬷不免唠叨上几句。

“嬷嬷，我不累，我约了太傅练剑，你就别操心我了。”爱卿说的太傅，是皇上特设的铁鹰剑士的领军人物青允。

他刚过四十，容貌却显得很年轻，身体又强壮，只是尚未成家，一直与他的兄长青缶生活在一起。

青允大多时候都在宫外奔波忙碌，负责刺探、搜罗国内外的秘密情报，至于什么样的情报，爱卿就不得而知了。

“给我准备一盒御膳房的点心，我带给师傅。”爱卿想了想又道。

孙嬷嬷给太子备齐东西后，天也亮堂了许多，在侍卫太监们的簇拥下，前往皇子练武的场所——南宫所万华苑。

说起来，太子的师傅有好几位，教导文学的太傅，即温朝阳，而武学老师是太傅青允，还有专门教骑马的、教游泳的、教祭祖礼仪的、教宫规礼法的……

皇子从四岁起，就要上学，这个“学”是包罗万象的，从如何说话，到学通他国语言，从站立坐姿，到上马打仗，没有不用学的东西。

而皇太子的功课尤为繁重，他还得学为君之道，所以，爱卿每天起床之后，就是奔赴不同的学堂，一直要到夕暮来临才算完。

而且除去几个重大节日，比如过年祭祖、皇帝的诞辰，以及他自己的诞辰外，不论刮风下雨，冰冻三尺，他都得去上学。

爱卿倒也不是不爱读书，只是这个年纪少不得好动一些，除了青允教授的剑法，以及骑马射箭，其他的东西他都觉得枯燥乏味。

来到万华苑，除了几个负责更换马镫、马具的仆役，连亲王府里选来的陪读都还没到，时间还早着呢！

青允却到了，正看着昨日刚磨好的铁剑。

“师傅。”爱卿老远就叫道。

“卿儿。”青允皮肤黝黑，一见到爱卿就笑着露出雪白的牙齿，“怎么今天也这么早，不多睡会儿？”

那语气完全是宠着太子，或者说，把他视作自己的侄子一般疼爱。

“早起的鸟儿有虫吃。”爱卿毫不怠慢地说，“师傅不是这么教导徒儿的嘛。”

“是啊。”青允摸了摸后脑勺，疑惑地问，“可你不是一直说‘早起的虫儿被鸟吃’吗？”

“那是过去的事了。”爱卿显得一本正经地道，“徒儿给您带了早点，您又没吃饭就来了吧？”

“是啊，肚子正饿着呢。”青允提过太监捧来的食盒，打开精美的红漆盖头，里面放着一碟黄豆酿凤爪，一盘手抓酱牛肉，没错，都是他爱吃的东西。

“除了我兄长之外，殿下是最了解我的人了。”青允笑着道。

“师傅，您慢慢享用，徒儿先去练会儿剑。”要在以前，爱卿一定坐下来和师傅一起啃凤爪，可是今天，他却鞠躬，退到一旁去了。

青允纳闷地看着他，该说太阳打西边出来了吗？这太子就跟换了个人似的。

而这种情况，已经持续好几天了！

青允是看着爱卿长大的，怎么说呢，他就是宫中的开心果，上到皇帝，下到宫仆，没有人不喜欢他。

不对，青允皱眉，除了那个不苟言笑、假装正经的温朝阳吧。

爱卿虽然出生在宫里，却很少死板地守着宫规，想笑就笑，想哭就哭，毫不做作。他想看皇妹了，哪怕冒着挨罚的风险，也要去育婴堂。

他的天真率性是与生俱来的，虽然他这种性格没少让他吃亏，但他不计较，青允是相当喜欢爱卿。

“难道又被柯卫卿罚了？”青允能想到让卿儿有所变化的只有这个。

“他又闯了什么祸啊？”青允思忖着，无比担心这个宝贝徒儿，三下五除二地解决掉早点，他提着剑去教卿儿。

爱卿练得一丝不苟，毫无差错，且两个时辰下来，都不叫一声累，反倒青允看着心疼，放他回去了。

尔后，青允就去长春宫拜见了柯卫卿，想着如果太子犯错，他可以帮着求情。

却没料，柯卫卿闻言苦笑着摇摇头，说卿儿这阵子安分得很，或者说，十分听话，连温朝阳都在夸赞他的好。

学堂上，不但课文背诵流利，还能对对子了。

这可是破天荒的头一回啊！

这下，青允就更纳闷了，若真是这样好，柯卫卿的神色又为何隐隐透着担忧？

如此规规矩矩的太子，不是他想要的吗？

青允理解柯卫卿作为太子的义父，在教养太子上有多么大的难处，尤其他一心想要稳固卿儿的太子位，不让某些朝臣对此说三道四。

可总是事与愿违的……太子殿下有着自己的主张和选择，因而也没少惹柯卫卿生气。

两人正交谈着，太子来了，是来给巫雀王请午安的，之后，他就要去温朝阳那里上课了。

爱卿依礼恭敬地叩首，再见过青允师傅，不再像以前那样蹦蹦跳跳着进来，用柯卫卿的话说是“没个走路的样子”。

太子还会偷偷捂住正在看书的柯卫卿的眼睛，让他猜猜是谁。

那总是目无宫规的太子殿下，如今是该守的礼节和该尽的本分一丝不差。

柯卫卿点头，想说“你好好听温师傅讲课”，但又觉得多余，便让他退下了。父子之间，竟然无轻松的话题可谈。

爱卿躬身退出，柯卫卿看着他行规步矩的身影，感觉是那样的陌生。

“这容貌瞧着是太子没错，可是……”青允也有同感，他望了望柯卫卿，“这些天他都没笑过一下，就跟木偶一样。”

柯卫卿略微睁大了眼睛，怔了怔，随即垂下眼帘，浓密的睫毛投下一片阴影，想要说什么，最后却都化作无声的叹息。

八月十五，中秋团圆夜，皇宫里挂满兔儿神的花灯，满是节日的喜气。

皇上在长春宫的御花园里设宴，请的大多是亲王、郡王，还有几位当朝一品大臣。

亲王都是年过七十的长者，那些年轻的，比如皇上的弟弟穆仁亲王——淳于永麟，就留在边塞之城盖州，不过，他有派人送上一份中秋贺礼给皇帝，是一幅画得惟妙惟肖的

《中秋祭月图》。

穆仁亲王的丹青图写堪称天下第一，他自幼就展露出写与画的天赋，而在这幅水墨画中，一农户人家，在院落里摆上蔬果祭品，磕头供月，家中还有一双孩儿在追逐嬉戏。

此画在席间流转展示，各个都叫好，在他们看来，书如其人，而绘画更表达出文人高雅脱俗的情操。

此画的寓意显然是指百姓安居乐业，中秋也是丰收之节，那放满台面的瓜果时蔬，便说明了这一点。

“嗯……此画甚妙，郭熙有云：君子之所以爱夫山水者，在于避尘嚣而亲渔樵隐逸。”温朝阳鉴赏着两个太监持捧着的画轴，抚着白须，摇着头吟唱般地道。

他是在称赞穆仁亲王懂得修身养性，性情返璞归真了，谁也没有忘记永麟当年挟持还是骠骑将军的柯卫卿，与巫雀族勾结，起兵叛乱、妄图篡位一事，后被皇上拿下，因于天牢之中数年。

柯卫卿曾多次为穆仁亲王求情，皇上最终念及手足亲情，没有杀他，而是将他流放边塞。

时光荏苒，穆仁亲王深刻反省自身，多次上奏朝廷请罪，也为皇上拓展荒凉之地，惩治流寇，缴纳税收。

皇上便把盖州划为穆仁亲王的封地，让他有了栖身之所，还在祭奠皇陵祖坟时，下旨恢复了他的爵位身份。

兄弟之间的恩怨终于得到化解，穆仁亲王还娶了巫雀人雪羽为妻，听闻，王妃已诞下一子。

这画到了皇上和巫雀王柯卫卿的面前，皇上对这个弟弟打心底是喜欢的，在这么多兄弟之间，唯有穆仁亲王与他最谈得来，见弟弟迷途知返，自然甚感欣慰。

柯卫卿见到昔日挚友并未放弃自身与未来，终过上安乐的日子而面露浅笑，引得好些人频频偷看向柯卫卿。

他的笑容可不是常常能见到的，但只要一见，没人不感叹于柯卫卿的绝世美颜。

这画轴转到了太子的手里，爱卿也说了些叔父技艺越发精湛之类的话，规矩得很。

大臣们举杯交谈间，都说太子应对娴熟、礼节周到，要知道哪怕这是一场家宴，各种待人接物的礼仪也很繁缛。

炎对丹青图写不感兴趣，他只关心兄长爱卿，总觉得皇兄在这一月余，读书过于用功，整个人都清瘦了不少。

原本卿儿的脸蛋是圆鼓鼓，像荷花苞似的粉嫩嫩的，让人看见就想啃一口呢。

“三殿下？”因为每人都要评鉴几句，太监见炎不但心不在焉，还视若无睹，便有些不知所措了。

“哦，很好，叔父的字画，天下一绝，为大燕之宝，侄儿受教了。”炎压根都没瞧过画，就这么微微一笑道。

众人也都被他糊弄过去，还说，三殿下的字画虽然不及穆仁亲王，但也是极好的。

天宇、天辰忙着把糕点堆成宝塔状，天宇的眼睛透过糕点塔的窟窿，看着画说："这小人敢情是好的，将来我娶来做媳妇。"

"那是个男孩。"天辰眨了眨眼睛，在院子里的男孩穿着小裤衩，活泼得很，"真是个笨蛋，连男女都分不清。"

"你是我孪生兄弟，我要是笨，"天宇贼笑，"你也聪明不到哪里去。"

"这天底下就没有一模一样的东西，何况是脑子，你有空就多看看书吧。"

"我才不要做像你一样的书呆子，整天抱着一本书看，不知冷也不知饿的，"天宇一撇嘴，"真是没劲。"

"我才不是书呆子，我做题还赢过温太傅呢。"天辰有些恼，伸手把天宇堆的"糕点山"抽去了一块，只见那漂亮的、印刻着兔子的糕饼轰然坍塌。

"啊！"天宇惨叫！

"你们两个，不准浪费吃食。"柯卫卿发话了，膳食太监赶紧帮着收拾，画自然也没看完就作罢了。

夜深了，月色分外迷人，因为是在花厅而不是正殿设宴，所以氛围上轻松不少。

臣子们谈论起皇子们的成绩，温朝阳趁机起身道："本月例行的考试，太子各科皆甲等，位居第一。"

煌夜和柯卫卿听了，不禁喜上眉梢，按照规矩要进行赏赐，大多是文房四宝，还有奖赏放假的，今夜又是中秋佳节，柯卫卿把爱卿叫到跟前，问他想讨什么赏，尽管说。

"要什么都可以？"爱卿抬起那张明显小了一圈的脸蛋，眼神忽闪忽闪地看着柯卫卿。

柯卫卿自觉不妙，可是，他的话已经说出口了。

"是啊，什么都可以。"接话的是皇上，一如既往地疼爱太子。

"那样的话，"爱卿站了起来，走到皇帝的身后，毫不犹豫地抓住了景霆瑞的手，作为侍卫他一直把守在那里。

爱卿就这么拖着景霆瑞的手，两人站在皇上和柯卫卿的面前。

"义父，别的奖赏我都不要，请把这个人还给儿臣吧！"爱卿握住了景庭瑞的手，高高地举了起来，那铿然有力的声音，着实惊到饮宴的人们。

一个侍卫而已，竟然要太子亲自讨要？到底是什么来头？

大臣们面面相觑，唯有景亲王表面一言不发地看着，心里却感慨万千，霆瑞能护卫太子固然是好，可是跟着皇上才更风光吧。

不过，最吃惊的莫属景霆瑞自己了，他低头看着太子，希望他不要又因为自己而惹到麻烦。

"这不行。"柯卫卿果断拒绝道，"他不在赏赐之列。"

"可是，父皇刚才说了，'什么'都可以的！"爱卿着急地道。

"这个什么，不是指'人'啊！"柯卫卿道，"你想要一匹马，或者其他的东西都可以。"

“柯卫卿……”煌夜想要说话，但是柯卫卿却打断道：“不行就是不行，不能太惯着他！”

“义父！”爱卿还想要说什么，可是眼前一阵晕眩，竟然朝后摔倒下去。

“殿下！”景霆瑞立刻抱住他，柯卫卿也被这突如其来的一幕给吓坏了，不顾仪容地冲下来，可是爱卿全无知觉，怎么也叫不醒，煌夜也站了起来。

所有的人都惊呆了，一下子全场鸦雀无声。

柯卫卿搭住卿儿的手腕，探察了一会儿脉象，便回头对煌夜道：“卿儿身子太虚，睡眠不足才晕倒的，脉象无大碍，等他醒来就好了。”

柯卫卿小时候曾做过太医院的学徒，这会儿他也等不及煌夜传御医了，便自行诊断道。

“景霆瑞，你抱太子下去休息。”煌夜当机立断地道。

“卑职领命。”景霆瑞抱起昏迷不醒的爱卿，便在太监的陪同下，速速前往东宫。

“还是让御医北斗去看看吧。”柯卫卿依然放心不下，对李德意道，“也让御膳房备好参汤，待太子醒来，喂他服用。”

“是，殿下。”李德意领命去了。

若不是还留着这么多惊讶的客人，柯卫卿也想跟着去东宫了，他是一脸的焦急，但碍于摄政王的身份，他必须得留下来，安慰受到惊吓的客人们。

“太子不碍事。”柯卫卿对他们说，强颜欢笑。

歌舞重新开始，但是柯卫卿显然被爱卿吓出一身冷汗，脸色变得有些苍白。皇上看不下去了，以夜深露重为由，草草地结束了这场中秋饮宴。

煌夜传令回宫，招来北斗给柯卫卿看诊。

北斗已过三十，正值壮年，医术堪称妙手回春，只是态度有些玩世不恭，他曾在山岭旷野间当一个只顾钻研医术、炼制各种丹药，却不问世事的闲散之人。

煌夜极为敬佩他的医术，才把他请到宫中做御医的，还给了他诸多的特权。

比如，他不需要向太医院首请安，可以拥有独立的屋院等。

北斗在宫内待得时间久了，也越发如鱼得水，因为这里有让他乐不思蜀的巫雀人，他非常好奇这个种族，甚至以研究巫雀族人作为其毕生钻研的目标。

没有人比他更了解巫雀人的身体与常人的不同之处。

北斗是看过太子后，再去长春宫看柯卫卿的。

他一见到支颐而卧的柯卫卿，便拱手道：“殿下，我不是叫您凡事别太操心，要放宽心的吗？怎么脸色又如此难看了？”

也只有他，敢当面教训柯卫卿的不是。

“卿儿可好？”柯卫卿见到北斗，便坐起身来，难掩着急地问。

“殿下已经醒了，他没事。”北斗顿了顿，说道，“小孩子嘛，阳气足，他只是睡眠不足才晕倒的，休息一会儿就不打紧了。倒是你，看着气色极差。”

“哪有。”柯卫卿听了，连连摇头，“我只是酒喝多了，你别大惊小怪的。”

“卫卿是不善饮酒，也是朕的错，没看住他。”皇上在一旁显得有些自责，他手里端着一盏茉莉花茶，芳香四溢，“先喝口热茶，缓缓神，下回饮宴，你就以茶代酒。”

“这怎么行？若是有亲王要求举杯共饮……”柯卫卿不想失礼于贵客，否则到头来，大家都会指责皇上招待不周。

“这是朕的旨意，你想抗旨吗？”虽然是低沉的话语，却饱含着怜惜，煌夜盯着柯卫卿，直到他把水喝完才作罢。

看着这相互扶持、相互紧张的两个人，北斗都觉得没自己什么事了，但还插了一句话：“殿下，烦请多多顾着自己的身体，凡事不宜太操劳了，您之前落下的病根……”

说到这里，北斗缩住了口，许是觉得眼下的氛围，实在不该提及过往之事。

“我知道的，北斗。”柯卫卿善解人意地点点头，让北斗退下了。

月色如此清朗迷人，煌夜和柯卫卿一边品着香茗，一边隔着敞开的殿窗，欣赏夜色中的御花园，彼此之间不必有太多的话语，却因为那会心的对视而微微一笑。

“永麟画得不错，只要宫内祥和，百姓亦安居。”煌夜道，很是愉悦。

穆仁亲王的画看着是描绘山野农家的丰衣足食，但其实是在暗赞煌夜和柯卫卿之间的恩怨得以和平解决，没有内斗，自然就有太平盛世。

“借画寓意，永麟从小就这样。”柯卫卿握紧了手指道，“他是为了巫雀人才起兵的，他不信您可以放过巫雀人，尤其是显宗帝交代给诸位皇子的遗言，便是杀光巫雀。”

“皇考的遗言，朕一直当他是病糊涂了，天底下哪有能呼风唤雨之人，却不知还真的有，且就在朕的身边。”

“呵呵，这当真应了那句话：天下之大，无奇不有。”柯卫卿心怀感激地看着煌夜，“也多得您对那些皇子下了封口令，要不然，巫雀如今不会如此太平。”

“朕对巫雀做的事情，不及永麟，起初，朕也是想不明白，这巫雀与他有何干系？要他如此激动，不惜向朕宣战。现在想来，他如此看重你，视你为一生知己，又遇见雪羽这一生挚爱，你们都是巫雀人，他怕朕对巫雀不利，故而选择先下手为强吧。”

煌夜伸手轻握住柯卫卿的手，一直以来的劳心劳力，让这只曾握着重剑的手显得那么瘦，却也白皙了许多。

“永麟是个热心肠的人，愿为朋友两肋插刀，这件事上是微臣不对，微臣既负了永麟，又负了您。”

“你负永麟，是因为你没能狠心杀掉朕，使得他战败；你负了朕，是因为你想保护巫雀，选择站在了永麟身边，伤了朕的心。”煌夜道，“你看似摇摆不定，但终究还是选择了相信朕，相信朕可以保护巫雀不灭。”

“皇上，微臣现在依然信任您。”

“朕知道，这些年来，朕忙于前朝政务，无暇顾及太子和皇儿，你替朕分忧，细心地教养他们，实在是劳苦功高。你甚至为了救卿儿的性命，还把你全部的力量都传给了他，以至于你现在毫无仙力，元气大伤，所以你才会总是抱恙吧。”

这事的起因在于兰贵妃生下的二皇子永福是早产儿，比较羸弱，朝中官员倾向于立健壮的爱卿为太子，兰贵妃情急之下买通了奶娘，给爱卿下毒。是柯卫卿发觉到爱卿的不对劲，他的小脸苍白，嘴唇发乌，手心冰凉，小小的人儿有吸进去的气，却没有吐出来的。

情况危殆，百子门离太医院较远，来不及叫御医北斗了，没有别的法子，柯卫卿只好尝试用巫雀人的方法救治。

巫雀人最大的力量不在于驾驭风雨，而是起死回生。

只不过，你救活了他，与生俱来的力量便也全部传承到那人的身上。类似于武学师傅把毕生功力传给亲传徒儿。

只是巫雀的能力要强大得多。

这就是显宗帝惧怕巫雀人的原因。要是巫雀人被敌方捕获，对大燕来说，太具威胁性了，倒不如全部诛杀，永绝后患。

赵国维若要知道这种能力是可以传承的，那他一定不会把巫雀人赶尽杀绝，而是抓起来为自己所用了。

柯卫卿的尝试很成功，爱卿虽然还很小，可是却很好地继承了柯卫卿所有的力量，就像一个完美的容器，盛下了最美的琼浆。

得知此事的煌夜很是动容，爱卿是他的儿子，亦是显宗帝的孙子，柯卫卿却毫不犹豫地折损自身，救了爱卿。

“淳于煌夜，你别那么感动，我也说不出那些大义凛然的话来，”柯卫卿那会儿脸色苍白如纸，眼神却很明亮，“如今你儿子承袭我的力量，便是下一代的巫雀王了，你头疼的日子还在后头呢。”

可能是柯卫卿难受得紧，语气也变得比平时凌厉，每每想到当时的场景，煌夜既心疼又觉得好笑。

“微臣知道您在想什么，”柯卫卿看了煌夜一眼，抽回自己的手，“无非是微臣为了你的儿子吃大苦头了。您大可不必这么想，爱卿也是微臣的义子，救他的命理所当然。”

“朕知道。”煌夜点点头，“只是，这件事本可以避免的。”

说起来，爱卿会中毒，也是煌夜未能及早察觉到兰贵妃的野心的错。她不愧是赵国维最为疼爱，且亲手调教出来的孙女，有着极大的权力欲望。

兰贵妃一直想当垂帘听政的太后娘娘，想让自己的儿子来继承大统。

煌夜的失察导致爱卿受难，承担严重后果的人却是柯卫卿。自那以后，柯卫卿的身体变得极差，一个风寒都能让他高烧不退，得休养好久才能恢复过来。

可是柯卫卿从未说过煌夜的一句不是，默默承受病痛的折磨。

对于此，煌夜心存的岂止是愧疚。

而爱卿又是一个天真可爱、无比聪慧的孩子，煌夜便越发偏疼长皇子爱卿了。

不管那些大臣怎么看好三皇子炎，煌夜心里的太子人选只有爱卿一个。

柯卫卿也看出煌夜的心思，因为爱卿确实是不错的太子人选，所以他没有反对煌夜的主张。

只是，或许是出于亏欠心理，煌夜对于太子太过偏袒和纵容了。

“皇上觉得微臣应当把景侍卫还给太子吗？”在清朗月色下，柯卫卿转换了话题。

“你的想法如何？”煌夜狡黠一笑。

“微臣的想法不重要，重要的是皇上您怎么想？”柯卫卿四两拨千斤，给挡了回去。

“嗯……首先，朕对卿儿是疼爱并非纵容，”煌夜先为自己辩白，然后道，“你看，卿儿这么重情重义，对景侍卫这么好，是个惦记下人的好主子。有句话叫‘水能载舟亦能覆舟’，能明白这个道理的人才是为君之才。卿儿有你在一旁悉心教导，朕从不担心他会误入歧途、恃宠而骄，自然就多宠着他而少责罚他了。”

“皇上说的句句在理，被您这么一提醒，对于景侍卫一事，是微臣多管闲事了。唔……微臣不就像戏文里唱的那些个棒打鸳鸯的恶人，硬是拆散了他们二人，害得太子苦苦哀求于微臣。”柯卫卿挑了挑眉头，自嘲道。

“可不是么，被你这么一说，你与戏中的恶人还真有七分相似。”煌夜爽朗地笑道。

“皇上！”柯卫卿怒而起身，当然不是真心生气。

“是朕不对。”煌夜走过去，低声道，“朕不该戏弄你的，你看，北斗都说了，你要好好调养身子，可不能大动肝火呀。”

“那景霆瑞，”柯卫卿却还想着这件事，“等明日就让他回去东宫吧。微臣知道太子这么努力，就是想证明自己配得起景霆瑞这样的好侍从，他没让微臣失望。”

“嗯，若不是历经此事，卿儿也不会成长。好了，此事就依你说的办，你就无须再纠结于此。”煌夜突然意识到了什么，“一整晚都在谈那个侍卫，你就不能多说说有关朕的事吗？”

“皇上……”柯卫卿歪过头，轻声问，“那，要说什么好呢？”

“就说你愿意永远留在朕的身边，帮朕打理这些烦冗事，让朕这个皇帝当得是高枕无忧。”煌夜一本正经道。

“皇上，瞧您说得这般客气，”柯卫卿许是喝酒壮了胆，挑眉一笑道，“仿若微臣还有别的选择似的。”

“哈哈。”煌夜大笑，心情甚好。

柯卫卿也不觉莞尔，那一直拧结的眉头，总算是舒展了开来。

皇上走后，柯卫卿并没有休息，依然伏案看着公文。

“咳咳！”许是夜晚的风有些凉，柯卫卿经不住咳嗽了几次，随侍太监见状，就要去找北斗御医。

“罢了，天燥而已，不是什么大事，叫来御医又得惊动皇上，闹得上下都不得安宁。”柯卫卿如此道，太监只得作罢。

晨曦初透，淳于爱卿翻了个身，伸出手往床边一捞，隔着浅金色的纱帐碰到了那结实的臂膀，脸上不禁露出甜甜的笑。

“您醒了吗？殿下。”胳膊的主人温柔地问，就算没有看到他的脸，爱卿也知道景霆瑞一定是面带微笑的。

"嗯，刚醒。瑞瑞，你累不累？又守了我一晚。"爱卿问，一时半刻不想松开手，反正离上学的时间还早。

"怎么会，属下已经习惯在您的床旁小憩了。"景霆瑞的声音听起来，确实没有半点疲劳，反而显得相当满足似的，"倒是您，要再睡一会儿吗？"

"不了，我想看看你。"爱卿笑嘻嘻地道。

"是，殿下。"景霆瑞站了起来，并没有叫宫女伺候，而是径自拉开纱帐，用银勾挽起。他一身东宫侍卫的装束，黑色长衫，镶有深红色的襟领，仔细看的话，那染得黑亮的布料不但出自江南绸缎庄，上面还有绣娘一针一线描绘出的青竹纹案。

皇上和太子的近身侍卫，总要随着主人出入各种重要场合，他们的服饰自然也是一等一的好看，还会有各式铠甲呢！

爱卿对这些装束当然不陌生，只是他觉得唯有景霆瑞穿起来是百看不厌的！

景霆瑞把纱帐弄好后，就看见爱卿趴在床褥上，双手托着粉粉的腮帮子，两条小腿一直在晃荡，露出一双赤裸的脚丫，就像是趴在大耕牛背上的牧童一样，十分趣致可爱。

景霆瑞伸手，握住了那白皙透着红润的脚掌："您小心着凉。"这么说着，将它们塞进仍然暖融融的被窝里。

"不会啦，我心里热乎着呢。"爱卿见状便撒起娇来，伸出手，圈抱住景霆瑞的脖子。

景霆瑞顺势抱着他的纤腰，坐在了床榻上。

已经不是那个小小的，还在喝奶的娃儿了，可是那股香香软软的味道，一点都没有改变。

"瑞瑞，别再离开我了。"爱卿也很享受倚靠在景霆瑞那宽阔的胸膛里，他就像小猫一样，不停用鼻头拱着景霆瑞的肩头，磨蹭着他。

"是，殿下，我哪里也不会去。"景霆瑞抱紧了爱卿，在他白皙的耳边许诺道。

尔后，那双漆黑犀利的眸子，透过低垂的帷帐，看向立在门旁的孙嬷嬷，她一脸不甘，目光暗沉却又无可奈何。

自从他回宫后，爱卿就说寝宫里留一个人伺候就够，把孙嬷嬷调去了外面，所以孙嬷嬷才会站在寝殿门口，无法进来。

其实，这件事只要仔细一想，就能察觉出蹊跷，景霆瑞是如此忠心于太子殿下，又怎么会答应巫雀王的要求，转去皇上身边当值呢。

他离开后，对太子造成的打击可想而知，太子是无比想念他，故当他一回来，太子立刻就遣走了孙嬷嬷，整日霸占着景霆瑞。

也就是说，景霆瑞短暂地离开东宫，回来之后，受宠比以往更盛！

而孙嬷嬷，她是东宫的首领嬷嬷，平日里，宫女太监乃至侍卫都得听她的。行事张扬，她见不得景霆瑞作为一个侍卫却能够服侍太子左右，因而经常把景霆瑞赶出东宫，要么就阻拦他和太子见面，还指着景霆瑞的鼻子，斥责他出身太低，又是个武夫，不配服侍太子。

景霆瑞从未与她争辩什么，每次被她拦着见不到太子，也只是默默行礼，转身离去而已……

孙嬷嬷突然发觉，其实她是被景霆瑞摆了一道，这招“以退为进”，让景霆瑞更受太子宠爱，而她，就被灰溜溜地赶到了外边……

孙嬷嬷越想越气，可是，对上景霆瑞那犀利的眼神时，她忍不住打了个寒噤，浑身发冷。都说庶出的孩子心肠狠辣、锱铢必较，她以后……还是少惹他为妙。

“瑞瑞，你在想什么呢？”久久不见景霆瑞说话，爱卿笑嘻嘻地问，“是不是肚子饿了？”

“是呢，殿下，时间不早了。”景霆瑞无视孙嬷嬷的偷窥，抱着太子站起来，“属下伺候您更衣吧。”

“好！”爱卿欢腾得很，比起总是不准他干这个、干那个的孙嬷嬷，果然还是和瑞瑞在一起最舒服。

他们会一起赖床到天大亮！

景霆瑞让宫女准备好更换的衣裳，他亲自替爱卿解开衣袍带子，细腻如雪的肌肤，在晨光下，似乎散发着莹白的光芒。

“好痒哦。”在脱衣服时，爱卿一直在咯咯地笑。

因为彼此都是男的，加上太子还是个孩子，所以也没有太介意的事，想来，景霆瑞还帮太子换过好几次尿布呢。

“殿下……您瘦了呢。”

景霆瑞皱起眉，看着爱卿的胸膛，心疼地说。

他裸着上身，肌肤白皙似玉，单薄的胸膛显得有些弱不禁风，太子最近这段日子都没有好好吃饭吧。

虽然是为了重回太子身边才略施小计，答应转去皇上身边当差，可是看到爱卿瘦了，景霆瑞很自责，觉得自己做得有些过火。

“我正在拔高嘛。”爱卿倒不怎么在乎，“别看瘦，这是实打实的肌肉，不信你摸摸，最近练剑，师傅都夸我越来越有架势呢！”

“是啊，太子的剑法是越来越厉害了，卑职也很高兴。”

景霆瑞微笑着说，让活泼好动的太子坐在自己的膝盖上，拿过侍女递上来的衣服，为爱卿更衣。爱卿的身上很香，而他那漆黑如墨的头发，更有一种阳光的味道。

“等您长大后，不管世界怎么变，你都只信赖卑职一人。”

想到那年元宵节时，爱卿也像是这样，乖巧地坐在他的怀里。他对爱卿提出要求，而爱卿也爽快地答应了他。

只是，在现在看来，那不过是一句很无知的话吧。爱卿长大之后会继承皇位，统治文武百官，怎么可能只信赖他一人？

在未来，爱卿有很多的选择，他可以信赖皇上、巫雀王，再不济还有弟弟炎、天宇、天辰……怎么也轮不到自己做那个特别之人。

就算自己再怎么喜欢爱卿，想要永远守在他的身边，都是无济于事的。他不可能与爱卿并肩而立。

这世上，不会出现第二个巫雀王。

罢了。景霆瑞暗叹一口气，就算在爱卿眼里，自己只是儿时的一个玩伴，景霆瑞都认为这辈子自己只为爱卿一人而活，他会至死不渝地效忠爱卿。

“太子殿下，早餐已经在前殿备好了，是您最爱吃的香酥芙蓉糕。”侍女月桃笑吟吟地说，下跪行礼。

月桃十六岁，老家在江谷一带，在成为宫婢前，家中有一个弟弟，和太子差不多年纪，所以她对太子分外亲切。

“好！瑞瑞和我一起去！”

爱卿闻言就跳下床来，差点绊倒。景霆瑞眼疾手快地拦腰一抱，露出苦笑：“殿下，小心脚下。”

“嘿嘿，我肚子饿扁了。”爱卿红着脸，不好意思地笑笑，然后就抓起景霆瑞搂在他腰上的手，一溜快跑，直奔向前殿，那样子简直就像生怕景霆瑞又不见了似的。

侍女们见到都掩面而笑，总之有景侍卫在，东宫也终于“春暖花开”，笑声不断了。

第四章

胭脂香粉味

星斗如碎银，洒满苍穹，皇城各个城门皆已闭锁，街市打烊，夜深人静，偶尔听得几声狗吠。

只有西城的方向是华灯照天，人语喧闹，可谓是“春花秋月，夜夜笙歌，逍遥快活似神仙”！

这灯火辉煌的安镇坊，依古桥河道而建，风光迤逦，犹如画卷，是皇城有名的鸳房集结地。

多年前，煌夜下旨查封此地，而致生意萧条，直至近三年国泰民安，风月之地又兴盛起来。

无论是达官贵人还是外国的商使，都爱来这里寻花问柳，安镇坊除了有一栋栋三四层高的观河楼，更有悬结彩灯、花团锦簇的画舫。

它们缓缓地行驶在烟波浩荡的翡翠河上，那透雕的窗棂里，不时有清歌筝乐，余音袅袅，让人仿佛置身苍穹月宫之中，心醉神迷。

有一座名为“琉璃”的舫船最负盛名，它是其他画舫的三倍大，且有三层楼高，纱幔垂地，灯火荧荧，分外妖娆。有三四十个赤裸上身的纤夫在河岸拉着“琉璃”前行，气势非凡。

每到一个口岸，就有衣着华丽、财大气粗的客人登上舢板上船去买欢，常常一掷千金，大肆挥霍。

豪客多了，老妈子自然是笑得不见眼。

诚然，这些勾栏美人的日子过得也非常优越，其中，最美的花魁名叫潆泓，年方十七，他的客人非富即贵，且不乏外国使节。

此刻，潆泓百无聊赖地抱着朱红凭栏而坐，下巴抵靠在上头，看着倒映着烛火的波光粼粼的水色，却难以看清星辰的光彩，未免扫兴了些。

打了个大大的哈欠，怪不讲姿态的，因为在画舫至高的三楼，其他的人都在楼下接客，一楼是打茶围的地方。

打茶围，即是陪着客人说闲话，期间少不了喝酒划拳、搂搂抱抱，也有歌姬表演，是画舫里最喧闹的地方。

二楼是雅间，招待的都是乡绅土豪，酒品和菜肴都比一楼精致许多。

整个三楼都是花魁的地盘，家具都是梨花木的，请了城里出名的工匠打造，连椅子的扶手上都雕着芙蓉花。

就算是老妈子，也得看潆泓的脸色行事，因为他的恩客非富即贵，实在是开罪不起。

当然，官吏出入画舫是要被问罪的，只是没人会当真为此事去得罪权贵。

今夜，贵客还未到，潆泓只能听着楼下的热闹，却提不起任何的兴致。

他正昏昏欲睡之时，忽然，一抹黑影掠过河面，他一惊，顿时睡意全无。

“什么人？！”他瞪大了圆圆的杏目，借着月色与灯火，看到那人并未穿夜行衣，而是藏青色的衣衫，腰间隐约有佩玉闪光，轻功极好，如飞燕般地落在了船的甲板上，有几个打手在，却浑然不觉背后站着人。

青衣男子很轻易地就进入里面，要知道来这儿的客人，得要熟人介绍方可入内。

“呵呵，有意思。”潆泓粲然一笑，伸手摇了摇放在茶几上的铃铛。老妈子来了，一脸献媚地笑。

“泓儿？想要什么？”

“我要见一个客人。”潆泓说，在老妈子那缀着大金环的耳旁低语了几句。

“有这个客人？我怎么没瞧见过？”老妈子显得纳闷。

“有！你去把他找来吧。”潆泓催促，老妈子只好同意了。

没想到，老妈子下楼还真一眼就瞧见了潆泓形容的男子，高高大大，是习武之人，身穿一身不错的绸衣，最重要的是，他长得可真俊！

他剑眉黑目，鼻梁高挺，唇弯如弓，尤为性感，连见惯了男人的老妈子，也立刻老脸一皱地堆满了笑容，挤开那些试图与这青衫公子搭讪的美人们，热情招呼：“这位公子，可是第一次来？是哪位老爷带您来的？”

男人没说话，只是四下看了看，似在寻人。

“您第一次来，难免怕生。”老妈子却不怕他的冷脸，反而更积极了，“别找啦，这儿地方大，您的同伴想必是自个儿寻欢去了，这儿的货色恐怕也入不了您的眼，走，我带您去上房，保准您能满意。”

“上房？”男人终于开口，声音好听得就像是钟乳石上滴下水来，滴答的一声，有种旷世灵动之感。

“是啊！咱家花魁住的地方。”老妈子越发肯定对方来头是不小的，只是吃不准他的身份，说是贵族少爷吧，全然没有那种纨绔之气，说是大官爷吧，也不像，年纪实在轻了点。

只是光靠着他这副英俊、高大的样貌，就足以在这琉璃画舫上通行无阻了，因为潆泓最喜欢容貌好看的客人，这能讨得他的欢心。

老妈子心里自有盘算，把青衫男子带上了楼，却不知这青衫男子心里也在犯嘀咕。

“难道是我的身份曝光了？”景霆瑞上船是为了刺探情报的，他奉了旨，调查一名嘉兰国的使节。

说是来大燕商谈结盟为友的，但皇上怀疑结盟是假，来刺探军情内幕是真，故而让景霆瑞暗中调查。

有道是英雄难过美人关，这嘉兰使节也是如此。听闻他特别喜欢去琉璃舫，找花魁共度良宵，所以，景霆瑞才来到此处。

只是，他从未来过烟花柳巷之地，更别提如何喝花酒，搭讪花魁了，任务又要秘密进行，他正想着该如接近花魁，这老妈子就一脸贼笑地出现在他的面前。

是偶然，还是对方已经发现端倪？

也许去的是虎穴，如果在这里遇到埋伏，即便是武功高如景霆瑞也会觉得棘手，因为这里人多眼杂，他是皇帝密探的身份指不定会曝光，继而影响任务的进行。

在他想着这些的时候，哗啦作响的水声首先冲入耳膜，他抬起头，老妈子识相地退开了。

穿着粉色长衫，身材纤细、容貌极艳，且雌雄难辨的花魁，正坐在一个方形的大浴盆里，笑嘻嘻地用手拍打着水花。

他似在玩闹，又似在水中舞蹈，水花从他毫无瑕疵的臂肩上掉落，他漂亮得就像是荷花仙子，出淤泥而不染。

他的睫毛长而密，挂着水珠显得楚楚动人。他伸出手，指甲是粉色的，修剪得极为圆润，不像是人，倒像是能工巧匠精雕细琢出的人偶一样。他冲景霆瑞勾了勾手指，再嫣然一笑。

景霆瑞径自走向澡盆，水是无比清澈的，撒着一些桃粉色的花瓣，只是花瓣并不多，衣衫又单薄，所以花魁等同是裸身的。

这画舫的花魁竟是个少年，景霆瑞有些吃惊，但既然大家都是男人，反倒少了一些顾虑。

潆泓微微眯眼地，以潮湿的瞳仁，深情凝望着站立在澡盆边的青衫男子，他是如此高昂挺拔、英气逼人，让人打心眼里生出好感来。

"公子，过来。"潆泓对着他微笑着，自信没有人不拜倒在他的美颜下。

"你叫我上来，就是看你洗澡？"然而，景霆瑞全然不感兴趣地回答，这如同一盆冷水，浇灭了潆泓身上的热乎劲。

"呃……不是……"以俏皮可爱、口齿伶俐而闻名的潆泓，也有了瞠目结舌的时候。

"你洗吧，我在这边等你。"景霆瑞一脸从容地转过身。

"喂！"潆泓慌忙地站了起来，想要迈出澡盆，却一脚踩空了！

"啊！"这可不是伪装的，潆泓双眼紧闭地准备好和地板来个亲密接触，可是他的肩头落在了一个舒服得不可思议的地方，膝盖也没着地，反而悬空了起来。

"哎？"潆泓睁开眼，这才发现公子正抱着他，而他几乎是整个依偎在对方宽阔又温暖的胸膛间！不知为何，他会觉得脸上很热，为自己的失态而感到从未有过的羞窘。

公子依然用相当正气，却能勾人魂魄的漆黑双眸注视着他，且不带任何感情地问道："你能站住吗？"

"那个，脚好像是扭到了。"如梦初醒的潆泓，恢复了往日那可爱的模样，耍了点小计谋。

"去那边吧。"景霆瑞并不怀疑地抱起潆泓，把他放在临窗的坐榻上，是潆泓之前趴着看风景的地方。

"谢谢公子。"潆泓说，笑着露出洁白的牙齿。

"有跌打药吗？"

"美色当前却不为所动，这难道是个木头人？"潆泓在心里嘀咕了一句后，又粲然地笑道，"活络油还是有一瓶的，在那边的柜子里，劳烦公子了。"

景霆瑞点了点头，便走过去打开那雕刻得非常精致的檀木箱柜。

里面全是绣着金线的绫罗锦缎，一只只摆放整齐的楠木珠宝匣，景霆瑞碰都不碰那些昂贵之物，在箱子的角落里找到了一瓶活络筋骨的药油。

“拿着。”景霆瑞回到潆泓身边，把药瓶递给他。

潆泓没有接，一手托着香腮，极可爱地抬头望着景霆瑞，声音娇俏地道：“怎么，公子不帮我擦药吗？我都受伤了。”

景霆瑞的手依然悬在半空，那张英俊得让人着迷，却显得有点冷冰冰的脸孔，似乎有了一点点的情绪变化。

“公子？”潆泓展露出招牌笑容，唇角的微笑犹如春桃绽放。

“伤的是脚踝，”景霆瑞把络活油放在潆泓的手里，“你的手又没断，自己擦吧。”

“什么？”潆泓皱起眉头，“你也太不懂怜香惜玉了吧？”

景霆瑞没再理他，转过身去，看着窗外波光粼粼的河面。

“你还不理我？！”潆泓气呼呼地站了起来，把药瓶丢开，嗔怒道，“难道是我长得不好看吗？还是我配不上你？”

“都不是，而且你长得很好看，”景霆瑞终于转过来，看着都快要掉眼泪的潆泓，“只是，我不是为你而来。”

“哎？”还是头一回，有客人上门来不是为了他，潆泓愣在那儿。

他来这里是为了搜集有关嘉兰使节的情报，这种事景霆瑞自然不会告诉潆泓，也不想把他牵扯其中，只是想完成任务，好回去向皇上复命。

“你真的很奇怪。”潆泓再次端详起景霆瑞，他见识过各色各样的人，知道景霆瑞说的是真话，心里就更惊讶了。

“你放心，价钱我会照常给的。”景霆瑞又道。

潆泓灿烂地笑着，在原地转了一个圈，裙摆摇曳，很是灵动，他道：“公子给不给都无所谓，因为我喜欢公子，您要在我这坐多久，潆泓都会奉陪到底。”

景霆瑞看了潆泓一眼，问：“怎么，你的脚好了？”

“唉？”潆泓这才发觉自己早就忘记了伪装脚伤，便羞涩地笑了。

“有好茶吗？”景霆瑞问。

“有，公子你要多好的茶这里都有。”潆泓积极地张罗起来。

“多谢。”景霆瑞与潆泓品起茶来。

一壶清茶，一缕月色，两人天南地北地聊着，潆泓好久没有这样了，无须阿谀逢迎，也卸掉了脸上的虚情假笑，他终于可以随心所欲地表达着自己了。

今日照例散了学，一众学子恭送太傅温朝阳离开后，学堂里便闹开了，天宇、天辰不知从哪里捉来了一只大彩蝶，用丝线系着，一头绕在手指上，笑嘻嘻地说是放“风筝”，惹得陪读的小太监们都追逐起来。

爱卿则在写字，温朝阳又罚他抄写了，因为他今日上课开小差，炎就陪在爱卿的身旁，还帮他磨墨。

小德子则收拾着太子写坏的宣纸，卷起来扎好，本是要丢弃的，可是被别的小王爷抢了去，当作棒子敲敲打打，玩得不亦乐乎。

“好吵啊！”爱卿用手捂住耳朵，望了望在桌椅间穿梭跑闹的同伴们。与其说是嫌弃吵，更像是用一种极为羡慕的眼光望着他们。

只有自己被罚抄写，真是有够倒霉的，因为外头一只鸽子飞过，他就是瞄了那么一眼，就被师傅逮到了，而天宇还举着书，低头偷吃糕点呢，竟然都没被发觉！

“你们安静点！太子殿下在用功！”炎果然只护着爱卿，他抬头这么一吼，小王爷都不敢乱打了，但是天宇不吃这一套。

“明明是罚抄嘛，哪里是用功。”天宇相当无所畏惧。

“你讨厌！”爱卿嗖地丢出手里的毛笔，当然没能扔中天宇，只是墨水甩了他一脸。

天辰见了，扑哧地笑了：“好一只大花猫！”

“好啊，皇兄，你给我等着！”天宇一副此仇不报非君子的样子，他扯下手上的丝线，把大蝴蝶抓近了，告诉爱卿道，“你知道吗？所有的蝴蝶都是由大青虫变成的。”

“什么？”爱卿最怕青虫了，觉得它带着刺毛儿蠕动的样子十分恐怖，当即脸色就吓白了。

“你别欺负卿儿。”炎发话了，拉过爱卿护在身后，警告道，“小心父皇罚你们！”

“父皇和你都太偏心了！”天宇不满地道，“还有那个景霆瑞！尽都帮着他。”

真是说曹操曹操就到，景霆瑞来接太子放学，一迈进学堂，就看到这“剑拔弩张”的气氛。

“卑职给太子殿下，各位殿下、小王爷请安。”景霆瑞躬身行礼。

然而，他还没直起腰来，爱卿就扑了过去，哽咽道：“瑞瑞！有青虫！大青虫！”

“在哪里？”景霆瑞的大手盖在爱卿的头上，炎十分嫉妒地望着他。因为只要景霆瑞一出现，爱卿必定会粘着景霆瑞不放，不再和他一起玩了。

“在那边！”爱卿根本不敢回头看，只是用手指着后边。

景霆瑞看到天宇手里抓着的蝴蝶，他没说什么，只是手指轻弹，一股看不见的“气”射了出去，无声地割断了丝线，蝴蝶扇了几下翅膀，往窗外飞走了。

“哎呀！”天宇想要追，但已经来不及了，蝴蝶是一去不回头。

“殿下您看，那边什么东西也没有。”景霆瑞温柔地说。

“嗯？”爱卿这才扭过头去，发现蝴蝶真的不见了！

“可恶！”天宇气得咬牙，当然，他也不是存心要吓唬爱卿的，只是气不过大家都对他那么好。

“我画一只大蝴蝶送你。”爱卿说，他总是好了伤疤忘了疼，危机一解除，就立刻想着讨好弟弟。

“我要十张！”天宇抱着胳膊道。

“好、好吧。”爱卿点点头。一旁的炎感到无力地扶着额头。

“殿下，我们回去吧。”景霆瑞说，伸手牵住了爱卿的手。

“嗯，嗯！”爱卿高兴地点点头，不知为何突然怔了怔，竟然撒开了手，回到桌案旁。

“我、我还要抄写，师傅交代的，你先回去好了。”爱卿的态度可是前所未有的，每次景霆瑞一来，他都是乐得跟什么似的，屁颠屁颠地跟着走。

“殿下？”景霆瑞似乎有些困惑，垂手立在那里。

“都让你先走啦，还愣着做什么，卿儿我会送他回去的。”炎昂首说道，仿佛斗胜的公鸡。

“是，殿下。”景霆瑞只能抱拳领命，黯然退下。

“你和他吵架了吗？”天辰凑到爱卿的身边，小声地说道，“真稀奇。”

“没有，我们好着呢。”爱卿头也不抬，另拿起一支羊毫笔，继续抄写《诗经》。

“太阳打西边出来啦？你竟然会赶景侍卫走？”天辰曾经被景霆瑞救过一次——他和天宇一起爬树上去摘菩提子，想串成手链戴，没想突遇一阵诡异的大风，两人差点被兜头刮下。

景霆瑞正好路过，飞身直上，把摇摇欲坠的二人给拎了下来。

兄弟二人都吓得不轻，不过，这件事并未惊动皇帝和巫雀王，倒是免去了一顿责罚。所以天辰对景霆瑞很是客气，或者说，是十万分的敬仰。

“我没有赶他，我只是还有事情要做。”爱卿皱了皱秀气的眉头，顽固地否认道。

“管他做什么？”炎插话进来，“不过是个侍卫。”

这话却惹来爱卿一个怒瞪，炎这才噤声不语，赔笑似的给爱卿扇扇子：“是我说错话，你就别生气啦。”

“我没生气。”爱卿说，却发现弟弟们动作一致地看着他，那目光仿佛在说，你就是在生气啊，生景霆瑞的气。

谁让爱卿并不会掩饰脸上那相当不满的神情呢？

“我先回去了！”爱卿站起来，命小德子收拾东西。

“等等，卿儿，我和你一起走。”炎也赶紧命自己的伴读太监收拾笔匣书卷。

“到底出了什么事呢？”天宇百思难解，最后举手放弃，两位皇兄结伴走了，他便和胞弟天辰一起回宫了。

“其实，你很喜欢卿皇兄的，对不对？”同坐一架车辇上，天辰问与自己容貌极为相似的哥哥。

“当然了。”对孪生弟弟天辰，天宇没有任何的隐瞒，也瞒不住，他们二人的心意总是相通的。

他们不是在皇宫内出生的，直到五岁，才以认祖归宗的方式回到宫内。

从穷乡僻壤的茅草农舍到巍峨耸立的宫殿，从都是说着土话的农妇到字正腔圆的宫女，这种变化根本就是翻天覆地！

就算是自认天不怕地不怕的天宇，到了皇宫里，也会对各种金碧璀璨的事物惊愕到闭不拢嘴。

天辰也是难掩羞怯地拉着哥哥的衣角，两人在宫女的簇拥下，慢步前行。

他们已经见过了父皇，现在要去东宫，拜见太子殿下，他们的长皇兄，时年八岁的淳于爱卿。

素未谋面，不知兄长是怎样的人，天宇的心里是直打鼓，若是哥哥不好相处，欺负他二人，那他情愿回乡里去。

然而，离东宫正门还有一大截路呢，一个穿着鹅黄锦衣的少年就奔了出来，他跑得飞快，跟小鹿似的，细白的额上都有汗了，圆脸蛋整个红扑扑的，像熟透的果子。

“你们是天宇和天辰吧？”少年急急地刹住脚，后头还跟着一拨追得气喘的太监，他虽然是问话，却是极肯定的语气，眼里满是期盼和喜悦的光芒。

“呃，我是天宇，他是天辰。”天宇眨巴了下眼睛，看着这个高出自己不少，眉目清俊、皮肤白皙的少年，虽然初次见面，却丝毫不觉得他有陌生感。

难道是因为他的笑容很暖？那一瞬间，天宇仿佛沐浴着冬日阳光。

“我是哥哥哟！你们的大哥！”爱卿眯眼笑着，一把抱住兄弟二人，用脸颊使劲地磨蹭，“哈哈，好可爱哦！我的宝贝弟弟！可想死我啦！”

就算父皇都没叫过他们宝贝！

在这热情又温暖的拥抱里，天宇和天辰不由都红了脸，之前的不安和怕生也都烟消云散了。

“对了，这是你们的三哥，叫淳于炎。”想起什么似的，爱卿扭头看向另一华服少年，他是稍后赶到的，他的眉眼嘴唇都像极了父皇。

“三皇兄。”天宇、天辰叫道。

“嗯，你们好。”不同于爱卿，炎只是点点头，但是目光里仍然透着好奇。

“太子殿下，这里风大，莫要让两位小殿下着凉了，等回去再叙吧。”一个青年靠近说道，他的身材挺拔，投下一片阴影。

天宇、天辰都嘴巴张大地望着他，觉得他虽然穿着侍卫的服饰，气势却全然不同，怎么说呢，竟然有种父皇的非凡气概。

“这是景霆瑞，我的近身侍卫，你们若有事也可以找他。”爱卿笑着说，热络地拉着两位兄弟的手，就往东宫去了。

景霆瑞自然跟着他们，亦步亦趋，却丝毫不惹人厌烦，他的存在和空气一样的自然，又不可缺少。

天宇、天辰很快就和两位哥哥打成一片，爱卿看起来和他的行为一样，毫无城府，表里如一，单纯可爱至极。

至于皇兄炎，虽然会表现出“年少老成”的模样，但其实心地善良，尤其爱护着太子。

彼此一旦混熟了，他们在乡野里学会的捣蛋功夫全都表现出来，不是爬到房梁顶上去掏燕子窝，就是找温太傅的麻烦，谁让温太傅说他们野性难驯，没个皇子样呢！

有一回，他们画了一只大王八，贴在温太傅的背后，温太傅回到家才发现，气得当即就回宫告状。

他们两个串通一气，抵死不认账，眼瞅着巫雀王要处罚所有的皇子，爱卿就出来认罪了。

爱卿一认罪，炎也会跟着认。

这样的事情没少发生，爱卿和炎简直成了他们犯错后的顶包利器。

天宇和天辰不信有人会对他们这么好，毕竟他们可是做了五年“无父无母”的“孤儿”。

可是不管他们怎么变着法地去戏弄爱卿，他都是一笑了之，全然不记仇。当然，偶尔也会教训他们几句，但也是叫他们不要冒险爬高，会受伤的。

人心都是肉长的，久而久之，爱卿对他们的好，兄弟二人都记下了。

只是，他们依然会“欺负”爱卿，看着他被闹哭。

或许是因为想要引起爱卿的注意吧，因为炎一直霸占着爱卿，除此之外，还有父皇、巫雀王和景霆瑞。

——他们都视他为珍宝。

越是这般，天宇就越忍不住去捉弄爱卿，从上课在背后丢纸团，到抓青虫放进爱卿的笔匣，害他捏到柔软的虫子，还不小心捏爆了，而吓得差点昏过去……

天辰则是“帮凶”。

“除了温太傅和朝中一些爱嚼舌根的，没人不喜欢太子吧？”天辰说，看着车辇外，秋意正浓的景色。

“辰儿，我刚才是不是做得太过分了？”天宇实属难得地反省，垂头丧气地道。

“我不觉得，因为皇兄的一脸郁闷不是因为蝴蝶。”天辰托着下巴，想了想道，“你也看到了，他就是在生景大哥的气。”

“唔……”天宇似乎更郁闷了。

“算了，他们两个肯定没事的。”天辰笑着勾住哥哥的肩头，“咱们就别管这么多了。”

“你怎么就知道他们会没事？”

“皇兄对景侍卫是不同的。”天辰道。

“哪有不同，皇兄对每个人都很好，从不计较别人的错处。”天宇坚持己见。

“所以，他更不会计较景侍卫了，有句话不是叫‘床头打架床尾和’嘛，所以他们不会有事的。”天辰笑道。

“什么床头床尾的，你这话怎么听着这么别扭。”

“唔……我也是从书上看到的，是说夫妻虽然会吵架，但也会很快和好的意思……”

“不对、不对！他们又不是夫妻！”天宇听明白了，却嚷嚷道，这样的说法真让他不愉快。

“他们当然不是夫妻，我指的是感情。哎，换一句吧，那就是船到桥头自然直，反正都差不离啦。”天辰改口道。

“哪里差不离，差很多好不好。”天宇却死磕道，“他们是主子和奴才，什么夫妻、桥头的，统统不对！”

“你呀！真是死心眼，景大哥他才不是一般的奴才，他将来定会成就大业的！”天辰也叫了起来，认为自己看人不会错的，结果直至回到宫里，他们都没分出谁对谁错。

秋之色不弱于春，尤其是在东宫的花园内，单看那一簇簇沿山坡生长的红枫，就让人觉得灿烂、热烈，秋意盎然。

从学堂回来后，炎就和爱卿一起来到花园，沿着坡上小径漫步。爱卿还让小德子去妙波亭里摆下棋盘，打算与皇弟对弈。

可是，他总有些心不在焉，就算炎一直在夸赞说，在这宫里头，就属这儿的枫叶长得最好，他都没多看两眼。

炎又摘了一大朵金粉菊花给他，也难博兄长一笑。

到了下棋的时候，爱卿更是一败涂地，他的黑子互不连接，看起来头绪多多，却也漏洞百出，就算炎再怎么放水，也很难不赢他。

“我们再来一局。”爱卿把黑子收拾回玉石棋盆里，并没有因为输掉而气恼。

“等会儿再下吧。”炎却道，“皇兄，你在烦恼些什么？之前又不让景霆瑞接你下学，虽然我不喜欢他，但是这真的不像你。”

爱卿看了看炎，突然伸手抓过炎的衣袖，吓了他一跳。

“卿儿？”炎诧异地看着爱卿扯着他的衣袖，低头闻了闻。

“味道也不对。”爱卿很快松开了，自言自语地道。

“什么味道？”炎不由拉起自己的袖子，闻了闻，除了菊花的香味，还有点宫内的檀木熏香。

“没什么，反正不是宫里的。”爱卿的鼻子很灵，这段日子，景霆瑞的身上总有一种似乎是脂粉，又像是花香的淡淡味道。

起初，他以为是宫女新调制的脂粉香气。

可是，除了在景霆瑞身上，其他地方都没有相同的味道。

虽然说那个香气闻起来其实很宜人，并不刺鼻，可就是让爱卿浑身难受，不想靠近景霆瑞。连他自己也弄不清这是怎么回事，这令他困惑不已。

“走吧，趁这会儿有空，我们去看看珂柔。”炎丢下棋子，使出杀手锏。

“好！”爱卿终于露出甜美的笑容，他三不五时就去育婴堂探望皇妹，从以前的偷偷摸摸，到现在的光明正大，完全是父皇照拂的关系。

有道是“长兄如父”，爱卿自认得担当起这个责任，不但照顾弟弟，也要看好妹妹。

他不想珂柔长大之后，只会向他跪拜磕头，这样的话他会伤心死的。

“叮叮……叮铃铃。”

溱泓赤着双脚，在画舫铺着红毯的甲板上飞快旋转，系在他腰上的一条细若银丝的链子，上头缀有金色铃铛，相撞之间，发出清脆悦耳的响声。

他眼角的余光瞥见了那走上甲板的男人，一抹甜笑就绽放在朱红的唇角。

潆泓伸开双臂，忽地提起一条腿——几乎与肩平行，他就单脚立着继续舞蹈，技艺高超。

“叮叮。”

铃声停止，潆泓微微喘着气地走到那英俊伟岸的男人面前，灿笑道：“怎么，公子今日得空，白天就来了？”

“我路过这里，见到你在练舞。”景霆瑞说，事实上，每当琉璃舫的花魁在船头甲板上起舞，河岸边就有不少人驻足观看，还有人大肆鼓掌。

这就是一种吊人胃口的噱头，花魁是没那么容易结交的，见识到了花魁的绝妙舞姿，就会想认识花魁这个人。

为博美人首肯，金钱也就成了粪土，琉璃舫的生意也就永远兴隆，这还是潆泓告诉景霆瑞的。

“难得你来了，去里面坐会儿再走。”潆泓接过一旁童仆递上来的锦帕，擦去了额上的汗珠。

“也好。”以为景霆瑞会拒绝，听到这样的回答，潆泓自是开心极了。

回到三楼的上房，老妈子命人送来了茶点，全是皇城最好的糕点，百年老字号里的杏仁酥糖、黑芝麻饼。

“这味道虽好，但和宫里的点心比，还是稍逊一些的吧？”潆泓吃着酥糖，笑着问。

“嗯？”景霆瑞看着少年，他从未说过自己是宫里当差的，甚至连姓名都未告知过对方。

“就在昨日，有几个老爷在酒醉时，交头接耳道，皇上派了一个心腹密探出宫办案，让大家小心提防着。”潆泓托着腮，打趣般地问道，“我在想，这个密探会不会就是您？”

“不是。”景霆瑞很干脆地否认道。

“呵呵，其实公子是不是密探，潆泓无所谓，只要您多来陪陪我就好。”潆泓说，“这样，您想要知道什么，我才能帮您打探到。”

“你不要牵涉进去。”景霆瑞皱眉，警告他道，“这可不是儿戏。”

“是不是儿戏也要我玩过才知道。”潆泓耸了耸肩，“我这人天生爱玩，且从没输过。而那些也不是什么好官，要不然，也不会害怕皇上查案呀。”

景霆瑞站了起来：“我回去了。”

“咦？你才坐一会儿。”潆泓连忙起身，“那你晚上还来吗？”

“不来。”

“为什么？”

“为了你好。”

潆泓一呆，很快就伸手拦在了景霆瑞的面前，仰起头道：“还是第一次有人这么对我说，您是真的关心我，我很高兴。”

“我只是不想累及无辜之人。”景霆瑞看着潆泓，他比爱卿大不了几岁，却有着一股故作成熟的老练。当真是穷人的孩子早当家吗？

潆泓说过，他是随父母逃瘟疫，才千里迢迢地来到皇城的，因为长得好看，就被卖到琉璃舫做侍童。

和别的哭哭啼啼的孩子不同，潆泓很认命，他享受被别人追捧在手心的感觉，他说，连他的父母都没对他这么好。

——哪怕那些好都是别有目的的。

“你若想离开这里，我可以为你赎身。”景霆瑞曾说过。

可是潆泓不愿意，还说：“除非公子收留了我，否则我是不会走的。”又指老妈子待他不薄，这箱柜里的金银都是他将来养老的钱。

景霆瑞没再勉强他，只是说，只要他愿意，随时会帮他赎身。

他们之间的交往不像是客人和花魁，更像是兄长和弟弟似的。

“你就多坐一会儿吧，我保证不再说那些官爷的破事了。”潆泓撒娇地说，握着景霆瑞的手不放。

景霆瑞本想确认琉璃舫的花魁是否和嘉兰使节有关系，想在他们密会时，窃取使节的印信，以及随身带的密函，以获得至关重要的情报。

因为嘉兰使节只有在这时候，才不会让侍卫贴身守着。

只是，那位使节迟迟没有出现，而随着景霆瑞上船的次数变多，潆泓显然牵扯得也越深，而他不想潆泓有危险。

“我们来谈你的那位娘子吧？”潆泓主动换了话题，笑嘻嘻地说，“她最近可好？”

“他不理我。”景霆瑞难得地道，以前就算潆泓怎么缠着问，他都不提起爱卿的事情。

而潆泓把太子当作景霆瑞的妻子，完全是一场误会。

景霆瑞经常心急火燎地赶回宫，有时，连饭也不吃一口，潆泓便认为他是有家室的人。

“哈哈，肯定是你只顾忙自己的事情，冷落了娘子吧？”

“没有的事，他永远是第一位的。”这无关个人感情，太子殿下永远是他最重要的人。

“啊，听起来真幸福，也让人嫉妒！”潆泓嘟起嘴巴道，显得十分不满。

“我还有事，就先走了。”景霆瑞抽出被潆泓握着的手，轻拍了拍他的肩头。

“嗯……”潆泓知道再勉强下去，是会惹人厌的，便道，“公子慢走，不过记得要来看我哦。”

景霆瑞颔首应允，在潆泓依依不舍的目光中，走下了画舫。

潆泓等了三天，景霆瑞都没有出现，这些天里，他没见任何客人，总是意兴阑珊的。

白天的翡翠河是一片死寂，到了夜里，华灯初上，流光溢彩，一座座画舫就恢复生机，热闹非凡，琉璃舫更是客似云来，那肆意的调笑声不绝于耳！

潆泓却独自一人待着，在燃着熏香的奢华的寝房里，踮着脚尖，旋转着起舞，自娱自乐。

“滚开！臭婆娘！”

“砰！”

突然，房门被粗暴地撞开，老妈子“哎哟”一声，几乎是摔了进来。

潆泓猛地收住脚，额上汗涔涔的，瞪大的眼里满是惊异的神情。

“哼，泓儿不是在这么？！还敢骗老子说人不在！”闯入者摇摇晃晃地扶着门进来，一身的酒气，虽然他头上束着银冠，穿的是锦衣绣服，但冠歪了，衣襟也扯开了，一副浮浪子弟的模样。

“杜公子。”潆泓亦没给他好脸色，扶起老妈子，冷冰冰地说，“我今天不见客。”

杜荣材，今年二十有八，其父亲杜建贵为当朝御太史，地位仅次于宰相，前年杜家还与佟郡王结为亲家，幺子杜荣材娶了郡王之女为妻，已诞有一双儿女。

杜建贵老来得子，对杜荣材是极为宠爱。他有四个姐姐，均已嫁人，不知是否从小混在女人堆里长大的缘故，他虽然长相英俊，但行为举止总是缺乏男子气概。

起初，他来到琉璃舫，对潆泓是百般宠爱，金银玉器悉数相赠。

潆泓念及他的好，自然也是以礼相待，可是后来，随着相处日子变长，便发觉他的狡猾虚伪以及混账之处。

他仗着家世背景雄厚，多次赖掉酒席的账不说，还经常借着酒劲惹是生非，把客人都吓跑了。

老妈子虽然拉着脸说了杜公子的不是，可人家毕竟是郡王女婿，也不能当真把他怎么了。

杜荣材自知那日醉酒后有失仪态，倒也收敛了一阵，后来给潆泓送了一盒深海珍珠当作赔不是。

见潆泓依然不理他，就介绍了一个贵客过来，那便是嘉兰国前来结盟的特使。

潆泓本不想搭理，后来想起景霆瑞的事儿，就欣然与特使见面了。

杜荣材这会儿来，许是来邀功的。

果然，话不过三句，杜荣材就谈到这个特使有多难伺候，要不是他拼命拉关系，特使是不屑来这种地方的。

说着说着，就说到了钱上，他最近手气不好，一时输多了，想找潆泓借些钱周转一下，免得老丈人又给他脸色瞧。

潆泓不与他啰唆，丢给他一些银子，杜荣材一高兴，说了好些有关那特使的话。有道是，说者无意听者有心，潆泓越发觉得，杜荣材和那嘉兰特使之间有问题。

“秋……秋什么好？”东宫寝殿深广而清凉，淳于爱卿已更换了睡袍，他抱着胳膊，临窗而立，这面圆圆的，雕刻着七仙女的朱红轩窗，正对着花园一角。

月色皎洁，那凋零得差不多的柳树，以及一团矮矮的秋菊，让他想起白天，温朝阳让他背诵有关秋天的诗。

“春种一粒粟，秋收万颗子。”爱卿背了两句古诗，可是师傅说，要高雅些的，大气一些的。

但秋天除了农田丰收之外，爱卿实在想不到还有什么值得期待的。就像这花园，早些时候还有萤火虫，他和景霆瑞抓得别提多开心了。

可是现在，就什么都没有了。

“夕殿萤飞思悄然，孤灯挑尽未成眠。”

“对了，还有：秋花惨淡秋草黄，耿耿秋灯秋夜长。”有关“秋之美”的诗他是背不出来的，但此刻惆怅落寞的心情，倒是有不少古诗可以引用。

爱卿不否认，他是因为想着景霆瑞才睡不着的，而且越睡不着也就越想着他。

“阿嚏！”在窗前站久了，便感受到寒意的入侵，爱卿揉了揉发酸的鼻子。果然，他不该效仿古人，什么花前月下、吟诗作对，这根本不能排解自己烦闷的心情，还好现在天够冷，若是在夏夜里，他不被蚊虫咬死才怪。

爱卿放弃遵从温太傅的意见，高雅的作风真不适合他，明日师傅若再考他，只有装作答不出了。

秋什么的，就让它随风而去吧，因为现在有更头疼的事情。

爱卿才转身，就看到小德子瑟瑟缩缩地站在一殿柱旁，手里抱着一领厚厚的紫貂斗篷。

他大概是想给太子穿上，又听见他絮絮叨叨地在念诗，不想打扰他用功吧。

“怎么了，小德子？”爱卿问，朝他走去。

“那、那个，景侍卫让我拿给您的……”原来是景霆瑞交代他来的，小德子看起来挺怕景侍卫的，对他的话更是言听计从。

“他人呢？”

“就在殿外候着。”

“宣他进来吧。”爱卿立刻说。

“是！”小德子高兴地应着，抱着斗篷就跑掉了。

“……哎！”爱卿的手还伸着呢，想要拿斗篷，说起来，虽然心里想着不见他，但还是叫景霆瑞进殿来了。这些日子里，他们都各忙各的，没怎么碰面。

“怎么办？”都怪这冷飕飕的天气，让爱卿的心也跟着发凉，心里明明想着要见他，又怕见到他。

总觉得自己会说一些让景霆瑞误解和伤心的话，若是这般，不如不见。

不一会儿，爱卿就听到了景霆瑞沉着有力的脚步声，在殿内回响，震荡着心灵，他不由吞了口唾沫，转身，三步并作两步地逃走。

“太子殿下。”还是晚了一步！

“啊？是你。”爱卿打着哈哈，讪讪地停下脚步，却不肯转过身去面对景霆瑞。

“您要去哪里？”景霆瑞问，声音听起来略微低沉了些，“您不是召见我吗？”

“哦，是呢。”爱卿望着黑黝黝的青石地板，一板一眼地说，“其实无要紧事，见你回宫了，就想问候你一声罢了。天冷了，你多注意防寒。”

“卑职多谢殿下关心。”景霆瑞的声音还是那么悦耳动听，或者说，这是只要没听到，就会特别让人想念的声音。

有这么一瞬间，爱卿陶醉其中，却又觉得心里憋得难受。

“殿下，您也要小心着凉。”景霆瑞靠近了，这会儿却听不到他的足音，估计是用轻功隐去了吧。

所以，当那道醇厚的嗓音就出现在爱卿的耳根处时，他吓得差点蹦起来。事实上，他真的有惊跳了一下，只是景霆瑞替他披上了斗篷，双手刚好按上他的肩头，他才没一蹦三尺高。

“谢、谢谢。”爱卿红了脸，低声地说。不但对于自己如惊弓之鸟般的诡异反应感到羞愧，还有他也感觉到了景霆瑞紧挨着他，这很温暖，也让他有些不好意思。

“您讨厌卑职了吗？”景霆瑞并没有勉强爱卿转过身去，语音柔和地问。

“怎么会！”爱卿一听就急了，猛然转过身来，握着拳道，“我从来没有讨厌过你！以后也不会！”

“那您为何一直避开我？甚至都不愿看见我？”景霆瑞的眉头微微拧起，是真的在困惑。

“避开你？哈哈，这怎么可能？！”爱卿矢口否认，还连连摆手，“你又没做错什么事，也没惹我生气，我为何要避开你？”

“这段日子卑职都没能陪着你，一直在宫外为皇上办事。”景霆瑞却自我检讨起来，“说好的陪您去看枫叶变红，也没去成。现在枫叶都落了不少吧，卑职前阵子答应了您许多事情，却一件都没做到，您完全有理由生卑职的气。”

“我都说没生气了，我也不在乎你身上的脂粉香气。”爱卿一急就说漏了嘴。

“香气？”景霆瑞愣了愣，从画舫出来后，他都会回侍卫房，沐浴更衣才来见太子，照理说，应该没有味道了才对。

“什么啊？原来你都没察觉到。”爱卿撇了撇嘴，“我不是小气，天宇和天辰也说了，你都十九了，是到了有一两个红粉知己的时候了，只不过，你能不能别带着她们的味道来见我，我心里不舒坦。”

“殿下为何会觉得不舒坦？”景霆瑞眼底有了笑意，但是爱卿还未察觉到。

“你是我抓周时就抓到的人，父皇和我抢你，整整十五日里，我就见着你两回，等同把大半个你都分给了父皇，”爱卿皱皱眉头道，“我还打不赢父皇，这也罢了，现在又要与你的红粉知己分人，算来算去，我剩下的没多少了。”

“噗。”景霆瑞终究忍不住地笑了出来。

“你还笑，我正心头疼着呢。”

“抱歉，殿下。”景霆瑞收起笑容，颇为肃然地道，“只是卑职不知自己已经被殿下‘大卸八块’了。嗯，皇上那儿有六块，殿下这里有一块，还有一块分给了殿下想象出来的人。”

“想象出来的？”爱卿眨了眨眼。

“是的，殿下，卑职身上的香气。”景霆瑞注视着爱卿，悠然道，“只是去过胭脂水粉店查案的关系。”

把青楼说成商铺，景霆瑞撒起谎来，没有一点不自然，他也不认为太子需要知道那种地方。

因为他身上只是染了点别的脂粉香，就让太子殿下如此介怀，都不愿意让他靠近了，若是知道了真相，还不知会怎么排斥他。

为此，景霆瑞选择了隐瞒，在单纯的太子面前，他就是如此恶劣的一个大人。

“哦，是这样啊……”爱卿的脑袋仍旧有些迟钝，还鹦鹉学舌般地道，“原来你去脂粉店查案。”

“让您觉得不愉快了，我很抱歉，我应该更注意一些的。”景霆瑞的脸上一直挂着温和的笑容。

“不过，瑞瑞。”误会解释清楚了，爱卿抬头看着景霆瑞道，“等你当真娶媳妇那日，请一定要提前告知我，好让我有个心理准备。”

“好的，殿下。”

“作为交换，等我有太子妃的时候，我也会提前告诉你的。”

“是的，殿下。”

“所以现在，我还有两块的你。”爱卿笑眯眯地说，甚是高兴。

“殿下，等皇上那儿的案子办完了，我就回来。”

“瑞瑞，你说，我要是和父皇收钱，他会不会比较少借你了？”爱卿突发奇想道。

“那恐怕要收很多很多钱才可以。”景霆瑞道，“皇上可有钱了。”

“对哦。”爱卿苦恼地叹气，“我是赢不了父皇的，他身边还有义父在。”

“您最近的功课怎么样？温太傅有为难你吗？”

“谈不上为难，也绝不是好相处。”爱卿抓住了景霆瑞的手，“你会秋天的诗词吗？”

“秋天吗？”

“对，温太傅明天要考来着。”

“容卑职想想……李绅的‘春种一粒粟，秋收万颗子’。”

“瑞瑞果然是我的瑞瑞。”

“嗯？”

“没什么。”爱卿甜甜一笑，“还有别的吗？”

“殿下有想到些什么吗？”

“有啊，现在就有两句本殿下独创的。”

“说来听听。”景霆瑞一直握着爱卿的手，两人站在窗边。

“嗯，秋天那个凉，想吃烤番薯！”

“这哪是诗，是您肚子饿了吧？”景霆瑞笑道。

“是啊，瑞瑞，我好饿。”爱卿道，“不知怎么的，我特别想吃那种热乎乎的、刚出炉的烤番薯，就是你从宫外给我带过的那种。”

“这有何难。”景霆瑞叫来了小德子，让他去太子殿的伙房里拿一个炭火炉，还有若干番薯。

“我们自己烤吗？”爱卿见到小德子搬来的东西，好奇地问。

“是的，殿下，这不难。”景霆瑞在外办差，有时需要假扮商贩掩人耳目，烤红薯恰恰是他做过的。

炭火炉架起，景霆瑞极为熟练地点火，把红薯放在炉口附近，慢慢烘烤着。

宫中是不可以私自烧火的，以免走水，所以他们两人是偷偷摸摸地烤。

好在是在太子殿，小德子把守大门，没人敢进来。

在炭火噼啪作响的当口，爱卿看着越发焦黄的番薯皮，突然说道：“虽然很担心，虽然很不甘，但我只能让你出宫去，请千万照顾好自己。”

火光映照在爱卿秀气的脸上，景霆瑞注视着爱卿的侧颜，微微一笑道：“嗯。”

爱卿高兴得满脸是笑，一边用树枝轻轻戳着烤番薯，一边道：“还好炎儿从来不会和我抢你，真是少了一大劲敌。”

“殿下何以觉得，卑职会选择侍奉三殿下？”

“因为炎儿不论武艺还是学识都很棒。义父说过，良禽择木而栖。”

“巫雀王说得没错，”景霆瑞看着爱卿，“那殿下觉得，卑职要去三殿下那里吗？”

“不！不行！”爱卿着急了，“你说过会一直陪着我，保护我的，我也会努力读书，不让你嫌弃我。”

“殿下。”景霆瑞笑了，“卑职怎么会嫌弃您，卑职还想请求您接受卑职对您唯一的忠心，您也不用去想其他人、其他事，卑职只属于您一人。”

“……瑞瑞，这话可是你说的，绝不能反悔。”总觉得自己捡到了大便宜，爱卿有点不放心地补充了一句。

谁让瑞瑞这么受欢迎，他要去炎那里，炎是一定不会拒绝的。

“是的，殿下。”景霆瑞忽然直视着爱卿的双眼道，“卑职至死不渝。”

爱卿心头一跳，竟脸热了起来，大概是炭火太旺盛了吧。

得到景霆瑞一再的首肯，爱卿一口气吃了两个番薯，不知道是不是吃得太饱了所以犯困，爱卿都不知道自己何时睡着的。是景霆瑞将他抱回寝殿的，小德子还笑话了他许久，说殿下口口声声说自己长大了，结果还是被景侍卫抱回来的。

爱卿想要找景霆瑞解释一二，以挽回颜面，却不想景霆瑞又出宫去了。

晨雾笼罩下的云屹街，仿若被青蓝笔墨涂抹过似的，街头巷尾都透出一分暗色。

虽然天空还是黑的，但临街老字号的食肆都已经支起门板，烧旺炉灶，混着米面、馒头香气的滚滚热浪满溢在大街上，唤醒了新的一日。

景霆瑞就站在食肆那巨大蒸笼旁的小巷子里，不断升腾的蒸汽很好地遮掩住了这条不起眼的巷道。

他如鹰眼般晶亮又锐利的目光，紧紧地锁定在食肆斜对面的门堂，那是朝御太史杜建贵的宅邸。

自诩“两袖清风”且“安于清贫”的杜建贵，自然不会住一个富丽堂皇的屋子，只是他有一个嗜赌如命又好色成性的儿子杜荣材，想他竟然偷偷摸摸地替儿子偿还了这么多的赌债，便知他那两袖清风的水分有多大了。

景霆瑞在这盯梢已经好些天了，嘉兰特使闻禄很警惕，出入都有嘉兰侍卫相随，他的身边也总是不乏前来招待、宴请他的大燕官员，只是在这些官员当中，只有一两位与他不轨的密谋相关。

闻禄不断地结识大燕官员，只是为了掩藏他在朝中的同党而已。

景霆瑞盯梢的日子越久，就越坚信这一点。他一边与铁鹰剑士合作，让他们逐一排查每一个和闻禄接触过的官员，一边亲自探查闻禄和内贼之间的联络人。

当杜荣材出现在景霆瑞的视线里，他还未意识到他就是那个中间人。

因为杜荣材是扶不起墙的烂泥，任何差事到了他手里都得完蛋。

直到杜荣材出现的次数实在太多，景霆瑞开始自省是否太过先入为主。他暗中调查了杜荣材的欠账之后，才发现他所欠的数额巨大，就算是杜建贵把全副身家都卖了，恐怕也填不上这个大窟窿。

可是杜荣材还是在频繁出入赌坊，他哪来的钱？

杜荣材虽然是佟郡王的女婿，但那也只是一个空爵郡王，无实权，无田地，是断然养不起这样的女婿。

景霆瑞把目光重新放到杜荣材的身上，与此同时，铁鹰剑士提供的情报显示，闻禄爱去琉璃舫，每一次去作陪的官员都不同，难以查找出不妥之处，需再花些时日。

可是结盟的合约即将签订，没有时间再详查了，景霆瑞问：杜荣材每次可都有去？

铁鹰剑士回答：他就如同一条哈巴狗跟随在后。

景霆瑞便明白了，最不可能的杜荣材，便是那至关重要的联络人。

那杜建贵有无参与其中？

还是说杜建贵就是朝中叛贼？为了给儿子还赌债，他或许会做出那样的傻事。

于是，景霆瑞把盯梢的重点放在了杜建贵的府邸。只要有任何异常的动静，都几乎可以肯定杜建贵、杜荣材父子与闻禄之间有不可告人的交易。

事实上，景霆瑞已经发现过一回了，两个仆役打扮的嘉兰侍卫，手里抬着一个木箱子走进杜府，这箱子看起来很沉，还上了锁。

而景霆瑞会发现他们是嘉兰侍卫，一是因为他们常年按刀的手，十分粗大；二是对杜府门吏的态度十分粗暴，开门慢一点，都会用手推搡对方。

而身为杜府的管家却对着“仆役”点头哈腰，恭敬地请他们进去，待他们抬着箱子进入后，管家还小心翼翼地往外瞧了瞧，确认无人跟踪后，才把大门关上。

等那两人出来时，手上的箱子已经没了。

但凡贪官受贿，有一就有二。景霆瑞等的就是这第二次。

皇城的每条街巷，都是有督府兵巡逻的，云屹街也不例外。

不过，到了早晨，巡逻兵会有一轮撤换，要送什么东西进杜府又不被人发现，在这鸡鸣时分是最好的。

虽然算到了时间点，但算不到日子，所以，景霆瑞在这里已经空等了好几回，但他坚信嘉兰侍卫还会再来。

只要被他逮到这第二次，基本可以确定杜建贵便是大燕的叛贼，他可以联络铁鹰剑士一起，将这些人秘密抓捕，再设下圈套引闻禄上钩。

闻禄的阴谋一破，任务也就完成了。

"潆泓……"景霆瑞知道潆泓也牵涉其中，但只要潆泓不知道他们的阴谋，便暂且是安全的。

越早结束此调查，潆泓就能越早脱离这危险的泥潭。

"嘚嗒、嘚嗒。"

马蹄叩响青石板的声音，景霆瑞凝神望去，从前边来了一辆马车，在车夫吆喝下，慢悠悠地停在了杜府门前。

车夫下来前，先前后一望，那眼神十分犀利，景霆瑞及时闪缩了身子，藏于巷壁之后。

杜府门开了，管家迎接出来，说话声音很小，生怕打破这早晨的清净似的。

车夫回头掀开帘子，从马车上下来三个人，都是身高马大的。

景霆瑞仔细辨认，车夫和第一个下来的人就是上回送箱子的嘉兰侍卫，之后的两人十分面生，且不是嘉兰人。

因为他们十分惯熟地与管家行了大燕拱手礼，管家躬身请他们进去。这一回，嘉兰侍卫没有入府门，而且重新上了马车，沿着来时的道离开了。

"是人？"送来的不是钱财宝箱，而是两个大燕人，景霆瑞不禁困惑，且既然是大燕人又何须嘉兰侍卫送来？他们本可以自己登门杜府，还能避嫌。

眼瞅着守得云开见月明，却在瞬间掉入一个更大的谜团中。

景霆瑞感到挫败地叹了一口气，靠着巷道墙壁仰起头，看着逐渐亮起的天空，想到了爱卿。

那日，景霆瑞回宫向皇上禀报目前的进展，顺道去看了在国子学念书的爱卿。

原本不想打扰他的，却看到爱卿站在书院的竹林里低声啜泣，看着他不停抹眼泪的样子，景霆瑞真是惊到了。

虽说太子从小就爱哭，但很少见他一个人偷偷躲起来掉眼泪的。

景霆瑞顾不得这么多，冲过去向太子请安，没想爱卿看到他，哭得更凶了。

"殿下，这是怎么了？谁欺负你了？"景霆瑞是又心疼又着急，"卑职去教训他。"

"瑞瑞……是父皇……"爱卿抽噎个不停。

"皇上？"景霆瑞一呆，皇上从来都是对爱卿无比宠溺的，怎么会欺负他呢？

“嗯！就是父皇……”爱卿努力吸了一口气，“义、义父说，父皇是这天下绝顶厉害的人。”

“是的，殿下。”景霆瑞一边用帕子擦着爱卿脸上的泪痕，一边道，“皇上乃天之骄子，苍生之父。”

“可、可是……父皇都这么厉害了，还、还有人找他麻烦，父皇还派你出去对付他们……那、那你可怎么办呀！”爱卿一想到这儿，就哇的一声大哭起来。

“殿、殿下。”情急之下，景霆瑞伸手捂住了爱卿的嘴巴，他出入皇宫是秘密，不能被人知晓，来看爱卿已经是冒险之举了。

爱卿似乎懂他的意思，哭声小了下去，但眼泪不住地掉，景霆瑞的手背都湿了。

这热乎乎的泪珠，让景霆瑞心头都暖融融的，不觉露出笑容道：“卑职让您担心了，但是殿下，卑职只是去秘密调查，并不是以死相拼，不会遇上危险的。”

“可万一呢？遇到很厉害的坏人该怎么办？”

“万一遇上了，那卑职就会变得比坏人更厉害，绝对不会让您和皇上失望的。”

爱卿眨了眨眼，将信将疑地看着景霆瑞。

“所以，您不用在这里为卑职担惊受怕。”景霆瑞松开了手，继而搂过爱卿的肩头，抱着他，轻轻拍抚他颤抖不止的脊背，“卑职答应您，一定会遇强则更强。”

“嗯。”爱卿抱着景霆瑞的肩头，好久都没放开。

“遇强则更强吗？”景霆瑞深深吸一口气，闭上眼，开始回想方才下车的两个大燕人。

从他们下车时的姿势，面部的神情，以及说话行礼的样子，一遍又一遍地回想，突然，景霆瑞意识到了什么，心下暗叫不好！

午后的安镇坊安静极了，琉璃画舫停泊在码头上，几个嘉兰侍卫正在甲板上巡视。

闻禄和杜荣材相约在溸泓的房里议事，杜荣材因为赌博忘了时间，好半天才来，被闻禄好一顿臭骂。

杜荣材面子上过不去，便拿溸泓出气，说他端上来的酒不好喝，反手打了溸泓两个耳光，酒壶和酒杯也摔碎了。

这声音惊动了老妈子，她赶紧过来道歉，杜荣材还让溸泓跪地收拾那一地碎片。

溸泓照做了，弄干净地板之后，他去厨房重新准备酒水，这一回，他往酒壶里加了点料。

“泓儿，你小心着点。”老妈子见到溸泓上楼，不忘提醒他，“这两人的戾气都很重。”

“妈妈，我心里有数。”溸泓一笑，走了上去。

酒菜全部布下，闻禄让溸泓留下，给他们斟酒布菜，杜荣材有些不乐意，认为不该有旁人在。

“他又听不懂我们的话。”闻禄说，接着，他便开始讲嘉兰的方言了。

神奇的是，杜荣材居然听得懂，两人时而肃然，时而争议，气氛颇为凝重。

潆泓在一旁赔笑斟酒的时候，注意到闻禄那件宽大的锦衣里，放着什么东西，银晃晃的。

一壶酒喝下大半时，闻禄和杜荣材就都打着哈欠倒下了。潆泓伸手把锦衣的东西取了出来。是一支雕刻精巧的毛笔，笔身全是银打造的，这工艺十分了得。

再看笔锋是狼毫所做，同样精细万分。

“毛笔？”闻禄生得高高大大，又是武夫出身，带个毛笔在身上，实在有些稀奇。

虽说这支笔看起来非常昂贵，但是能让闻禄贴身收藏，难道还有什么玄机？

见过的客人多了，潆泓总是多长一个心眼儿，他把毛笔蘸水，试试写字，没有什么不同，再试试蘸墨，也还是普通的毛笔。

再摇晃一下笔杆子，是空心的，里头没有声音。

没办法，潆泓只能将它清洗干净，打算放回闻禄的锦衣内，他摸着笔杆，突然觉得这些纹路特别突出，且不像普通的花草，倒似文字一般，只不过看着像是反着的。

潆泓用墨汁涂满笔杆，在白纸上滚动了一番，印下一串夹杂着图案的文字，图案大多是花草，但文字是嘉兰国的。

“哇。”潆泓看呆了眼，这支笔应当是什么绝密信函，他是看不懂，但想必那位公子可以。

潆泓的嘴角还在火辣辣地疼，他把纸收好，洗净笔杆后放回原处。

“小云，过来。”潆泓开门出去，叫了仆从。

“怎么啦？”

“招呼好这两位爷，一股酒气真是臭死了，我出去吹吹风。”潆泓没兴趣和他们待在一起。

“好嘞。”仆从早就习惯这种场面了，收拾起台面，潆泓让他混入许多空酒壶、酒杯，不能让他们发现被下了药。

潆泓的心情很好，因为他陪了他们这么久，终究是有所收获了。

三日后。

距离落日还有一个时辰，琉璃舫的船头、船尾就点上了灯，光彩耀人，表示开门迎客。

景霆瑞登上船时，老妈子正在训斥一个打翻果盘的侍童，说他手脚粗笨，但一见到景霆瑞立刻就摆出笑脸：“公子，今日来得好早。”

“潆泓呢？”景霆瑞问，就算是花魁，在开门的那一刻也要站在门厅见过客人。

“泓儿……”老妈子停顿了一下，才道，“泓儿今日染了风寒，身子不大好，不方便见您呢。”

“他病了？看过大夫没有？”若潆泓在见客，景霆瑞倒是会离去，但听到他病了，反倒心里担心，想要见一见他。

“谁说我病了？妈妈，让公子上来吧。”潆泓不太愉快的声音从楼上传来，老妈子只好赔笑说：“您上去吧，我命人送茶点来。”

景霆瑞来到上房，虽说这儿的家具和往日没有什么不同，但是床上的被褥都换了一种花色，与以往的桃红柳绿、绣满鸳鸯的锦被不同，此刻是相当素净的青竹色，什么纹案都没有。

矮几上摆放的花也由浓香四溢的桂花改成了水仙，且单有一株花，颇有形只影单、顾影自怜的意味。

这看起来，还真像是病人住的屋子，清雅得很。

“喜欢吗？”潆泓还是老样子，笑吟吟地坐在窗旁，一手托着腮。

这时，夕阳的余晖正照耀在他的身上，那双杏眼是如此明亮，就像子夜星辰，而他的皮肤细腻如凝脂，双颊也透出梅花般的红色。

他漂亮得就像一个捧花的仙童，毫无瑕疵，只是，他的笑容永远带着一股勾人的妩媚之气。

不过，这样反倒让他像个人，若真是仙童，倒也不能遇见了吧。

“还不错。”景霆瑞道，环视了一圈，然后道，“你身子怎么了？”

“别听妈妈乱说，我没事。不过，我有个好东西要给你。”潆泓道，却转身走到书案前，从画筒里取出了什么东西。

“这是？”景霆瑞接过他递上来的宣纸。

“你打开看看，我也不知写的是什么。”潆泓轻描淡写地说。

景霆瑞将卷起的纸张摊平一看，那满页的嘉兰文字，让他一愣，随即他瞳孔便放大了，竟一把抓住潆泓的手臂，沉声地问：“这东西，你是怎么得来的？”

“公子，好痛！”潆泓叫了一声，景霆瑞便松了手劲，但依然没有放开。

“是我从一个客人那里弄来的，这很值钱吗？”潆泓笑着问，“看你这么着急。”

“这很要命！”景霆瑞竟然拉着潆泓就走向衣柜，“快点，你收拾几件衣裳，我带你离开这里。”

“不要！我才换了一屋子新家具。”潆泓甩开了手，不满地道，“而且他们不知道我拓印了这东西，我才不要为了这种不知所谓的事情去逃命。”

“等事情了结了，我自然让你回来。”景霆瑞肃然道。这密函里写的是大燕皇城的防卫部署，换而言之，嘉兰特使要派人进宫刺杀皇帝！

这封密函里还提到几个关键人物，都是通敌卖国的叛徒。

而这些人正是景霆瑞调查的对象。就在三天前的早晨，景霆瑞闭目回想后，突然明白那两个从马车上下来的人，皆是武林高手。

因为他们下地的时候，鞋面上纤尘不染。

就是这个细节透露出他们轻功了得。景霆瑞意识到，嘉兰国特使送进杜府的是两个刺客。

景霆瑞已经掌握了部分他们受贿、与嘉兰特使私交甚密的罪证，就等待皇上下令缉拿了!

他今日来，是顺道看下潆泓是否安好，接下去，他便要参与缉拿，无暇顾着潆泓了。

“不，我不走，除非你告诉我这是怎么回事。”潆泓一屁股在床边坐下，硬气得很。

“我不告诉你，是为了你好。”这中间的关系错综复杂，景霆瑞在察觉对方的刺客身份后，就再次去摸查了杜荣材的底细。

因为景霆瑞不觉得光凭杜荣材欠下赌债，杜府就起通敌卖国、行刺皇帝之心。这一次摸查，景霆瑞挖掘得更深，事情也一下子明朗起来。

真正的幕后指使者，是杜荣材的岳父佟郡王。

仔细想来，一个好吃懒做的官家公子，怎么会被佟郡王看中，招来做上门女婿的?

外人都以为，杜荣材捡了一个大便宜，殊不知是中了对方的计。

佟郡王府与嘉兰国的关系极深，佟郡王年轻时，曾奉显宗帝之令，出使嘉兰国十数载，还在那边娶了妻，生了三个儿子。

但佟郡王回国时，没能把家人带回，他们就成了留在那边的人质。

佟郡王几次恳求显宗帝派人接回他的妻儿，但遭到断然拒绝，显宗帝认为他们既是嘉兰人就该留在嘉兰，生怕郡王带回来的会是嘉兰的细作。

显宗帝还指责佟郡王不该在嘉兰成婚生子，让佟郡王在朝上受辱。

佟郡王对此记恨在心，以至于哪怕先帝再让他娶妻，他也有了一个宝贝女儿，他还是强作欢颜，伺机报复。

加上近年来，因为嘉兰频频举兵骚扰大燕边境，当今圣上大有灭了嘉兰的姿态，这让佟郡王非常担心那边的妻儿，比起招上门的女婿杜荣材，那三个儿子才是真正的佟府香火。

于是，以妻儿的安全为条件，佟郡王让女婿收集军事密报，用嘉兰国君给的钱财收买官员，以了解大燕国对嘉兰的军事部署等情况。

而对外，佟郡王就表现出完全忠于大燕皇帝，似乎忘却了嘉兰国的家人一般。

“我不管你说不说，反正我就是不走!”潆泓索性躺了下来，“这儿是皇城，天子的脚下，容不得他们乱来。”

“泓儿!”景霆瑞皱眉叫道。

“嘿嘿。”没想潆泓却抬起头来，笑得都眯了眼儿，“你第一次叫我的名儿，你真的很担心我，对不对?”

“我不想你出事。”景霆瑞看着他，“如果你愿意走，让我叫几次你的名字都可以。”

“哈哈，那我还真是赚到了，让你这个翩翩公子把我这贫贱之名挂在嘴边……”

“你别再说笑了，那些人很警觉，对于那些可能得知他们秘密的人，都会杀掉灭口。”景霆瑞并不是在恐吓潆泓，他叹道，“你只是一时得手，却远不是他们的对手。”

“您就别吓唬我了……哎，好吧。让我离开这，躲起来也可以，但是，官人您也得给我安排一个好去处。嗯……我要独栋带前后花园的房子，要两楼高的。对了，还要有八个奴婢伺候我。”潆泓开出一堆条件，扬起下巴骄傲地道，“我怎么说也是花魁，总不至于落难到乡野民宅去吧。”

“我知道了。”潆泓以为景霆瑞会咂舌，会说短时间里办不到，没想到这么快就答应下来。

“您真能办到？”

“我会留两个人保护你，你先留在这儿，收拾一下包袱。”景霆瑞没有直接回答潆泓，只是交代道，“不要拿太多东西，这样走会太招摇。”

“知道啦，公子。”潆泓笑了起来，调皮地冲景霆瑞做了一个鬼脸。

“还有。”

“嗯？”

“等事情结束了，我会告诉你，我的名字。”景霆瑞说，“所以，你就好好地待着，别乱跑。”

潆泓愣了愣，很快身子坐端正了道：“是！小的遵命！”

景霆瑞让两个手下守在上房的门外，叮嘱他们看好花魁，然后，他很快离开了，去安排潆泓的住处。

能有独门独院的房子，有婢女可以差遣，还得两层楼高，这样高水准的地方，让他想到了景亲王府，他的“家”。

有皇上给密探御令，想必他要借一处闲置的院子用用，景亲王妃应该不会拒绝。

景霆瑞还想到，让自己的母亲陪着潆泓，让他在这规矩森严的王府里有个照应。

事情很快就办妥了，但在景亲王府里，他被父亲留住，说了好一会儿的话，或者说，他一直都是默默听着。

父亲讲的大多是皇上对景亲王府福泽有加，让他在宫里好好地服侍皇帝和太子殿下，别出差错，都是些老生常谈的事情。

走出亲王府，景霆瑞骑上骏马，狠抽了一鞭，蹄声“嘚嘚”直奔琉璃舫。

第五章 赤诚忠义心

“泓儿，有你的信。”老妈子从门缝里探头进来，小声地道，她以为那位俊公子还在屋内。

因为上房的门口站了两个侍卫模样的人，是那公子的手下。

他们虽然没有为难老妈子，让她进去了，却也是凶巴巴地瞪着。

“信？妈妈，你进来吧。”潆泓正收拾好一个包袱，见老妈子来了，觉得也要交代她一声，自己只是去避避风头，并非跑路。

“你这是……”果然老妈子露出惊讶的表情，潆泓不得不粗略地把事情一说，听到这攸关性命，老妈子便也同意他出去住一段日子。

因为那个嘉兰特使，怎么看也不是善类。

“对了，是谁来的信？”潆泓问，也会有客人写情信给他，这并不出奇。

“是那边来的。”

“哦。”听到老妈子那么说，潆泓难得收起了风月场上惯有的笑容，把信，或者说是家书接了过来。

父母把他卖给琉璃舫后，就在城东开了家小店，做些小生意，过得也还好。但在缺钱时，就会让潆泓接济一下。

“是你的弟妹要钱了吗？”老妈子问。

“没事儿，我出去一趟。”潆泓的表情没什么变化，只是捏着信纸的指头在微微地抖。

“那外边的人……”老妈子指了指门外站着的青衣侍卫。

潆泓想了想，凑近老妈子的耳边嘀咕了几句，老妈子点点头，叫来了和潆泓个头相仿的小云，说是让他帮忙收拾包袱。

侍卫看了看，依然没说话。

老妈子和小云捧着一大堆要换洗的衣衫离去，侍卫回头看到潆泓仍在屋内，便替他关上了门。

“呼……”潆泓抬头，把脸从衣服堆里露出，他顺利地混了出来，只是有些对不住那位公子了。

他的爹娘在信里说，弟弟、妹妹被一魁梧的外乡男子强行带走了，还留下口信，要泓儿独自一人去城外驿站，接他的弟妹回家。

潆泓有些怀疑是嘉兰特使做的，但也不能肯定就是他，说起来当花魁虽然“风光”，但开罪的客人也不少。

不过，若真的和客人闹起来，对方也不能拿他怎么办。花魁的恩客都是城里有头有脸的人物，所谓打狗都得看主人呢。

潆泓下船的时候，回头看了一眼琉璃舫，若是公子在就好了，他想。

午后，雨一丝丝地下着，俗语有云：“一场秋雨一场寒，十场秋雨穿上棉。”大燕的天已经冷到了让人跺脚的时候。

景霆瑞却似丝毫感觉不到吹打在脸上的冻雨，他骑着快马，把手下都甩在了后头。

按计划，这个时辰，他应该在琉璃舫接到潆泓，再把他送去景亲王府安置，可是，当手下汇报说，发现花魁被调了包时，他立刻抓着老妈子问话。

老妈子吓到了，慌里慌张地说："泓、泓儿接到一封家书，就急匆匆地出去了，可能是他的小弟小妹有事找他吧……"

"他的家人在这？"景霆瑞曾听潆泓提起过，因为家里孩子太多，加上瘟疫，父母才卖他到这里。

可是，他的家人还在睢阳皇城，没有返乡去吗？

"在的，就在城东那边开了间杂货铺。"老妈子很肯定地说。

景霆瑞立刻明白了这是怎么回事，该说闻禄真的很狡诈吗？竟然利用这一点，将潆泓骗了出去！

没有空责罚疏忽大意的下属，景霆瑞如箭般飞驰去城东。

那儿都是小商贩开的店铺，一家紧挨着一家，好不容易找着潆泓的父母。他们不识字，信是杜荣材给的，两个孩子也是他带走的，稍大一点的孩子哭着说，最小的两个弟弟、妹妹给抓到郊外的驿站去了。

"你千万不要有事！"景霆瑞这么想着，马鞭抽得直响，然而，当他赶到那座驿站，就看到潆泓像小鸡一样被闻禄抓着，对方似乎在叫骂什么，而后恼怒地一推，就把他丢下了三楼！

景霆瑞紧勒缰绳，马儿咴叫着立起前肢，他眼睁睁地看着那华美的衣袖轻盈地划过天空，却重重地摔在下方的石子路上，扬起薄雾般的尘烟。

景霆瑞震呆，而闻禄杀红了眼，抓过另外两个孩子，往外抛去，景霆瑞飞快地起身，飞离马背，一左一右地接住两个吓得哇哇大哭的孩子。

"是你？！"闻禄见状，拿过一旁侍卫的刀，大喝一声，跳下楼，砍杀他。

景霆瑞灵活地左右闪避，脚尖踢起一块碎石，狠狠击中闻禄的额角，逼得他倒退三步。那些嘉兰高手全都围攻过来，保护主子。

而这时，铁鹰剑士们也都赶到，双方厮杀在了一起。把号啕大哭的孩子交给属下，景霆瑞赶到潆泓的身边，他还有气息，只是十分微弱。

"泓儿！"景霆瑞扶住他的肩头，潆泓脸色发白地想要说什么，却噗地吐出一口鲜血，他的脉象微弱得几乎触摸不到。

"别说话，我带你去找太医。"景霆瑞点了他的穴，小心地将他抱起。

"不……"潆泓头靠在景霆瑞的肩上，似乎很着急地想要说什么话，"我……"

"什么？"景霆瑞只能停下脚步，低头看着他。

"我想……知道……你的名字……"潆泓微微睁着眼，手指无力地抓着景霆瑞的衣襟，他的指甲里也都是血。

"等你好了，再告诉你。"景霆瑞说，又大步地走向马儿。

"不，现在……泓儿就想……知道……"潆泓却坚持道。

“我的名字是景霆瑞。”景霆瑞说，在那失去血色的耳朵旁，表明身份道，“我是太子的近身侍卫。”

“所以……那个人是太子啊。”潆泓似乎有些惊讶，但很快就若有所悟一般地道，“难怪了……”

难怪景霆瑞总是着急地赶回去，可是仔细看他的样子，又不像是有家室之人。

潆泓总说他有妻子，是用来调侃的。如今知道，那个人的身份是太子，便明白为何景霆瑞心眼里，满满都是那个人了。

那不是普通的主子，有道是一朝天子一朝臣。

景霆瑞将来会是天子重用的大臣。

现在太子和侍卫，将来皇帝和将军……景霆瑞的未来如此光明。

潆泓的脸上带着笑意，他想要再看景霆瑞一眼，叫一声他的名字，但是无尽的黑雾遮蔽了过来，他已然没了支撑下去的力气……

“泓儿？”景霆瑞叫道。然而，潆泓没有任何回复，他就像睡着了似的，静静地躺在景霆瑞的臂弯中。

闻禄一身怪力，四五个铁鹰剑士都按不住他，最后是被景霆瑞拿下的，而他身边的高手也基本被景霆瑞杀光，若不是皇上要活口，想必闻禄也必死无疑。

杜荣材本想乘乱逃走，也被擒拿，景霆瑞把他们一并交与铁鹰剑士的首领青允，还有那份潆泓抄写的密函，让嘉兰国王想要行刺大燕皇帝的阴谋得以彻底曝光。

接着，景霆瑞奉皇帝的御令，带兵去抄了佟郡王府的家，把佟郡王其他余党无一遗漏地抓入大牢。

潆泓的葬礼是老妈子给办的，但下葬的地方是景霆瑞选的，在一个小山丘上，临近着一条清澈见底、迂回流淌的溪涧。

这也是潆泓名字的含义，与别人不同，他被卖入琉璃舫后，给自己取了这个名字，还欢喜得很。

老妈子烧着纸钱，哭了很久，说待他如亲儿，没想到他就这么走了。

潆泓的亲生爹娘一直没有露面，怕是对他的身份还是心存芥蒂。

景霆瑞则一直站在山坡上，没有任何表情地望着这座新坟，以及那蜿蜒流淌的溪水，仿佛这一切都是虚假的一般，就如同潆泓脸上的笑靥，铭刻在心底，难以忘怀。

逐渐地，天上飘起了细雨，老妈子看着单膝跪下的景霆瑞，叹了一口气，摇着头收拾东西走了。

在雨势加大，天色完全暗下的时候，景霆瑞才起身，回了东宫。

“瑞瑞！”爱卿没有撑伞，也没带任何宫女，就这么直奔出宫门，一头扑进刚刚下马的景霆瑞的怀里，气喘吁吁！

“殿下。”景霆瑞闻到那熟悉的香味，伸手抱起了爱卿，哑然道，“在下雨呢，您怎么就这样跑出来了？会生病的。”

雨势虽然减弱了不小，淅淅沥沥的，但还是雨。

“我不管！你总算回来了！我好担心你，知不知道？他们说……你围剿叛国逆贼去了。”

这些天，爱卿真是急得如热锅上的蚂蚁，寝食难安，却毫无办法。

因为他听到师傅青允说，景霆瑞协助提督府办成了一桩大案，一问才得知他去调查嘉兰国的特使，他们有意行刺皇帝。

景霆瑞明明说过他只是去暗中探查，可没说是参与围剿呀。

处在穷途末路上的叛贼，一定是穷凶极恶，爱卿当然担心不已。

“殿下，您不是该担心皇上才对吗？”对于快要急哭的爱卿，青允笑着问。

“父皇有很厉害的御前侍卫保护，可是瑞瑞身边没有人啊！我要去保护他！”爱卿提着剑就要出宫，青允连忙阻拦，却怎么也拦不住。

这事儿还惊动了皇帝，皇上难得地罚了爱卿禁足东宫，直到事情了结为止。

“我若是出事了，殿下会难过吗？”景霆瑞一手捧着爱卿的脸，数日未见，那张圆圆的脸蛋可是瘦了一大圈，下巴都跟小荷似的，冒尖角了。

只是这样的爱卿依然是清秀又可爱，他一边眼巴巴地望着景霆瑞，一边止不住地落泪，尽管雨丝让他的脸孔湿透了，可还是分辨得出来，那豆大的泪珠，扑簌簌地滚下脸颊。

“当然！”爱卿一把抱住景霆瑞的脖子，抽泣地说，“你若有事——我会难过死的！所以，你千万别有事！”

景霆瑞能感觉到爱卿的拥抱有多用力，他娇小的、发烫的身子紧紧地贴着自己的胸膛，因为恐惧而在微微地发抖。

“是的，殿下。为了您，我一定会好好活着。”景霆瑞同样揽紧了怀里的身躯，在他的耳边说道，“我也会好好地保护您，不让任何人伤害您。”

“瑞瑞，出了什么事吗？”爱卿察觉到异样，可又说不上来那是什么，只觉得景霆瑞似乎是很难受。

他不禁抬起头，十分担心地望着景霆瑞。

景霆瑞只是淡淡地一笑，忽然伸手摸了摸爱卿的脑袋。

“瑞瑞？”爱卿有些不明白。

“卑职不是答应过您，遇强则更强吗？”景霆瑞道，“卑职做到了。”

“瑞瑞，我现在不讨厌那个香味了。”爱卿却答非所问地道。

“嗯？”

“你虽是带着香味回来的，但也说明你平安归来。”爱卿抬头一笑，“想到这里，连那道脂粉香味也变得可爱起来。”

“殿下，我讲个故事给你听吧。”景霆瑞本不打算告诉爱卿有关潆泓的存在，因为那涉及太多黑暗之处。

“好呀。”爱卿点头，“瑞瑞好久都没给我讲故事了。”

“这故事是……”景霆瑞改动了一些内容，故事里面没有青楼、客人，有的只是一个纯善的少年，他为了救人而牺牲的事。

爱卿听完后很是动容：“潆泓，这个名字真好听，他做的事情也很勇敢，只是这结局着实悲惨了些……瑞瑞，再给我讲一个故事吧，这一回要皆大欢喜的，赶明儿，我可以讲给炎儿他们听。”

“好的，殿下。”景霆瑞索性抱起爱卿，“但我们先回去吧，虽然现在是蒙蒙细雨了，但再淋下去，可当真要病了。”

“呵呵。”爱卿抱着景霆瑞的脑袋，“那是因为瑞瑞在雨里，你在雨里，我便在雨里陪着你。”

爱卿的话可能只是撒娇，可是景霆瑞的心里却感到了暖意。他眉心舒展开来，迈开步子送太子去东宫了。

在农历正月之后，淳于煌夜就决定对嘉兰正式发兵，且张贴黄榜昭告天下。

“嘉兰国君假意结盟，派特使来我国都，实则密谋行刺大燕皇上，此卑劣行径为天下人所不齿……”

榜文长达千字，列出嘉兰数年来的罪状，百姓无不义愤填膺。嘉兰屡犯国境，掠杀边境村民，早就犯了众怒。

如今，他们竟敢行刺皇帝，要知道淳于煌夜备受子民的爱戴。

于是，这怒火就烧得更加旺了，以燎原之势聚集了很多热血男儿，纷纷要求入伍，攻打嘉兰。

这士兵人气、车马粮草大燕是不愁的，但由谁来带兵呢？

因为柯卫卿感染风寒、身体欠安，煌夜并未打算远行，这件事就落在诸位武将的头上。

为了当这个远征嘉兰的大军统帅，大家可都争破了头，往日里要好的同僚，也都为此反目，就差没在朝堂上拔剑相向了。

大家都想为大燕立得头功，都想表现出誓死保卫皇上以及国土的决心。

唯独在破获嘉兰特使案上，获得首功的景霆瑞，一副置身事外的样子，整个冬天都只跟着太子爱卿，并不关心到底是哪位大将担此重任。

对于他的淡然处之，宫内的流言蜚语也不少。

有人说，身为男子汉，岂能只满足于当太子的近身侍卫？未免志气太短。

也有人说，那才是景霆瑞聪明的地方，身为太子侍卫，将来就是御前侍卫，荣华富贵享用不尽，何必冒着生命危险去战场杀敌？若是吃了败仗，岂不断送了大好前程？

再说了，这嘉兰特使一案，就足够他声名在外、享誉全国了。

然而，不管朝野内外的人怎么议论，东宫还是和往日一样平静。

太子放学之后，由景霆瑞陪同，在覆盖着皑皑白雪的院子里散步。

今日，炎、天宇、天辰三位殿下也来了，四人嘻嘻哈哈打着雪仗，堆起了雪人，还纷纷扑卧在雪上，印出四个高矮不同，却手牵着手彼此相连着的人形。

“看！我们四兄弟！”爱卿对自己的创意很得意。

“唔，这么比较起来，还是三皇兄的个头高一些。”天辰是哪壶不开提哪壶，指着那第二个略高一些的人形说道。

在以前，当然是爱卿个头最高，只是最近炎的个头猛蹿，已经超过兄长了。

“哪里，我只是戴的绒帽厚了些。”炎很贴心地解释，但爱卿还是鼓起了桃红的腮帮子，让炎不知怎么办才好。

“你再高也高不过瑞瑞。”爱卿忽然灵机一动，回头望着站姿如松树般挺拔的景霆瑞，粲然一笑。

景霆瑞什么话也没说，走过去，伸手就抱起了爱卿，还让他跨骑在自己的肩上。

“哈哈，真的好高哦！”爱卿仰天大笑道，“你们都成小矮人了，这下没有人比我更高了吧？”

“你这叫赖皮。”天宇叉着腰，很不服气地说。就连他的伴读小太监文才，也模仿着主子的口气，冲着爱卿说着：“太子殿下这是要赖呢！”

“我才没有！”爱卿大声地辩解，“这叫将听吾计，用之必胜！”

他搬出兵法来，意指景霆瑞就是他的将领，又听从他的吩咐，所以他能够在身高比赛中获胜。

天宇也想效仿，无奈他的侍卫全都不敢背他，生怕一不小心摔了他，气得天宇直骂他们没骨气，都是笨蛋。

天辰笑着道：“没人会对笨蛋发火，除非他自己也是个笨蛋。”

“你、你你！——到底帮谁啊？！”天宇气呼呼地丢出个大雪球，直击天辰的脸孔。

“好啊，天宇！我不饶你！”天辰立刻反击，于是“战火”在这对孪生儿之间点燃。爱卿连忙下地，劝两位弟弟和好。

被搓得老大的雪球嗖嗖乱飞，几次差点砸中爱卿，却没有一次扔中，因为景霆瑞伸出手臂，全部替他挡掉了。

炎本来不想插手的，但天宇的雪球也砸到了他，于是混入“战场”。若是柯卫卿在此，一定会感到晕眩地扶住额头，皇子们的闹腾，可真没有一刻消停。

“皇上驾到——！诸位殿下请接驾！”

李德意尖着嗓子通传，但未能打断各位皇子互丢雪球的兴致，直到皇上走到他们跟前，他们才有所察觉地丢下雪球，扑通地都跪下接驾。

“父皇万岁、万岁、万万岁！”爱卿，还有炎，都是直喘着粗气的。

天宇、天辰的近身太监也加入了雪球战，此刻更是吓得面色发白，跪在泥泞不堪的雪水里，完全不敢动弹了。

“这是怎么了？一个个疯成这样？不知道的人还以为东宫里打仗了呢。”煌夜虽然那样讲，可没有认真责备的意思，他随后叫来嬷嬷，给皇子们换去湿衣服，免得着凉了。

还叹气说：“巫雀王若是见了你们这样放肆，头疼病可得加重了。”

许是想到了抱恙在身的巫雀王，换了一身新衣裳的皇子们都收敛了许多，煌夜看了看那些参战的太监，命他们全部退下。

尔后，这花园里就清净不少。

李德意得到煌夜的首肯，上前一步道："皇上有旨……"

这话一出，原本站着的众人就又呼啦啦地跪倒了。爱卿跪在最前头，景霆瑞一直在四位皇子的身后。

"奉天承运，皇帝诏曰：今嘉兰贼子扰我疆北，而太子近身侍卫景霆瑞文武兼备，足智多谋，实乃朝廷大将之才，大燕之福。故授尔为北征铁骑大将军，威震四方，平复疆北之乱……布告天下咸使闻知，钦此！"

李德意的嗓音本来显得有些女气，可这圣旨在这东宫花园里念起来，是分外的情绪激昂，铿然有力，大家仿佛都看见那一个一个的字，镌刻在悬崖峭壁上一样，清清楚楚，明明白白。

可是，也许就是太直白了，所有的人反而都愣怔住，不知作何反应了。

一个从八品的太子近身侍卫，就这么鲤鱼跃龙门地当上了从一品的讨伐大将军，这可是前所未闻之事。

更何况，朝上一直说，皇上会钦点太子师青允作为此次征伐的统帅。

很显然，随同巫雀王多次出征的青允更具有领军资格。除去青允外，朝中还有好几位大将，例如张虎子等，可以领兵呢。

"景霆瑞，还不跪叩接旨？"李德意催促道。

景霆瑞看了一眼不知所措的太子，站了起来，声音里并没有很惊喜，或者意外，和往常一样，相当平静沉稳地跪地，伸出双手："末将遵旨。"

"等等！"爱卿跳了出来，心急火燎地问，"父皇，您这是做什么？大燕的将领多得是，为何偏偏要选孩儿的侍卫？"

"因他并非池中之物。"煌夜看着儿子，劝解般地道，"卿儿，男儿志在为国尽忠，而朕唯才是举，你是太子，更应该明白这个道理。"

煌夜说得十分在理，爱卿纵然张大嘴巴，却也辩驳不出一句。此刻，似乎眼泪攻势也失去了功效。

因为父皇见他眼圈红得跟小兔子似的，忙不迭地就摆驾回宫去了。

爱卿扭头瞪着景霆瑞，想叱问他，为何要乖乖地遵旨。

可是不遵旨，便是杀头的死罪，他虽然贵为太子，极受父皇的宠爱，但也知道天子之命不可违的道理。

于是，他对着景霆瑞也是说不出话来。打仗本就是九死一生之事，何况景霆瑞并无率领大军的经验。

但是敌人进犯，又岂能不打？若不是父皇不许，他也会去战场。只是，他不想让景霆瑞去，种种矛盾的心理快要折磨死爱卿了，他愁眉苦脸，垂着手，惶然无措。

"恭喜你了，大将军。"炎不冷不淡地说了一句，若不是他年龄不够，这将军之位就会是他的。

“谢谢三殿下。”景霆瑞的回答也是波澜不惊，应该说，他的注意力全都在太子殿下的身上，天宇、天辰则对此漠不关心，这聚会就此安静地散场了。

爱卿心事重重地回了寝殿，半天都没和景霆瑞说话。

景霆瑞由皇上钦点，当上北伐大军统帅的消息，果然震惊了朝野内外，就连平时不问政事的老将军、老亲王，也纷纷打听这是怎么回事。

即便景霆瑞捉拿了嘉兰特使闻禄，那也只是一份功劳，若没有提督府的相助，谅他一人也是毫无办法的。

最重要的是，景霆瑞并无带兵打仗的功绩，怎能越级提拔？

想当年，柯卫卿从一个小小的中郎将，当上征讨灵泉国的大将军，那是通过了全国比武大赛，且还拿下了叛臣赵国维！

柯卫卿一人就能独当一面的超强本事，大家是有目共睹的，他的手下败将也都输得心服口服！

而景霆瑞怎么看，武功都不及当年柯卫卿的一半，也不够英明神武。

这种说法传来传去，皇上自然也听到了，但他只是笑了笑，不予置评。

倒是巫雀王柯卫卿，在听到原是自己的副将，现在也贵为当朝将军的张虎子谈起此传闻时，便微微笑着摇头，叹道：“当年的事，你也在的，应当清楚是怎么回事。”

原来，那时候柯卫卿光是宣布参加比武，就饱受非议。他虽然任职中郎将，但大伙都把他视为皇帝的宠臣，流言蜚语，各种责难从未断过。

“因为您现在是巫雀王了，便粉饰曾经发生过的事情，说真的，那会儿您被欺压得可厉害了，就连皇上都束手无策。”张虎子心下明白地说。

不过回想当年那场无比惊险的比武，他又发出感叹道：“您在那次比试里，确实是技惊全场、所向披靡的。”

不过很快，张虎子察觉到自己有所失言，便急忙澄清道：“当然，殿下您现在辅佐皇帝，比当武将还要强。”

武夫不会说官场的客套话，尤其是平民出身的张虎子，此刻更显得口拙，柯卫卿却温柔地一笑，摆手道：“你跟我何必客气，而且你说得很对，这都是过去的事情了，就算我现在有上战场的心思，身体和功夫都大不如前，是该让年轻的一代出去闯闯。”

“瞧您说的，好像都七老八十似的……”张虎子不禁笑道，因为柯卫卿今年不过三十四岁，正是风华正茂的年纪。

皇上今年三十九，也是龙精虎猛的时候，皇帝在巫雀王的辅佐下，把如此庞大的一个帝国打理得顺顺当当的，能不让人敬佩万分吗？

所以，即便柯卫卿不能领军了，作为曾经的同僚，张虎子依然十分仰慕他。

柯卫卿让太监给张虎子看茶，这都是第二巡了，接着，他宽慰道：“只是这般越级任命，是委屈你了。”

因为张虎子的人气很旺，大家争归争，但私下都会说，这统帅一职非张虎子莫属，他又是柯卫卿一手带出来的名将。

至于另一名将青允嘛，他还要当太子师，恐怕没这个空当。

“为皇上、为国家效力，哪里会有委屈？”张虎子为人耿直，抱拳道，“只是这次末将被派驻守北疆，而非先锋部队，多少有点手痒罢了。”

“自会有你上场的时机，景霆瑞就有劳你好好照看着，他毕竟还是后辈，无实战经验，还需要你多多提携。”

“殿下这个您大可放心，说起来，皇上慧眼识珠，是从不会挑错人的，这个虎子心里自然明白。”张虎子起身，下跪言明心迹。

柯卫卿亲手扶他起来，又和张虎子聊了一阵寻常家话，并赏赐一绫罗绸缎，给他的妻女，才与他话别。

张虎子在军中很具威望，要是他愿意臣服于景霆瑞，那其他将领对景霆瑞“越级提拔”的不满，也会收敛许多。

柯卫卿也是当过将军的人，自然知道景霆瑞会面临怎样的艰难处境，才出面帮了他一把，或者说，是为皇帝解除一些烦扰。

只是在战场上，从不讲究宫里的那一套规矩，正所谓“将在外，君命有所不受”。战场上的风云变化，军心所向，又岂是和张虎子说上几句话，就能全部化解的？

这一点，柯卫卿的心里也很明白。

“殿下，您的药热好了。”一位公公端着一碗温热的汤药，走了过来。

“先放着吧。”柯卫卿说，望向了正在融雪的窗外，檐下的水滴答作响，就跟下雨似的。

“若当年的比武大赛景霆瑞也在的话。”柯卫卿心里想着，“或许未必就有现在的我了。”

皇上这几年，一直秘密教导景霆瑞和炎儿练绝世的青鹿的剑法，柯卫卿是知道的，他也曾偷偷去看过。正因为知道景霆瑞的实力有多惊人，不，是深不可测！所以，对于皇上会选择他做统帅这件事，并不感到意外。

而皇上又为什么要尽力栽培景霆瑞。这一太子侍卫，柯卫卿的心里更加清楚，这是为了爱卿，他将来继位，可以有强大的臂膀支持。

父爱如山，对于皇上，即使面对众臣非议，也要继续这么做的决心，柯卫卿真是自叹不如！

端起药碗，对于这个总时不时需要服药才能有所起色的虚弱身子，柯卫卿感到了厌烦，若他还有巫雀力量的话，体力也不至于如此之差吧。

叹归叹，这滋味苦涩的汤药还是仰头喝了干净，因为他要辅佐皇帝，保护皇子，不可以倒下。

“殿下，奴才有事禀告。”一位伺候在皇上跟前的太监来了，他叫李善，是李德意认的干儿子，也由他一手调教，为人十分机敏。

“怎么了？”柯卫卿放下药碗，一宫女拿来漱口的清茶。

李善似乎不想让旁人听了去，便站起来，以手掩嘴，在柯卫卿耳边嘀咕了几句。

“什么？这怎么可以？！”柯卫卿不由一怔，想要说什么，终究只是摆摆手，李善便躬身退下，然而，柯卫卿又立刻叫住了他。

“等等。”

“是，殿下。”

“和皇上说……他的心思我懂，”柯卫卿深感无奈地道，“但是，请皇上不要累及无辜。”

“是。”李善退下了，柯卫卿的头更疼了，皇上替太子树立威信，可卿儿能接受吗？

一场倒春寒让太子师温朝阳病倒，国子学放假三日，爱卿便和景霆瑞一起去探望了温太傅，还送了好些御膳房的糕点，感动得师傅是老泪纵横，就差没下跪谢恩。

好在北斗御医说，这并无大碍，喝几碗驱寒药就会好。

北斗是名医，他说的准没错，爱卿便放心地告退出来，虽说一直期盼学堂放假，可真的不用上学了，却也闷得慌。

最重要的是，爱卿本来想借着上学的机会，去问问弟弟们，对于景霆瑞被父皇钦点为“主帅”一事该怎么办。看看这事还有没有更改的可能，兄弟四人凑一起，别的事情没有，鬼主意总是特别多。

“殿下，您这是要去哪里？”看到太子并没有回东宫的意思，反而扭头往南边的宫门走去，景霆瑞便问道。

“去找炎，还有天宇、天辰玩。”爱卿没有回头，依然往前大踏步。

这段日子，爱卿对景霆瑞总是这样，虽然有说话，但没有正面对视过。

他明知道景霆瑞当上北伐将领，即将离开东宫，都是父皇的意思，可心里就是放不下，就像揣了一块铁疙瘩似的，沉沉的，压得他喘不过气。

“马上就要下雨了。”景霆瑞看了看头顶黑压压的乌云，风大得院内的树枝都在摇晃，劝说道，“还是改日再去吧。”

“就算是下石头，我也要去！”爱卿说，鼓着腮帮子。

“去传轿子来。”景霆瑞吩咐随行的太监。

“我不要坐轿子！我就走着去！”爱卿就像和景霆瑞对着干一样，迈出曲折的回廊，穿过庭院，像个小兔子似的往前直蹦。

景霆瑞没有办法，只能跟上去，爱卿的步伐迈得再大、再快，景霆瑞都跟得上，但是这可苦了捧着水碗、衣帽披风的太监和宫女，不一会儿，他们就落下一大截。

就只剩爱卿和景霆瑞在前边走了。

爱卿眼瞅着离天宇、天辰所居住的双星宫很近了，这宫门上的匾额可是父皇亲自题写，命能工巧匠篆刻的。

皇子不能生活在同一个宫所，但是对于天宇、天辰，父皇格外开恩，说他们就是同一人，不应该分开居住。

先是气派的裱金牌匾，然后，爱卿才注意到宫门外围了一圈的人，都是太监，往宫里探头探脑的。

“你们这是在干什么呀？”爱卿笑着冲他们喊道。天宇、天辰他们总是能想出好些有意思的玩法，难道这会儿趁着放假，在玩捉迷藏？怎么都躲到宫门外来了？

这不出声儿还好，这么一叫，那些太监可都跟被雷劈中似的，全都浑身一个激灵，转过身来，光是瞄到太子身上的黄衣，就都扑通地跪倒在地。

一个个争先恐后地道：“奴才先前未有见到太子，未能远迎，还请殿下恕罪！”

奴才看到主子行礼是应该的，但是双星宫的太监与皇子们经常玩在一起，并不生分。往日就算跪拜太子和皇子，也都是嬉皮笑脸的，很不认真。

爱卿不禁一呆，眨了眨眼睛，看着一地瑟瑟缩缩的身子，便哈哈笑着说：“我知道了，你们又和天宇、天辰串通一气，是想糊弄我吧？”

有个胆大点的太监，低着头，细声细气地回禀道：“不，小的们都是从十二监新调来的……”

“你们都是新来的？”爱卿点了点头，“难怪会怕我了，都起来吧，我又不是吃人的老虎，你问问小春他们就知道了。”

可是不论爱卿怎么说，太监们都不敢起身，直到爱卿一再表明不会责罚，他们才起身，又诚惶诚恐地如潮水般退开去。

“这演的又是哪出戏？好奇怪啊。”爱卿耸了耸肩，眼见着大雨就要落下来，他跨入宫门，然而，才迈进去一只腿，胳膊就被景霆瑞抓住了。

“别进去。”景霆瑞的声音很低沉，就如天空中一声声的闷雷。

“干吗？连你都变得那么奇怪。”爱卿有些生气，“放开我啦。”

“殿下！”景霆瑞却执意不放。

就在这时，听到一阵乒乒乓乓的声音，爱卿往里头一看，竟然有一队手持兵器的御林军走了出来，他们押着好些个人，都是太监，脖子里、脚踝上都有锁链。

这声音就是他们走路时发出来的，而小春是头一个，脸色煞白，失魂落魄，还哭红了眼。

从没见过这样恐怖的场面，爱卿不由瞪大了眼睛，心里紧张得怦怦直跳！

爱卿想要进去问个究竟，他们到底犯了什么错？昨日还是好好的呀！景霆瑞却不让他进去。

“你别拦着我！”爱卿拼命挣扎，御林军的首领看见太子，立定行礼。

那些被锁住的太监就都哭了起来，跪地叫嚷着，大力磕头着：“奴才不想死，请太子殿下开恩啊！”一时间好不凄惨。

豆大的雨珠，哗哗地倾倒下来，御林军凶横地拉过锁链，硬是将他们拖离太子的面前，赶出双星宫，一路往北面去了。

“为什么……他们向我求饶？”爱卿站在雨幕中，看着那越走越远的一众人影，摇着景霆瑞的手，声音发抖地道，“——为什么？！”

“因为您是太子。”景霆瑞说，显得很不情愿，“虽然这很残酷，但他们曾经对您不敬是事实，所以皇上才会下旨处死他们。”

爱卿是太子，是未来的大燕天子，他若是受到小太监的轻视，岂不乱了套？还有，他们用雪球攻击太子，光这一行为就可以处斩。

加上这些个奴才往日对太子的各种“不敬”，几乎与爱卿平起平坐，皇上会发怒是理所当然的。因为这实在有损国之威望。

“我不在乎他们尊不尊敬我！”爱卿急得喘着气道，“是我要和他们一起玩的！要罚也应该罚我才对啊！与他们何干？！”

“可是皇上在乎，您毕竟是大燕储君……”景霆瑞一早就察觉到皇帝对双星宫的内侍不满，但没有想到会为此大开杀戒。

不过，在皇上心里，若此举能拨乱反正，树立起太子的威望，死几个太监又何妨？景霆瑞很明白皇上的用意。

这招叫杀鸡儆猴，可是平心而论，景霆瑞自认对太子“最不敬”的人是他自己。

虽然心里明白爱卿是太子，却没办法做到完全依照规矩去做。

他会和爱卿一起吃东西、洗澡、玩耍，甚至坐在同一张椅子里。

这“平起平坐”的，要被太子殿外的人瞧见，上奏到皇上那儿，他的脑袋怕是第一个不保的。

明知这么做可能会让自己丧命，可是景霆瑞无法对爱卿的笑脸视若无睹，只要太子开心，要他做什么都可以。

“瑞瑞，我不要这样，我不想有人为我而死！”爱卿反复重复着这句，眼泪盈眶，景霆瑞遮住了他的眼睛，将他抱进怀里。

“请您别太难过，我们回去吧，这事自有皇上处置。”景霆瑞温柔地劝解道，“这不是您的错，也不是他们的错，更不是皇上的错，错就错在这里是大燕皇宫，是个需要各司其职，不能有半点错漏和逾矩的地方。”

“瑞瑞……所以，我就该这样看着他们死？所以，我就该笑着送你去战场冒险？因为我是太子，而你……是父皇的臣，我抗拒不得……不然，是不是会死更多的人……”爱卿伏在景霆瑞的肩头，这番话说出来后，哭得是不能自已。

“殿下，别哭，也别怕。”景霆瑞捧住爱卿的脸，细心地拭去他的泪水，再一次承诺道，“有您的牵挂，卑职岂敢轻易丧命，不管去的是战场，还是地狱，卑职都会活着回来！”

爱卿没有回答，小鼻子不停地抽吸，可是他却点了点头，把头埋进景霆瑞的怀里：“我不想再哭了……”

这一天，爱卿终于明白到他“太子”的身份，到底有多沉重，他的一言一行都关系到周遭人的性命。

他长大了，已经十一岁，没办法靠耍耍小孩子脾气，就能从父皇手里，讨下那几条命来。

而景霆瑞也明白到，若是想要一辈子守在太子身边，他就不能永远游走在刀口上，任由别人决定自己的生死。

他必须变得强大，不，是十分之强，他要获得至关重要的兵权，那么他才有可能得到守护爱卿的机会。

只是，景霆瑞并不知道，在他决定不顾一切地向上攀登的时候，他也在挑战皇权。

这将引起诸多的腥风血雨，未来，不管他心里想要什么，都离自己的初衷越来越远……

三月初八，皇上举行完一年一度的春耕大典，就决定了起兵嘉兰的日子——在下月初三。

景霆瑞在大典上，被授命为北伐统帅，获得领军黑铁印信“睚眦”一枚。

有道是“一饭之恩必偿，睚眦之怨必报”，睚眦是克煞一切邪恶的表率。

而嘉兰国是大燕之宿敌，必得铲除之！

负责兵器生产的少府总监尚书令汪安借此机会，呈上了一套包括弓、弩、刀、矛以及将军铠甲、护盾等成套的器具，总共五十件，拉了足足四马车。

这每一样东西的做工都极为精湛，且兵器的握把上刻有古体的“景”字，让人瞅着就觉得威风。

这也是宫内人人津津乐道之事。

如今，在东宫内见到景霆瑞，宫女、太监都要行叩拜将军之礼，就连他的父亲景亲王看到他，也得作揖以示敬意。

倒是景霆瑞本人，行事和以往并无差异，并没有穿上那些十二监提供的华服，依然是近身侍卫的装束，严谨地守候在太子左右。

等到太子殿下歇息了，他才去处理军务之事。有人佩服他精力无限，直说后生可畏。

随着出征日期一天天的临近，太子的心思也越发飘忽难定，看着宫女偷偷地做一些驱虫的香囊送给景霆瑞，他也想做点什么东西。

想绣一个有着大大“景”字的香囊，结果十个手指头全都扎得冒血珠，连一横都没绣完，锦布也弄脏了，恼得爱卿用剪刀绞碎了布料，说自己的手太笨了。

气归气，还得准备礼物，炎心疼爱卿的手指，就提议道，可以命工匠赶制一块上好的翡翠玉佩，让景霆瑞戴着保平安。

爱卿听了，很是喜欢，可是总觉得工匠动手，不如自己来的好，更具心意。

“只要是你送的，他都该高兴死了吧，何必自己去弄，万一又整伤了手……我会心疼的。”炎一脸不满地在旁边说道。

“你不知道，宫女们送的东西有多精巧、多可爱，既然我手艺比不上，那就只有比心意了。”爱卿一边挑选着太监送来的玉石，一边说道。

“你贵为太子，能和宫女去比吗？不过，那些蠢丫头也真是的，忘了自己是皇帝的女人？竟然给别的男人塞东西，也不怕被罚。”炎吐槽道。

“什么，宫女姐姐是父皇的人？”这说法，爱卿还是头一回听见。

“是又不是，反正，祖上这么规定的嘛。”炎含糊其词，不想让爱卿知道太多这种男女之事，怪复杂的，他凑近帮忙挑玉石，“我看就这一块吧，足够大。”

炎手里的是一块巴掌大的翡翠，颜色碧绿，毫无瑕疵，具有宝石般的光泽。

“嗯，就这个了！”说起来，景霆瑞是属虎的，那就雕刻一只小老虎吧！虎虎生威，定能剿灭敌人！

爱卿干劲十足，他让银作局的工匠师傅在一旁指点，先是用刀具、绳锯来切割，又用砂石细细打磨，那受伤的指头就又流了血。

他咬咬牙，上了药，缠好指头后，就接着干，连工匠都看不下去，说要帮主子雕刻，但都被他挥退了。

爱卿独自一人，足足折腾了五天，才把玉佩雕刻好，穿上绳子，算是完工了。

“炎，你过来看看，觉得如何？”爱卿拿着得意之作，先给炎瞧。

“这……哈哈哈！”没想到炎一看到就爆笑了出来，还捧着肚子。

“你干吗！真讨厌！”爱卿涨红了脸，拽着玉佩就往外走，哪晓得才走出银作局，就碰上前来找他的景霆瑞。

“殿下，您这些日子都在工房里做什么？”六天前，景霆瑞被太子下令，让他这几日去操练士兵，不用随行伺候。

可是，景霆瑞还是放心不下，趁着午后休息的当口，来找太子。

爱卿看到景霆瑞，脸孔就更红了，支支吾吾了半天，还是决定走人。

“没什么，我不会再来这儿了。”爱卿扭头，往院外走。

“等等。”景霆瑞握住爱卿的手，抓了过去，“您的手怎么了？”

“好痛。”爱卿叫道，另一只手里抓着的玉佩，就掉在地上。

“这个又是什么？”景霆瑞弯腰去捡，爱卿连忙阻止，无奈他个头小，还没捞到它，就被景霆瑞拾起来了。

“你不可以看，快还给我吧！”爱卿着急了，因为景霆瑞把它拎在半空，在阳光底下，仔细查看。

爱卿越是蹦跳着，要拿回玉佩，景霆瑞的手臂也就抬得越高，黑眸微眯起，目不转睛地盯着玉佩。

尔后，他低头，看着面红耳赤的爱卿，温柔地问：“殿下，敢问这个是送给卑职的吗？”

玉佩的背面刻着“瑞瑞”二字，虽然笔画有些粗糙，且粗细不一，但还是能看得出来。

“我知道我的手艺没有工匠们的好，也比不过宫女送你的香囊美，”既然如此，爱卿也就豁出去了，侧过脸，瞅着一旁的花花草草，嘟嘟囔囔地道，“但反正有多的玉石料，就刻刻看了，你要的话尽管拿去。”

“这只小猪很可爱……卑职很喜欢。”景霆瑞笑了，弯下腰，看着爱卿。

“是老虎啦！才不是猪！”爱卿辩解道，他总算明白刚才炎在笑什么了，老虎的鼻头是刻得大了一些、圆润了一些，看上去酷似猪鼻，但它的额头上还刻着一个“王”，这不明摆着是老虎吗？

“啊，恕卑职眼拙！”景霆瑞赶紧认错，伸手握住爱卿的手，一个劲地致歉，“都是卑职不好，还让您的手受伤了。”

“知道就好，唔，不过，我还是要罚你。”爱卿仰起头，说道。

“卑职甘愿领罪。”

“就、就罚你把那些东西统统都退了！”爱卿一本正经地说。

“那些东西？”景霆瑞有些听不明白。

“就是前些日，她们送你的香囊、绣帕什么的，你带上战场也显得累赘，不是吗？不如物归原主，还给宫女姐姐吧。”爱卿虽然不是那么小气的人，可是一想到景霆瑞随身带着宫女送的东西，心里总是不舒服的。

另外，炎说过的，什么宫女是皇帝的女人，也让爱卿在意，他担心这件事说不定会对景霆瑞，还有宫女姐姐不利。

他再也不想看到谁受到伤害了。

“哦，您是说小桃她们，卑职知道了，会立刻退还的。”景霆瑞本来就不想收她们的礼，但是想到自己离宫后，这些人是最亲近太子的，所以就借着收礼的机会，叮嘱她们好好伺候太子，凡事要多留个心眼。

而那些香囊，他也没戴在身上，而是全塞在箱柜里。

“也不用立刻，反正，你自己看着办。”爱卿点点头，看到景霆瑞把玉佩系在了自己的腰带上，便高兴地笑了。

“殿下，能和卑职约定吗？”

“什么？”

“在卑职回来前，您要乖乖地待在宫里，不会闯祸。”

“瞧你说的，好像我多坏一样。”

“正因为您不坏，卑职才有些放心不下。”爱卿的“闯祸”，多半是出自好意，比方这玉佩，若是让皇上知道工匠让太子做粗活，恐怕免不了责罚工匠一顿。

“你说的我听不懂。”爱卿摇头，“不过，我会听父皇和义父的话，好好念书，也会照顾好弟弟跟妹妹，你就放心去打仗，早日得胜归来。”

“是。”景霆瑞单膝跪地，伸手握住爱卿的手。

爱卿看着景霆瑞，他那低垂的眼睫毛，挺直的鼻梁，是那么好看。

想必，这天底下最厉害的能工巧匠，也雕刻不出这样俊美的容颜。

更雕琢不出景霆瑞那温柔似水的性子，以及那一颗赤诚忠心。

大燕召集的十五万兵马，被景霆瑞分为三路出征。

其中，景霆瑞为中路大将军，由他亲自挑选出来了的青年才俊何林，以及老将冠忠国为左、右二路的副将领，各自有五万人。

张虎子为疆北城门的驻守军，有两万人，还有过千的工匠、马夫为后勤部队。

由这些军力财力的部署便可看出，大燕无愧是当今最大的帝国，只是嘉兰国历史悠久，财力不弱，且拥有多位名将。

他们为了进攻大燕，也是养精蓄锐、策划已久！

因此，这场战争从一开始就陷入了胶着的状态，嘉兰将领知道与大燕军硬碰硬没有好果子吃，便采取游击战术，经常骚扰一处城池，大肆掠夺，此举成功引来了大燕军，可是他们又不打了，鸣鼓收兵，逃得飞快。

然而，当大燕军撤离，他们就又卷土重来，让大燕军队辗转各处，疲于奔命。

景霆瑞自然知道嘉兰是在打消耗战，所以他改变策略，每次都让一小股士兵去迎战，牵扯了三四个月，倒让大燕大部分的人马都得到了休息。

只是长久下去也不是办法，不止开支巨大，粮草亦会耗尽，加上，嘉兰肆意嘲笑大燕统帅，竟然是从未上过战场的菜鸟，这也让军心有所动摇。

有人开始主张防守，就是把兵力再细分，在各个要塞关卡内严守，他们若来了，就一网打尽。

也有人主张进攻，索性三军合一，逐一击破他们的要塞，打他个落花流水。

公说公有理，婆说婆有理，总之景霆瑞这个全军统帅，倒是成了一件摆设，被他们给架空了。

这完全印证了柯卫卿当初的担心，战场的情况是瞬息万变，各个参谋出的主意更是眼花缭乱，难以决断。

景霆瑞年纪轻轻，该如何在一个对他存疑的军队里，当好这个北伐大将军呢？

虽然说，他们到目前为止都没有吃过败仗，可也没有打胜仗。甚至有参谋写信通报皇帝，说景霆瑞这半年来，是无功无过，平平无奇！

可当真如此吗？

到了第八个月，景霆瑞与众参谋一起，照例在军帐里议事时，他突然说道：“已经可以了。”

“什么可以了？”众人面面相觑，不知其所言何事。

“我们可以反击了。”景霆瑞平静的一句话，让主战分子甚是欣喜，不过他接下来的部署，还是让人感到困惑不解，依然是三路兵马，而景霆瑞自己便是先锋，换而言之，是去做送死的炮灰！

“这么打，成吗？”有参谋反而担心景霆瑞若入敌腹太深，万一被俘，这仗也不用打了，都自尽谢罪吧！

“当然。”景霆瑞锐利的黑眸扫过面带疑虑的人们，语气坚定地道，“我们来这，不就是为了打胜仗？”

“大将军所言极是！就这么打！”有人见风使舵，有人沉默不语，不管如何，这主攻的战斗就这么依照景霆瑞的计划打响了。

——真是出乎意料的顺利！

真不知是不是嘉兰军已经习惯了大燕被动的打法，面对一口气杀来的先锋军队，竟然有些慌乱，有些士兵还在埋锅造饭呢！

他们似乎认定大燕总是追一段路就算了，可是，这回一直打到他们的城门下，且一举攻破城门，生擒嘉兰正副将领十数人。

这一场速攻又完胜的攻城战，无疑是鼓舞了全军上下，但也惹来嘉兰报复性的反扑！

炮火轰得山摇地动，火光遮蔽了天日，尸首满布，血流成河，景霆瑞就在那样血腥残酷的战场上，取得了一次又一次的胜利！根本就是战无不胜！

而那些嘉兰将领则陷入极度恐慌中，因为景霆瑞这个人打仗，都不给自己留条退路，这根本不像是初上战场的人。一旦遇到他的先锋军，都必死无疑！

硬碰硬，打不过，用陷阱，施计谋，同样打不过，让嘉兰诸位名将都大呼头痛！

就连大燕本国的参谋，也悟不透景将军的打法到底算什么。

要说他是靠蛮干取胜吧，又完全不是，他的用兵出神入化，全无规则可循，让人实在摸不着头脑。

大燕军有参谋特意写信回宫禀报此事，煌夜读完，不禁微微一笑，问柯卫卿可明白景将军的用兵之道，为何明明乱无章法，却能够屡战屡胜！

柯卫卿想了想，答曰："并非是乱无章法，而是景霆瑞有着犀利的洞察力，想必是敌军将领的排阵布兵之法，已经被景霆瑞捕捉和了解到。当然，光有洞察力还不够，他的反应能力也异于常人，懂得应时、应势而变，故能取胜。"

煌夜点头，正是此解，战场上从不缺乏骁勇战士，但要是没有懂得观全局，领全军的将领，士兵再强也是无济于事的。

景霆瑞具有大智大勇、沉着冷静的性格，以及那一身高强的武艺和骑术，足以让他所向披靡。

这也是景霆瑞初登战场，却能够大放光彩的原因。天生的将才并不会因为外界有多么严酷，就被淹没，反而是愈战愈勇！

夏去冬来，景霆瑞的先锋军把嘉兰军打得是丢盔弃甲，四散奔逃。

一次，嘉兰主力军在行进中接到哨报，称前方一百里是景霆瑞的军队，那将领就吓得连忙勒马，让队伍避让行走。

可景霆瑞还是逮住了他们，连杀带赶的，追了嘉兰军数百里的路，直到生擒嘉兰统帅李筹，还是个亲王。

此时，战争已历时三年，大燕皇帝下旨，令嘉兰国王投降，景霆瑞的兵马已经杀到嘉兰的宫门外。

嘉兰国王抵死不从，杀了一众后妃七十六人，且想要自刎，被只身潜入王宫的景霆瑞拿下，嘉兰自此倾覆。

大燕皇帝下诏改嘉兰国为安若省，进一步扩大大燕版图，稳固北部疆域。

还有一些嘉兰残兵也在数月后弃械投降，景霆瑞战功卓著，得胜归来。

夏末秋初，晴空万里。

大燕国的都城睢阳沐浴在一片金光灿烂的晨光中，那优美平整的方石大道纵横交错，青砖碧瓦的民宅鳞次栉比，更有运河穿梭其中，好一座繁华似锦的皇城。

今年会是一个丰收之年，又遇到打胜仗，以及安若省的设立，城里的庆祝活动几乎都没停过。

这不，开了早市的茶楼，传出金钱板富有节奏的"啪嗒！啪嗒！"声，说书人把这板子打得飞快，吸引了食客的注意。

配合着板子声，他绘声绘色地讲着一出盖世英雄抗敌、保家卫国的故事，即北伐大将军景霆瑞打得敌军落花流水，为大燕立下汗马功劳。才说了那么一会儿，茶馆的门里门外，就挤满了大人、小孩，鼓着掌，不时叫声："好！"

睢阳的每一天都在这热热闹闹、喜气洋洋的气氛里，拉开序幕。

可是宫外再怎么热火朝天，人声鼎沸，都传不到那巍峨耸立的宫门中，同样的阳光，一样笼罩在东宫的上空，却显得那么沉寂、孤单，甚至有些枯燥乏味。

"殿下，您在听老臣的话吗？"许是觉得太子一直对着窗外的光芒发呆，礼部侍郎闻栎不禁提醒道，声音里透着些许不满。

"啊，我在听。"已经十四岁的淳于爱卿，把头转了过来。此时，天已大亮，照得他的皮肤尤为白皙光亮，就像是玉石，白得晶莹剔透。

他的眉毛很黑，弓儿似的弯着，像他的义父，眉梢间透着一股俊雅之气，下方的眼睛大而明亮，一双乌黑的瞳仁湿漉漉的，就像是温顺可爱的梅花鹿的眼睛。

他的脸庞是椭圆的，仍显得有些稚气，但是鼻梁如宫脊般挺直，算是弥补了这个不足之处。

嘴唇还和儿时一样，就像沾染露珠的花瓣，既红润又线条秀美，微微翘起着，似笑非笑。

这让宫女姐姐们看着就好生羡慕，可爱卿自己并不喜欢，还会排斥照镜子。因为他是男孩子，脸上有条疤才会显得有英雄气概。

只是，每当他这么说的时候，连一向纵容他的父皇都觉得可笑，让他不准乱来。

而义父则扶额叹气，三弟炎，则忧心忡忡地摸着他的额头，连声问道："皇兄，你哪里不舒服吗？不舒服要和我说，我去叫太医，你千万别硬撑……"

直到爱卿不耐烦地挥开他的手，再三表明自己没事，炎才会大大地松一口气，眼睛却还是盯着他不放，真是比嬷嬷还婆妈。

天宇、天辰更是可恶，大笑他太傻，说天底下，难道只有英雄脸上带疤？犯人呢？不也脸上刺字的？

虽然这件事早已过去，但在这个时候想起来，爱卿就觉得更加烦闷，他们都不理解他真正的用意。

“殿下，有关康郡王想要以公主之礼嫁女之事，您觉得该如何回复？”闻栎又一次问道。

“我觉得很好啊。”爱卿定了定神，笑眯眯地道，“朝中的公主本来就少。”

“可是，这真不合规矩啊！”闻栎的上司礼部尚书董有为上前奏道，“郡王离亲王差着爵位啊。”

“拉锯战又开始了……”爱卿心下暗叹，郡王为亲王之长子，郡主为郡王之长女，怎么说，不管爵位差了多少阶，都是皇室的近亲。

亲戚们要一场体面的婚礼，并不为过，爱卿也乐意成全他们家的喜事，但是，也许正因为是皇亲国戚的关系，各种礼节约束特别烦冗，听着就觉得头晕。

有关这桩婚事，尚书大人其实已经谈了好几回，爱卿真担心，再商量下去，人家郡主都要变成老姑娘了。

而且，不管爱卿说什么，尚书大人都反对，侍郎大人呢？则一会儿向着尚书，一会儿向着自己，摇摆不定。

这种情况自去年夏天开始，就存在了。

追其源头是因为父皇把礼部、户部的大小事务，都交由他处理，说是为了锻炼他的办事能力。

不过，爱卿也知道其背后的主因是，父皇想要多陪陪卧病在床的巫雀王，所以才把一些政务分了出来。

除去上学、练武、练习骑射外，爱卿还有一堆的奏本要看，有时候，为了处理一些棘手事，他必须天不亮就起来，见各位大人。

在尚书絮絮叨叨地说些君君臣臣、阶级不可乱的大道理时，爱卿终究是忍不住了，打断道：“有道是‘老吾老以及人之老，幼吾幼以及人之幼’，康郡王膝下就这么一个女儿，极为疼惜，她如今觅得如意郎君，但也要远嫁他乡，康郡王舍不得，想为女儿办一个盛大的婚礼，我们应当通融才是，若嫁的是董大人您的女儿，您难道不会这么想吗？”

“这……”

“董大人向来以慈父闻名皇城，想必，十分能理解康郡王的心情。”爱卿笑着露出牙齿，看起来是那么可爱，“所以，此事就这么办吧。”

“遵命，太子殿下。”尚书和侍郎双双拱手道，爱卿就让他们下去了。

“下一位，是户部侍郎姜大人吧，让他进来吧。”爱卿对一旁的小德子说，还翻了翻案头的奏本，户部负责征收全国的钱粮赋税，今日前来，是汇报入秋以来的赋税情况。

还有，一些亲王、郡王想要圈换用地，他们有些土地是祖上传下来的，但荒废已久，不宜耕种，想趁着国家打了胜仗，分得一些肥沃之地，特向宰相贾鹏表明此事。

贾鹏为此是大伤脑筋，因为这些都是贵人，一个也得罪不起，他便转交给户部处理。而户部呢，商议了许久后，上了一封奏折，把这个烫手山芋塞进了太子手里。

“那些有功之臣都还未获得封赏，怎么可以就让皇叔们置换了去？”爱卿脱口而出道，“而且各位皇叔皇伯的土地分拨已久，都是先帝定下的，现今已经不便再更换了。”

户部十分赞同太子的意见，只是爱卿并不知道，他在这时做的决定，得罪了这些虽然养尊处优、却也根基牢固的贵族世家，为他以后的帝王之路埋下了不小的祸根。

处理完各种礼部、户部的奏本，爱卿真觉得肩颈都硬直了，小德子连忙给他捶捶，但也小声说，学堂那里都来催了几回了，问太子何时去上学。

“知道了，等下就去。”爱卿嘴里是应承着，可是他却无法自控地快步走出书房，离开东宫，一直来到北宫门的城楼上。

守卫见了他，很是意外，纷纷下跪，大呼“千岁”。

爱卿冲他们摆摆手，让他们起身，各忙各的去，可是守卫根本不敢走开，全都围在太子的身后。

这阵仗，恐怕一只飞虫都近不了太子的身。

爱卿无奈，只得转身，不再注意守卫，接着他踮起脚，双手扒拉着高而厚的墙砖，望着外头人来人往、车水马龙的繁华景象。

“真热闹啊。”爱卿想，他有多久没出宫了呢？宫里的事，总也做不完，宫里的课，也总上不完。

最近一次出去，都是多年前元宵节了，父皇和义父带着他和炎、景霆瑞，一起乔装去玩儿。

光想着，爱卿就笑了出来，皇上是不苟言笑、不怒自威的，应当说，但凡是主子，都很少有笑脸，太子算是这些人当中非常稀罕的存在，他想笑就笑，从不掩饰自己的内心。

他纯美的笑颜，也让一旁的守卫头领都看呆了神，要不是小德子咳嗽了一声，他还不知分寸地盯着太子猛瞧呢！

“小德子，你说，瑞瑞到底何时回来？”爱卿的心思却全在景霆瑞的身上，顾不上别人，喃喃问道。

虽然听到父皇说，景霆瑞就要回来了，可到底是哪一天，父皇并没有说起。

“这个奴才可说不准，景将军这一路上少不得各路府门的恭贺宴请，是会耽搁几天吧。”小德子想了想，恭敬地回答道。

“唉……”爱卿却皱起了眉头，他会想要在脸上留点伤疤，也是太想念景霆瑞的关系。

总觉得景霆瑞去了战场之后，他的魂也跟着飞走了，夜里怎么都睡不好，还会做噩梦，梦见景霆瑞浑身是血，危在旦夕！

在得知他即将凯旋的消息时，爱卿从没有这么高兴过，又兴奋得睡不着了，大半夜里，睁着眼，胡乱猜想。

他很担心过去了三年，景霆瑞还会不会记得自己？

这都怪炎，说什么景霆瑞去了战场三年，连封信都没捎回来，就知道他的心里是没有“太子”存在的。

而景霆瑞如今已经贵为大将军，战功显赫，不再是那个小小的太子近身侍卫了，就更加不会把太子放在眼里，他要誓死追随的人，是皇帝才对。

爱卿本来就很不安，被炎这么说了一通，心里更是非常难过。

“你想啊，他身边会有肝胆相照的幕僚，有出生入死的战友，你这个养在深宫的太子，说不定早被他抛掷脑后。你还惦记他干吗？”

炎说的每一句话，就跟重锤似的打进爱卿的心里，让他心酸得想哭，可是他连哭的时间都没有，太子书房里，还有大臣等着他回复奏本呢。

就算有那个时间，也没地儿给他哭诉。炎总说，景霆瑞一定会忘了他。

这种说不出的痛苦，让爱卿陷入从未有过的恐慌。

因为心里难过至极，所以就想要解决问题，他想着要做点什么才好，不至于被那些战友给比了下去。

可是他又不能上战场，那一马当先、奋勇杀敌的英雄气概，他是怎么也装不出来的。所以才会想到脸上带疤这事上去。

不过，弟弟们说得也对，匪寇、犯人们的脸上也会有疤。而且炎说，万一他真改了容貌，变丑了，景霆瑞若是更不喜欢他，岂不是得不偿失？

想到自己怎么这么笨，根本不及皇弟们聪明，爱卿就很自卑，甚至有想把太子位让给皇弟炎的念头。只是怕父皇会大发雷霆，到时，又牵连多条人命。

父皇一直宠着他，唯独太子位一事，从不让步，非要他当储君不可。而爱卿也很怕自己做得不够好，会让父皇、义父，以及天下百姓失望……

这些年，他已经规矩了很多，当然，也失去了很多的乐趣。

“太子殿下，温太傅这会儿都见不着您，该着急了……”小德子见太子面带愁容地站在这儿，以为他是不肯去学堂，便出声提醒道。

“知道了，我这就去。”爱卿点点头，他在下城楼前，依依不舍地回头望了一眼，阳光下的街市房屋，飞掠过的鸽子，都如画般印入他的脑海。

他期盼着景霆瑞归来，却不知景霆瑞已经来到了这熙熙攘攘的大街上……

景霆瑞骑着一匹高头大马，戴着竹斗笠，身着轻便的深蓝棉布衣，腰配长剑，他看起来就像是来皇城寻找机会的乡村剑士，而非一军统帅。

而这样的剑士，在皇城里很常见，多为富贾人家所聘用。

他的身后紧跟着一辆宽篷马车，车夫是一个壮汉，一直卖力吆喝着，让路人小心走避，好让这辆大车穿过人来人往的街市大道。

风吹日晒之下，已经褪了色的车帘不时掀起一个角，露出一张略带羞怯、又好奇的女孩儿的脸。

她的眉毛修得极好，如同柳叶，眉梢向下，显出妩媚，却不过分。

柳眉下是一双大而黑的杏目，陪衬在鹅蛋圆的脸庞上，是那样的精致，让人不禁想起梨园里的旦角。

当然，她是女孩，那如秋水般沉静柔美的姿色，是梨园少年再怎么装扮，也无法模仿的。

这样一个漂亮的女孩儿，就这么文文静静地坐在马车内，双手放在一个花色布包上，只是不时望望外头，就像一只胆怯怕生的小猫。

马车左拐右转，行驶了好一会儿，终于来到一条僻静的大道上。

这里每隔五十步，就有守卫持着斧钺而立，这让女孩有些紧张，频频望向前方的景霆瑞，他骑在高高的马背上，身姿却依然如此挺拔，岿然不动。

仿佛只要看到他，女孩的心就能安稳下来。

没过多久，景霆瑞就勒住马，停在了景亲王府气派的大门前，有两个门吏见状就赶下来问话，语气很冲。

“干什么的？！竟敢堵在王府门前！你小子不要命啦！”

景霆瑞摘下斗笠，露出略显黝黑的、端正的面庞，门吏定睛一看，立刻两腿一屈，给跪下了：“怎、怎么是大少爷！小的给您请安！”

景霆瑞虽然是庶出，但也是景亲王的长子，尤其他现在的地位是今非昔比，门吏的态度与往日大不相同，跪着磕了好几个响头。

另外的人见状，连忙去府内通传消息。

景霆瑞并不理睬跪着的门吏，径自下马，来到马车旁，掀起那道旧旧的车帘，伸手扶那女孩下来。

“唷，这是怎么回事？大将军回府怎么不提早通知一声。”

女孩的脚才站稳，就有人急忙地出来了，是景王府的大管家老刘，虽然年纪大，腿脚却极快，他是第一个跑出府的。

他的身后还跟着一大班的人，其中为首的是景霆瑞的父亲景安昌，然后是王妃孙玉婷，她的身旁是世子，即景霆瑞同父异母的弟弟景霆云。

和三年前相比，景霆云着实成长为一个男人了，个头高大了不少。说起来，兄弟二人只差了一岁，但因其要继承王府的衣钵，所以景霆云别说上战场了，连摸到刀枪，王妃都会阻止，说这么做太危险！

于是，这个从小被仆人、父母宠溺着长大的王府世子，除了学会官场上的一套冠冕堂皇的说辞，其余一概没有长进。

他看到景霆瑞，先抱拳作揖，后假惺惺地叫一了声：“大将军！在下真是有失远迎！”

景霆瑞对他点点头，尔后，对亲王、王妃躬身行礼，正色道：“末将见过王爷、王妃。”

“免了！都是自家人，快，霆瑞，进屋说话。”景安昌看起来很高兴，笑得眉眼眯成了线，也暴露出眼角的皱纹。

虽然嘴上说“自家人”，可是全府家丁出门迎接这个儿子，是前所未有的隆重。

景霆瑞看向了人群的后方，那儿站着一位不带任何婢女的夫人，虽然已年过四十，但容貌依然光彩照人，和蔼的眼里写满了对景霆瑞的期盼。

可是，她碍于妾室的身份，明明是将军生母，却得躲在家丁后头，以免坏了位分。

“母亲。”景霆瑞远远地与她招呼。景亲王这才恍然大悟似地道：“安妃，你上前来，与你儿子一同说说话。”

自从景霆瑞平步青云之后，他们就正儿八经地对待安蓉了，并叫她安妃。

亲王妃心下有些不悦，但还是笑着让开位置，让安妃上前来。

景霆瑞携起母亲的手，又招呼女孩跟上，这才与众人一起，进了府门。

“这位姑娘是谁？”景亲王待茶水都奉上之后，讨好般地问景霆瑞道，“模样长得可真周正。”

“她叫田倩倩，今年十四岁。”景霆瑞才说，在座的各位就愣了愣，目光都投向了安妃，原来安妃入府前是歌姬，艺名叫倩儿。

倩倩上前，面孔微红地给座上的人行礼，然后站定在大堂上，倒也落落大方。安妃看在眼里，满意地点点头。

“她本是大燕人，随同父母去嘉兰经商，后父母病逝，又遇战火孤苦无依，我就收留了她。”

“是景将军救了我。”倩倩突然说道，情难自禁地哭了出来，“嘉兰国王为了打仗，强夺我家财产，迫使我流落街头，要不是景将军发现……小女那时就已经病死、饿死了！”

“唉，我可怜的孩子，小小年纪，就吃了这般大的苦头。”安妃站了起来，掏出手绢，替她擦拭泪水。

“田倩倩在大燕已无亲戚，可我身在军营，周遭都是男人，也不方便带着她，所以，末将想请王府暂且收留她。”景霆瑞抱拳道，“待他日找到居所，再作打算。”

“王爷，”安妃立刻看向丈夫，轻声请求道，“一个姑娘家就算找到房子，自己住着也不方便，王爷，我正想要一个丫鬟作陪，您看……”

“嗯，收下一个丫头不是大事，只是倩倩是否愿意呀？”景安昌道。

“我当然愿意，能够留在安妃娘娘身边伺候，是我前世修来的福分！”田倩倩当即表明道。

“那好，你尽管留在这。”景安昌抚须，想了想又道，“只是这名字恐怕得改改，和主子重名可不好。”

“小女恳请王爷赐名！”倩倩立刻就跪下了。

“就叫田雅静吧。”景安昌看着女孩儿道，“优雅娴静，是位好姑娘。”

“雅静谢王爷收留！”田雅静当即磕头谢恩。

“王爷取得名儿可真好听。”说话的是景亲王妃，一脸笑吟吟地道，“将军你就放宽心吧，你带来的人，王府定把她养得白白胖胖，跟大小姐似的。”

“瞧你说的，别吓着人家了。”景安昌笑着摇头。

安妃伸手拉起还跪着的田雅静，满眼喜爱地看着她，儿子是很受女孩欢迎，但还是头一回往家里领人。

安妃自然高兴得很，虽然田雅静还小，但再过两年，到了十六岁就大不相同了。

正如安妃预想的那样，田雅静在她的细心照顾下，当真出落得如出水芙蓉一般，亭亭玉立又知书达理，成为远近闻名的大美人。当然，这是后话了。

“父王，我还有公事在身，先行告退了，容我日后再来拜访。”又聊了一阵，景霆瑞便起身告辞，安妃心下不舍，三年未见儿子，就只有这么短暂的一聚。

但是，她也明白儿子在外的荣耀，决定了她在景亲王府中的地位，她不能不放手。

景霆瑞是来也匆匆，去也匆匆，因为他心里始终放心不下一件事，才没有随大军回朝，而是自己先回来了。

第六章 世内禅江山

“听闻皇上为给景将军接风洗尘，所以会在御花园里举行赏花酒宴。”

十四岁的东宫侍女萱儿，对正伏案写字的太子说道。

她是去年冬天才进东宫伺候的婢女，其貌不扬，最初因为和太子同年同月生，而引起太子的注意。

后来，她不卑不亢的作风，以及为人爽快的性格，都深得爱卿喜欢，所以十二监就升她做了东宫的首领宫女。

萱儿也很高兴能留在太子身边当差，她常和小德子一起，一搭一唱地说些宫里的趣事，给总是有批不完的公文的太子解闷。

这会儿，她要说的就是酒宴一事，秋高气爽的，御花园内的桂花、芙蓉都开得正浓，正是喝酒赏花的好日子。

“说起来……”爱卿放下手中那青瓷凤雕的狼毫笔，若有所思道，“我都不记得上次赏花是在什么时候了。”

“三年前，您和炎殿下在东宫赏红枫，那之后，您就很少去园子里逛了。”小德子拱手道，对于太子的事情，他总是记得一清二楚。

“嗯……没错。”爱卿点了点头，那时，因为景霆瑞身上有一股奇怪的香味，让他心生不快，便找了三弟炎去花园闲逛。

不过，现在一回想起来，当时园中的景色就历历在目，就像是昨日才发生的事，转眼就三年，爱卿突然觉得日子过得如此之快，让他都有些坐不住了。

因为，都这么久了，景霆瑞为何还没有回宫？！

爱卿一边觉得时光飞逝，一边又觉得日子过得极慢，仿佛蜗牛爬一样，在等瑞瑞回来的每一时每一刻，都是如此的漫长。

尤其是，当知道瑞瑞马上就要回来，却迟迟不见人的时候，这种望眼欲穿的心情就更加难熬！

可是，他还不能表露出来，否则会被人笑话的，如此，忍得就更加难受！

“殿下，宫里好久都没有设宴欢庆了，您这回一定要去呀。”见到太子突然安静起来，萱儿就笑着，试图让他提起兴致。

“嗯，那是当然的。”

宫中三年都未曾有大的庆贺活动，一是对嘉兰的战争开支巨大，需要节俭；二是，义父的身子时不时抱恙，鼓乐之声会打扰他休息，很不合适。

所以，就算是景霆瑞接连打胜的消息传回宫，父皇也只是命人赏赐景亲王府，庆贺的酒宴也是设在那边。

爱卿心里记挂着景霆瑞，同时担心着义父的身子，就没去参加景亲王府连续三日的饮宴，而是留在宫里，尽力帮父皇分忧。

这么一来，他确实在这三年中，过着足不出户的日子，奏事处送来的奏本，每日都如山高，整个东宫都成了书房，连天宇、天辰都很少来了，说这里十分乏味无趣！

爱卿虽然知道，可是无力也无心改变现状，至少当他全副身心投入在奏本中时，可以暂时忘却景霆瑞不在身边的事。

在最初，他看到有意思的奏本，还会抬头笑说："瑞瑞，你快看这个……"

但是映入眼帘的是小德子茫然的脸孔，爱卿只有尴尬地挠头，装作无事，心里却难受得要命。

久而久之，他就很少与人说笑了，安静地批阅奏折，倒也成了一种习惯。

"这本批好了，换下一本。"爱卿对小德子伸出左手，右手则利落地合上刚批注好的一本。

小德子正帮太子翻开裱着黄绸的本子，就有一宫女在殿外很是兴奋地说："来了，他回来了！"

"谁回来了？"爱卿随口一问，因为宫女讲得太大声，而殿内静得连掉根针都听得见。

"啊，殿下，奴婢该死！"门外的宫女察觉失态，连忙迈进殿来请罪。

"没事，都起来吧。"爱卿微微笑着说，心想，这宫人爱求死的毛病，怎么就改不掉呢。

"回太子的话，是景将军回来了，听说他这会儿正经过英武门呢。"宫女十分雀跃地道，声音在殿内回响，听起来是这般不真实。

爱卿愣怔了好一会儿，才腾地站起来，吓了小德子一大跳，他手里捧着的奏本都被撞飞了出去。

"谁？你们再说一遍！是谁回来了？！"爱卿的大眼睛里闪耀着炯炯光芒，那神情是如此之激动，焕发出异样的光彩，和平日里的样子判若两人。

这着实让宫女看得愣神，变得结巴起来："就、就是景将……"

然而，宫女的话还没说完，爱卿就如箭一般地冲了出去！小德子慌忙喊上护卫，一同追出殿外时，太子竟然都跑得没影儿了。

过了英武门，便是狭长笔直的内城通道，亦是车马道，能容六人并排通过，地面全是过千年的青石砖，十分巨大。

两边是高耸峭立的宫墙，与宫苑的朱红墙体不同，这儿都是灰砖砌成，上头设有屏障，以及弓箭、火炮孔，能守能攻，是大燕皇宫的壁垒之地。

这通道每隔三百尺就设有哨台，有全副武装的禁军负责守卫。景霆瑞手持皇帝御赐的黑铁兵符"睚眦"，身穿威武铠甲，骑着银蹄黑身的高头骏马，只身一人，策马扬鞭，通行其中。

那厚重的城门一扇扇地打开，守卫肃然行礼，一切都在快而有序地进行，直到那个人的出现……

明明逆着阳光，明明马蹄飞快，在抬头瞄到城墙上方那一抹暗黄的身影时，景霆瑞立时勒紧了缰绳。

随着他征战嘉兰的宝马"黑龙"，鼻里喷出炽热之气，骤然收住四蹄，却因为停得突然，马首扬起，长嘶了一声，如划破长空的雷鸣般慑人。

景霆瑞抬着头，微微眯起漆黑、细长的眼。哨楼上的人就紧挨着石栏而立，他低下头，尽可能地倾出身体，往下探看。

他的黑发因此滑落下肩头，在阳光下闪闪发光，就像湖面上的点点碎金，美得让人眩目。

哨台有三层楼高，景霆瑞脚踩马镫，飞身下马，朝着头顶的哨楼单膝跪下，并抱拳道："太子殿下……"

虽然只是唇边的轻声呼唤，但这儿是如此的寂静，连马儿都安静了下来，楼上的人显然是听见了，转身飞奔下哨楼。

景霆瑞依然没有起身，他面前的包铁城门徐徐开启，爱卿就垂手站在那儿，面色红如桃花，气喘吁吁。

魂牵梦萦的人就站在城门内，咫尺之遥，景霆瑞根本无法移开目光。但是，那一身杏黄色、肩上盘着五彩四爪锦龙的太子装束，提醒着两人身份的巨大差别。

"末将景霆瑞，多得圣恩庇佑，征战嘉兰，得以大胜而归。在此，有幸再见太子殿下，请受末将一拜！"

景霆瑞即使阔别皇宫三年，该有的规矩都没有忘记，更何况城墙上还有一排排的守卫盯着。

"瑞瑞！"然而，就在景霆瑞准备行大礼之时，爱卿却猛扑了过来，就像一头小鹿，撞进景霆瑞的怀里！

"真的是你……天啊，真的是你！瑞瑞！"爱卿似乎都没听见景霆瑞方才说的话，只是一个劲地反复念叨，十分用力地搂着景霆瑞的肩头，他的声音颤抖着，是极度喜悦，却也带着浓重哭腔。

"殿下。"在这一刻，景霆瑞高悬的心才放了下来，他如此心急火燎地往皇城赶，除了要向皇上复命之外，最重要的是，他想要确认太子是否安好。

与皇城官员的通信中，得知太子已经开始辅政，宫中无数双眼睛都盯着太子，新的政治势力崛起，必定会引起朝廷权势的重新分割。拥护太子的一派，与专挑刺的言官针锋相对，他们说是为太子、为国家效力，但时时刻刻都在为自己营私夺利，挑起各种争端。

这在每个朝代，都是司空见惯的事。

朝中，不是只有忠臣、贤臣而已，还有佞臣、奸臣，以及见风使舵之人。正所谓一种米养百种人，在朝廷里也是一样的道理。

景霆瑞十分担心单纯又毫无防备心的爱卿，会沦为党派争权夺利的工具。即便有皇上、巫雀王在，即使他们再神通广大，英明非凡，也不可能面面俱到地保护好太子。

朝内的阴谋诡计向来是杀人于无形，又无孔不入的！

而景霆瑞越是听到官员称赞说："这些年里太子变得异常懂事，不再顽皮，行事稳重，出入有度，堪称众皇子的典范。"他也就越担心，这听着根本是别人，而不是那位天真活泼，十分率性的淳于爱卿了。

但是现在，爱卿在他的怀里，依然和以前一样，那么“行事莽撞、不守规矩”，却让景霆瑞不由舒展开眉头，壮实的双臂也揽紧了他。

“我回来了，卿儿。”景霆瑞的嘴唇凑近爱卿耳边，一再回应道，“我好好地回来了。”

“景大将军——！”

一声尖利又带着柔腻味儿的声音，打破了二人紧密相拥的激动心情。

景霆瑞抬头，看到来者是总领太监李德意。三年未见，他的头发已大多灰白，但精神依然很好，眉开眼笑地，好像狐狸一般地瞅着他们。

“老奴奉皇上旨意，特来此地迎接景将军！将军您辛苦了！”李德意恭恭敬敬地作揖，似乎对他们这种不合规矩的主仆拥抱，视而不见。

“李公公。”景霆瑞放开手，抱拳回礼，爱卿则拧着秀眉，一脸不悦地站在一旁。

“哎呀，原来太子殿下您也在这？”李德意先是一愣，而后才笑眯眯地说，“都怪老奴老眼昏花，刚才没瞧清楚，老奴给千岁请安！”

“我一直都……”爱卿想说他一直都在的，景霆瑞却打断道：“既然皇上都在等末将了，就不容耽搁，还请公公速速带路吧。”

“是的，将军您请。”

李德意带了好些装束华丽的内监、宫女来，排场大得很，看得出是皇上得知景霆瑞归来后，立刻下旨，让众人着礼服迎接。

于是，原本独行的景霆瑞，在数十人的簇拥下，牵着黑龙，浩浩荡荡地往深宫里去了。

爱卿本来想跟着去，但是李德意面带歉意地说：“皇上只下旨召见景将军一人，太子殿下，您还是先回东宫吧？”

爱卿气得直跺脚，却只能眼巴巴地望着景霆瑞离开。直到那一大拨人都消失在宫墙的尽头，他才黯然地垂下眼帘，喃喃说着方才没来得及说出口的心声：瑞瑞，我好想你啊，虽然你又跑掉了，但你能平安回来就好。

皇帝的召见，景霆瑞不能不去，而他们一谈起战事，恐怕无三五个时辰是不会结束的，所以今天就只有这么短暂的一见了。

带着这样既高兴又沮丧的复杂心情，爱卿独自一人慢吞吞地走回了东宫。

第二日，天才蒙蒙亮，爱卿就火烧眉毛似的爬起床，相当仔细地梳洗了一番，穿上前几日才新制的杏黄色绣金蟒袍，接着，就命小德子去请景将军来。

小德子去了，但很快回来复命说，景将军昨夜留宿在宫中，并与皇帝彻夜长谈军务要事，此时才刚歇下呢。

听到这里，爱卿便打消了要见他的念头，乖乖坐着等。

然而，到了午后，他再差小德子去请时，又得到回复说，景将军已经去长春宫觐见巫雀王了，估计一时半会儿出不来。

小德子就劝太子殿下先用饭，因为怕错过将军，太子连早膳都未吃呢。

“我不想吃！……父皇和义父也真是的！哪里有这么多的事情要谈？还专挑我要见瑞瑞的时候，等下他要是出宫探亲，我就又见不着他了！”

因为景霆瑞现在不是太子的近身侍卫，自然是不会来东宫的。等他见完皇上、义父，说不定就回景亲王府去了。

若真是那样，爱卿不知自己何时才能再见到他！

难道非要等到宫中饮宴的那一天吗？

“殿下，您现在抱怨也是无用的啊。景将军现在那么忙，自然无法来见您……”小德子苦口婆心地劝着，还让萱儿端来太子爱吃的金粟玉米粥。

这粥取材是上等的甜玉米，玉米粒剥下，一粒粒挑拣后，捣成玉米糊倒入锅中，再加入淘洗干净的大米、新鲜的牛奶、蜂蜜、几颗大红枣，如此慢慢熬成的。

小德子用镶金边的青瓷汤匙舀起粥，小心地吹凉了，然后道：“殿下，请您多少吃一口吧，要是饿坏身子就糟啦。”

爱卿却抬头，用一种极为忽闪，像星星般发亮的眼神望着小德子。

这种巴望的眼神，看得小德子心头是颤巍巍的，连粥碗都要端不稳了！

太子的长相自然是好得无可挑剔，宫人私底下都说，太子不愧是继承龙脉之人，生得是龙眉凤目，分外俊俏！还说不管是什么样的花儿，到了太子面前，都会黯然失色！

当然，他们看到的统统是太子的表象，小德子从小就跟在太子身边，尽心伺候着他，每当太子的表情越是可爱，甚至可称作“楚楚可怜”时，那就得小心警惕着，因为马上就会有不好的事情发生！

“小德子，你今天很累了吧，都跑了三趟长春宫了。”爱卿笑脸迎人，亲切地端下小德子手里的粥碗。

“不、不！奴才为您跑腿是心甘情愿的，再跑一百趟都不累！”小德子避之不及似的，连连倒退，还说，“殿下，这天色渐晚，景将军说不定已经得闲，奴才这就去看看。”

“给我站住！”爱卿站了起来，笑容全无，小德子立马停住脚，可怜兮兮地看着太子。

“您、您又要奴才去做什么啊？”

“好说，不是歹事。你，快把衣服脱了。”爱卿微笑着说，还让萱儿去把门窗都关严了。

“什么？！”小德子脸都吓白了，双手捂着身体，直打颤地说，“干吗要脱小的衣裳？”

“少啰嗦！让你脱就脱嘛！哪这么多话。”爱卿不等小德子自己脱，就扑上去扯他的衣带，小德子一阵哀号，左躲右闪，仍旧不敌太子的魔爪。

于是，沉寂了三年之久的东宫，竟然又出现了极为喧闹之声，屋顶琉璃瓦上栖息的鸽子，都呼啦啦地飞走了。

黄昏，暮色姗姗来迟，长春宫的御花园笼罩在一片金与红相互交织而成的靡丽色彩中。

一队十六人的红衣内监，分为两列，一前一后，步履轻快地走入花园，要接替午后当值的太监。

此时，恰逢巫雀王柯卫卿亲自送景将军出来，他穿着一领厚厚的紫貂绒披风，对初秋的季节来说，是早了些，但是柯卫卿卧床已久，难得出门，也难怪会被下人“全副武装”了。

不过，对于久居深宫的人来讲，柯卫卿的面色尚可，脸上满是喜悦的神情，让人看着能放宽心。

他身旁站着景霆瑞，在夕阳光辉的照拂下，他是那么的魁梧挺拔，气宇轩昂。他今日没有穿铠甲，只是一身轻便的武士官服，却仍然跟身披战袍似的，显示出坚如磐石一般的气魄。

而景霆瑞的长相又那么的英俊，眉毛浓重，眼睛深邃，深刻的五官极为端正，让人过目难忘。

此外，他的眼神永远是这样专注而锐利，仿佛能看透人心，就更让人无法直视了。

也只有柯卫卿能够这样心平气和地与他谈话，不会被其影响，那是因为天底下，还有个人目光也是如此犀利，那就是煌夜了。

两人相谈的话题是皇上近三年的国策，尤其是对安若省的治理，以战后重建、恢复当地民生为重。

景霆瑞认为，嘉兰皇帝在时，就没有好好治国，为了筹备军备，而掳掠自己的国民，弄得民不聊生。如今的安若省，在大燕帝的统治下，是该好好建设一番。

景霆瑞还提到了打仗时遇到的一些嘉兰将领，他们自称与柯卫卿交过手，还让景霆瑞回睢阳后，代为问好。

“这是他们的临终之言。”景霆瑞说道。

柯卫卿果真是相当厉害的统帅，就连敌军将领都如此崇拜，且念念不忘。

柯卫卿听了景霆瑞所述，静默地站了好一会儿，才叹息道：“都是一些名将，嘉兰帝太着急于一统天下，他想要拿下我们大燕国，无疑是贪心不足蛇吞象，只是可惜了这些将士。”

景霆瑞望着柯卫卿，那些将领口中形容的柯卫卿，是非常可怕的，不论是他的武功，还是战术，令他们噩梦连连，却又无可奈何。

但是他眼前的柯卫卿，却是如此儒雅，就像一个手无缚鸡之力的书生。

不过，不管是敌军口中的柯卫卿，还是巫雀王柯卫卿，都让景霆瑞觉得，自己不是他的对手。

如果皇上是锋利的宝剑，锋芒总能割裂任何人，那么柯卫卿就像是剑鞘，很好地让皇上敛起锋芒，变得更加沉稳，把实力暗藏不露。

景霆瑞在最初入宫的时候，都不明白皇上为何要把巫雀王留在宫里，难道真的如他们所说的，是一个人质？

逐渐地，景霆瑞明白到，再厉害的君主，身边也需要一个相伴的忠臣。

只是景霆瑞有些疑惑于，从来没见柯卫卿展示那些呼风唤雨的力量，难道说巫雀族只是普通人？

还是说，柯卫卿是为了避嫌，才没有使用的？

“我就替皇上再谢谢你的辛劳付出。”柯卫卿向景霆瑞再三道谢，“你为大燕和皇上，都立下了大功。”

“不，这是末将应当的。”景霆瑞回神过来，连忙单膝下跪，柯卫卿便伸手拦着，不让他下跪，彼此还差点撞到头，这场面甚是有趣。

他们二人又说了一番话，在花园里待了好一阵，那些原本打算去交班的太监，也只能立在园子里，俯首低眉，要等巫雀王和景霆瑞离开才能走动。

有一个位居队伍末尾的“小太监”，几次微微抬头偷瞄，又很快低下头去。他没想到这么快就遇上景霆瑞，心里是既开心又紧张。

开心的是，景霆瑞正要离开，说不定可以找机会和他搭上话；紧张的是，没想到义父也出来了，要是被发现就糟糕了！

这不是罚抄写就能逃过去的呢！

“那么，你一会儿是要回亲王府吗？”柯卫卿亲切地问景霆瑞。

“正是，皇上命我带礼物给父王。”

“那我也就不多留你了。对了，我这儿有西凉国送来的雪蛤膏，听说老人家吃了能益寿延年，你拿回去，给你的母亲安妃补补身子吧。”

柯卫卿的话让“小太监”蓦地抬起头来，景霆瑞果然是要出宫吗？如此一别，还不知何日才能见到了！好在自己早已料到，偷偷摸摸地来了！

“小太监”此时已经是心急如焚了，都忘了老是抬头是会露馅的！

因为小德子说他怎么看都不像一个公公，且宫婢们都认得他，要混入长春宫，还不叫人发现，根本是不可能的！

不过，爱卿也有自己的法子，他拿了一个太监手里的拂尘，遇人就低头，拂尘一挡额前，再行礼。

这举止虽然有些夸张，但别人只当是个胆小怕生的太监，倒也让他一路顺当地蒙混了进来。

只是这会儿他是怎么都沉不住气了，景霆瑞就面对着他而立，在十几步外的地方，义父则侧对着他，两人相谈甚欢，都没有注意到这边。

就在此时，景霆瑞那双鹰眸，毫无预兆地扫视了过来，爱卿心里一惊，可就是忘了低头，就这么傻愣愣地看着，心里哀叹：“完了，一顿板子是逃不掉了！”

然而，景霆瑞的目光就如冬日里冰封的湖泊，那样的平滑如镜，飞快地扫视而过，目光又落回到柯卫卿身上，恭谨地谢恩之后，拱手告辞。

“他没认出我来？！”爱卿简直是遭遇雷击似的，惊诧万分。

虽然这顶太监帽是大了点，站着的人都是统一着装，一眼望来确实有些难以分辨，可是，景霆瑞毕竟都望过来了啊，并且的的确确看到了自己！却没有一点认出来的意思。

就算是三年未见，也不至于生疏到这份上吧？这根本是——视而不见了呀！

不，昨日也是有见过一面的，当然，都怪那时自己太激动，光顾着扑过去抱他了，恐怕景霆瑞都没有看清楚他的样子。

三年了，自己怎么着都是有点变化的吧。

“末将告辞，殿下请多注意身体。”在爱卿纠结于此时，景霆瑞声音朗朗地道。

“嗯。”柯卫卿点头，吩咐太监和宫婢送他出宫，不过景霆瑞谢绝了。

“这可怎么办？！”爱卿看在眼里，急在心里。是现在追上去还是作罢？眼看义父转身已经回寝殿去了，而景霆瑞则沿着花园小径往外走。

“都别愣着了，快走吧。”这时，领班的老太监一甩拂尘，趾高气扬地催促道。

爱卿只得硬着头皮，跟着他们往前走，只是与景霆瑞截然不同的方向，他急得帽檐下方都是汗了，伸手掏向衣袖内，想找帕子擦一擦。

“啊？！”突然，爱卿大叫一声，吓了老太监一跳。

“干什么呢？你！”老太监拂尘一指，不快地道，“在宫中喧哗，是活腻了吗？”

“回公公，小的拣到玉佩一块，定是方才景将军落下的，小的给他送去。”爱卿低着头，极快地道。

不等老太监反应，爱卿就抓着自己的玉佩，转身拔腿狂奔。

“站住！不准乱跑！哎！这是哪个殿里的……”

不管公公在后头叫喊些什么，爱卿都权当听不见了。

御花园很是宽广，蜿蜒曲折的游廊，亭台楼阁。假山奇石，古柏藤萝更是目不暇接，但出去的路大致都是那么一条，爱卿自认是可以追上景霆瑞的，可一口气跑过了三道回廊，都不见瑞瑞的踪影。

“他的腿脚这么快？”天色渐渐暗了下去，青灰色的暮霭笼罩着园里的假山，到处都是灰蒙蒙的，宫灯还未点上。

一整日都没吃东西，加上紧张和心慌，又一阵急吼吼地跑，此时的爱卿不但额头冒汗，还两眼发晕，不得不伸手扶住一嶙峋突出的假山石，停下来歇口气。

早知道听小德子的话，喝上一口粥也好啊，也不至于现在饿到头晕眼花了。

就在爱卿深感挫败、垂头丧气之时，一双手臂忽然从他背后探出，就跟鬼魅似的猛地勒住他的肩头，同时还捂住了他的口鼻。

“是刺客？！”爱卿瞪圆了眼地想，反应极快地抬起手肘，猛击向那人的上腹，就算不死，也能折他三根肋骨！

爱卿毕竟是青允教出来的徒儿，或许武艺比不上炎那般精湛，但保命的功夫还是有的！反击的动作那叫快、准、狠！

然而，肘击固然很快，那人却也不差，似乎用了内力，筑起一道“铜墙”防护，爱卿只觉得手肘一痛，就跟磕碰桌角似的疼。

可能是他肚子饿，所以力气还不够大吧，他无法破解对方的防御招式。

于是，爱卿很快改变战略，抬腿往后踹，攻击那人的下盘，可明显后方的人个头更高，双腿十分修长，且闪避灵活。

那人一格一挡，就轻松地将他的脚也禁锢住。这番争斗不过一瞬间，却让人紧张得心脏咚咚狂跳！

“小太监，别动。”那人轻声耳语道。

“这声音怪好听的，不对！怎么这般耳熟？”爱卿的眼睛眨了又眨，这种仿佛做梦般的心情，让他激动得全身有些发抖。

这时，那双一直禁锢着他的胳膊终于松开，双腿也不再压制着他。重获自由的爱卿，小心翼翼地扭过头去，借着最后一丝的夕阳余晖，看清那端正的脸庞，正是景霆瑞！

真是太大的惊喜！爱卿嘴巴大张，心里顿涌起千言万语，却一句话也说不出！

而他的面颊就跟那沉入天际的夕阳似的，一片火红，连耳根都是烧烫的。

“殿下……扮太监好玩吗？”景霆瑞笑了，主动靠近，温柔地牵住爱卿的手，宠溺地抱了抱他。

爱卿不由抬起头，天色又暗了几分，加上假山的阴影遮蔽，所以他只能看到景霆瑞那如刀凿般深刻的轮廓，却无法看清他的神情。

“对不起……我、我不是故意的……”想起刚才的事，爱卿难免结巴，还想看看景霆瑞有没有被自己打伤，可是，景霆瑞的拥抱很暖心，他舍不得离开。

“我还以为，这段时日都见不着殿下了。”景霆瑞耳语道，“见到您在太监队伍里，还当是思念太重，看花了眼，直到您一直跟着过来，才知道是殿下您没错。”

“瑞、瑞瑞，你先放开我，怪难为情的。”爱卿已经十四岁了，不是小孩子了，哪还要景霆瑞抱着呢。

景霆瑞笑了笑，松开双臂，低头看着爱卿，那眼底闪烁着奇异的神采：“您确实是长高了一点点。”

“啊？只有一点点？”爱卿瞪圆了眼，景霆瑞比以前健壮多了，完全是一个成年男子，而非当初的少年侍卫了。

“对啊，一点点，嗯……”景霆瑞还伸出两根指头比画了一下，“大概比烧饼厚了那么一点吧。”

“景霆瑞！”爱卿恼了！别人都说景霆瑞就像是一座大冰山，冷酷得很，极少说话。

但在爱卿面前，他的话不仅多而且能气死人，爱卿忍不住捶了一下他的肩头：“我明明长高好多了！是你自己长太高太壮，还说我没长个。”

“好疼呢，殿下。”景霆瑞有些夸张地揉着肩头，“您怎么穿着太监衣衫，好在巫雀王没瞧见，不然您又该挨罚了。”

“哎？”爱卿都忘了自个儿身上还是小太监的装束呢，可他着紧的不是这个，蓦然抬头道，“跟我去东宫吧，大家都很想你呢。”

不好意思说自己非常想念他，爱卿把小德子和宫女们都捎上了：“去喝一杯热茶，如何？”

“殿下，我有皇命在身，只能此刻告退了。”景霆瑞抱拳后，还往后退了几步，整个人都出现在明朗的月色底下。

“你别……”爱卿想要叫住他，才起身，就听到一列巡逻禁军从不远处经过，而不得不退回假山的阴影底下。

禁军守卫自然认得景大将军，还整齐地向他行礼。

待他们走过去后，爱卿就溜出假山，秋夜的凉风呼地吹过，让他不禁打了个哆嗦，头脑立刻变得分外清醒。

明知道应该快点离开御花园，因为禁军还会过来巡逻的，可是双脚却怎么也迈不开。

他左右扭头，四下寻找着景霆瑞的身影，发现他真的已经走掉之后，爱卿就跟被这一阵阵的寒风给冻住了似的，呆呆地愣在原地，好久都不能动弹。

今天是个特别喜庆的日子，皇上为了给景将军接风洗尘，在御花园的东桂苑举办了一场赏灯、庆功酒宴。

那一盏盏、一串串，形态各异、色彩斑斓的花灯，几乎挂满了一株株怒放的桂树。加上月色皎洁，花香四溢，人们行走在花坛间、鹅卵石小径上，有种仿若置身月宫之感。

十六张或圆或方的宴席桌子，就摆在令人眼花缭乱的彩灯之间。身着粉色帛裙的宫女，双手端着御膳房精心烹制的金盘酱鸭，送到每一席的桌上。

酱红色的肥鸭盘成圆状，油光发亮，还散发着一股桂花香。这肥鸭肚皮内的名堂也很多，填满了香菇、糯米、鸡丁还有桂花瓣儿。

酱鸭一切开来，热气腾腾，香气四溢，不但鸭肉肥美，里头的食材也让人吃得津津有味，唇齿留香。

天宇和天辰光是啃这大肥鸭，就快撑破肚皮了！

今夜不但柯卫卿盛装出席，连小公主珂柔都来了，她已经四岁，一双水灵灵的大眼睛分外传神，她“咯咯”地笑起来，粉嫩的圆脸蛋上，就有一对深深的酒窝，可爱极了！

而她只要一到爱卿的怀里，就怎么也不肯离开了。

乳母嬷嬷看着公主在太子膝上“撒野”，一会儿要亲亲，一会儿要抱抱的，把太子的衣衫都弄皱了，却毫无办法。

爱卿呢？自然是高兴极了，索性让嬷嬷在一旁歇着，他自己来喂公主吃饭。

同席的宰相贾鹏见了，连声称赞说太子与公主的感情真好，而公主最喜欢的兄长，显然就是太子。

“当然，我也最喜欢皇妹了。”爱卿乐滋滋地说，此刻，他的眼里就只剩下珂柔了。

尽管他的身旁坐着三皇弟炎，以及此次宴席的主角——景霆瑞。

与太子和公主的热闹相比，这邻座的二人就安静得过分了，只有当皇上或其他大臣前来敬酒，他们才会起身。

“皇兄，你不吃些东西吗？肚子不饿？”也许是看不下去爱卿一直喂公主，自己却不动筷，炎终于说话了。

“我会吃的，一会儿就吃。”爱卿嘴上答应着，肚子却不觉得饿，大概是因为景霆瑞就坐在身旁的关系吧，自那天在假山旁遇见后，已经过去五日了。

景霆瑞在这期间有派王府家丁，送了一些他沿途买的土特产，什么糯香米糕，用极好看的花纸包着，色白如玉，入口即化。

爱卿吃了一块，后来得知其他皇子都有份，他就把剩下的甜饼分给小德子他们了。

再者，就没有任何的联系了。

“原来在他眼里，我和炎儿他们没什么两样！”爱卿也不知道自己是怎么了，以往，父皇和义父赏赐他们东西时，经常是一人一份，很是公平，他心里也从未有过芥蒂。

可唯独收到来自景霆瑞的礼物时，他会想要独占。

“怎么自己变得如此小气？”爱卿觉得自己越来越坏，甚至算得上是小心眼儿，就更不开心了。

好在今天有珂柔出现，多少扫除了那烦闷低落的心情。

可好景不长的是，随着夜深天凉，而珂柔已经吃饱喝足，连打哈欠了，柯卫卿就让嬷嬷抱公主回去休息。

爱卿纵然有千般不舍，还是把珂柔交还给嬷嬷。

“皇哥哥……”小公主瞌睡得眼皮儿都打架了，却还是冲着爱卿笑，伸出那柔软浑圆的小胳膊，还要他抱。

“还是我来送柔儿回去……”爱卿连忙想要讨回珂柔，可是有人一把抓住了他，连袖子带胳膊的，让他一下子站住了。

他扭头，竟然是景霆瑞，不，还有炎。

他们一左一右，各自握住了他的手臂，阻止他。

“这是怎么了？”爱卿诧异地问。

“天太黑。”景霆瑞说。

“路太滑。”炎应道，虽理由不同，但几乎是异口同声的。

话音刚落，两人还相视一眼，便松开了抓着太子的手。

“天这么黑，太监的灯笼只能照顾到嬷嬷一人，你跟着去会添乱的。”炎把景霆瑞说的话，扩充着说了一遍。

“夜里雾气重，花园里的路湿滑，你不懂走夜路，万一抱着公主摔跤，就不好了。”景霆瑞则把炎的理由解释了一遍。

爱卿感到十分稀奇地看着他们，什么时候他们变得如此合拍？

“罢了，我不去了。”

嬷嬷早就抱着公主离开了，爱卿望了望那一头黑黝黝的园景，哪里还有公主的影子，便又回到宴桌上。

望着那满桌的美酒佳肴，爱卿才觉得肚子有些饿，但他才吃了几口鸭肉，不知是谁提议行酒令、猜灯谜，有一文臣兴冲冲地起身道："就由微臣献丑出一道谜题，考问在座的各位大人，此为打一物。"

虽然他那么说，显然是针对皇子们的。

"骨头零零星星，皮肤薄薄轻轻，"那文臣显然是喝了不少，面色赤红，不但摇晃着脑袋，表情还有些夸张地道，"问得什么顽疾，佳人热火烧心！"

也许这句子正扎进爱卿的心里，他这几日吃得少，睡得不安稳，还总是心烦气躁。

谁让景霆瑞回了王府后，真的一点口信都没捎来。

有人掩嘴笑说："这首是歪诗，岂能登此大雅之堂，也不怕皇上怪罪！"

可是那文臣辩驳说，此言差矣，非要大家猜一猜，还偏偏看着太子。

"啊……"爱卿张了张嘴，但脑袋里空白一片，场面一时有些尴尬。

"灯笼。"紧挨着爱卿坐的炎，不咸不淡地回答道。

"对！炎殿下才思敏捷，果真厉害！"文臣当即鼓掌，还敬酒一杯。

众人仔细一想，确实是"灯笼"没错，不但夸奖了炎殿下，还称赞了出题的文臣。

酒宴上的气氛不由活跃起来，连平时爱端架子的贾鹏，都一口气地出了好几道题，还要在座各位官员、皇子彼此出题，而皇上作为评判，答对有赏，输了的就罚喝酒三杯。

于是，按照从左往右的次序，炎出题给爱卿回答，但他明显是偏心的，说道："木字多一撇，打一字。"

"移。"爱卿脱口而出。

炎就自罚喝酒，轮到爱卿给景霆瑞出题，爱卿面对着他却说不出话。

别人还当太子想不出题目，不由鼓噪。

"快啊，殿下，以您的学识绝对可以让景将军罚酒三杯的。"

"就是说啊。殿下，您不是想放水吧？"

"我没有……"可是爱卿都没有抬头看过景霆瑞一眼，心里就像有十五个水桶打水，都七上八下了。

"那快点说啊。"众人鼓掌吆喝。

爱卿无奈地看了看桌上，那青铜火锅炉正烧得旺呢，便直接取材："长在高山上，死在泥洞中，魂魄上青天，骨头暖人间，也是打一物。"

"这太简单了，太子殿下问的是'木炭'嘛。"大概是爱卿的视线出卖了他，所以旁人就已经抢先作答。

那人是新入职的文臣，似乎是为了在皇上和诸位大臣面前留下一个敏捷聪慧的印象，才如此作为，但是让太子下不了台。

爱卿果然咬着下唇，有些不知所措了。他必须在众目睽睽中，连喝三杯，而他的酒量非常差，根本就是"一杯倒"。

所以饮宴到现在，他都是以茶代酒回敬各位大臣的。

"既然现在改为'抢答'了，"景霆瑞突然起身说道，"那么我来出一道题，由诸位大人来竞猜吧。”

“可是太子殿下都还没喝……”那人显然有些不满，但被景霆瑞的黑眸这么一扫视，竟然也缩住了口，讪讪地坐回了位子里。

“想必猜灯谜大家都玩厌了，就来点新鲜的玩法。”景霆瑞从容不迫地道，“谁能坐在我坐不到的地方，就算赢。”

“什么？！”

这问题一出，可真是新奇得很。每个人的脸上都是一副匪夷所思的表情，还有人自言自语，仔细琢磨着：“坐在景将军坐不到的地方……”

若是凳子，他能坐，大家都能坐，换言之，只要能搁住屁股的地方，景将军自然也能坐上去，不管是凳子、桌子，还是树上、地上。

或许，景将军的用意没那么简单？

不出片刻，就有人满脸堆笑地拱手道：“卑职知道了，这是指‘骠骑将军’之位，当然，这位子若景将军都坐不到，吾等庶人就更不可能。”

言下之意，是谁能坐到连景将军都坐不到的官位上去，这马屁是拍得极响的。

可是，景霆瑞轻轻摇头：“末将说的坐，就是‘坐着’，如此而已。”

言毕，他还坐了下来，静候诸位大臣的答案。

这下，可真是问倒众人了，大家都挖空心思地想，到底有什么地方是坐不住的，水面？沼泽地？

不过，这水面、沼泽地景将军自己都坐不上，其他人也没办法坐上去啊。

爱卿看着景霆瑞端坐在那儿，心里就有了答案，可是有些为难……

“唉，老臣木讷，实在想不出。”

“卑职也想不出。”就在大伙都摇头放弃的时候，只有爱卿是一脸的明白，却欲言又止。

“卿儿，你说说看。”煌夜问道。

“这个……”爱卿不由看向炎，但这一次炎猜不出，帮不上他的忙。

“你若是知道答案，就公布了吧，大家都很期待呢。”煌夜笑着催促。

景霆瑞深邃的目光，笔直地投向爱卿，这让他的脸孔更红了，傻傻地站在那儿，心里不安地想着：“答案是不难，就怕他不让我作答。”

“其、其实，就是那个……”爱卿打算直接说出答案。

煌夜却打断道：“景将军问的是，‘谁能坐到我不能坐的地方’，所以卿儿，你要用动作表达出谜底。”

“啊？”这下爱卿真的是无计可施，他朝景霆瑞挪了一小步，大家的眼睛都睁大了，显得非常好奇，许是抱着破罐子破摔的心情，爱卿一闭眼睛，就这么坐在了景霆瑞的大腿上。

景霆瑞不但没有推开他，反而像在扶住他一样，左手顺势揽住了爱卿的腰。

“原来如此。”煌夜拍案道，“是景卿家的大腿！果真有趣！”

众人这才恍然大悟，连景将军自己也坐不到的地方，不就是他自己的腿吗？

这谜底说穿了竟然如此简单，仿佛连小孩子都能猜到似的，可又是真真地找不到答案。

“景将军真是厉害，这都能想到。”老臣们纷纷竖起拇指，表示十分佩服，就连之前让爱卿难堪的年轻文臣，也作揖表示甘拜下风。

“厉害的是太子殿下。”景霆瑞说，“能这么快就猜出来。”

“对！太子殿下天资聪颖、非凡人所能比拟。”于是，那些盛赞的话简直如同江水一般，滔滔不绝地涌向爱卿。

不过，让爱卿脸红得不行的，倒不是他们那一套套溢美之词，而是他还坐在景霆瑞的怀里呢！

景霆瑞完全没有介意的样子，也许感觉到爱卿浑身僵硬得就跟石头似的，他还轻声地问：“殿下，您没事吧？”

“你是不是讨厌我了？”爱卿也不知哪里来的胆量，或许是旁人都在鼓噪吧，他抬眼看着景霆瑞。

“您在说什么？”景霆瑞神情里透出困扰，要知道能让他觉得棘手的事情可不多，就算是在战场上，面对黑压压一片的敌军，他的眉头都没皱一下。

爱卿见状，急忙想站起来，却没想景霆瑞拽了他一把，又让他跌坐回他的怀里。

“我怎么会讨厌您？”景霆瑞说，声音极轻，却刚好可以让爱卿听到。

“那你怎么回府这么多天，连个音讯都没有？”爱卿扁嘴，“当真心眼里还有我这个殿下？”

“末将不是给您捎去了点心？”

“那也算？”爱卿皱起眉头，“人人都有份的。”

“虽然都是一样的点心，但殿下那份，是我亲手跟着老师傅做的。”景霆瑞道。

“啊？”爱卿愣了愣，随即自言自语道，“哎，得让小德子吐出来！”

“您给小德子吃了？”

“就、就一块，不是有好几块嘛，小德子就吃了一块，其余的都是我吃的。”爱卿笑眯眯的，一副雨过天晴的模样。

“景将军，这题都解完了，该放人了吧？”炎看不下去他们两个这样坐在一起，还交头接耳，上前一把拽着爱卿的手，“皇兄，我们去看花吧。”

“就这院子里点了灯，外边黑魆魆的，看不到什么花了。”景霆瑞却道，一手还揽在爱卿的腰上。

爱卿呢，从小被景霆瑞抱惯了，倒没觉着怎样不妥，他先对炎道：“你先等等，我有话对瑞瑞讲。”

“可是，皇兄，我想现在去看花。”炎使出了身为弟弟的杀手锏——撒娇。

“那……好吧。”爱卿从景霆瑞身上起来，炎高兴地笑了，还得意地朝景霆瑞挑挑眉头。

“您还真是一点没变。”景霆瑞对炎道，“就是个小孩子。”

“你说什么？”炎正要发火，只听得“砰”的一声响，一只碧玉酒壶就摔碎在地上，惊醒了所有人！

“殿下？！”李德意惊呼，赶紧上前去搀扶身体歪倒向座椅扶手的柯卫卿，看来是他的晕厥病又犯了，才会失手摔了酒壶。

本来柯卫卿就不宜饮酒，煌夜刚才也劝着，可是今日高兴，他难免多喝了几杯，结果……

“快去传御医！”煌夜立刻扶起柯卫卿，让李德意去传北斗。

这下，没人再嬉戏说笑了，大家手忙脚乱地跟在皇上后头，齐齐地送巫雀王回宫，好在这酒宴就摆在御花园，离长春宫并不远。

北斗来得很快，在寝殿里头诊治时，众大臣和皇子统统立在外头，不安地等待着，谁也没走开。

等到天边泛出鱼肚白时，李德意才出来说：“殿下没事，已经苏醒，大家都放宽心吧。”顿了顿又说，“殿下说了，这次对不住景将军，还扫了大家的兴，日后必定补偿。”

“只要殿下安康，对末将而言，便是最好的补偿。”景霆瑞下跪，肃穆道，其他人也纷纷附和。

“我要进去看望义父，你先回府休息吧。”爱卿看着景霆瑞，义父没事，他松了一口气，但同时，他又要和景霆瑞分开了。

“是，殿下也请注意身体，别太操劳。”景霆瑞抱拳道。

“嗯，我会的。”爱卿有些不舍地看了景霆瑞一眼，便和炎一起，难掩焦急地进了寝殿。

柯卫卿休养了一月余，天越发冷得紧，风卷着枯叶在空中狂舞，不一会儿就下起冰雹，噼噼啪啪的，把宫里的人都惊到了，纷纷关紧门窗。

唯有御医北斗照例一手撑着伞，另一只手提着个红色雕漆铜扣食盒，往长春宫里送汤药。

食盒上层放着补气益血的汤药，由千年野山参、当归、川芎等炖煮而成。

柯卫卿叱咤疆场的大将军封号，是以损伤自身元气为代价换来的，如今他的巫雀力量全都给了太子爱卿，武功也因为被赵国维加害而尽废，没有内力可以支撑他的身体。

每到天冷的时候，过往中的寒毒或多或少都会诱发出来，引得他五脏六腑都不适。

所以，这熬了整整一宿的葛根汤用来驱散寒毒是再好不过的。

北斗对柯卫卿很上心。起初，他是对巫雀人能起死回生这一点而留在宫里的。而这些年来，巫雀人的身体构造、经络穴位是否与众不同，甚至他们的寿命、饮食喜好，都在他的考察之列。

以照顾柯卫卿的经验，北斗还撰写了一本《巫雀秘要》，以记录巫雀人的种种。

原来并非所有的巫雀人都有呼风唤雨、起死回生的能力。

有些人仅仅是略懂鸟兽语言，会看看天是否下雨罢了。

巫雀人也并非是一出生就显现出与众不同，他们直到十四五岁之后，才会有明显的能力变化。

这一变化就显现在他们身上，一种名叫巫雀胎纹的东西。

和普通人胎记类似，只是他们的胎记不会一开始就显现在身上，直到巫雀能力出现后，巫雀人的左胸乃至肩臂出现火红色，状同盛开的曼珠沙华般漂亮的纹样。

力量越强的人，这胎纹颜色便越是艳丽。

北斗还记得，初次见到柯卫卿左胸上的巫雀纹时，惊得目瞪口呆，那就像是一个活物，从白皙的皮肤里透出点点火红，那舒卷着的纹路，似乎随时都能冲出人的身体，迸射出一只展翅的火凤来。

因为太美了，以至于北斗愣在那里好久，直到柯卫卿的一双凤目斜睨过来，那眼神如刀，令人如芒在背，他才得以回神。

如今的柯卫卿，身上几乎看不到巫雀胎纹了，北斗知道他把力量毫无保留地给了太子爱卿。

逆转生死，是巫雀族最强大的能力，但追根究底也是以一命换一命之事。

没了巫雀能力的柯卫卿，就像一个被抽去筋骨血液的人，若他不是纯血巫雀族人，且还是巫雀族长的后代，想必在救下太子的那一刻，他就已经一命呜呼了。

北斗不清楚柯卫卿和煌夜之间到底有什么纠葛，他的心眼里，就只有研究巫雀人这一点。

只可惜，如今的巫雀人是越来越少了，能留在柯卫卿身边，帮他治病的同时，还能了解到这么多有关巫雀的秘密，北斗是极其兴奋的。

皇上也多次交代他，希望通过他的研究，能让世人了解到巫雀也是人，无须惧怕他们，更不用杀掉他们。

至于，传承了柯卫卿力量的太子，北斗到目前为止，都没看出太子有什么奇异的能力，可能是力量还未苏醒吧。

因为就算是巫雀人，也要长大后才有显现，更何况是半道出来的太子呢。

如今的淳于爱卿，既是大燕皇帝的储君，也是巫雀王的继位人，只不过后者身份，只有皇上、柯卫卿和北斗三个人知晓。

眼下，爱卿等同是半个巫雀人。柯卫卿以巫雀王的身份当摄政王，大家最终还是接受了，那是因为说到底柯卫卿还是一个臣子，但巫雀人当皇帝就另当别论了。

北斗每次向柯卫卿禀报说“太子还是老样子”时，柯卫卿不但没有失望，反而会松一口气。

他曾说：“我当初救他，本就不是为了让他来继承巫雀之力。”

北斗明白柯卫卿在担心什么，守旧又顽固的大臣们是不会要一个巫雀君主的。

虽然柯卫卿有时会自嘲，自己哪是摄政王，根本是皇帝的人质。但他所做的每一件事，无不是为了皇上和他的江山。

这样口是心非的柯卫卿，渐渐讨得了北斗的欢喜，不再只把他视为一个研究对象了。

因为柯卫卿无愧于他的摄政王身份。

对外，他给战事出谋划策；对内，他甚至要处理皇上的居家财政。

为此，柯卫卿没有能放松的日子，就算是卧病在床，他也定要听各殿总管的禀报，处理宫中事务。

长期以来，他不但要处理庞杂的宫所收支，主持逢年过节的繁琐庆典，还得暗中平衡朝中各派势力，解除皇帝的后顾之忧。

他的辛苦，怕是怎么也说不完的，可是他从不喊累，真不知是该叫人佩服，还是心疼了。

北斗这会儿去到寝殿，怕还是看到柯卫卿正披着外衣，伏在案头看各种账簿呢。

“御医大人。”两位宫女迎着北斗进门，帮他提食盒。北斗走进殿内，果不其然，柯卫卿正捧着一本厚厚的账册看呢！

“殿下，我是怎么说的？天寒了，您需要卧床静养。”北斗并不客气，就这么直接地指摘。

“啊？”柯卫卿倒是一脸意外，“这外头都下雹子了，你还来？”

“我不来，就不知道殿下您又在硬撑了！”北斗有些气鼓鼓的。

“呵呵，是我不好，不听医嘱，我一会儿就去躺着。”柯卫卿点头，让宫女给北斗上茶。

“我哪里还喝得下，都快被您气饱了！”北斗是想柯卫卿立刻去躺下。

“等我看完这本账就去歇着，冬天了，各宫所光炭火的开支就不少。”柯卫卿闲聊道，他把北斗视为好友，而非只是一位御医。

“这宫里养着的人也不少，你就不能让他们去合计吗？”北斗还是喝了一口茶，李德意进来通报：“皇上驾到。”

只见柯卫卿飞快地丢开手里的账簿，北斗以为他要出去迎接，哪知他转头直奔卧榻，掀开被子，和衣躺下了。

见状，北斗是瞠目结舌，差点都忘了恭迎皇帝。

“北斗，你在这刚好，依你看，柯卫卿的身子可有好些了？”煌夜一进门，就免了北斗的礼，着紧问他道。

“怕是会积劳成疾。”北斗并不给柯卫卿面子，直言道，“殿下就算不看着那些公文账簿，心里也还是牵挂着，这日夜难寐的，病怎么养得好？”

“我才没有……”柯卫卿在被窝里抗议。

煌夜走到床边，看到他身上的外袍都没脱，便知他是匆忙躺进床里的，便轻叹一口气。

他正要说什么时，殿外有一太监高声禀告道：“皇上，太子殿下求见。”

“让他进来。”煌夜的脸上带着慈祥的笑容。

“遵旨。”太监即刻传令去了。

不一会儿，爱卿就迈入内殿来，他是独自来的，还提着一盒御膳房的点心。

“儿臣给父皇、义父请安。父皇义父圣体安康！”爱卿放下点心，规规矩矩地磕头行礼。

“快起来吧。”看到太子，煌夜脸上便有了慈爱的笑容，“这么冷的天，你怎么来了？”

“儿臣见天下冰雹，担心惊到义父，特来探望。”爱卿如实说。

“你真是越大越懂事了。”煌夜不由称赞道。

因为爱卿小时候可怕打雷闪电了，冰雹也是这么大声，他却一心惦记着柯卫卿，而冒着雹子前来探视。果然孩子长大了就是不一样，爱卿已经是一个很有担当的小男子汉了。

“太子是越发懂事，不像某个人……”北斗不怕死地直言道，“再这么操劳下去，迟早一命归天。”

“什么？！”这直白的言语惊到父子二人，脸色大变，异口同声地问。要知道北斗要么不说，一旦说了，就必定是真的。

“我哪里有这么弱不禁风……”这下，柯卫卿躺不住了，索性掀开被子，走下床。

然而，他的脚才着地，身子就一软，要不是煌夜及时一把搀住了他，恐怕柯卫卿就要摔个大跟头了。

“微臣只是躺得太久，一时脚软罢了。”柯卫卿还嘴硬着，煌夜就把他扶上了床。

“殿下的沉疴宿疾久治不愈，也是卑职的错。”北斗也吓了一跳，现在才回过神，跪下来请罪。

“这不关你的事，是朕不好。”煌夜凝眉看着柯卫卿那近些年里越发瘦削、苍白的脸颊，心头也是一沉。

“朕的事情也太多了，不然就可以天天监督着你服药、歇息，也不至于你的身子越来越差。”煌夜很是自责。

说起来，摄政王忙，皇帝是忙上加忙。这段日子，战事刚结束，就又遇上南方三省洪涝，关于赈灾的奏折，就有数十本要批复。

煌夜心里纵然记挂着柯卫卿，但是朝臣们都还在等他议事，所以这一月余的日子里，他见到柯卫卿只有三四次罢了。

就今天这会儿，也是因为下冰雹，大臣未能入宫觐见，他才抽空赶过来探望的。

“皇上，怎么能因为微臣这点老毛病，就耽误国家大事呢？”柯卫卿蹙眉叹道，“自己身体如何，微臣心里有数，您不必介怀于心。”

“儿臣不孝！儿臣亦无能，未能给父皇和义父分忧，让义父如此操劳却不自知……”爱卿不忍见柯卫卿这般难受，眼圈儿都红了，由衷地跪地认错。

煌夜正要说话，李德意在一旁欲言又止。

“什么事？”煌夜问。

“启禀皇上，殿下，景将军来了，在门外等候觐见。”这时，李德意进门禀报。

“宣。”煌夜即刻说。

“末将叩见吾皇，万岁、万岁、万万岁！”

景霆瑞一身英气逼人的戎装，先是恭敬地叩见了皇帝，又向巫雀王请安，最后是太子。

“巫雀王、太子殿下圣安。”

看到太子的眼圈红彤彤的，景霆瑞一怔，但没多说什么话，把视线垂了下去。

“景将军，请起。”煌夜道。

爱卿则看着景霆瑞，其实在前日，他去父皇那里请安时，就见过在那边议事的景霆瑞。

只是彼此都说不上话，便分开了。

此刻的心情，犹如一日不见如隔三秋，加上心里正为义父的病情难受着，很想找瑞瑞诉说，爱卿的目光便一直追随着景霆瑞。

“你来得正好。”煌夜却不在意儿子的举动，也许是从以前开始，景霆瑞就很受太子喜爱的缘故，他自顾道，“朕知道你回来没多久，但南方三省人口达数十万，这次赈灾定会用到军队，所以朕想让你当赈灾的首领。”

“什么？”爱卿吃惊地道，“让瑞瑞去？”

“卿儿，不得无礼！要称呼景将军。”柯卫卿指责道。

“是……义父。”爱卿低下了头。

“本来是该由朕去的，”煌夜解释道，看着爱卿，“赈灾是头等大事，自古以来都由帝王主持，但朕实在放心不下你的义父，所以想找人代劳。”

“而以景将军的威望和才干，主持赈灾大局是当之无愧的。”煌夜说这话时，是一脸的赞赏。

“原来如此。”爱卿明白了，他也想让父皇多多陪伴义父，可是……这意味着又要与景霆瑞分别了吧。

“末将愿意前往南方三省救灾！”景霆瑞屈膝跪下了，正色道，“末将定当竭尽全力，赈灾济民，万死不辞！”

“……真是辛苦将军了。”柯卫卿听了这话虽然高兴，可心里还是有些不安。

这水灾这么大，连那座高耸的宝塔山都给冲垮了，肯定不止奏折上说的那样，仅死伤百余人这么简单。

从长春宫出来，爱卿走在前头，景霆瑞跟在后边，好半天都无话。

冰雹早就停了，乌云低悬着，天气出奇的冷，几乎是呵气成冰。爱卿忍不住搓了搓冻僵的双手，还呼了口热气，然后，有什么东西飘过他的眼前，落在他有些冻红的手指上。

“下雪啦！”随行的宫女惊喜地叫道。

可不是！爱卿定睛一瞧，落在指头上的，正是一片小小的冰晶雪花，这场雪来得可真早！

而且，冰雹、初雪、水患，这天也太反常了，爱卿的心里有种不祥的预感。

正当他出神地看着雪花在指尖融化成水珠时，景霆瑞拿过宫女手里梅花图的油纸伞，单手撑开在爱卿的头顶。

“嗯？”爱卿抬头，景霆瑞侧身弯腰，放低伞柄，遮挡住宫女视线的同时，他的另一只手包握住爱卿冻得冰凉的双手。

随着太子帮皇上协理奏本，太子与宫人们之间的距离也越来越远。

就连从来不把宫规当回事的小德子，也晓得随时给爱卿鞠躬行礼。

景霆瑞此时的举止是出格的，太子不是臣子能随便碰的。

爱卿惊讶地抬头，对视上景霆瑞温柔的眼神。

“殿下，我会很快回来的。”景霆瑞凝视着他，安慰道。

“瑞瑞……”爱卿露出一个甜笑，“不用很快，出门在外，你保重好自己就行。”

“是的，殿下。”景霆瑞把伞扶正，也松开了另一只手，在宫女们看来，景将军一时没拿稳伞，所以方才歪斜了，算不上失礼太子吧。

爱卿走在景霆瑞的身旁，虽然那宽阔又温暖的手掌离开了，但爱卿的双手已经给焐热了，他脸上无法抑制地露出浅笑，心想：“瑞瑞一点没变。”

即使已经不是那个太子侍卫瑞瑞了，但也还是记忆中的那个瑞瑞。

想着自己身边的人，或多或少在改变，瑞瑞还是能保持原样，可真是好。

可是爱卿不知道，瑞瑞也在改变，只不过放在了心里。

景霆瑞看看爱卿的笑容，就知道他在想什么，太子从小到大，都是藏不住心事的人。

可是，景霆瑞自己很清楚，他在皇帝面前表现积极，只是为了获得更大更多的权力，只有这样，他才能在这盘根错节的朝堂里站稳脚跟。

在宫中、朝中待得久了，景霆瑞见多了所谓的大红人，在各种斗争中陨落不见，轻则入狱，重则丧命。

每个人都想成为皇帝跟前的红人，想永固自己的地位，景霆瑞做不出那害人的事情，只能从其他方面入手。

爱卿要是知道，他为皇帝的奔波，是和那些大臣一样，在努力博取自身权力时，他还会这样开心地笑吗？

但是，若不这样的话，他很快就会被挤出太子的身边。

而太子永远不会只是太子。

如果想要留在爱卿的身边，就必须经历那些官场上的事情。

景霆瑞以前发过誓会保护爱卿，让他远离那些杀伐，所以，他不会让爱卿知道那种种黑幕。

因为哪怕是去救灾，也免不得经历一场各方各面的权势角力。

当地官员，朝中官员，水灾问责，还有要尽全力保护百姓，景霆瑞想到这些事，就知道自己又要大斗一场了，只不过那个战场是在国内。

“对了，反正顺路，我送你出去吧。”爱卿突然说，其实是舍不得这么快分开。

瞧着那双忽闪的眼睛，景霆瑞就知道太子是什么心思，便一笑道：“有劳殿下了。”

景霆瑞原本说是去三个月，会在春节时回皇城，且南方受灾的省份离皇城并不很远，而赈灾的部队是日夜不停地赶路。

据说，景霆瑞一到了那边，就开仓放粮，安置难民，还抓了几个贪污赈灾钱粮的官吏，为民除害。

但因为有的县城灾情十分严重，房屋倾倒无数，农田也全被淹没，饥民遍地，还有人借机闹事。他没法按计划返回，皇上为此，还派了三皇子炎前去帮忙。

炎带去了皇上的圣旨，宣布受灾最重的刘家县未来五年都减免赋税，还赐给死者家属棺木钱，以使死者入土为安。

除去防治灾区疫情，还要帮助灾民修葺房屋，重建家园，这么一来又花费了四个月，才把一切的事情都处理妥当，等到景霆瑞和炎一起回朝时，都已经过去大半年了。

去年冬天的雪早已化尽，他们错过了爱卿十五岁的诞辰，没有看到他在文武百官前，举行加冠礼的空前盛况。

按照大燕帝国的礼制，男子年满二十方算成年，若父母无丧期，便可举行冠礼，正所谓“二十而冠，始学礼”。

不过，想当年身为太子的淳于煌夜迫于朝政紧张的局势，在十七岁提前受礼，宣告成年。

如今，这太子爱卿更是提早两年，戴上象征成人的“金龙冠”，虽然场面盛大，但惹来的风波也不小。

要知道现在的皇帝正值壮年，而洪灾已平，天下可谓国泰民安，太子的加冠礼，实在没必要提前举行。

有人说，或许是因为朝中有一股向着三皇子炎的势力，皇上为了树立太子的威严，所以才这么做的。

这么想来，确实有点道理。

炎殿下只小太子一岁，却长得比太子高大，为人虽然也有急躁的时候，但处事比太子沉稳多了，大有宠辱不惊、尊贵不凡的天子气势。

而今太子尚未立下功绩，炎就已经成功安抚灾民。在他的身边，还有十数位愿终身追随他的文士，都是天下赫赫有名的青年才俊。

但是在太子的身边，似乎除了伺候他的太监、宫女，以及经常被皇帝派遣出去的景霆瑞，就无旁人可用了。

只能说太子心机太浅，不懂培植自身的势力吧。他辅佐皇帝，批阅礼部、户部的奏折时，还得罪了一些势力极广、根深蒂固的老皇亲，他们甚至暗中指责太子不孝，不敬老。

这让他的处境非常不妙，所以皇上才会提前举行太子的加冠大典。

这种说法是最被人认可的，因此，当炎和景霆瑞一同归来，并出现在大殿上，向太子送上一声晚到的“恭喜”时，那些个文武官员的脸上是表情各异，根本是等着看热闹。

然而一直到朝会结束，太子和炎都相安无事，但兴许只是表面上的风和日丽，私底下却是“波涛暗涌”呢，这同室操戈在大燕皇室根本是司空见惯的。

在李德意宣布“退朝”后，皇上又请两位皇子一起去御书房，说有事商议。

爱卿很高兴，因为他能和炎多待一会儿了，听他说一些灾区的见闻。

煌夜在御书房赏赐了他们许多甜点。

有水晶冬瓜饼，加入冰糖、枸杞熬制，晶莹剔透，甜而不腻；还有趁热撒上白芝麻的琥珀桃仁，吃完口齿留有余香；玫瑰酥糖是爱卿很爱吃的零食；还有应季的薄荷酒酿饼，甜肥软韧，油润晶莹，滋味分明。

这一道道的点心，还有西凉国进贡的西柚茶都摆上了桌，色香味俱全，十分诱人。

父子、兄弟之间愉快的交谈，让这书房内的气氛温暖得就像开春的阳光，无比之舒心。

“父皇，不知巫雀王的身体如何？北斗太医有开新的药方吗？”炎放下碧绿剔透的茶盏，关切地问。

前段时间，他是有去过长春宫拜见巫雀王，但是逗留的时间太短，而且巫雀王还有事情要忙，所以对于巫雀王的身体状况，他只有询问父皇了。

“还是老样子，”煌夜显得郁闷地叹了口气，又极为心疼地道，“巫雀王的脾气，你们都清楚，他做事从不退而求其次，且什么事儿都往自己身上揽。北斗说，他之前替朕征战，就吃了不少苦头，也落下病根。如今更是积劳成疾、雪上加霜。所以他才会好一阵，歹一阵的，总没有个安稳的时候。”

“义父现在每天都离不开汤药罐子，这日子过得也太辛苦了！”爱卿忍不住接话，他对义父的心疼不比父皇少，只恨自己无用，好些事还得靠义父出面才能解决。

“那可怎么办？”炎听了，皱紧了眉头，三人就如同吃了苦瓜，全都愁眉苦脸的，炎感慨地道，“难道要陛下不当王上，才能好好地养病？”

这话才说出口，炎的脸色就骤然一变，起身向煌夜跪拜道：“儿臣一时失言，还望父皇恕罪！”

“父皇，皇弟也是太过担心义父，才会这般冒失，恳请父皇原谅他！”爱卿也连忙跟着跪下。

撤掉摄政王的事情非同小可，岂能随意提出，有大不敬的嫌疑。皇上是可以问罪炎的。

“你们都起来吧。”没想煌夜并不十分在意，两兄弟目目相觑，不知如何是好了。

“朕有一件心事，现在说了也无妨。”煌夜坚持让他们起来，等他们都坐定之后，他才娓娓道来。

煌夜的口气很是缓和，仿佛讲的不过是一件寻常事，却让爱卿和炎的面色变得惨白！

尤其是爱卿，那种慌张和惶恐无法用语言形容，以至于他走出御书房时，两眼呆滞，整个人就跟游魂似的，连皇弟在后面喊他，他都没听见，直往前走。

“殿下小心！”就当爱卿快要撞到面前的廊柱时，有道低沉浑厚的声音叫住了他。

“啊？”爱卿触电般地回神，扭头一看，是身着甲胄的景霆瑞！

“您这是怎么了？吃坏肚子了？”景霆瑞浓眉拧着，看着爱卿如此失魂落魄的样子，很是惊讶。

“我才没有！”总觉得被当作孩子看待了，爱卿用力地摇头，尔后，垂头坐在了廊檐下。

“是被皇上训话了？”见此情景，景霆瑞不由猜测道。

“父皇何曾训过我？唉！”爱卿重重叹息，抬起头，一双水汪汪的，却写满忧虑的眼睛看着景霆瑞，很不安地道，“瑞瑞，父皇他、他想要退位！”

“什么？！”景霆瑞听了这话，也是一惊，但他随即明白似的道，“皇上这么做，是为了巫雀王吧。”

“嗯。父皇说义父的身子越来越不好，想带他去没有政务纷扰的地方休养，可是国不可一日无君，所以他就想到了退位……这怎么可以……”

“现在就退？”

“不是，父皇是打算在四五年后……可是我根本没想过这么快就继位！父皇明明身强体健、活得好好的！”

“您说得对。不过，在世内禅的皇帝，前朝也不是没有，皇上肯定有他的思量。”景霆瑞想了想道，“殿下，您现在也不必太过忧虑，别伤了身体。”

“瑞瑞，我知道我是太子，又是长子，理应为父皇排忧解难。炎也说过，灾区的男孩都还没有凳子高呢，就已经挑起养家的大梁，更何况我都已经十五岁了。”

爱卿仍激动地道：“我不是不想帮助父皇，让义父可以好好养病，可是我没信心挑起这万里江山！我怕……怕……我不行！”爱卿看起来快要急哭了，眼眶里泪水打着转儿。

“嘘！这话对我说说就罢了，要是旁人听见会乱想的。”景霆瑞轻轻说道。

爱卿也知道错了，微微低头。

“末将自入宫以来，都有一个心愿。即希望以己之长，做到为君分忧，为民排难。”景霆瑞轻抚爱卿的脸颊，温柔又坚定地说，“因此，不管将来发生什么，末将都会以此为抱负，誓死效忠您。所以，您不用担心，也不用害怕，您不是一个人，末将会一直留在您的身边，与您共同进退的。”

“瑞瑞！你真是太好了！”爱卿此刻真的顾不上礼节了，一头栽进那宽厚温暖的胸膛里，仿佛这样才能获得安宁与勇气。

景霆瑞拥紧爱卿，轻抚他的头发，那顶金龙冠在阳光底下是如此闪耀夺目。有个人远远地站在游廊的后头，是一直想找机会好好安慰爱卿的炎。

他紧皱眉头注视着这一幕，心想：“敢对太子摸来摸去的，显然是没把太子放在眼里！”

景霆瑞很厉害，在与他一同赈灾时，炎就深刻体会到他的忍耐力与抑制力有多么强，不论面对怎样的困境，他都可以克服。

一个懂得忍耐，且会压抑自己欲望的人，该有多么的可怕！

炎明白父皇若是退位，他在朝中最大的敌人，恐怕就是这位“冷面将军”了。

“哼！”炎看到景霆瑞明知道自己在，还毫不避讳地拥抱太子，像是在挑衅一般，他鼻头冷冷地一哼，非常不悦地甩袖，走了上来。

“皇兄。”炎叫道，面带微笑。

“炎……”爱卿连忙离开景霆瑞的怀抱，看着不知从哪里钻出来的弟弟，面颊都红了，看起来就跟石榴花一样。

在皇弟的面前，爱卿想要成为一个果敢、有担当的好兄长。他知道父皇想要提前退位的事，也一定让弟弟感到不安了，于是打起精神，微笑着迎接他。

“我们一起去南猎苑骑马吧，这样大好的天气，憋在宫里面，怪闷的。”没想，炎就跟没事人似的，笑容可掬地邀请着。

“呃？好啊。”面对他的笑容，爱卿不由点头。

“请容许末将护送两位殿下。”景霆瑞抱拳道。

炎看了看容貌端正，极像正人君子，心里却不知怀着什么鬼胎的景霆瑞，想要拒绝，但爱卿已经在猛点头了：“嗯，瑞瑞也去！”

看眼下的情形，恐怕不让景霆瑞跟着，爱卿也就没心思去了，炎甩袖，显得极大方地道：“好吧，我们一起去。”

“——驾！快跑！”

在这大夏天里策马奔腾，真真是让爱卿彻底疯狂了一把，他汗流浃背，却不愿歇息。少年毕竟是少年，哪怕贵为太子，也还是享受着扬鞭催马的畅快！

猎苑的清扫太监以及护卫们，打开了兽舍的栅栏，于是梅花鹿、野羚羊、雉鸡满山乱跑，快如闪电。爱卿手持长弓，大过射猎的瘾，虽然最后只是射中两只雉鸡，也让他乐得开怀大笑。

然而，还未到午时，天空就响起一声炸雷，顷刻之间乌云密布，眼瞅着一场倾盆大雨就要砸下来了。

“回去吧，殿下。”景霆瑞说道。

“怎么这样突然？”爱卿蹙着秀气的眉尖，望着狂风大作，群兽避走的猎苑，真是乱成一团。

“这叫七月的天，孩子的脸，说变就变。”炎则叹道，命侍卫收起太子的弓箭，准备打道回府。

头顶雷声隆隆轰鸣，不知为何，也震得爱卿的心里很是忐忑。他从来不在意天象，也不爱听钦天监那些危言耸听的预言，只是这一次，他介意这突然变了的天，来得让人措手不及！

“快走吧，不然我们都要成落汤鸡了。”炎笑嘻嘻地说，依然很轻松。

“嗯！”爱卿也笑了笑，觉得自己何时变得这般疑虑，看了看左侧骏马上的景霆瑞，又看了看右侧千里马上的炎，有他们相伴，爱卿觉得自己很幸福！

然而，这场让整座皇城都淹了水的，百年难遇的大暴雨，就像预示即将要发生的大事，是多么让世人震惊。

一个月后，等积水退去，皇上颁布一纸诏书，宣布将于今年冬季让位给太子！

这个皇上，当初一意孤行地要册封柯卫卿为巫雀王，且让他居住皇宫，就经历过一次朝局动荡。

如今为了柯卫卿，他又要提前退位，朝中百官无一不下跪，请求皇上三思！

还有人说，巫雀果然是妖孽，竟然把皇帝的皇位都蛊惑没了。当然，说这些话的人，都被皇上以“大不敬”的罪名给处置了。

皇上的退意已决，甚至连巫雀王都劝不了，太子爱卿只能在惶惑不安中遵其天命，履其职责了。

第七章 巫雀纹初显

立冬刚过，一场大雪纷纷扬扬地下了整整三天！

北风呼啸，漫天飞舞的雪花把巍峨壮阔的大燕皇宫，改头换面了似的，到处裹着素净的银白。

外朝勤政宫的殿门外，那铺满光润似墨的金砖广场上，如今也是白雪皑皑，一众文武官员，皇亲国戚，按照各自的官阶、爵位，跪了一排又一排，虽然寒风料峭，雪花覆盖，却不敢擅自乱动。

手拿利器、身着铠甲的禁军，滴水不漏地守卫着皇宫。一个执着鸣鞭的红衣太监，站在殿前的台阶上，望着下面的官员，不时抬头看看天，掐算时辰。

“——噼啪！噼啪啪！”

十尺长的龙头鸣鞭赫然甩响，犹如电雷滚过，全场皆静。

“吉时已到，诸位大臣进宫见驾——！”红衣太监收起鸣鞭，那尖利嘹亮的嗓子，穿过了层层的飞雪，回音阵阵。

官员们闻声都动了起来，积雪从他们肩头抖落，露出绣纹精致的锦织蟒袍。

“皇上万岁、万岁、万万岁！”但在起身前，官员们齐齐磕了三个响头，山呼万岁，这初次见驾的仪式才算是完了。

大臣们拍落官帽上的雪，彼此整理了一下穿戴仪容后，再次按顺序列队，不紧不慢地迈入温暖如春、富丽堂皇的议政大殿。

而此时，年仅十五岁的新帝淳于爱卿正等候在偏殿，等到百官们都走入殿内，恭候圣驾时，他就会在太监的引领下，出现在文武百官的面前，接受他们隆重的叩拜与朝贺。

然后，他便要一本正经地和臣子商议国家大事，历代君主，都是这么做的。

虽然心里明白当皇帝就是那样，处理各种各样的难事，也知道自己既然是太子，继承帝位是迟早的事，只是，淳于爱卿没想过这一天会来得这么快，这么突然！

父皇淳于煌夜正值壮年，在宣布退位后，带着身体欠安的义父柯卫卿，以及御医北斗、太监李德意离开了皇宫后，从此就行踪成谜。

一个国家不需要两个皇帝，是因为这样，父皇才走得如此干脆吗？连个音讯都不捎回宫来。让他这个当儿子的，是如此牵肠挂肚，夜不能寐。

而从皇太子到君临天下的帝王，需要举行数个隆重的仪式，烦琐得很。淳于爱卿在三个月里，不是登南山祭天，就是去宗庙祭祖，原以为这么折腾下来，心里已经有了准备，可是，当真正的早朝议事来临，他才发现自己压根没想好要当皇帝。

他才十五岁，还有好多东西要学，还想着放学后，与皇弟皇妹一起放纸鹞，或者把温太傅气得吹胡子瞪眼，要辞官回乡。

从过去到现在，他总是带头调皮捣蛋，大祸小祸不断，却从未真正受到过父皇的责罚。

因为父皇是那样宠爱他，真是恨不得连天上的月亮都摘给他，又怎么会因为他太过“活泼好动”就为难他呢？

而义父是一个口硬心软之人，虽然对他的“自由散漫、不听师训”感到非常苦恼，但只要有父皇疼着他，为他说好话，义父也就不生气了。

父子之间从无隔夜仇，一家人总是相亲相爱、和和睦睦。

可如今，无论父皇，还是义父，都已经离他远去，皇弟皇妹在他登基之后，也会避着他，因为他是天之骄子，是皇帝！不能像以前那样嘻嘻哈哈地过日子了。

只要他现在坐上龙椅，就一辈子都是皇帝，要面临那“君要臣死，臣不得不死”的可怕生活。

他不是父皇，能那般英明神武，判决果断。很多事情，包括处决犯人在内，他都做不到！

因为那是关乎人命的，他不敢杀人，也没上过战场，手刃过任何敌人。

他这样什么都不懂的人，真的可以君临天下，周旋于各个派系的斗争之中吗？

父皇曾经说过：“君主治理国家，除了勤勉之外，最重要的是懂得如何驾驭群臣。因为不论大官小官，执行的都是皇帝的旨意。唯有通过他们，各种赋税、安邦定国的政策，才会传至民间各个角落。”

“虽说大燕的皇帝历朝都是子承父业，但是开国君主翎王就是以人臣之身，取当朝皇帝位而代之，建立的大燕国。所以，你断不可小看臣僚，他们是治国利器，也是皇室权变的发动者，在平时，你一定要多加小心，防患于未然。”

对此，父皇还指点道：“对于一些意图不轨的臣子，一旦反叛的证据确凿，必要严惩不贷，夷其家族！绝对不可心慈手软！”

父皇的话，如今还盘旋在爱卿嗡嗡作响的脑袋里，提醒他要做一个谨慎的明君，只是这会儿想起来，心情是分外沉重。

这些还只是朝内之事，统治一个国家，还有百姓、邻国……

光是想着这些即将要面对的数不清的重担，想着他的一个错误旨意，就会害死多少人时，爱卿就怎么也稳重不了。

一颗颗的冷汗冒出额头，原本平静的脸孔开始僵硬，他觉得周围有无数双眼睛紧盯着他，有无数张嘴在嘲笑他的胆小无用。

胸口更像是被巨石压住似的，喘不上气，当他心里惊恐地想“怎么回事？我怎么透不过气”时，心就跳得愈发厉害，就像有好几把铁锤在狠狠地敲击一样，连带手指都开始不听使唤地发抖……

“皇上，该上朝了，官员们都等着您呢。”

正当爱卿以为自己会支撑不住晕倒时，有人轻轻地握住了他缩在衣袖下的手。

“啊？”爱卿转过脸，看到的是一张很熟悉，却又有几分陌生的脸孔。

熟悉在于他陪着他长大，他英俊的眼眉、直挺的鼻梁、坚毅丰厚的嘴唇在爱卿的心里都是如此的清晰，一辈子都不会忘记。

陌生的或许是他的神态和装束，景霆瑞穿着一身嵌着金丝纹饰的精铁铠甲，甲衣是黑色的，披风是大红，这是大燕国旗的颜色。

他久经沙场的脸孔，微黑里透出健康的红色，有着让人难以抵御的男性魅力。他就像是一颗定心丸，让爱卿终于长吁了一口气，脸上露出淡淡的笑容。

“对啊，我有瑞瑞在。”爱卿感激地看着景霆瑞，心想道，“即便皇弟皇妹们不再与我亲近，也还有他陪伴着我。即便未来之路坎坷难行，也还有他辅佐！得知己如此，我还有什么不能知足、不能安心的？”

“皇上。”景霆瑞用同样柔和的神情看着爱卿，以眼神给予他鼓舞。

“嗯！朕上朝去了。”爱卿踏着稳稳的步子，在仪仗卫队的护送下，朝偏殿外的广场走去。

他来到清扫得一尘不染的御道上，冠冕上的玉制十二旒随着他的步伐微微晃动。身上明黄色、绣有正面金龙以及五彩祥云的织锦龙袍，在冬日的阳光底下，极为璀璨耀眼！

他这位名副其实的少年皇帝，走在这宽可跑马的殿前广场上，面对那黑压压一片，却纵横分明地跪着的文武大臣，举止冷静而老练。

爱卿目不斜视，昂头直行，在庄严的鼓乐声中，一步步地登上御阶……在那一声声震耳欲聋的“吾皇万岁、万岁、万万岁”中，登上金銮宝殿，莅临天下。

建年号为新元。

同日，皇子炎、天宇、天辰分别被封为永和、永裕、永安三位亲王。

年幼的珂柔获封永馨公主。

这宣布大燕一个光辉朝代的结束，而另一全新的，充满朝气的，由大燕和巫雀族后裔统治的王朝由此拉开序幕。

正值早春，昨日还下了一场不大不小的雪，宫内的青石砖道上还冻着薄冰，太监和侍卫本该是小心地踱步前进，以防摔倒，可此时，他们却呼啦啦地一群狂奔而过。

冰面都被踩碎了，形成一摊脏兮兮的雪水。不一会儿，那些人就又回来，站在这些雪水上，彼此相视，一脸焦急。

“小德子！皇上究竟上哪儿去了？！”大声问着话的是后宫禁军统领宋植，他今年三十岁，容貌粗犷，身高八尺，力大无穷，是个不折不扣的武痴，所以至今都未成家。

他原是一人吃饱，全家不饿，日子过得倒也清闲，但自从他升官当上禁卫军统领之后，这日子就过得非常艰难了。

原因在于登基了近两个月的少年皇帝经常“下落不明”！

皇宫如此庞大，宫苑数以千计，这找个人，还是有心躲起来的人，不就跟大海里捞针一样。

“你小声点！”小德子的脸被冻得红彤彤的，尤其是鼻头，就跟红萝卜似的，他抽吸着鼻子道，“还嫌事情不够大吗？若是被景将军知道了，又要狠狠训我们了。”

“你们这些太监本来就欠教训，身为皇上的贴身使唤，竟然连皇上的行踪都不知道！”宋植依然大声嚷道。他身后齐刷刷地站着一列禁军，他们都瞧不起太监。

而小德子身后跟着的，全是面容刻板的红衣内监，他们也看不起这帮莽撞的武夫，平时大家就矛盾多多，眼下出了大问题，忍不住互相埋怨。

“公公们要办的事儿可比你们多，”小德子不甘落后地拔高了嗓音，“我都让你们多盯着点御书房了。我才离开了一会儿，就是去御膳房端碗暖身的姜汤，这皇上怎么就从你们眼皮底下溜出去了？”

“我是在保护皇上，又不是软禁他，还能绑着皇上的手脚不成？”宋植一手搭在剑柄上，“这种大逆不道的事情，我可不做！”

“这就是你失职！还在这狡辩！”

在小德子与宋植争个不可开交时，就听到有人慌张地报道：“景、景将军来了！”

众人的面色瞬间如土，这事儿到底是要闹大了！

“出了什么事？怎么乱哄哄的？”一身精铁戎装，显得高大英武的景霆瑞，大步流星地走来，身后还跟着两位副将。

“将军，您来了。”一众人慌里慌张地躬身迎接。

“皇上不见了。”宋植快嘴地道。

“禀将军，皇上自下了早朝后，就在御书房里批折子，可是转眼就不知他去哪里了。”小德子挤开宋植，站在景霆瑞的跟前，汇报起情况来。

“天还冷着呢，皇上连披风都没穿，小的们有些担心，就到处找他。”小德子越讲越着急，还怨气满腹地瞪着宋植道，“这都怪禁军护卫不力，连皇上这么大个人都看不住！”

“把皇上弄丢的，不正是你们这些太监吗？！”宋植气得要拔剑了。

“都别吵了！”景霆瑞的剑眉往下一压，双目迸射而出的精光，立刻让这两帮人都闭上了嘴，有的人甚至连呼吸都给憋住了。

“你们都是服侍皇上的人，这吵吵嚷嚷的成何体统！”景霆瑞低沉的，犹如洪钟的嗓音，震得所有人都心头一颤，竟然扑通都跪倒了。

“是卑职失职。”宋植说。

“是小的不对。”小德子也俯首认错道。

“等找到皇上，我再治你们的罪。”景霆瑞依然皱着浓眉，“小德子，皇上不见之前，是在做什么？”

“回将军，圣上照例在批阅折子。昨日，从江南府那边进了好几本奏折来，都是讲春耕大典的，小人离开的那会儿，圣上看得正投入呢。”

景霆瑞略一沉吟，对小德子道：“准备好皇上的衣袍，跟我来。”

“是！”小德子和宋植虽然不明白，但都赶紧地跟在了景霆瑞身后，巴望着快点找到皇帝。

东御花园，桃花苑的乌荻河上。

“布谷飞飞劝早耕，春锄扑扑趁初晴。千层……千层什么来着？”

在后宫闹得人仰马翻之际，淳于爱卿则是一脸的轻松自在。他眼睛微闭着，纤长的睫毛在阳光下，投下一片淡淡的阴影，衬托他的肌肤如雪般洁白。

而他如荷尖般的下巴扬起着，嘴角上挂着一抹惬意的微笑。

他的双手背负在身后，就像古画卷上，那些喜欢巡游的布衣诗人一样，感受着早春的阳光、迎面的河风，以及扑鼻而来的，雪水融化、草木复苏的气息。

那是一种带着浓郁的泥土味，却让人感到兴奋的味道。它彰显着春日的到来，以及所具有的新生与希冀。

“对了，是千层石树通行路，一路水田放水声！”想起方才在奏折上看到的诗句，爱卿很是得意地点点头。

在宫里，他自然是听不到农夫们下田劳作的声音，宫里的河流湖泊，大多都冰封着，因为皇城的春天总来得比江南要晚。

但这条乌荻河就不同了，它不深，波涛也不汹涌，底下冰雪融化的声音，就跟奏折里写的水田放水声相仿。

如果闭起眼睛，不去看那些雕梁画栋的亭台楼阁，就会觉得自己是站在江南的水田中间，真是舒畅极了。

“朕迟早有一日，要出宫去民间看看。”爱卿在心里想，他长到十六岁，最远的一趟出门，就是登基前的祭祖、祭天活动了。

他很想乔装出宫，到街市上和小贩们买卖东西，讨价还价，想要去到很远的山里，感受和宫中用高墙筑起来的截然不同的自然风景。

天宇和天辰曾和他绘声绘色地讲述过，他们在农家生活时的情景。无论是下河畅游，还是在田地里抓泥鳅、掏田螺，都非常有趣，这让爱卿既羡慕又向往。

当然，这也只是想想罢了，他目前的活动范围只能在皇宫内，他不想给任何人添乱，尤其是景霆瑞，所以这“有朝一日”，怕也只是想想而已。

不过，这皇宫就是他的地盘，自从登上帝位，爱卿觉得自己变了，他对这深广的宫廷变得更加好奇，他就跟游山玩水似的，跑遍宫里的角角落落。

他现在是皇帝，没有哪座宫门是不能进的。他可以自由地出入后宫里的每一座花园，不像以前当太子时，只能拘泥于东宫的庭院。

他从来不知道，这个他出生、成长的地方是这么的大。宫殿、佛堂这么的多，还有山峦和瀑布呢！

虽然这些山川瀑布处，时常会有煞风景的禁军、太监出现，一声声十分惶恐的“吾皇万岁”就能把所有的趣致一扫而光。

爱卿正想着，总算这会儿子是耳根清净的时候，就听得一声不单单是惶恐，简直是可以用凄厉来形容的叫声。

“——皇、皇上啊！”

“嗯？小德子？”这有点稚嫩的声音十分好认，爱卿睁开眼睛，扭头循声望去，因为他一时适应不了强烈的光亮，所以只能模糊地瞧见，岸边似乎站了好些人。

红衣服的是太监，反射着铜铁光芒的，应该是禁军。

“皇上，您小心啊！千万别动啊！”不仅小德子在尖叫，那些侍卫也在狂吼，爱卿挠了挠脑袋，隔空回话道：“朕没事，这就过去，尔等都候着。”

也难怪他们会又叫又跳的，爱卿此时站着的地方，就在乌荻河的正中央，在一块巨大的冰面上。

然而，就当他准备往回走时，“咔嚓”的一声，脚下的冰面就跟闪电似的，裂出一道极深极长的痕迹。

在他之前闭眼遐想的时候，原本就在太阳底下融化的冰面变得更加单薄，他这时低头，都能看见透明的冰层下，有青色的鱼儿在飞快地游过。

岸边，侍卫在准备小艇了。浮冰极不牢固，没人敢踩上去，虽然阳光明媚，但这河水是彻骨的冷！

哪怕是水性再好的人，掉在里头，被冰水这么一浸，也会是九死一生的。

而爱卿的水性还没好到可以在满是浮冰的河里畅游的地步。他戴金冠的脑袋左转右转，用脚尖垫了垫一旁的冰面，想着能否用轻功飞回岸边时，就听到一声低沉的“皇上，请别动”。

明明不是很大声，却能如此清晰地传递至耳畔，怕是用了内力吧。

这声音比这不停响起的咔嚓嚓的碎冰声，更让爱卿心慌，不得不说，他起初还是蛮镇定的。

“瑞、瑞瑞？！”爱卿在昨日还答应过景霆瑞，不会再到处乱逛，会带着小德子，可是显然他没能遵守这个约定。

爱卿的眼睛已经完全适应了光线，他清楚地看到原来景霆瑞也在，正是他在指挥侍卫把小艇放入河中。

不过，景霆瑞似乎丧失了耐性，因为小艇破冰前行得很慢，他应该是要跳过来了。

“真是屋漏偏逢下雨。”爱卿暗自咂舌，不由往后退了一步。

“咔嚓！”那道裂痕一下子爆裂开，冰面彻底碎裂，爱卿连施展轻功的机会都没有，身体就朝后倒去，眼前是蓝得不像话的天空！

“哗啦——！”

耳边的水声就跟瀑布砸向深潭一般的响，爱卿下意识地闭上眼睛，感觉得到飞起的碎冰渣滓，溅到了自己的耳朵上、脸上，痛得像针扎似的！

可是除此之外，他并没有感受到那灭顶的寒冷，以及窒息的感觉。

反而，屁股和背部底下都暖暖的。

“将军！皇上！”众人依然在嘶吼，还有小艇奋力划来的哗哗水声。

爱卿呆了呆，睁开眼睛，发现自己依然仰面朝着蓝天，冷冷的水滴滑下他的脸庞，他想要低头，却又听到一声“别动”。

“啊？”爱卿这才明白自己是什么境地，景霆瑞竟然站在冰河里，双手托举着他，让他完全离开河面。

他站得很稳，任凭浮冰和河水冲撞着他，就跟脚下钉钉似的岿然不动，完全不让爱卿受到一点的伤害。

爱卿虽然看不到景霆瑞的脸，但是能看到自己身下冒出的一股股的白色烟气。

“你做什么？放朕下来！你会冻伤的！”爱卿挣扎，是他自己要来冰河上玩的，怎么能让景霆瑞遭受这份酷寒之罪。

“请恕末将无礼。”景霆瑞的声音有些颤抖，但是他口齿清晰。

小艇终于赶来了，宋植手忙脚乱地扶过皇帝，景霆瑞也被人从水里拉上了船。

凛冽的风一吹，他身上很快就结满一层白霜，宋植却把唯一的一条裘皮披肩，裹在了毫发无伤的爱卿身上。

“给朕作甚！”爱卿想要发火，岸边的人牵着系在小艇上绳索，很快地把小艇拉回岸边。

有个人比小德子还要快地冲过来接应，便是永和亲王淳于炎了。

“皇上！”炎万分紧张地牵住爱卿的手，把他抱进怀里，“您伤着了吗？”

“我没有，炎！瑞瑞他掉进冰河里……”爱卿急切地想要去照看景霆瑞。

“他不会有事的。”炎抬头看了一眼，不仅头发挂着冰珠，连唇色都发紫的景霆瑞，对爱卿和颜悦色地道，“我先带您回宫去，他的身子像铁打的一样，硬朗着呢，您可受不起风寒。”

“可是……”

“皇上，末将无事，恳请皇上回宫。”景霆瑞下跪道，一众人都跪下了。

爱卿看着肩上依然冒着白气的景霆瑞，想要说什么，最后竟是咬了咬唇，不等炎催促，就甩袖离开了。

夜里，景霆瑞留宿宫内，按照礼制，官员是不可以留宿在宫内的，不过每个月当值的大臣，能够在朝房的偏殿内入住，以便随时听候内侍传达皇帝的谕旨。

而兵部尚书得到太上皇的授意，在前朝偏殿的西南侧，修建了一座长方形的，有大门、仪门、正堂、后院、花厅，甚至带有独立库房的别院，题名为“青铜院”，为兵部的书房。

前院中树立着一柄巨型青铜长剑，也是太上皇命工匠铸造的，剑柄上刻着“保家卫国”四个遒劲大字。

院落的宫墙外栽种着高大浓绿的罗汉松，就像哨岗，外人怎么都窥视不到里头。

与嘉兰国的战火正盛时，煌夜允许武将在兵部书房内歇息，而皇上的一些军事信函，也统统被送往此处，经过加密处理后，再送出宫，由专人送达前线。

景霆瑞在宫里时，入住之所自然就是这栋麻雀虽小，却五脏俱全的青铜院了。

此时，屋内的烛光都亮着，景霆瑞坐在一张雕刻着君子兰的鸡翅木罗汉榻上，大腿上遮盖着一条黑白相间的虎皮，一位两鬓斑白、满脸皱纹的老御医正在为他诊脉。

“孙太医虽比不上北斗，但也是宫中最好的太医了。”有个人站在烛火的暗处，抱着胳膊，这么不咸不淡地道。

叫不来北斗，是因为他早已随太上皇和巫雀王离宫，目前也是下落不明。

“末将感谢皇上的关心。”景霆瑞回过去的话，也是不冷不热，“不过，我真的没事，亲王，时候不早了，您还是请回吧。”

“哼！你以为我愿意来？要不是皇上不放心……非得再找一个老御医来看看你，我才不想来呢！”炎走出帷帐下的阴影，他才十五岁，却生得高高大大，眉眼、嘴唇、五官轮廓都像极了年少时的煌夜。

“回亲王殿下，经下官诊断，景将军是龙精虎猛、钢肌铁骨，又得皇上庇佑，”老太医颤巍巍地抱拳，打断了他们的话，“虽坠入冰河，但无大碍。容下官再去开一剂活血驱寒的汤药，到了明日早上，将军腿部的麻木症状就会消失的。”

“有劳孙太医了。”炎微微笑了笑，他对下人的态度一向友善，而后命随侍的小太监，跟太医出去抓药。

待屋内的人都出去后，炎收敛起笑容，横眉冷眼地睨视着罗汉榻上，这个从来都不苟言笑的男人。

“你以为本王看不出来吗？”炎冷冷地道，“你这招‘苦肉计’使得可真好啊。”

“末将不知您在说什么。”景霆瑞瞥了一眼面色愠怒的炎，转开视线，态度十分冷淡。

“哼，以你的轻功就算不掉进河里，也能轻松地飞回岸上，何必泡在冰水里受罪！”炎对此嗤之以鼻，接着说道，“我知道你在算计什么，皇兄虽然说没溜出宫去，但这宫里也不是什么太平的地方。你这般舍身救他，想必皇兄一定非常感动，他有一阵子都不会到处乱跑了。唉，皇兄就跟个孩子似的……你也能安心地做你的‘大将军’，以完成父皇赋予你的使命了。”

“亲王殿下，首先，皇上的事轮不到你我来置评与管束。”景霆瑞低沉而不悦地道，“再者，皇上是个孩子？这种话说出来不怕被砍头吗？”

“你……”炎气得额角都迸青筋了。

“该自我约束的人是您，不要仗着皇上对您的宠爱，就目无法纪。末将劝您快点回去反省自身，别在这里吵吵嚷嚷，有失亲王身份。”景霆瑞毫不客气地下了逐客令。

“混账！真该让皇兄看看你的真面目！”被戳中痛处的炎，简直是恼羞成怒，他一掌就击在了身旁的殿柱上，掌印硬是陷进去三分，木屑纷纷掉落。

但是，他并没有冲动地去揍景霆瑞，而是咬了咬牙关，转身大步地走了出去。

景霆瑞见到此状，轻轻地叹了一口气，其实炎说得对，皇上是有点孩子气，不过，该说到底是同胞兄弟吗？两人的行为如出一辙。

如果说炎孩子气的行为，他可以完全无视，那么爱卿的，就真真让他头疼了。

“皇上……”景霆瑞放在膝盖上的手，握成了拳头，他并不是像炎说的那样，对爱卿使用了苦肉计。

因为他根本办不到！

那时，看到皇上突然摔向冰河时，他的脑袋里是空白一片！

虽然事后想想，他当时确实可以施展轻功，把爱卿安全地抱回岸边，可那时候他是如此焦急，很担心自己稍有不慎，就会让皇上跌落水中，吃尽苦头。

正是由于他压根不敢冒险，于是采取了最蠢但也最保险的办法，站在齐肩深的水里，把爱卿托举起来。

不单是这一次的事，还有上上次，皇上在麒麟山上迷路，让他几乎出动了全部的禁军搜山寻找。

但其实麒麟山就在宫苑内，虽然树林密实了些，但路并不复杂，也无危险的野兽，皇上就算迷路了，也能找到路下来的，这只是早晚的问题。

结果却被他弄得很大阵仗，朝野内外的人都知道了，景霆瑞发现自己只要遇到有关皇上的事情，就会变得十分蠢笨。

“也许今晚需要反省的人，不只是炎，还有我自己。”景霆瑞又叹了一口气，闭上了眼睛。

“唉……睡不着啊！”爱卿躺在既宽敞又柔软的紫檀木龙榻上，翻了一个又一个的身，居然也没掉下去，这床真是大得很。

他屈起胳膊撑着脑袋，看着浅金色的纱帐外，昏黄的烛光静静摇曳，还可以看到小德子和其他当值的太监，全都守在他的龙床外，规规矩矩地低着头，端着茶盏、帕子和笔墨托盘，一丝不苟。

以前，他还是太子的时候，若是半夜里还在翻来覆去，小德子定会掀开帘子，嬉皮笑脸地说：“还不睡呢，殿下，小心明早变猫熊哦。”

可是现在，不论他弄出多大的动静，只要不是跌下床，或者他传人伺候，就不会有人贸然进来打搅。

所有的人都是这般恭敬，甚至称得上是诚惶诚恐。

在上朝时，爱卿原以为那些官员会和他做太子时一样，他提出的事情，总有人反驳，但现实是不论他说什么，做什么，一众大臣都会举起手中的玉笏板，齐声说道：“吾皇英明，臣等不及万一！”

就算是爱卿自己也不知道英明在何处？因为他在朝上讨论、处理的都是普通的折子，现在天下太平，并没有多少棘手的案子。

但既然大臣们这么说，他也权当是了。

朝上的政务都处理得如此顺当，后宫的事情就更不用说了。他现在想去哪里，再也不需要向嬷嬷报备。

就算这些日子里，他时常玩“失踪”，大臣和言官们也没半点怨言，还说这是皇帝家里的事情，外臣不好干涉。

是啊，皇宫即是皇帝的家，一个人在自个家里怎么欢腾，旁人是怎么也管不着的！

爱卿原本已做好要与各大臣争斗的苦日子，但没想到现在远比当太子时要自由得多，还有他们进贡上来的，数不尽好吃、好玩又稀奇的玩意儿。

让他也忍不住地心生感叹：“原来当皇帝是这么痛快的一件事啊！”

一直以来，看着父皇和义父的一脸郑重，总觉得皇帝是很难当的，但是看眼下的光景，并非是那样。

而如今，父皇和义父又都不在宫里，这“天下”真是他一人独大了。光是想到这一点，就有种莫名的爽快感。

只是，这样的畅意并没有持续太久，吃都吃了、玩也玩了，在大臣们面前的威风也要够了，总觉得心里缺少了点什么。

是皇弟们不再找他玩了吗？没错，他的吃喝玩乐，统统都是自娱自乐。

炎有他自己的事要处理。天宇、天辰说讨厌在皇帝面前，要遵从那一套套的规矩，都不怎么露面了。

珂柔粉粉的一团，是最可爱的了，教习嬷嬷正教她读书识字呢。他也不好老是去打扰。

而这皇宫一到夜里，就大得瘆人，明明是他出生的地方，怎么太阳一落，就特别空旷寂寥？

许是父皇不在的关系吧，这长春宫以前都是父皇和义父的身影。

而在太子殿时，有景霆瑞和他形影相伴，他从来都不会觉得寂寞。

“瑞瑞！”爱卿烦躁地翻了个身，面朝着天，看着那雕饰着龙凤花纹的天棚，眼睛却渐渐地模糊了，什么也看不清。

想起白天他冻得失去血色的面庞，想起他最近连正眼也不看自己一眼，爱卿的心就难受极了。

闭上眼睛，一滴热热的泪珠就滑下面颊，明明说过不再哭的，可现在他真的忍不住！

“为什么自从登基之后，瑞瑞就对我若即若离？是我哪里做错了？”爱卿吸着鼻子，百思不得其解。

其实他会到处乱闯，弄得人仰马翻，只是想引起景霆瑞对自己的关注罢了。

要在以前，景霆瑞一定会说：“请别那样做，太子殿下，皇上和卑职都会担心的。”或者是：“如果您觉得闷，卑职来陪您好了。”

可是现在，景霆瑞除了一句“末将恳请皇上回宫”就没有别的话了。

这和别的臣子没什么两样。继位前，两人之间的亲昵与彼此扶持，仿佛都是自己在做梦。

这种陌生至极的疏远感，让爱卿如坐针毡，浑身都不舒服！

他越是想要抓紧景霆瑞，就越是弄巧成拙，今日还害得瑞瑞坠河，他这个君主，真是做得太糟糕了！

“不要救我就好了啊，就让我这个笨蛋皇帝掉河里嘛。”用手背擦拭着滚滚落下的眼泪，爱卿在心里嘀咕。

“现在这样算什么呢？救了我，却还是一样的冷淡！”

爱卿忽然坐起身，重重捶了一下塞满羽绒的枕头，仿佛那就是景霆瑞，然后又觉得不解气，还把枕头给丢了出去。

枕头撞在屏风上，歪斜着倒地。

“哈哈，瑞瑞的头歪了。”看着枕头的样子，爱卿先是破涕而笑，接着又不由自主地后悔起来。

他走下床，把枕头捡了起来，轻轻拍了拍，抚平褶皱。

“就算是个‘瑞瑞枕头’，朕也舍不得你有事。”然后，爱卿抱着枕头重新回到床上。

“瑞瑞，你是对我有什么不满吗？”爱卿戳着枕头，“你明明说好的，会和我一起面对所有的事情，可是……每次我一叫你，你就说在忙，然后跑了，也太不给我面子了。”

“你知道吗？你不在，朕真的好像成了孤家寡人……”爱卿抱着枕头，仰天道，“啊！我好想回到过去，回到太子殿，想要父皇和义父回来……想你在我身边。”

爱卿说着说着，眼泪就又掉了下来，他不想哭的，可是这寝殿太大也太安静了，静得他心里疼。

“……嗯？”不知道是不是他衣着单薄的关系，爱卿觉得身上一阵冷又一阵热，而且心跳也变得非常快，但又不像是不舒服。

“这是什么？”

他的左胳膊上突然浮现了数条纤细的，宛如工笔绘画一样的纹路，从白皙的胳膊肘一直延伸至肩膀，看起来就像溪边华丽绽放的彼岸花，又像是夏季璀璨的烟火。

“咦？！”就在爱卿万分惊讶地盯着它时，那美丽又奇异的“花纹”忽然消失了，也许是他一直在哭的关系，所以眼花了吧？

爱卿揉了揉酸胀的眼睛，并没把这件事放在心上，也不想半夜三更地去惊扰御医，弄得全皇宫震动，他搂着枕头，不知不觉就睡着了。

翌日，天空继续放晴，爱卿顶着一双哭肿的核桃眼，去上早朝。

好在鎏金龙椅高高在上，而臣子见君都是俯首低眉、恭顺有加的，所以除了小德子，没人能看见他那双可笑的眼睛。

清了清嗓子，爱卿把所有的政务都理了一遍，无人再启奏后，小德子朗声宣布：“退朝！”

“吾等恭送吾皇，万岁、万岁、万万岁！”余音还在殿上缭绕，爱卿就跟火烧屁股似的，三步并作两步地直奔出金銮宝殿。

他现在谁都不想见，以免丑态外露——

可是事与愿违！

“皇上，请您留步，末将有事启奏。”景霆瑞在散朝后，并没有离去，而是跟炎一起，追也似的跟在了爱卿的身后。

听到是景霆瑞的声音，爱卿不由得停下脚步，可是不愿扭过头去，只能装出无事的样子：“嗯？”

“皇兄，您今日说话的声音怎么听起来沙沙的，可是夜里受了寒凉？”炎的语气是充满了担心，所以他们才一起过来的。

“我、不，是朕好得很，朕要去书房批折子了，你们若无要事，就都退下吧。”爱卿依然背对着他们，但是很潇洒地摆了摆手，还真有一副身为九五至尊的架势。

“皇上！末将还有事……”景霆瑞依然从左边靠近了，感觉到那魁伟、略带压迫感的身影，爱卿赶紧把头扭向右边。

然而，炎是从右边走近的，吓得他又赶紧往左边转头，于是，他仓皇的视线一下子落入了景霆瑞那深邃又犀利的眼眸里。

“哇！你别看！”爱卿想要捂住眼睛，但景霆瑞的动作更快，他的手一下就扣住了爱卿的下巴，往上抬起。

“您的眼睛……”

“景霆瑞！你好放肆，竟敢抓着皇上的脸！”炎的怒火腾地燃烧起来。不过，正因为景霆瑞扳起爱卿的脸，也让他看到了那双红肿的、可怜的眼睛，心里又万分心疼。

“朕、朕朕……”

景霆瑞那张极为端正的脸庞近在咫尺，爱卿的脑袋里乱成一团，都不知作何解释才好。

景霆瑞怜惜地用指尖轻抚爱卿哭红的眼角：“昨日您受了惊吓，所以没睡好吗？”

景霆瑞的语气是如此温柔，因为他是真的有在反省自己对爱卿的疏离态度。

在登基之前，他想过将来要每时每刻地陪在爱卿的身边。

但是，因为他手握禁军与御林军的指挥权，宫内所有的门户安全、执事人指派等，也都归他管辖。

如果太亲近皇帝了，尤其是爱卿在做什么事前，都喜欢问过他的意见，已经让炎和大臣们有诸多怨言。

他们说他是“挟天子以令天下”，仗着和皇帝关系好，在宫内横行霸道。

景霆瑞担心再这样下去，会影响爱卿身为帝王的威信，所以他才不得不疏远爱卿。

可是，看到爱卿昨日差点遇险，景霆瑞就顾不得这些事了，若真有臣子敢散播谣言，对皇上不敬，他会暗中解决掉的。

一味地后退并不能保护爱卿，带去的反倒是伤害，这是他从冰冷的湖水中学会的道理。

从现在开始，景霆瑞想更好地陪着爱卿，再也不故意疏离了。

想清楚这件事后，景霆瑞的心情立刻变得轻松许多。他果然不喜欢事事被动的局面，所以下朝后，他选择立刻回到爱卿的身边。

却没想到看到爱卿如此憔悴的模样，心疼和担忧立刻溢满了胸膛。

“朕都说没事了，你们两个别小题大做了！”爱卿以前总像小猫一样，喜欢黏在景霆瑞这只“大黑猫”的身上，求他抱着、宠着，可现在却很干脆地推开了景霆瑞的手，还往后退开两步。

景霆瑞的眉心微微拧起，他的不愉快是显而易见的。

炎却笑了，轻声说了一句：“活该被讨厌！”

“说吧，你有何事要启奏？”既然被看见了窘状，爱卿也就不再隐藏了，虽然心里觉得快丢脸死了。

“今日巳时，城门卫军在城南校场集合操演。左右参领各有近三千人马参加，大部分都是最近招募的新兵，末将以为皇上您若能亲临检阅，可鼓舞新兵士气，不知皇上意下如何？”

“操练新兵吗？”爱卿一听两眼就放光了，他还未曾上过战场，可是非常向往那一统千军的豪迈气概。

“南校场连根草都没有，皇兄你去了，只会吹一脸的风沙。”炎在一旁酸酸地道，“其实操练也没什么可看的，都是一群淌着臭汗的男人，大声喊打喊杀罢了。”

炎出言阻止，是因为他午后要与他的门客谈古论今，他去不了校场。

“哎，皇弟此言差矣，朕是皇帝，当然要去鼓舞士气啊！”爱卿笑眯眯地看着景霆瑞，“这事就这么定了吧，还有，朕不用特殊待遇，将士们在哪，朕就站哪里，不用给朕特别的排场。”

爱卿担心武将们会让他待在瞭望塔上，虽说防风防晒，但是没办法近距离观看操演。

“末将谨遵圣旨！”景霆瑞下跪道。

“嗯。”爱卿想到这是他登基以来，景霆瑞第一次邀请他一同去做什么，心里就乐开了花。

他喜上眉梢的样子，同样落入景霆瑞和炎的眼里。爱卿就是心里想什么，都会表露在脸上，藏都藏不住。

“皇兄笑起来的样子，真的太可爱了呀，我怎么会有这么可爱的一个兄长呢。”炎在心里想道，要不是爱卿已经是皇帝了，他还真想紧紧地抱住爱卿呢。

炎注意到景霆瑞也是用同样欣赏的眼神注视着爱卿时，气得扁了下嘴。

“好了，既然是首次检阅军队操演，朕要去准备准备。”爱卿说完，快活得就跟小兔子似的，蹦蹦跳跳地走了。

景霆瑞和炎恭恭敬敬地送别皇帝，注意到景霆瑞嘴角挂着笑容，炎讥诮道：“原来你也是会笑的啊，宫里的人都说，景将军虽然长得俊，却是千年寒冰雕的呢。”

“我是人，当然会笑，只是要看对象是谁罢了。”景霆瑞说这话时，又恢复到平时冷漠的、生人勿近的样子。这才是他的本性吧，炎这么认为。

“哼！谁稀罕你笑。”撂下这句话，炎干脆利落地走了。

午后，高悬着晃眼的太阳，但料峭的寒风卷起黄沙，空中就像铺开了一张巨型的网，笼罩着下方一切的事物，什么也看不真切。

“瑞瑞，呃、不，是景将军……”爱卿急急地改口道。

“末将在！”

“朕之前说过，是要来南校场检阅新军的吧？”爱卿的声音听起来有种闷顿感，就像捂住嘴巴在说话一样。

“是。皇上现在的位置是在南校场没错。”

“那么，朕也说过不需要特别的待遇了？”

“对。您说要与将士们站在一起，而他们就在您的正前方。”景霆瑞那低沉悦耳的声音，响起在爱卿的头顶上方。

“景将军！”爱卿的秀眉皱了起来，“虽说这两样全是了，可是这、这根本不对啊！”

“哪里不对呢？”景霆瑞问。

“全部都是！朕现在的样子，真的好古怪啊！”爱卿忍不住咆哮出来，好在风沙大，旁人也听不见他的抱怨。

“朕哪里像是在检阅新兵操演？更像是堆在马背上的雪人啊！”爱卿一把扯下了蒙在脸上的锦织帕子。

他和景霆瑞共骑一匹黑得发亮的骏马，叫作黑龙。起初爱卿还很高兴，可是没想到来到校场后，景霆瑞也没让他下马，依然是维持来时的姿势。

这也罢了。

爱卿会怨愤地说自己像雪人，是因为来这里之前，景霆瑞命小德子把最厚实的披风给皇帝穿上，于是，一件御织坊进贡的雪绸面子貂绒里子的披肩，裹在了他的身上。

而披肩里头，爱卿已经穿了一袭防风寒的绊丝貂裘罩衫，再里头便是龙袍、蚕丝棉的夹袄，以及亵衣了。

这里三层、外三层的一裹，他整个人都是圆滚滚的，腰都不见了。

景霆瑞却还说不够暖和，让小德子拿顶风雪帽来，这一顶夹着棉花絮的雪绸滚金边帽子，做工虽是极好的，但也太大了。

爱卿戴上之后，连脑袋都跟煮熟的汤圆一般，又白又大，更别说他还穿着一双雪貂绒的马靴呢！

“您这样就足够暖和了。”但景霆瑞很满意，动作敏捷地抱他上马，一起赶赴校场。

校场的风沙果然很大，景霆瑞就给他蒙上一块帕子。

新兵如棋盘上排列整齐的云子，列成四大方阵，每个人都拿着崭新的兵器，穿着最轻便的黑底红襟边的行军服，却没有人在寒风中发抖，还气势恢宏地齐声呼喊着：“吾皇万岁、万岁、万万岁！”

爱卿就更坐不住了，想要下马去，可是景霆瑞的手臂牢牢地箍紧在他的腰上，没有一点放手的意思。

就算是非常喜欢景霆瑞，爱卿也实在是忍受不住，因此埋怨了起来。

“您就这么想下去吗？地上凉着呢。”景霆瑞的语气里透着犹豫，其实也不是非得在马背上阅军不可，只是一会儿还有马上战斗的表演，加上火箭火炮，他担心从未近距离观看这些场面的爱卿，会感到害怕。

他若表现出恐惧而后退的话，士兵们会误解皇帝是个软弱之人。

这是其一的原因，其二嘛，景霆瑞不否认，他就是想抱着爱卿。

爱卿的身上散发着一股很好闻的墨宝香气，小时候的他，抱在怀里只有一点点，十分的幼小可爱，让景霆瑞抱上一天都不会感到腻烦。

现在，爱卿已经十六岁了，自然是少年的身形，但此刻抱着他，会想起儿时的温情。

而今天，炎也不在，不会有人对此嚷嚷些什么，新兵们权当将军在保护少年帝，也不会有任何的异议。

但景霆瑞没想到爱卿不想要这样，他不安分地扭动着腰，踢动着腿，闹着要下马。

黑龙不太愉快地刨着铁蹄，发出咔嗒、咔嗒的响声。

“好，末将知道了。”景霆瑞叹了一口气，松开了手臂，跳下马背后，又把爱卿抱了下来。

“这披肩太厚，朕都不好走路了。”爱卿下马之后，满脸雀跃的表情，他自作主张地解掉披风的红宝石搭扣，丢给了景霆瑞。

景霆瑞的心里顿时有一种不祥的预感。

果然，爱卿像脱衣服上了瘾似的，又把里头的罩衫给脱了，明黄缂丝单金龙袍露了出来，他还把风雪帽给摘了，露出一顶薄金嵌顶级翡翠的羽冠。

他的模样就像在内殿处理政事那样，穿得十分清凉。

“将士们都穿那么少，没理由朕穿得那么暖，让人笑话。”爱卿义正词严地说，景霆瑞没办法违抗圣意，只有把他脱下来的披风帽子，都放在黑龙上了。

尔后，爱卿强忍住风沙刮过脸庞的刺痛，走进黑压压的方阵中间，深吸了口气后，大声说道：“尔等乃大燕精兵，为保卫皇宫，无冬无夏，日夜操练，真是辛苦了！”

这声音虽并不浑厚有力，但十分宏大，就连景霆瑞也吃惊爱卿能把气提得这么足！

“为皇上效力，吾等万死不辞！”士兵们异口同声地回应，如同雷声滚过校场上空。

爱卿十分感动，他大步地穿梭在列队之间。和以往的皇帝只是在点将台上阅兵不同，他从头到尾，从左到右，一一审视了年轻的士兵们，并且说道：“朕感谢你们！有你们保卫着朕，朕才能安心于国事，为百姓分忧。”

“皇上圣明！吾皇万岁、万岁、万万岁！”

士兵们都惶恐不已，尤其那些才入宫的。他们从未目睹过龙颜，也没有那样的机会，如今得以近距离地面见皇帝，而且皇上还如此亲切地与他们说话，感谢他们的辛劳，一个个都感动极了，纷纷下跪谢恩。

“众将士免礼！”

爱卿微笑着说，景霆瑞则紧随在爱卿的身后，待他检阅完全部的士兵后，宣布操演开始！

“咚咚——！”

“咚咚咚——！”

校场塔楼上的巨鼓擂响了，这声音悠长而肃穆，震撼人心！

一千余步兵手持铮亮的红缨枪，一声嘹亮的“喝”，动作齐整地迈出右脚，往前猛地刺出一枪！

“喝喝——！”紧接着，他们猛地回旋身体，攻击后方的假想敌人。

这一招一式是如此犀利，又一气呵成！爱卿不由自主地往前踏出一步，为他们的威武而心生赞叹！

随着鼓声节奏的变动，步兵不时转换阵型，或左右包抄夹击敌人，或列队严密防守，让爱卿看得目不暇接。他不时问景霆瑞，这是什么阵势，那个武器又是做何用的。

爱卿的兵书是读了不少，可兵书上讲的都是理论，一到实际操练时，就要因事制宜，即根据不同的战场形势，制定不同的攻防阵型。

所以爱卿感到无比新奇，他也很好学，将景霆瑞教给他的，全都记到了脑子里。

步兵之后，便是铁蹄声隆隆，震撼大地的骑兵队上场。

他们威武的方阵队形，灵活机动的反应，让爱卿又一次大开了眼界，情不禁地大喊了一声：“干得漂亮！”

步兵、骑兵之后，火炮箭弩也隆重上场。

风沙滚滚、马蹄声、火炮声，爱卿虽从小生长在深宫里，被众人疼爱着，可看到这样刀枪如林的场面，他却一点都不觉得害怕，还非常自豪，他多么想有一天，自己也能骑在骏马之上，和这些英雄男儿一起，为护卫大燕驰骋沙场啊。

正所谓男儿志在四方，他的父皇经常出征，战功赫赫，他的义父也是一代名将，如果他只会被炎、被景霆瑞保护着，那么他有愧于做大燕的皇帝！

“皇上……”景霆瑞则在一旁默默地关注着爱卿，这场操演是他特意为皇帝安排的，他想要爱卿知道，皇宫的禁卫军有多么厉害，哪怕是新兵也已经能奋勇杀敌，他们并不只是在御花园里巡逻、站岗罢了，他们有着捍卫皇帝生命与家园的真本事。

而皇宫的生活固然是循规蹈矩，却也是他最安全的处所。

景霆瑞知道爱卿为什么总是“失踪”，因为他向往宫外的日子，尤其永安和永裕亲王，总是绘声绘色地告诉他，宫外的生活有多么无拘无束，多么美好。

当爱卿一个人独处时，多多少少都能忘记置身在何处吧。

皇宫里，是不许出现任何纰漏的地方，是一个随时都有人因违规而受罚，甚至丧命的地方，也是权力风暴的中心。

即便是皇帝，住在皇宫里也不会总是愉快的。

条条框框依然桎梏着爱卿的手脚，而他的性子偏偏又不愿墨守成规。

以前爱卿是太子时，大家的眼睛大多放在皇上和巫雀王的身上，现如今，爱卿才是万众瞩目的中心，也难怪他会倍感窒息了。

“景将军，快看！那是宋统领！他就要突破封锁了！”炮声的轰鸣再大，爱卿也没有伸手捂过一下耳朵，风沙再猛烈，他也没有背过身去躲避。

注意到爱卿勇敢沉着的表现，景霆瑞在心里不禁感叹：“卿儿不愧是真龙天子，虽然是第一次亲临真刀真枪的操练，眼睛里却没有一丝的怯意。”

宋植正骑在马背上，挥舞着大刀，率领士兵冲上对手的堡垒。哪怕沙包上正烧着烈火，马儿依然在他鼓励下一跃而上，溃散敌营防线，俘虏“敌首”——一面蓝色的令旗，大获全胜！

此时锣鼓喧嚣，喊声震天，士兵们的热情如同火海一般，让爱卿的眼眶都有些湿润了。

“皇上！”宋植骑着快马，如箭般飞驰而至，手里拿着那面令旗，飞身下马，单膝跪下，把旗帜高举过头顶，献给了爱卿。

“宋统领，辛苦你了！”爱卿双手接下。

此时，宋植难掩内心激动道：“禀皇上，弟兄们的本事都是景将军教出来的，弟兄们说了，很想乘此机会再见识一下景将军玄妙的箭法！”

“皇上面前，末将岂敢献丑。”景霆瑞躬身道。

“哎，景将军，朕也想瞧瞧你那传奇的箭术！”爱卿笑着，字正腔圆地道，“大燕乃强兵之国，父皇曾说过，骑射是用兵的重中之重，乃大燕立国之根本。因此，景将军，众将士盛意邀请，你就不要推辞了吧。”

这话说得极响亮，加上爱卿那如阳光般灿烂的笑容，景霆瑞没有推却的理由。

“末将遵旨！”景霆瑞抱拳，尔后又对宋植道，“取我的弓箭来。”

“是！”宋植快马离去。

“——万岁！”

“皇上！请容臣等伴驾！”校场的入口处，突然响起一片呼喊之声，爱卿惊讶地回头一望，正是朝中那班老臣。

他们听闻皇上在南校场检阅禁卫军，就赶紧地来了。

“都免礼吧，众卿家刚错过一场精彩的操演，不过，还有压轴好戏！”爱卿微笑着，让臣子们随侍在旁。

老臣们都感动极了，还伸长脖子往校场里张望：“方才听说了，景将军您要亲自下场去，试一试身手？”

“正是如此。”景霆瑞弯腰应道。

“遥想当年，您在太上皇举行的游园会箭艺比赛上，只射了三箭，便技惊四座，获太上皇的格外青睐，以十岁的稚龄，成为宫内的带刀侍卫。这在大燕皇宫，可是前所未有的啊。”抚着银须，翰林掌院学士，七十高龄的王坤大人如此叹道。

“王大人过誉了，不过是些陈年往事。”景霆瑞对于这番夸赞奉承的话，表现得很平静，甚至是有些冷淡了。

爱卿就很感兴趣，因为他打小就听宫女谈起景霆瑞初入宫时的情形，什么弓不虚发、百步穿杨，他的箭法高超得让在场的武将都啧啧称奇，也让父皇龙心大悦！

爱卿真想亲眼目睹那时的盛况，只是那一年，他才一岁，就算瞧见了，也记不得了。

“皇上！景将军！各位大人！”宋植骑着快马回来了，让爱卿惊讶的是，后头还跟着两个侍卫。

他们需要合力抬着景霆瑞的弓箭戎装，可见那把将军弓有多沉。

大臣们都早有耳闻，如今有幸目睹，都想亲手摸摸那把传说中的“大将军弓”，还有那特制的、超长的、簇尖极锐的羽箭，但不知是否因为景霆瑞的气势太慑人，没人胆敢伸手过去。

爱卿饶有兴味地看着那雕刻着精细虎纹的巨弓，注意到弓弦竟然和成年男性的手指一般粗细，很惊讶地扬起眉梢。

若没有拔山扛鼎的力气，别说射中目标了，连弓都未必拉得开！

不但爱卿很敬佩，大臣们也发出惊叹声，反复道："这真是太厉害了！"

可是景霆瑞对此充耳不闻，自顾准备妥当，只是在下场试射前，他先向爱卿鞠躬示意，才骑上黑龙，跃向校场内。

顿时，旗帜飞舞，士兵们的呼喝震天！

景霆瑞右手举起弓，那动作轻盈得就像手里拿着的不过是普通的竹弓，众将士又是一番热烈的欢呼。

爱卿望了望四周，有烧黑了的沙袋堡垒，还有被炸碎了的战车，而它们的后边，才是一个箭靶，看起来距离非常遥远，都看不清靶心。

景霆瑞放下巨弓，将士们也立刻止住了声音。一时间，校场里安静得只剩下风在呼啸。

"吱嘎、吱嘎。"

一台铜铁铸造的火炮给推了出来，爱卿之前就已经见识过它的威力，校场上可埋数人的大坑就是它给炸出来的。

"等等！这是什么意思？"看到景霆瑞不紧不慢地驱策战马，竟然转了个身，停在了炮口的正对面，与火炮不过两百步之隔，爱卿的心一下子提到了嗓子眼。

"皇上，危险！"老臣们看到皇上要下校场去，慌忙阻拦。

"你们别拦着我。"爱卿可着急了，都忘了该自称"朕"。

这猛烈的炮火可是能把铁战车都炸个粉碎，可不是闹着玩的！

"景将军！"爱卿忍不住高呼。

可是火炮手已经点燃了引线，所有人都跟潮水似的往后退，表情是既紧张又惶然，怕都怕死了，哪里还有兴致欣赏！

爱卿被大臣、内监们密实地保护着，他被迫站在最后头，只能踮起脚，担心不已地看向校场。

"嘭"的一声巨响，一团黑烟升起，内里充填着黑火药的弹丸以肉眼根本无法捕捉的速度飞上天空，直击向景霆瑞所处的位置。

已经是生死关头，可是景霆瑞也好，还是他胯下的黑龙，全都如铁铸般待在原地不动！

直到炸弹几乎逼向他的眼前，景霆瑞才运力拉弓搭箭，只听得"嘣"的一声，绷紧的弓弦猛烈一弹，近四尺长的箭矢如流星射出，银芒闪过众人的眼前！

"叮！"锐利的箭尖与铁弹丸正面相击，霎时迸射出火星！

"要爆炸了！快跑！"有人惊恐地喊！

而那支箭竟然穿透弹身，它的劲道是那样强，硬是将铁炮弹一分为二，火药四散，与铁箭摩擦，无数火焰吐蹿而出，就跟放焰火似的炫目！

而铁箭即便是摧毁了炮弹，飞速亦丝毫不减，把风沙都一劈为二，再射中千步之外的箭靶！且箭尖正中靶心，五尺厚的木盘竟应声而裂，箭镞最后扎入沙地里，没入大半！

尘埃落定，最强烈的喝彩声骤然爆发，士兵们简直沸腾起来了，枪矛、旗帜猛烈挥动，就连平时一本正经的老臣们，竟然也都“噼啪”地鼓着掌，争先恐后地跑下场去了！

他们抢着给景霆瑞道喜，夸赞他的箭艺已经是天下无人可及的了！

景霆瑞却依然神情冷酷，或者说他的脸就跟手里的弓一样，永远是那么硬邦邦的，完全无视大臣们的各种马屁。

他越过涌动欢呼的人群，望向爱卿站立的位置，却见他竟然转身离去。

“什么？”景霆瑞微微动了动身子，黑龙似乎察觉到了主人烦躁的心情，仰脖嘶鸣了一声，倒让好些大臣散了开去。

对这匹英俊神武的黑马，他们同样是又敬又怕的。

“全都退下，禁卫军还需要继续操练。”景霆瑞的话就像一盆冷水，浇在那些兴奋过头的大臣身上，他们的笑容明显僵硬在了脸上，但又很快掩去了这种尴尬，笑着称是，并往回走了。

他们也直到这时才注意到皇上不见了，赶紧地上轿、上马地去找皇帝了。

“冷静一点。”景霆瑞伸手抚摸爱马的颈背，可是这话与其是在安慰黑龙，更像是说给自己听的。

“卿儿可能是被炮火吓到了。”景霆瑞在心里如此解释。可是，他很清楚之前炮火对仗时，爱卿并没有走掉，他根本不可能因为这一枚炮弹就吓得掉头走人的。

想到这里，景霆瑞手里的弓又一次地攥紧，他发现自己的心情是越来越烦躁、跌宕起伏，根本无法冷静下来。

因为爱卿每躲开他一次，他也就越想把他抓紧在手里。

哪怕他是天子也一样。

“难不成我真的想挟天子以令群臣？”景霆瑞苦涩地想，那对皇上可是大大的不敬了，就算被诛九族也无话可说。

可即便如此，景霆瑞也想要爱卿只注视自己，而非突然走开。

“将军？”宋植来了，他在等待景霆瑞下命令。

“全军重新列队，再练。”景霆瑞说，拉紧缰绳，在校场上弄了个完全汗湿才作罢。

这深宫的夜晚太静了，静得爱卿都能听到自己的心跳声有多么急促。

“怦咚！怦咚！”

他翻了个身，一把掀开熏得极香的七彩缎面的蚕丝被，一个鲤鱼打挺就从龙床上跃起来。

“皇上，您是要起夜吗？”小德子听得帘帐内的响动，连忙躬身问道。

“不，朕睡不着，想出去转转。”爱卿不等小德子伺候，自己就着袜着鞋，小德子赶紧为他系上一件带白貂绒皮领子的风雪大氅。

“可是皇上，外头的雪才融掉，您出去是会着凉的。”小德子皱起眉头说，皇上怕是睡糊涂了吧，怎么想到半夜起来逛花园。

“朕觉得身上热，出去透口气，不行吗？”爱卿执意地道。

“行，奴才给您掌灯。您小心着脚下，门槛上还冻着霜呢！”小德子麻利地张罗了一下，就跟着皇帝去到外边的檐下。几个小太监正在打盹，看到皇上突然出来，可把他们吓坏了，连忙跪地磕头。

“得了，都别熬了，下去歇着吧。”爱卿打发走了他们，坐在廊檐的凭栏上，看着朦胧月色下的御花园。

其实，也没什么可看的，到处都是乌漆抹黑的，只有回廊上亮着一盏又一盏的朱红纱灯，勾勒出一条曲折又深广的红线。

这条线又让爱卿想起白天在校场上发生的事。

“要爆炸了！快跑！”不知是谁喊的这一声，眼瞅着火星子冒了出来，爱卿的眼前迸射出一片红芒！

脚下的风沙像是活物一般缠绕在了爱卿的指间，只要他抬起手，这些沙子便能扑向炸药，将之熄灭。

但，这怎么可能呢？

“皇上，小心。”在那时，一个老臣突然扑过来，拦在爱卿跟前，与此同时，景霆瑞已经把炸弹给解决了。

指间风沙也在瞬间溃散！

这一切发生得是那样的快，仿佛是爱卿在做梦一样。

校场上的黄沙尘土，都十分粗粝，怎么可能随风起舞，更别说纠缠在他的手上了。

“皇上，您哪里不舒服吗？”小德子从未见过这么安静的皇帝，不由得担心起来。

“小德子，你去花盆里，给我弄捧土来。”爱卿道。

“要什么？”

“泥土，”爱卿道，“快去。”

小德子虽然不明白是怎么回事，但还是去廊下的花盆里，徒手挖了一些泥巴，双手端着给爱卿。

“皇上，您真是好兴致，半夜不睡觉，起来玩泥巴。”小德子和爱卿一起长大，在没旁人的时候，还会称兄道弟。

“朕想证实一件事。”爱卿看着小德子手里的泥巴，让他捧着不要动。

“捧着？您到底想做什么呀？”小德子已经是哈欠连天了。

“别说话。”爱卿让小德子保持不动，然后抬起双手，煞有其事地对着泥土，“起！”

小德子一脸疑惑，不住地看看皇上，又看看手里沉甸甸的泥巴：“是要奴才抬起来一些？”

“不，你别动。”爱卿摆摆手，深吸一口气后，再次伸出手道，“起！飞起来！”

“啊？”小德子终于明白皇上在起什么了，他顿了顿，哈哈大笑起来，“您不是睡糊涂了吧？”

“难道朕白天真的在做梦？”爱卿歪着脑袋想了想，起身走回殿内。

“等等我呀。”小德子丢掉手中的泥土，拍了拍手，紧跟着爱卿身后进殿。

“好冷啊，关门吧。”爱卿说。

“好嘞！”小德子应声，正要转身，听见“砰”一声，殿门自个儿关上了。

“哇！”把小德子吓了一跳，暗暗思忖，“这哪来的一阵怪风。”

“让你关个门而已，这么大力气。”爱卿没有瞧见，他在一张太师椅里坐下了，“好渴，给上茶。”

“嗯，好。”小德子不再去想门了，屁颠屁颠地给爱卿倒茶。

“你也喝点吧。”爱卿是从不见外，主仆二人在深更半夜里，一人捧着一杯热茶，各怀心思。

爱卿想的是，白天诡异的经历，难不成是在沙场被风吹傻了？

小德子想的是今晚皇上的反常举止，难道是白天在校场发生了什么不愉快的事情？

“对了，皇上，”小德子索性问道，“您今天有恭贺将军演习成功吗？”

“啊？”爱卿一愣，突然想起来，因为受到风沙的惊吓，不觉就跑回来了。

紧接着，他回想起更多的事情……

当景霆瑞在众将士的摇旗呐喊声下，驰骋于滚滚黄沙中时，爱卿忽然觉得有些不认得他了。

因为景霆瑞是那么气宇轩昂、充满威严与霸气，实在是太帅了。

当他意识到：“我还没有见识过战场上的瑞瑞呢。”心里那种激动的情绪，就跟烧沸的水似的，热气汩汩直往上冒！

他都快要和那些将士一样，振臂高呼了！

在看到景霆瑞手持“大将军弓”，那不怒自威的样子，爱卿是既高兴又激动，心跳得仿佛要蹦跶出胸膛。

而台下，不断响起士兵们如雷的欢呼声，他们对景霆瑞的崇拜与追捧，又让爱卿的心里自豪得很！

直到炮弹炸开那一刻。

就在爱卿震惊于刚才的风沙到底是真的还是假的时，他发现景霆瑞骑在马背上，那深邃又专注的目光穿过众人向他望来。

爱卿的脑中顿时空白一片，像受到惊吓一样，扭头就逃走了。

“唉……真的好丢人啊！”现在回想到那狼狈逃走的一幕，爱卿真是连耳根都烧红了。

“瑞瑞会怎么想朕啊。”爱卿抱着头，苦恼不已，“他会不会以为，朕是被他给吓跑的？”

“皇上，您果然做了点什么啊。”小德子几乎可以肯定，皇上又在大庭广众之下做傻事了。

所以今晚才会睡不着觉吧！

“朕也不知道朕是怎么了？”爱卿道，再这样烦恼下去，明天早朝时，他又要没精打采的了。免不了，又会被景霆瑞和炎追问吧。

爱卿长吁短叹，放下茶盏，站起身，在寝殿里来回走，突然，他伸手抱住一根殿柱，额头抵在上面“咚咚”撞了两下。

小德子本是端着茶盏笑吟吟的，见到此情景，吓得一甩手，连珐琅彩荷花茶盏都摔碎在地上。

“皇上——这万万使不得！”

小德子这一声哀号，真是悲悲惨惨戚戚！顿时惊动了所有的宫女、太监，还有禁卫军，长廊给几十号人围了个水泄不通，人人都非常惶恐地跪在爱卿面前。

“你们这是做什么？”

爱卿目瞪口呆，不知是出了什么事，愕然地望着黑压压的一片人。

“皇上，龙体要紧，什么事都好说，千万别想不开撞墙啊。”小德子抹着泪说。众人更是惊恐得纷纷磕头，异口同声道：“皇上，请万万保重龙体！”

爱卿才想说：“朕才没有撞……”可是他的话还没说完，就被小德子等人拉胳膊抱脚地把他抬离了殿柱子。

可即便爱卿已经躺回到龙榻上，每个人的脸色依然是这么难看，他们围着妄图撞墙的皇帝，简直是“如临大敌、严阵以待”。

“快去请景将军来。”不知是谁嚷了这么一句，乱成一锅粥的众人，立刻就像有了主心骨似的，竟然都争相奔去青铜院了。

“不准去！”爱卿在床里急得直嚷，可就连小德子也说：“景将军来了就好，皇上您就安心歇着吧。”

爱卿是又气又急又慌，他才不要让景霆瑞看到自己这副丢脸的样子呢！

“够了！你们都给朕起开！朕要歇息了！”爱卿翻身盖好被子，打算谁都不理，可是没多久，殿外就传话进来了：“报——景将军到！”

爱卿心里一惊，没想到景霆瑞来得这么快，毕竟是大半夜的……更衣梳头都需要点时间吧？

屋里的禁卫军立刻迎了上去，脚步声一时有些杂沓，可是爱卿却能清楚地分辨出，哪个步履声是属于景霆瑞的，永远都是那么沉稳有力、临危不乱。

不过，他每走近一步都像踏在爱卿的心坎里，让他是越来越慌、越来越乱，心口犹如小鹿乱撞，都不知如何是好了！

景霆瑞是否会责怪他下午的失态呢？完全有失皇帝的颜面，这让景霆瑞很失望吧。

“皇上，您怎么样？”景霆瑞悦耳的声音近在咫尺，爱卿却忍着没有转回身去，双手握紧了。

“末将听到您的身体抱恙，就立刻赶来了。”景霆瑞低沉地说，语气里透着担心。

就在前一瞬，他还慌乱得紧，可一听出景霆瑞话语里的担忧，心头忽地一颤，嘴角不由自主地上扬。

他果然没有生气，也没有介意他的失态。

爱卿慢慢地从被窝里露出憋得通红的脸，扭头看向景霆瑞。

一对上那双仿佛如海洋般深邃的黑眸时，爱卿立刻转回了头，可哪怕只有这么极短的一瞬，就足以让他心生喜悦了。

“皇上，您是哪里不适？”景霆瑞见到一直躺在被窝里，以为他是难受得紧，便俯下身，凑近问道。

“朕、朕没事。”爱卿的双手抓着被角，小声道，“是小德子误会了，才惹出来的事……”

爱卿正打算说出事由，他可不是真的撞墙，只是脑袋不小心撞到廊柱罢了，结果景霆瑞突然伸出手，覆盖在他的额头上。

这宽大有力的手掌，爱卿已经很熟悉了，从小他就爱窝在景霆瑞的怀里睡觉，听乳母嬷嬷说，他发乳牙时，还啃过景侍卫的手指头呢。

他这非要景侍卫抱着才能乖乖睡觉的坏毛病，一直到六岁才改掉。

而在十岁之前，尤其是在雷雨夜里，爱卿还抱着景侍卫的胳膊才能睡得安稳。这些以前觉得甜美的事情，现在想来，竟然会觉得很害羞。

瑞瑞会不会以为他是一个长不大的皇帝呢？爱卿暗暗想着。

“您虽然是有些热，但没有发烧，可是夜里做了噩梦？您别怕，梦里的妖怪都是假的。”景霆瑞似乎松了一口气地道，他正想缩回手，看到爱卿的亵衣领子松开着，雪白优美的肩上似乎有一抹红色的花纹。

景霆瑞伸手探去，爱卿却一把抓起衣襟，还气呼呼地瞪着他。

“你还当——朕是小孩子？朕不会再怕梦里的大青虫了！”爱卿皱着眉头，不但生气，还有种说不出的委屈，他还想说什么，喉咙里一阵发涩，只有紧咬着下唇。

听到爱卿刻意突出了“朕”这个身份，也触动了景霆瑞，他略微一怔，便起身，极为恭敬抱拳道：“末将不敢。”

“禀皇上，御医来了。”这时，小德子积极地招呼道。

景霆瑞便退至一旁，老御医先给爱卿跪了安，才严肃地搭脉、诊脉，把望、闻、问、切都做了个遍，折腾了快半个时辰，他才抚着白须叹道：“皇上的龙体并无大碍，怕是国事操劳，有些伤神，以至夜不能寐，待老奴开一剂养心安神的汤药待皇上服下后自然是药到病除。”

“有劳御医了。”景霆瑞谢过，吩咐小德子跟着御医去太医院配药。

等药煎好，爱卿服下，天已经是蒙蒙亮了，景霆瑞见皇上睡着，才退出长春宫。

皇上身体欠安的消息不胫而走，大臣们原以为今日的早朝必定是免了，没想到皇上竟然还是撑着上了朝，有条不紊地处理了政务，想必龙体是真的无大碍，这场有关他夜里撞柱子的风波，也就这么过去了。

——或许表面上如此，因为爱卿的心里是余波难平！

后悔！觉得自己无比幼稚！毫无帝王的样子！

爱卿一觉睡醒后，胸口充塞的便是这样万分后悔的情绪。

他不应该睡不着觉，心绪不宁，就把气撒在景霆瑞的头上，换而言之，他是在迁怒无辜的人。

“瑞瑞又没做错事，我怎么可以对他发脾气……”爱卿抱着这样的想法，一骨碌地爬起来，穿戴整齐地上朝去。

当着文武百官的面，他怎么也找不到和景霆瑞道歉的时机，只有等到散朝之后了。

但是下了朝，他又被炎拖住了，问长问短的，爱卿费了不少唇舌，才让炎相信自己真的没事，得以脱身。

然而，到了这时已经是正午，小德子怎么都要传膳给皇帝吃，趁着他去御膳房吩咐的当口，爱卿脚底抹油，溜之大吉。

景霆瑞今日会留在宫里当值，处理军部的一些公文，爱卿早就问过宋植了。

所以，他现在只要去到青铜院，就能找着景霆瑞，一想到马上要见到他，心跳就又扑通扑通的，开始不安分起来。

“嗯……瑞瑞，哦，不对，景大将军，您公务可繁忙？”爱卿走在彩色鹅卵石拼砌起来的河岸小径上，一边自言自语道。

“不行！要是他回答说很忙怎么办？朕的话不就接不下去了？”爱卿停下脚步，歪着脑袋思索了片刻。

然后，他抬头看着眼前一株正抽出新芽的柳树，笑盈盈地道：“景将军，朕有话要对你说。”

柳树自然不会答话，爱卿就压低嗓子，还用手指挑起自己的眉角，变成锐利的鹰眼，恭敬地答道：“皇上，请问是何要事，要劳烦您驾临青铜院？”

“不、不麻烦。”爱卿演绎得颇为投入，对着柳树爽朗地摆了摆手道，“朕来就是想看看你……”

这话才说出口，爱卿就觉得不好意思，暗想：这也太热情了，还是换一句吧。

哎，不管怎样都是要道歉的，不如直接说了吧。

“嗯，瑞瑞，朕来，是想和你说声对不起，朕这几日心情烦乱，不该拿你撒……”这话还没说完呢，就听得五十步开外的定武桥上，传来一声莺语婉转：“景将军——请留步！”

这一声呼唤，让沉醉在演戏中的爱卿吓得浑身一个激灵，赶紧缩身藏在柳树后头，并探出个脑袋，朝雕有石龙的桥上望去。

果然是景霆瑞！他一身黑金轻甲，英姿勃勃地站在桥上，虽然停下了脚步，但似乎并不想搭理那个叫住他的宫女。

“将军有礼，奴婢是浣衣局的彩娟。”宫女不过十七八岁，略施粉黛，却已青春无敌，她欠身请了个安，面对着景霆瑞这座无人不知的大冰山，有些害羞，但依然鼓足着勇气。

爱卿看在眼里，忍不住狠狠地抓了一把柳树枝，总觉得被人捷足先登了呢！

“等等，我为什么要这么想？”爱卿一愣，脸孔不由红了，嘀咕着，“朕和一个宫女计较什么，我就等她走了，再过去吧。”

爱卿会如此大度，是因为宫女找景霆瑞搭讪是屡见不鲜的。别人暂且不提，就说身边的绿珠、红梅她们，就经常送好东西给景霆瑞，从锦织的钱袋到新纳的鞋底，花样百出。

但是景霆瑞统统拒绝接受,还说“无功不受禄”,有够冷淡的。

所以这个宫女，也很快就会被景霆瑞打发走的。

果然，景霆瑞转头打算离开，可是彩娟竟然拦在他的身前，还从衣袖里掏出一条粉色丝帕。

“这是……”景霆瑞低头，只见彩娟小心地打开那条丝帕，里面似乎放着东西。

从爱卿的位置望过去，无法看见宫女手里捧着的是何物，只知道景霆瑞表情略一愣怔，随即取过那个小玩意儿，握紧在手心。

尔后，他还朝宫女微微颌首，那刀削似的冷峻脸庞竟柔和了起来。

爱卿忍不住擦了擦自己的眼睛，难以置信景霆瑞真的收下了彩娟的礼物，态度还变得如此和善，就跟换了个人似的。

“只要将军能明白……的心意就好……”河风徐徐，柳条飘荡，彩娟的话隐隐约约地飘了过来，爱卿吃惊地瞪大了眼。

景霆瑞临走前，还对彩娟抱拳道别，声情并茂地说了声：“多谢你了。”

彩娟的脸上浮现娇羞的红晕，表情更加依依不舍，一直立在桥头，直到完全望不到景霆瑞，才一步三回头地走了。

“这是什么意思？！”爱卿看在眼里，却说不上来，只觉得胸口堵得慌。

“啪”的一声响，他无意中拧断了一截柳枝！

这声响让爱卿回过了神，但胸口还是那样难受，好像病了似的。

不知为何，爱卿不想去找景霆瑞了。他转过身，一脸晦暗地折回了长春宫。

“皇上，您这是去哪儿了？”爱卿才踏进朱红的宫门，小德子就慌慌张张地迎了上来,“您出去也不交代奴才一声，奴才差点就去找景将军了。”

“找他做什么？腿长在朕的身上！”爱卿怒瞪了小德子一眼，气愤地道，“以后朕的事，都不许你去找他！”

“为什么啊？”小德子惊讶极了，不由得反问。

“不为什么！怎么，你还想抗旨？”

“奴才不敢！”小德子何曾见过皇上这般动真格的，连忙跪地俯首，皇上却转身往内殿去了，他连忙起身跟上，以免又弄丢了皇帝。

只是皇上这一次的“失踪”，着实是奇怪，因为以往皇上回宫后，总是笑眯眯的，大嚷着“肚子好饿，小德子快传膳”，可现在，皇上却推了午膳不用，还把自己关在寝殿里。

难道皇上和景将军闹别扭了？小德子想，不过这也不是什么稀罕事。

每次皇上闹不愉快，景将军都会来请罪的，他们隔不了一日便会和好，所以也不必放在心上吧，这样想着，小德子便帮皇上张罗点心去了。

翌日，爱卿照例勤勤恳恳地上完早朝，炎也和以往一样，在散朝之后还要与“皇兄”拉拉家常。

“您昨夜里，又睡得不好吗？眼睛怎么红红的。”炎紧皱着眉头，在两人独处时，他从来不管什么“臣子不能视君”的宫规，对爱卿的态度是亲昵极了。

“没有。”爱卿不想弟弟担心，勉强地露出一个笑颜。

“您既然让我上朝参政，有什么烦恼就别自己一人担着，尽管告诉我。”炎今年十五岁，虽已封亲王，在皇城的西南角拥有御赐的永和亲王府，金衣玉食，逍遥自在，可他却对爱卿说，更想留在宫里做一个臣子，能与皇兄长久相伴。

爱卿自然是向着弟弟的心愿，让炎当上翰林院侍讲学士，是陪皇帝讨论文史、整理经籍的从四品文官。

虽然这个官位在朝堂上属于闲职，但是这么一来，他们兄弟倒是能够时常碰面，在一起的时间，竟比他当太子时还多。

“朕真的没事，你放心吧。”爱卿抬头看着炎，心想这个皇弟可比自己有担当多了，能文能武，又胸襟豁达。

昨日景霆瑞收宫女礼物的场景，若是炎看到了，顶多是一笑了之吧，才不会像自己这般，竟然又气又郁闷，折腾得一宿未合眼。

“是景霆瑞。”炎突然说，微微侧头看着爱卿的身后。

他们是站在荷花池旁的亭子里叙话的，景霆瑞正从另一处的石径向这边走来，中间隔着一道嶙峋的假山，因此等炎和爱卿看到他时，景霆瑞已经近在跟前了。

景霆瑞也看到了皇上和永和亲王，他正要走进亭子去请安，只见爱卿就跟火烧屁股似的，一把抓起炎的手，匆匆忙忙地从亭子的另一边逃走了。

他的奔走速度是如此之快，连守候在亭子外的小德子都不及反应，一边飞快地朝愣怔在那里的景将军点个头，一边叫着：“皇上，您慢着点！等等奴才呀！”就也拔腿追了出去。

这场面甚是有趣，可是景霆瑞却怎么也笑不出来。他的脸孔铁青着，因为方才清楚地瞧见爱卿紧握着炎的手不放。

在早朝的时候，爱卿就在避开他了。对他的启奏，总是轻描淡写地带过，很快就去处置别人的奏折。

“卿儿……”景霆瑞心里的不爽已经到了极点，却还是努力克制着。

“不可没有规矩。”景霆瑞这么沉思的时候，手伸进衣袖内，把放在内袋里的东西拿了出来。

那是用一根红绳系着的翡翠玉佩。它的正面是一只有着朝天鼻，酷似乳猪的老虎，背面则刻着歪歪扭扭、勉强可以辨认的“瑞瑞”二字。

这是景霆瑞初次率军出征时，还是太子的爱卿，亲手雕刻送给他的。

不论去哪里，景霆瑞都一直佩在腰间，与他的宝剑相映生辉。前些日，他练完剑，却怎么也找不着，正心急如焚呢。

原来是他在换衣衫时，忘了从腰带上取下来，这玉佩就被浣衣局的宫女彩娟给拿到了，她知道那是景将军的衣饰，就立刻还了回来。

景霆瑞为了感谢她，想要赠予她钱财，但是彩娟婉转地谢绝了，还说了一些这是她的心意之类的话。

景霆瑞当时只有宝贝失而复得的喜悦，倒也没听进去太多。

眼下，这枚水绿中透出光泽的玉佩，被紧紧地握在景霆瑞的掌心，就像要透过它去抓住它原本的主人一样。

“果真成了皇帝，就会变得越发疏远吗……”景霆瑞深蹙起眉宇，这是他最不愿看到的事，君臣之间的鸿沟是怎么都无法跨越的。

而爱卿和炎之间却还有血缘的羁绊，光是这一点，炎就比他胜出不少。

景霆瑞把玉佩焐得极热，心里却分外的冷冽，这让他周身都笼罩着一股黑暗的寒气，以至于不管什么人见着他，都会慌不择路、退避三舍。

人人都说最近景将军的气势太慑人了！只是被他扫上一眼，就感觉会少半条命！

爱卿听到太监说的，这会儿倒是一笑了之，心想，瑞瑞不是对那宫女很好嘛，果然宫里的传言是不可信的。便继续和炎一起下棋、谈古论今了。不管外头怎么传，他就是不召见景霆瑞，也不接受他的觐见。

可他们到底还是遇见了，就在三日后。

第八章 谁知盘中餐

春风轻拂，御花园里的花蕾都在慢慢地绽放，喜鹊立在枝头，高鸣几声后，还不时低头梳理其黑亮的羽翅。

“皇上，快看，是灵鹊报喜呢。”小德子笑嘻嘻地指着八角凉亭外的桃树，试图活跃气氛，还一本正经地道，“小时候，奴才的爷爷教奴才背过一首诗，奴才今日都还记得，就背给皇上您听听吧。”

“好啊。”爱卿正觉得闷呢。

“喜迎春风暖融融，鹊鸣吱吱笑稚童。闹声喧语赏花去，梅蕾幽香蜂蝶涌。”小德子难得卖弄文采，因为他认识的字都是跟着爱卿学的，他正要解释说，“这首诗的名字就叫……”

“喜鹊闹梅。”爱卿持着牡丹描金茶盖，轻轻撇去茶水上头的浮沫，说道。

“咦？皇上您是怎知道的？”小德子惊讶极了，“莫非您是未卜先知？”

“呵，你把诗的头一个字念出来。”爱卿轻啜了一口加了热羊奶的浓茶，慢悠悠地道。

“唔，喜……鹊……闹……梅！”小德子恍然大悟道，“原来如此！”

“这叫藏头诗。”爱卿解释道，“朕之前没教过你，也难怪你不知道。不过，小德子你的家乡是在西山的梅县吗？”

“正是呢。”小德子见连日沉默寡言的皇上，终于肯多说几句了，忙积极地答道，“奴才的老家是满山遍野的梅树，这数量比皇宫里的还多，一到开春时节，文人墨客都会赶来赏玩，只是不知道现在是什么光景了。”

“你会想家吗？”

“怎么会。”小德子摇头，眉开眼笑地道，“奴才是三岁进的宫，打从那时起，就把皇宫当成是自个儿家了，更何况皇上对奴才又这么好。”

“这话听着……真耳熟。对了，他也对朕这么说过。”爱卿原本有些闪亮的黑眸又黯淡了下来，即便眼前的石桌上，摆满着御膳房送来的精致甜点，却也勾不起他任何的食欲。

“是景将军吗？”能让皇上露出这副落寞表情的，小德子只能想到景霆瑞。

“嗯。”亭子里只有小德子伺候着，萱儿她们在前面的桃林里扑蝶玩儿，爱卿方才吐露出心声，“朕说的就是他。”

“奴才听说景将军是十岁入的宫，还是太上皇钦点的御前侍卫，真是年少有成。”小德子无不敬佩地道，“奴才也看得出，他对皇上您是真心的好！”

“哼，哪有！”爱卿砰地放下手中的茶碗盖，“朕又不是那个彩娟。”

“彩娟是谁？”小德子正要细问此事，忽然道，“啊，是景将军！”

真是白天莫说人，说人人就到。

景霆瑞与宋植路过御花园，他们正在部署这个月的巡逻重点，哪些地方需要多加人手。春天到了，皇上喜欢赏花，少不得来御花园坐坐。

小德子这一声叫唤，果然也引起了景霆瑞的注意，八角凉亭在假山上，七八十级迂回的石阶下，有禁军把守着。

景霆瑞要见皇帝，必须先让这两位禁军通传，得到皇帝的许可，方可登上假山，入凉亭觐见。

而依照景霆瑞的脾气，他是一定会上来请安的。

“真是巧啊。”爱卿嘴上说得漫不经心，心里却直打鼓，他向来不懂得如何掩饰内心，手指一抖，就把茶碗给碰翻了。

“皇上，奴才来擦。”就在爱卿手忙脚乱地摆正茶碗时，小德子更快地抹净茶水，还重新沏了一碗。

尔后，爱卿深吸一口气地往亭子外望了望，却没有找见景霆瑞。

“咦，人去哪儿了？”

爱卿愕然，霍然起立，景霆瑞竟然不向他请安就走了吗？

不，一定是哪里弄错了吧？爱卿不死心地倚靠着朱红凭栏，往山下探出半个身子，张望着景霆瑞。

“皇上，小心啊。”小德子心慌地阻拦，还道，“景将军怕是有公务在身，所以才没来见您。”

“哼！他是不想再吃闭门羹吧！”爱卿愤愤地咬了咬嘴唇，看起来又气又伤心地道，“朕不就拒绝了他三次吗？到了第四次，朕兴许就愿意见他了呢！这都等不及！真可恶！”

“呵呵，皇上，您要见他，只管找他来就是。”小德子笑了，这皇上还真是小孩子脾气。

“见了又如何，”爱卿咬牙道，“他的眼里还有朕吗？”

“皇上，奴才觉得景将军的眼里，除了您，恐怕也没有第二个人了吧。”正所谓“当局者迷，旁观者清”，小德子还真没见过景将军对谁像对皇上这般好过。

不仅仅是因为皇上身份尊贵，更有其他的情分在里面，谁都知道景将军是陪伴着皇上长大的，这其中的关系有多么亲密，自然是不言而喻的。

有时候，小德子都羡慕景将军能与皇上这么要好呢！只是，连恩爱的夫妻都少不了有拌嘴的时候。

更何况他们不只是青梅竹马的朋友，还是君臣。

光是政见上的分歧，就能闹上几天的矛盾吧。小德子猜测，皇上和景将军肯定是因为在公事上闹了矛盾，才会弄成今天这样互不搭理的局面吧。

其他的事情，他还真是想不到了。

“唉，也只有你会这么想。”爱卿大大地叹了一口气后，托着腮，显得非常苦恼地问，“小德子，朕该怎么做，才能让瑞瑞只看着朕？”

“赏赐景亲王府？”小德子思考着道，“重赏景将军的母亲、家人，想必他会对皇上您感恩戴德的。”

“没用，朕早就试过了。”爱卿摆弄着茶碗，坦白道，“朕刚继位时，就赏赐过他和整个景王府了，瑞瑞他收到厚礼，不但不感谢朕，还叫朕别再破费了，免得落人口实，真是气人！你知道吗？他这个人呀，视钱财为身外物，什么黄金翡翠、东海珍珠，他压根不动心！”

爱卿趴在桌案上，一副马屁拍在马腿上的沮丧模样，小德子灵机一动，又献一计：“那么给景大人加官晋爵？”

“也没用。”爱卿摇头，接着叹气，“你说的这些，朕早就考虑过了。唉，朕只是想和瑞瑞的关系变得比登基前更好一些而已，怎么就这么难？”

“皇上！有了！”小德子突然一拍大腿，满脸喜悦地道，“奴才有法宝了！”

“什么法宝？”爱卿忽闪着黑亮的眼睛，惊喜地问。

“其实这个……奴才也是听来的，”为了慎重起见，小德子就把事情的原委说了一下，原来在他还是小太监的时候，跟着老太监打扫闲置的宫所。

其中一处是药房，里头放着千年野山参等许多珍贵的药材。他看到有一瓶小小的，白玉做的宝葫芦瓶子，可漂亮了，瓶盖顶部镶嵌着红宝石，瓶身还雕刻着三个小字“神仙露”，当然了，当时的他是不识字的，只觉得这瓶子太精致了，就拿出来把玩。

结果就被老太监狠狠训斥了，说这个“神仙露”是主子们才能享用的，太监用不上。

于是他就问老太监，这是不是救命的仙药，所以叫神仙露？老太监神秘兮兮地说，这比救命的药还要好使，是能让人“情有独钟”的仙药。

“什么？情有独钟？”爱卿眨了眨眼睛，这不正是他所希望的吗？让瑞瑞只对自己好，不过，他还是头一回听说宫里头有这种奇药呢，仿佛在听着神话故事。

“是啊。”小德子用力地点头，“老太监当时就是这么说的，还说这东西宝贵得很，所以他一说完，就把这玉葫芦用红绸缎子包着，小心翼翼地锁进柜子里去了，奴才至今啊，也就见过那么一回。”

“这么神奇的药，人吃了会不会有事啊？”爱卿忽然有些犹豫。

“当然不会，都说是给主子用的，要是有毒的，还不得灭九族，奴才想啊，这神仙露说不定是北斗御医做的呢。”小德子信誓旦旦道，“但凡是他调制的药，绝对是有病治病、无病防身的好东西。”

“嗯，言之有理。”爱卿不但相信了，还显得兴致勃勃，“这样吧，传朕口谕，你去把那药给朕拿来。”

“奴才遵旨！”小德子也很高兴，他总算能帮皇上一点忙了。说不定这玄奇的神仙露真能帮助景将军和皇上和好如初呢！

“左边的是神仙露，右边的是梅子酒。”

小德子捧着黑漆木托盘，上头放着两樽一模一样的福字雕龙纹纯银酒壶，还有两只福字纯银酒杯，在进入长春宫前，他还对自己默念了一遍。

今晚，皇上在寝宫设宴，招待景将军。此时二人正在品尝御膳佳肴，还聊着儿时的趣事，看着气氛不错，小德子觉着，应该端上事先备好的“佳酿”了。

“皇上万福。”小德子笑眯眯地进去，正好看到爱卿起身，想要帮景将军布菜，他连忙快走两步，把托盘放下，“皇上，还是由奴才来。”

“不用你，朕来就行。”爱卿今晚的表现可以说是十分热心，不但不追究白天景霆瑞见到他却不来请安的过失，还一直亲切地称呼他为“瑞瑞”。

“你不知道瑞瑞最爱吃什么？”爱卿很得意地说，“朕知道。”

“是，皇上。”小德子只能笑着摇头，继而转身又端起托盘，走到皇帝和景将军的中间。

今日只有一位客人，排场不大，就一个铺着彩色锦布的膳桌，但看得出爱卿很看重这次饮宴，不但所有的餐具用的都是亲王品级的，比如金镶象牙箸、纯银汤匙、银盆，还有银碗，那一道道的菜肴更是山珍海味，龙肝豹胆，应有尽有。

爱卿不但屈尊纡贵，主动帮景霆瑞夹菜，还极尽地主之谊地把每道菜的名字，有意思的典故，都讲给景霆瑞听。

而景霆瑞呢？不知是无功不受禄的关系，还是皇上的态度实在转变太大，和前些日的闪避有着天壤之别，让向来处变不惊的他，都面露疑惑之情了。

“皇上，可是有事要交代末将？”放下包金的象牙筷，景霆瑞终于问道。

“没有啊，瑞瑞，朕没事就不能请你喝酒了吗？”虽然这样说，爱卿却心虚得都不敢看景霆瑞，而是扭头吩咐小德子道，“来，给朕和将军斟酒。”

“是，皇上，好菜还需配好酒。”小德子笑嘻嘻地说，倒是和皇上一搭一唱，配合得天衣无缝。

“皇上，您不擅饮酒，这酒……末将看还是算了吧。”景霆瑞起身，抱拳劝道。

“呵呵，你也知道朕的酒量差，可是，朕又想与你喝酒聊天，所以，朕特命小德子准备了不同的酒。”

爱卿略停顿了一下，指着精致的银酒樽笑道：“这瓶是江南进贡的香雪酒，曾埋在地下酒窖十五年，以味醇浓甜，香飘万里而闻名，瑞瑞，朕赏赐你喝这一樽。”

“谢皇上，这另外一樽是什么？”

“是御膳房新制的梅子酒。”小德子积极地抢答道，“这酒由白梅果碾成汁，再加上冬日的雪水，以及蜂蜜酿制而成，清新爽口，即便皇上饮下百盅，都不会醉的。将军，您就放心地和皇上一起喝吧。”

“既然这样，那就请吧。”听说爱卿不会喝醉，景霆瑞也不再劝阻，再次谢过圣恩后，坐了回去。

小德子端起酒樽，突然一愣，刚才是怎么放来着，是左手神仙露，还是右手啊，被景将军一掺和，竟然忘记了。

“小德子，怎么还愣着，快给景将军斟酒啊。”爱卿催促，心里想着，这骗人的活果然是很难办的，费了那么多功夫，才让瑞瑞答应喝上一杯呢。

“哎！是！皇上！”

小德子匆忙地拿起右边的酒壶，给景霆瑞小心翼翼地斟上了满满一杯酒。

然后，他又端起左边的酒壶，为爱卿倒满了一杯酒。

“好了，你先下去吧，朕有事会叫你的。”爱卿豪爽地挥了挥衣袖道。

小德子赶紧说了句：“奴才遵旨。”然后就退出长春宫外，还不忘拉上门。

“瑞瑞，你喝呀，今晚我们就学那古人，今宵有酒今宵醉，来个一醉方休！”爱卿说罢，就举起手中的酒杯，仰头一饮而尽！

“唔——咳咳？！”然而，酒刚喝下去，一股辛辣的味道就猛蹿上喉咙，爱卿猝不及防地咳嗽起来，不但脸孔憋得通红，连眼泪都飙了出来。

“皇上？您没事吧？”景霆瑞立即起身，拍抚爱卿猛烈抽动的脊背。

“不、不碍事……朕只是喝得太急罢了，瑞瑞你坐吧。”爱卿是好不容易才喘过气，却是面色绯红，眼角噙泪，可怜兮兮的。

可是他依然在努力地招呼景霆瑞。

景霆瑞点头之后，再度落座。

而爱卿的心里充满着疑惑，因为这梅子酒他先前也是尝过的，何时变得如此呛人？这热辣的滋味简直是从胃里冲到了头顶。

爱卿拿过酒樽，打开盖子，不待他细闻，那浓郁的烈酒香气就扑鼻而来。

“糟了！喝错了！”爱卿心下一惊，赶紧合上酒壶盖子，生怕景霆瑞察觉到不妥。

“怎么了？皇上。”景霆瑞注意到爱卿一副小心翼翼的模样，不禁问道。

“没、没什么。”爱卿眯起眼笑了笑，脸部肌肉却是无比之僵硬。他低头瞅着手边的空酒杯，心慌地想：“这酒喝下去，到底会不会有事啊？”

小德子说过，这神仙露要是给景将军喝了，他必定会对皇上一心一意，千依百顺了，绝对不会遇见皇上又当没瞧见了。

爱卿估摸着其中的意思，应该是指景霆瑞不会再看别的人，比如宫女彩娟。

原本瑞瑞就是属于他的，不该去看什么宫女。

可是，该说果然不应该做坏事吗？爱卿现在的心情是五味杂陈，既有功败垂成的遗憾，又有不知道自己喝了会怎样的不安。

自从误喝了酒后，他的心跳就越来越快，耳根处更是火辣辣的，很不正常。

有道是物极必反，爱卿暗想，像他这么喜欢瑞瑞，会不会喝了这让人一心一意的神酒后，反而会变得不喜欢，甚至不认得瑞瑞了？

若是这样，那可真是大难临头啊！

“呜……”想到这里，爱卿岂止是慌张，简直是六神无主了，他吸了吸鼻子，又深深地叹了口气，努力不把情绪表露在脸上。

可是，起初只是面红耳热罢了，很快体内跟着燃烧起来，就像熊熊大火四处蔓延，烧得爱卿全身都发疼！

“哎哟！”已经没办法再掩饰了，爱卿趴倒下去，冷汗如雨，双手抱着肚子。

“皇上？！”景霆瑞一惊，立刻靠近，并扶抱住爱卿的肩头。

然而，对爱卿来说，景霆瑞的声音听起来就像在千里之外一样。他艰难地抬头，慌乱地看着景霆瑞，想要说什么，可整个人都难受得紧。

“酒里有毒？”景霆瑞惊诧不已，伸手去拿那樽酒，并用银筷往壶内一探，可是筷子并未变黑。

“来人！快传御……”不管酒是否有毒，爱卿的样子看起来都十分难受，景霆瑞正急着要传人来，爱卿却猛地拽住了他的手，更加慌张地摇头道：“别……别叫人来……”

御医要是来了，下药的事情就会被景霆瑞知道，爱卿不想让瑞瑞知道自己试图用旁门左道来获取他的关心。

“是朕不好，”爱卿的眼泪就跟断了线的珠子一般，滚滚而下，“朕活该难受……或许忍一会儿就好了。”

“到底是怎么回事？”景霆瑞还想问个详细，但看到爱卿面色赤红，双手都难受得握成了拳头，觉得这样下去不是办法，打横着抱起他，大步地迈入寝殿。

“好热！瑞瑞……朕要脱衣服……”爱卿躺在床里，拼命又胡乱地扯着衣襟，景霆瑞按住他的手腕，帮他解开金黄的腰带，褪去外衣。

“皇上，您哪里不舒服？”景霆瑞也急了，直到看到爱卿满面含春的模样，顿时一怔，“莫非皇上被下了春药？谁干的？是宫女？”

爱卿虽然已经登基，却没有妃子，更没有立后，眼见他已经十六岁了，想要飞上枝头变凤凰的宫女会做出这种事并不出奇。

可是，能近身伺候爱卿的人，景霆瑞全都调查过，但凡品行不良、目的不纯的人都会被调走，根本不会出现在爱卿身边。

景霆瑞一直认为爱卿还小，这些保护不过分。而册封太子妃或者皇后，并不是挑选一个贤良淑德的女子就好。

说白了，挑选的就是势力，哪一家最能支撑住爱卿的帝位，哪家女儿便是未来皇后。

可是这些权贵大臣，表面上喜欢爱卿，暗地里没少数落他的不是，太上皇心里也清楚，便没有给太子选妃，是想晾着他们。

太子又是在仓促中登基的，如果册封皇后也很仓促的话，会激起新一轮的势力角斗，所以，太上皇临行前有嘱咐，爱卿尚小，无须急于立后。

太上皇为的是爱卿在登基的头几年，可以过得平缓一些，没有那么多钩心斗角之事，皇后这个宝座一旦争抢起来，那就是没有硝烟的战场。

或许太上皇是深受其害，所以才迟迟都没有立皇后吧。

太上皇替皇上考虑了许多，但没想，这倒给那些别有心机的宫女可乘之机了？

想着爱卿身边竟然有这样的女人，景霆瑞的心里顿起杀意。

“小德子！”景霆瑞的一声吼，吓得小德子连滚带爬地进殿来，看到皇上如此难受地倒卧在床里，惊呆了。

“这、这……”小德子是面无人色，结结巴巴。

“不、不关小德子的事，是朕不好！”看到小德子已经完全吓呆，连下跪都忘了，爱卿抓住景霆瑞的手，“是朕让他拿神仙露来的。”

“什么？”景霆瑞吃惊地看着爱卿。

爱卿努力地坐起身体，眼泪是哗哗地掉，嘴唇直哆嗦道：“朕一时贪玩……”

“这也是能拿来玩的？”景霆瑞眼角都吊起来了，从没那么凶地对爱卿，“要真闹出了事怎么办？你打算随随便便就娶一个女子进宫吗？”

“瑞瑞，你在说什么？”爱卿整个人犹如小猫般蜷缩了起来，脊背弓起，纤细的双臂抓紧膝盖，像风中的树叶那样瑟瑟发抖，“朕也不知道吃了后身体会发烧……心里跟猫爪挠似的……朕以后再也不乱拿东西给你……不……是给朕自己喝了。”

“您不知道您喝了什么？”

“不就是喝了以后，让别人会喜欢你，不会讨厌你的神药嘛。”爱卿委屈巴巴地道。

“天底下哪会有这种药，那还要真心做什么？都喝药就成了。”景霆瑞扶额叹道。

很显然，爱卿压根不知道自己干了什么。

爱卿注意到景霆瑞并没有像以前那样，自己有点不适，就立刻嘘寒问暖，反而凶巴巴得很，心里就更难受了。

“果然瑞瑞有了喜欢的人之后，就不再喜欢我了。”爱卿吸着鼻涕，心碎不已。

景霆瑞突然站了起来。

“你去哪？”爱卿赶紧问。

“去传御医，不能让太监去，我自己去一趟。”景霆瑞说完，就头也不回地走了。

爱卿把脸蒙在枕头里，又伤心又丢人，哭得崩溃。

待老御医抱着一个药箱来时，爱卿已经是意识蒙胧，趴卧在床里不动。但他听得到景霆瑞和太医的交谈声。

声音很轻，似乎是不想吵醒他。

“将军，皇上的脉，老夫已经诊过，幸好喝得不多，不碍事，等卑职施几针退去药力，再开些安神的汤药，喝上两帖就没事了。”

“多谢王太医。”

“哎，这是老夫职责，将军何须言谢。”

“这件事还请太医多多保密，切勿传出去。”

“呵呵，这个老夫自然明白。”老御医的话音里还含着笑，爱卿听得出来，心下恼火，可是全身都好累，眼皮子都抬不起来。

“小德子，去准备热水和干净衣衫，皇上出汗多，注意给擦擦。”景霆瑞的声音里是含着担心之意的。

“是，将军。”小德子依然是诚惶诚恐的声音，就好像老鼠见着猫似的。

“嗯……”王太医似乎在沉吟，爱卿能听到他的叹息声。

“怎么了？皇上可还有不妥？”景霆瑞的声音听起来很着急。

“不，不是的，将军。”王太医道，“与您担心的相反，皇上的脉象……这么说吧，皇上现在吃错了东西，腑脏盛热，这脉象理应是邪热鼓动，急跳不已，可皇上依然不急不缓，节律均匀，像是全然不受影响。”

“恕末将愚钝，太医可是指这些酒对皇上是无效的？”

“奇就奇在这里，皇上晕眩又浑身发烫，这酒明明是起效的，但又没有产生影响，皇上的体内就像有一股洪荒之流，让他的身体极为强健。老夫还想起皇上幼年时，曾中过剧毒，老夫那会儿也有给皇上诊过脉……”老太医压低了些声音，“那时的脉象是浮而无力，已是濒死之相。”

“我也听过这件事，可是皇上中毒时的脉象无力，与现在何干？”景霆瑞道，“都已经过去十多年了。”

“这个嘛……鉴于皇上的身子近些年一直交由北斗御医照看，或许是北斗御医给皇上服用了灵丹妙药，给予调养吧。”老太医却答非所问道，“是老夫多想了。”

景霆瑞这才明白过来，王太医的意思是，皇帝的身子中过毒，不该如此强健。但是他哪敢直说皇帝身体“太健康”是不正常的，那是大不敬，会被诛九族的！

“我知道了，有劳太医了。”景霆瑞拱手道。

“来人，送太医回去。”景霆瑞让殿里的宫女去送太医。

小德子来来回回地端热水、拿干净衣衫。就在小德子打算给爱卿脱去亵衣时，景霆瑞却道：“等等。”

小德子不明所以。

“你去把所有门窗都关上，除了你我，其他人等都留在外头。”景霆瑞拧眉道，“若有人问起，就说皇上喝醉了，需要静卧歇息，如无传唤，谁都不许入内。”

“是，将军。”小德子去办了。

“皇上，末将失礼了。”景霆瑞轻声说完，伸手解开了爱卿亵衣上的吉字盘扣，露出一截白皙颈项。

爱卿睡着了，他本在偷听老太医讲话，但是什么盛热、浮脉，听着像老和尚念经一样，他便睡了过去。

此时，景霆瑞解他的衣衫，他是毫无察觉的。

景霆瑞深吸了一口气，手指摸向第二颗盘扣，在解开的时候，他抬眼看了看爱卿，爱卿的嘴巴微张，呼吸平稳，怕就算用摇晃的，他也醒不过来吧。

看来爱卿还是“一杯倒”，景霆瑞轻笑一声，放心大胆地继续往下解扣子。

当第三颗盘扣解开，景霆瑞动作温柔地撩开一些衣襟，露出一片赤裸胸膛，虽然很瘦，但也是有肌肉的。

不过，景霆瑞的动作突然定住了，一条红色的，好像彼岸花花瓣的东西落入景霆瑞的黑眸里。

他顿了顿，继续把衣服拉开，极其华丽，就好像朱红文身一样的东西出现在他的面前。

如果只是朱红文身的话，怎会生出火色红芒，用来文身的颜料可不会发光。

这朵忽明忽暗，仿若从心脏里绽放而出的“彼岸花”，蜷曲的花瓣一路蔓延至爱卿的左臂，形成很大一个纹案。

那纹案映照在景霆瑞漆黑的瞳仁里，美得不可思议，仿若白雪里绽放着红梅，令人移不开视线，脑袋里亦空白一片。

“那、那是什么呀？皇上中毒了？！”小德子怪里怪气的一声叫，瞬时拉回了景霆瑞的意识。

但是他看了看小德子，好一会儿才道：“皇上没中毒，这个只是胎记。”

“胎记？奴才从小陪着皇上一起长大，什么时候瞧见过他身上有这么个……凤鸟？还是花？”小德子从未见过这个图案，吃惊不小。

“就是胎记，不过，给旁人瞧见恐怕不好，从今往后，皇上沐浴更衣，都由你一人伺候。”景霆瑞吩咐道。

“这倒没什么难，本来皇上就不喜欢一堆人伺候他。”小德子点点头，继续看着那胎记，深吸气道，“虽然很奇怪，但这胎记长得可真美啊，再仔细瞧瞧，这是彼岸花吗？但是比彼岸花更华丽，像凤凰拖曳着的尾巴……”

看着小德子没完没了地盯着爱卿，一副好奇不已的样子，景霆瑞伸手把亵衣衣领给拉拢了。

小德子这才意识到自己的失礼，连忙老实地站在一旁。

“别让皇上着凉了。”景霆瑞道。

“是，那个……将军。”

“什么事？”

“这东西，不，是胎记，是不是消退不了呀？”小德子小心翼翼地道，“万一皇上醒来，瞧见这个胎记吓一跳，问起奴才，奴才该怎么说呀。”

“就说……他从小就有这个胎记。”景霆瑞淡定道，“只不过他小时候长得黑，不太能看到，现在他的皮肤变雪白了，这个胎记就明显了。”

“啊？”小德子摸了摸脑袋，“这都行？皇上会信吗？而且皇上从小都是白白嫩嫩的好像一块水豆腐……”

景霆瑞瞪了小德子一眼，然后道：“就说，我也知道这事。”

“哦，”小德子明白似的点点头，“皇上最信您的话了，如果您也这么说，皇上应当不会怀疑有问题了。”

“本来就没问题。”景霆瑞沉声道。

小德子知道自己又说错话了，赶紧闭嘴。

“照顾好皇上。”景霆瑞起身，时间不早了，他还得回青铜院，若在皇帝寝殿待了一整宿，哪怕他是男人，也免不了起一些风言风语。

当初，皇上和巫雀王，就饱受流言蜚语的困扰。

“是，将军，您慢走。”小德子如获大赦一般，赶紧恭送景霆瑞。

景霆瑞又看了一眼睡得像个孩子似的爱卿，伸出手，一脸宠溺地摸了摸他的脑袋，才离开了长春宫。

“爱卿是巫雀人？”在回青铜院的一路上，景霆瑞都在思考这个问题。

爱卿身上的显然是巫雀族的胎纹，而景霆瑞会那么清楚这件事，是源于他对柯卫卿的好奇。

在没入宫之前，就听到柯卫卿的种种英勇事迹，人人都说他是一代儒将，但在景霆瑞看来，柯卫卿根本就是一个悍将，因为他能让敌军叹服，能让大燕皇帝为之折服，甘愿与之分权。

所以，如果说太上皇煌夜是景霆瑞第一个崇拜的人，那么柯卫卿就是当仁不让的第二个。

而且有关巫雀族的各种传闻，在景霆瑞听来，也是非常之不可思议。

就好像神仙下凡到人间一样，有种梦幻之感。

尽管对巫雀族的事情感到稀奇，但是景霆瑞和柯卫卿的接触并不深。

每一次他去见巫雀王，都是为了太子爱卿。

有时，会遇见去给巫雀王看诊的北斗御医，北斗心情好时，会搭理他一下，说些有关巫雀的趣闻。

心情不好时，除了柯卫卿以外的人，他都不会搭理，连皇上也奈他不得。

这胎纹的事情，就是北斗无意中说出来的。

“真的是无意吗？”景霆瑞突然停住脚步，北斗这个人，年纪轻轻医术极高，多少有些恃才傲物，向来是不搭理侍卫和宫女的。

为何偏偏会与自己说话呢？

而且，有的时候巫雀王明明就在殿内，北斗却不急于进去，而是拉着自己闲话巫雀。

“莫非，他就是在巫雀王那里等我？”景霆瑞猛然意识到，那些遇见并非都是偶然。

为什么北斗要透露给我有关巫雀族的事情，尤其提到胎纹。

“爱卿……”景霆瑞眉头紧锁，自言自语道，“难道是他在试探我，想知道爱卿有没有显示出巫雀族人的特征？”

当初，景霆瑞心里都想着该怎么给太子开脱，全然没把北斗的问话放在心里，如今想来，确实很有问题。

“胎纹这种东西，是巫雀族人特有的，表明他们有那种呼风唤雨的力量……你懂不，小侍卫？”

“但不是生来就有的，你有在听我说吗？小侍卫。”

北斗总是叫景霆瑞小侍卫，不过，那是景霆瑞也确实小，只有十四五岁。

现在，北斗都是尊称他为将军的。

景霆瑞回想过去的种种，加上方才王太医的话里话外，都透着皇上的脉象似有玄奇。

“爱卿是巫雀人……”景霆瑞依然有些无法置信，因为爱卿确实是煌夜的儿子，并非是巫雀……

“等等，难道说，爱卿的生母是巫雀女子？所以皇上没有把她带入皇宫？是怕引起争议？毕竟宫内已经有一位巫雀王了……”

“但是说不通呀，如果爱卿生来就是巫雀人，北斗就不会故意堵着我，试探着问了，他应该很清楚太子的身份。”

“所以……为什么爱卿会变成巫雀人的？”景霆瑞从纷乱的思绪中，理出了一个头绪，那便是——怎么会的？

如果爱卿一开始就是巫雀人，皇上也不可能立他为太子吧？

一个巫雀王就让大燕的朝堂里地震过好多回了，要是巫雀人做大燕皇帝，哪怕他只有一半的血统，想必也会掀起无数腥风血雨吧。

景霆瑞的神色变得凝重万分，他不能让别人知道爱卿有胎纹的事情。

与此同时，他必须去调查出，为什么爱卿身上会有这样神奇的转变？难道是巫雀王做了什么？在爱卿生命垂危的时候？这么多年前的事情，太上皇和巫雀王又行踪成谜，又该如何查起？

“镇定些。”景霆瑞闭起眼，对自己道，“为了爱卿，没有什么事是我办不到的。”

“哗啦！”

一瓢热水迎头浇下，爱卿低着头，双手紧捂着眼睛，水花在他的肩头飞溅开来，左臂上那仿佛彼岸花盛开般的胎纹，就跟涂了胭脂似的，更加红艳。

“皇上，您还要水吗？”小德子站在半人高的浴桶外，卷起着袖子，手里拿着一个很大的葫芦水瓢，问坐在桐木浴桶内的爱卿道。

“再来一次，这样洗澡感觉还真惬意！”

虽说现下的气候更合适泡温泉，可当爱卿提议去甘泉宫泡澡时，小德子连忙阻拦住。说景将军事先吩咐过，以后皇上沐浴只能由两个人伺候，一个是将军，一个便是小德子自己。

爱卿对于小德子的话颇觉纳闷，以前还有嬷嬷帮他搓背呢，也不见瑞瑞说什么，现在为何不行？

但是，想到昨日自己的窘状，如果现在去和瑞瑞争执，少不得又得惹出事端来，便不再深究了。

只是言语间仍忍不住道：“话虽如此，憋在木桶里洗澡，多难受啊！浴池那边有个石造的龙头能喷水……冲着别提多爽了。”

“这个，奴才自有妙计！”小德子不敢违背景将军的话，但也不能让皇上不畅快，于是就想出这么一招，让皇帝坐大浴桶里，自己不停地舀水泼上去。

尽管他累得满头大汗，但也和皇上一样，玩得很开心，拿着水瓢，一会儿按皇上的吩咐“往左边冲”，一会儿“往头上冲”，弄得满屋子水雾蒸腾，如同置身白云之巅。

“小德子。”爱卿拨弄着在水面上漂荡的杜鹃花瓣，看着它不停地打转儿。

“奴才在。”小德子笑眯眯地应道，拿起镶嵌着宝石的象牙梳，仔细地梳理爱卿乌黑光滑的长发。

“朕这个……到底要不要紧啊？”爱卿没有明说，只是侧头看了看湿漉漉的左臂。

“不打紧的。”小德子爽快地答道，“景将军说了，胎记这种东西，大多数人都会有，而且长得都不一样，没什么出奇的。只是胎记很圣洁，不宜给旁人看了去，否则会招致厄运的，所以才要您避人耳目地沐浴更衣。”

这套说辞，是小德子在将军走了后，苦思冥想出来的。

“原来是这样啊，所以瑞瑞才不让朕在众人面前沐浴。”爱卿恍然大悟，他也不想惹厄运上身，光是处理各部的奏折就够让他头疼的了。

“瑞瑞对朕真好，事事为朕考虑。”爱卿觉得自己为了一个宫女，就生景霆瑞的气是有多无聊呀。还给他下药，结果还真应了那句话——害人终害己。

想到昨天自己有多失态，爱卿的脸都红了，得想点什么办法弥补一下才行。

“而且，依奴才来看，这胎纹真是好看，让奴才想起画上的仙女。”就在爱卿想着法子时，小德子依然在说胎纹的事情。

“你别乱说了，这哪里是仙女。”爱卿不禁笑道。

“感觉上像啊，这舒卷的纹理，不就像极了仙女手里持着的盛开的花？且是越看越美！让人惊艳呢！这文人都爱说‘花仙’‘花仙’的，这花儿就等同于仙女，可不就是这个理儿吗？”小德子说到兴头上，还道，“奴才可不是胡说的，改明儿就去找《十二花仙图》出来，给您过目，您就会明白了。”

“《十二花仙图》，朕也是知道的。”爱卿寻思着道，“牡丹、兰花、杜鹃、水仙等十二位捧花的仙女，出自朕的叔父穆仁亲王之手，画得那叫精彩绝伦。听闻外国使节出了万两黄金，外加万两白银，父皇都没有舍得割爱，一直收在南宫天王塔的宝库中。”

“原来皇上也瞧见过啊。”小德子笑着道，“奴才以前替宝库清扫积尘，才有幸见过一次。”

“嘿嘿，朕是以前逃，唔……是放学后，溜进去玩过。那座石砌宝塔里面除了叔父的字画，还收藏了许多朕见所未见、闻所未闻的东西……”

说到这儿时，爱卿突然惊喜不已地道：“朕有办法了！”

“啊？”小德子一脸不解，“皇上，您在说什么办法？”

“快，给朕更衣，朕要去见瑞瑞，”爱卿从浴桶里起身，水哗哗作响，“朕想到该怎么补偿他了。”

“补偿景将军？”小德子想了想，“喔！是因为您昨天……嗯，奴才是说，皇上有想要补偿将军是极好的，只是不知是何好办法，让皇上您这么激动。”

“说给你听也无妨。”爱卿很高兴地在小德子的伺候下，一边抹干身子，一边滔滔不绝地说了起来。

爱卿小时候没少去南宫殿那边玩，那里有四座宝塔，最大的就属天王塔，一共有十二层高，每层都设有一道带锁的包铁木门，用于存放不同种类的皇室珍宝。

石塔防走水、防虫害，虽然历史悠久，却牢不可摧，每一层的门前都有带刀侍卫看守，可以说是防卫森严。

只是对于爱卿来说，这些防守都是形同虚设，因为宝塔下方有一个排雨水的入口，刚好够一个小孩子弯腰爬过。爱卿那时，也不过七岁。

“什么？您还爬过沟渠？”小德子惊讶地道。

“没水！也不臭！”爱卿敲了他的头一下，“你再啰唆，朕就不说了！”

“是……”

那时，爱卿顽皮得很，躲过守卫溜进宝塔后，就一路往上爬，直爬到顶楼。

去的次数多了，爱卿自然知道什么东西好玩好看，包括皇叔的《十二花仙图》，真真是美得让人流口水。

当然，小时候的他不懂事，也曾夹带了一些画卷出来，给弟弟和妹妹看着玩。

兄妹几个没少在名画上涂涂写写、画蛇添足，因此毁了好些名贵的古董字画，爱卿因为是始作俑者，被巫雀王罚打手心和面壁思过！

“皇上不说，奴才都差点忘了还有那些事儿。”小德子笑了起来。

“朕不说了。”爱卿自顾自地穿起衣服来。

“奴才不再多嘴了。”

“哼。”爱卿这才继续往下讲，重点在于，他在那宝库里发现一本菜谱。

“什么？菜谱？”小德子一听，一脸不解，“菜谱有什么稀奇的，值得您这样上心。”

“能放在宝塔里的，当然不是普通的菜谱了。”爱卿道，“这菜谱是穆仁皇叔用笔画下来的，小到菜盘子里的一颗胡椒粒都清清楚楚，这些菜，也是他为了练习画作，游历多个城市时累积下来的，皇叔只要吃到好吃的菜，就会照样画下来的，不只是画，还在画作下面写清楚了每份食材的用料，父皇曾说，那是一件无价之宝。”

“那皇上是要把这本菜谱送给景将军？”小德子问道。

“你真笨！当然是朕照着菜谱给他烧饭呀。”爱卿道，“宫廷里的吃食，想必瑞瑞早就习惯了，外边的食物又带不到宫里来，那么就由朕烧给他吃，就算弥补昨日对他的怠慢了。”

请人来喝酒，却往里头下药，恐怕不是一句怠慢可以带过的，但是爱卿只能这么说，这和他是不是皇帝无关，完全是面子问题。

“但皇上，您会做饭吗？”小德子深表怀疑，从来都是被人伺候饮食，什么时候碰过锅碗瓢勺呢？就连小德子自己都不会做饭，吃的是爱卿赏赐的美味佳肴。

“皇叔的那本菜谱是‘色香味俱全’，且描绘得十分细致，朕不信照葫芦画瓢，朕会画不出个一二来。”

“这敢情是好。”小德子想了想道，“您亲手做的菜，诚意十足，加上美味的菜品，景将军应该能明白您的心意。”

爱卿正要说什么，门外有一个声音道：“皇上，景将军来了，就在院里候着。”

“快，给朕腰带！”爱卿兴奋极了，嘴里吩咐着小德子，却自行从衣架上取腰带。

“皇、皇上，慢点儿！您的头发还是湿的！”小德子手忙脚乱地给爱卿擦拭头发，还要去捧夹袄、外袍、鞋袜等。

“别费事了，就这件吧！”爱卿哪里等得及，就扯下挂在衣架的那一件杏黄的单薄锦衣，就这么腰带一束，穿上木屐，啪嗒啪嗒地，就跟火烧屁股似的，往外走去了。

“皇上！披风！”小德子抓起一袭带貂绒的披风要给他穿上。这天还有些冷呢，可他一急就绊倒了装热水的木桶，顷刻间是水漫金山，他焦头烂额，一边大叫着“皇上！等等奴才啊”，一边弯腰收拾残局。

爱卿怎么可能等他呢？急呼呼地一顿猛走。此时，快到正午，景霆瑞在宫外办完了差事，所以来觐见爱卿。

所以，爱卿在花园的长廊上，遇见了一身黑金铠甲、腰配长剑，肩挂红色绒披风的景霆瑞，二话不说，就蹿到他的面前。

“景霆瑞！”爱卿那双乌黑的眼睛在闪光，满脸是笑道，“你——来得正好！”

“皇上？”景霆瑞显得有些愣然，应该是太监来带他进去见驾，而不是皇帝自己跑出来见他。

而且爱卿的头发是湿的，没有束起，就跟黑色的瀑布似的倾泻而下。

他身上的单衣也太薄了，勾勒出纤细的肩头，衣襟也过于宽松，裸露出他白皙漂亮的锁骨，腰带却扎得太紧，腰部、臀部的曲线完全暴露出来。

爱卿显然是刚沐浴完，身上还有花瓣的香气，景霆瑞不由有些发愣，都没听清爱卿在说什么。

“你很高兴吧？”爱卿抱着胳膊，等待景霆瑞的回复。

“啊？”

“怎么，你都没听朕说话吗？”爱卿有些生气，亏得自己一脸高兴地奔出来，结果景霆瑞都没有认真在听。

“皇上，恕臣直言，您是九五至尊，行走殿间却衣衫不整，可真是有失礼仪。”景霆瑞的话可是一点都不客气，让爱卿的处境更窘迫了。

“朕、朕只是一时着急见你而已……”爱卿脸红着低头抓拢衣襟，有些懊恼自己又被景霆瑞抓包了。

“再怎么着急，您也是皇帝。您若有事，传召末将就是了。”景霆瑞这么严厉地说完，又缓和语气道，“眼下虽是春季，但天还冷着，末将送您回去吧。”

尔后，他解下红色披风，密实地裹在爱卿身上，护送自知不对而垂头丧气的爱卿回去了长春宫。

或许是气氛不对，爱卿没能说出请景霆瑞吃饭的事情。

景霆瑞则十分气恼小德子，他先是弄了什么神仙露给皇帝，又让皇帝衣不蔽体地在宫里行走，所以重重罚了他一顿，不但半年的俸禄没了，还闭门思过三天。

期间，有老太监去给小德子讲述皇室宫闱之事，小德子终于明白神仙露是什么东西了，悔不当初，对天发誓说，再也不敢乱拿东西给皇帝了。

“嗯……”爱卿抱着膝盖，蹲在一只矮几前，矮几上放着一个木质沙漏，他皱着眉头一直盯着它瞧，直到上方圆木桶里的沙子如数掉落进底下的圆盘中。

“哈哈！好了！好了！”爱卿站起身，笑着拍了拍身边的小德子，“瑞瑞罚你闭门思过三天，刚好到期。”

“那奴才是可以出门了？”小德子仍有些不安。

“当然，走吧，随朕去御膳房。”

“皇上，您还要去啊。”小德子犹豫不前，“您不是没请景将军吃饭吗？还去御膳房做什么。”

“朕是‘还’没请他，不代表就不请了，而且朕在这三天里，只要得闲就会研究穆仁皇叔的菜谱，挑了好几道不错的菜，打算试试。”爱卿说着，从衣袖里拿出一本菜谱来。

“哇，真可爱。”小德子一眼就瞅见菜谱的封面上画着一些瓜果、灶台，还有一只在灶台旁取暖的白猫。

“这里面的菜式实在是太多了，穆仁皇叔可真是一个有口福的人呀。”爱卿把菜谱收起，“朕要瑞瑞也大饱口福一下。”

“那，奴才陪您去。”见到爱卿如此之兴致勃勃，小德子便叫了御辇，与爱卿一起去了。

御膳房这种地方，虽然与皇上、皇亲等贵族的日常饮食息息相关，但会来这里的皇上、皇亲，怕是屈指可数的。

有的皇帝可能一辈子都没踏进过御膳房一步。

爱卿也是去到那边才发现原来御膳房不单单是一间房，而是许多的房子纵横有序地排列在一起，形成一个庞大的宫殿群。

当爱卿抬头看着御膳房的牌匾还是开国皇帝亲笔所写，吃惊极了。

小德子在一旁笑道：“皇上，看您瞠目结舌的样，难不成您以为皇家的厨房是和菜谱上画的一样，就一个小小的农家灶台吗？”

“怎么可能，朕知道御膳房应该不小，毕竟管着这么多人的伙食，还有饮宴。只是，朕没想到这里竟然比朕的寝宫还要大。”爱卿感慨道。

“皇上，这御膳房是由十二监管理的，十二监向来不会为了买菜做饭这等事去叨扰您，所以，您惯常可能就知道一个御膳房，但其实这里还分御茶、御膳两个地方，加上存放肉、鱼、瓜果蔬菜等的大小仓库，以及金银器皿等物的仓库，这御膳房就有这么大了。”小德子解释了一番。

“原来如此。”

“这里还不算上各个皇子殿、妃子殿里的小厨房呢。”小德子笑道，“皇上，请走这边，御膳房在左，御茶房在右。”

爱卿穿的是便袍，而且是淡紫绣万寿纹案的，他才跨进大门，门里边的两个太监就跪下高呼皇上万岁。

爱卿让他们起来后，小德子陪着爱卿继续往里走。

“小德子，他们怎么认得朕的？”爱卿感到稀奇地道。

“他们是不认得您，但他们认得您身边的奴才我呀。”小德子笑嘻嘻地道，“奴才只伺候您一人，什么时候在别的主子身后待过，他们自然知道您是皇上了。”

“原来这样，不过，这些人倒是很机灵。”

“在宫里面做事，能不放机灵点吗？”小德子是有感而发，“奴才才犯了一个傻，半年的俸禄就没了。”

“朕赏你半年俸禄如何？”爱卿微笑道，“那不就扯平了？”

“奴才谢皇上的恩典，但还是不要了，”小德子心有余悸地道，“万一这赏赐的事情被景将军知道了，恐怕将军会把奴才明年的俸禄都给罚没了。”

“你就这么怕他呀？”爱卿笑问。

“难道皇上就不怕景将军生气吗？”

“唔……”爱卿顿了顿，摆出一脸严肃样，“朕不是怕他，是让着他罢了，谁让朕是天子呢，不能与臣子一般计较。”

“您是皇上……”小德子慢悠悠地说道。

“对啊，朕是皇上。”爱卿点点头。

“所以，您说什么就是什么。”小德子说完这句话，还吐了一下舌头。

“小德子，朕怎么听着你话里有话啊？”

“皇上，到了。”小德子笑嘻嘻地岔开话题，“就这间。”

“这里？”爱卿的面前是一间房，有个大烟囱，但前后左右都没什么人的样子，一点都不像是热闹的厨房。

“就是这里，烧厨房里人太多了，每天就跟打仗一样。这里是‘小厨房’，是用来炖汤的地方，当然也能拿来烧饭，这里闲杂人少，耳根可以清净些。”

“嗯，不错，朕不想烧饭时总被人打搅，你等着吧，朕做的菜定叫你大开眼界！”爱卿信心满满地跨进小厨房。

“好呀，皇上，您做完了，奴才能吃一点吗？”小德子已经要流口水了。

“当然可以，反正都一样是烧菜，朕多放点料下去就行了。”爱卿站在一个青石砖砌成的方形灶台前，这个小厨房其实并不小，光带大铁锅的灶台就有三个，还有煤饼炉子七个，有个炉子上炖着一煲汤。

爱卿掀开来看看，里头有瘦肉、菌菇和一些中药材，味道香得很。

可能炖汤的时间需要很长，所以这边都没有人。

再看灶台对面的木架子上，一罐罐的辣椒、胡椒、油盐酱醋都齐全得很。

爱卿很满意，他还不忘看看一旁的柴火够不够，很显然既然是炖汤的场所，柴火充足。

“很好，就在这儿烧，你去给朕弄一些猪肉、牛肉、羊肉、鱼肉……啊，还有鸡肉。”

“皇上，怎么都是肉？”

“肉好吃呀，瑞瑞长得高高壮壮的，肯定是肉吃得多。”

“好像有些道理。”小德子问，“您还要别的东西吗？”

“鸡蛋、鸭蛋、咸蛋、皮蛋、鹌鹑蛋。”

“哇！这么多蛋？”

“菜谱上是只说了鸡蛋，但朕觉得少了些，可以酌情加一些别的蛋，口味不就更丰富了。”

“皇上说的在理。”小德子很是佩服道，“没想到皇上从未下过厨，却认识这么多食材，还懂这么多。”

“朕没下过厨，难道还没吃过山珍海味吗？”爱卿笑道，“对了，要拿些香油，其他的东西嘛，你看着拿吧，总之，种类越多越好，朕先把锅烧热。”

“好嘞，奴才去去就来！”小德子屁颠屁颠地跑去拿食材。

宫内各处所需的食材、野味均由尚膳主事周范负责，他看到小德子来了，忙前去躬身迎接：“公公，您怎么得空来这了？”

“不是我有空，是皇上有空。”小德子下巴一扬，“那什么，给我准备好这些东西，送到西边的小厨房去，皇上等着用呢。”

接着，小德子把菜单报了一遍，可把周范吓得不轻，结结巴巴地道：“您、您说什么？皇上来御膳房了？怎么无人通报？”

“是皇上不让他们说的。”刚进来时，确实门前的那两个太监打算去通报的，只不过小德子不想他们扫皇上的兴致，便丢个眼神示意，让他们老实待着。作为下人，最要懂得鉴貌辨色，太监立刻明白了，留守在原地，当然，这些事情爱卿并不知道。

一听是皇上不让，周范哪还敢说什么，赶紧就把小德子刚才交代的东西去置办起来……

半个时辰后。

“皇上，您要的东西来了。”小德子笑眯眯地跨进小厨房，看到皇上正托腮坐在一张小板凳里，望着熊熊燃烧的炉膛在发呆呢。

“皇上，可以呀，这么快就把火烧着了。”小德子道。

“朕也感到稀奇呢。”爱卿搔了搔脸，脸颊上沾上一抹炭黑，“火石怎么也打不着，朕就从那炖锅底下借了点火，不知道是不是这炉膛受过潮，竟点不着，后来，朕直接往里头吹吹气，倒反而烧着了，还轰一下冒出火星子来，吓了朕一跳。”

“啊，皇上您没事吧？”

“朕没事，对了，东西呢？你怎么空手进来？”

“在外头。”小德子道，“您快出来瞧。”

爱卿走到屋外，顿时看呆，十七八个太监，拉了五车子的食材，一字排开在门口。

爱卿一出来，他们就都跪倒了，高呼万岁。

“这……朕也烧不了那么多呀。”

“听到没，退回去一些。”小德子对尚膳主事道。

“是、是！”周范原本也是觉得太多，是小德子非要五车子，说好让皇上挑选心仪的食材。

爱卿来到板车旁，拿了一些瘦肉，还有鱼，笑道："朕先前竟把鲜鱼忘了，还好你们给送来了。"

周范这才起身，又忙着要下跪。

爱卿阻拦道："别，无须多礼，朕今日是给你们添麻烦了。"

周范感动极了，随侍在一旁道："皇上您要做什么菜，需要点什么，尽管吩咐，卑职一定全力以赴。"

"那你就留着帮朕递下油盐吧。"爱卿笑了笑。

"卑职遵旨！"

爱卿挑完食材，满面是笑地回到了小厨房里，有道是万事开头难，他既然把最难的烧火这一步都完成了，接下去，岂不是小事一桩！

青铜院，景霆瑞正在和部下研究从外国商人手里收缴来的新式炮火铳，不知为何，向来身体强健的他，一连打了三个喷嚏。

连部下都看不过去了，给他端来一盏热茶，让他歇一歇再议。

景霆瑞喝了茶，但没有歇息，继续研究火铳，他突然抬起头，传了一个侍卫进来。

"你去瞧瞧皇上在哪，又在做什么？"

"是！"

侍卫去了，过了一刻时，回来回复："将军，宫女萱儿说，皇上在御书房批奏折。"

"嗯。"景霆瑞点点头，"你去吧。"

侍卫退下。部下忍不住问："将军，您这是怎么了？"

"没什么。"景霆瑞道，"你方才说，这火药里掺了铁粉……"

"对对。"部下拿起火铳里的弹药，认真地解析起来。

天渐渐暗了，该是给皇上传御膳的时候了，但今儿皇上说了，他就在御膳房里吃。

把一众的庖丁厨子吓得够呛，以为皇上对他们的菜式不满，后来得知皇帝是在这里烧饭，便吃惊得下巴都快要掉下来。

虽然很好奇，但没有人敢随意靠近小厨房，唯有隔着三四条道围观着。

随着夜风起，有人吸了吸鼻子道："这什么味，喂，你放屁了吗？"

"谁放屁了？"旁边的大厨子白眼道。

"就你呀，人群堆里放屁，咋这么没品。"

"咦，我说你还来劲了，我哪放屁了！净瞎说！"大厨子恼了，揪着那人的衣领就要干架。

突然一个杂役道："不，不是屁味儿，这味儿是从小厨房那里飘来的。"

众人突然全都仰头向小厨房的烟囱，极用力地一吸气，眼珠子都暴突了出来，很快，他们的脸色就红转白，虽然臭气熏人，但还不敢嫌弃。

“我知道了，皇上在做臭豆腐！”大厨子说。

“对，可不就是臭豆腐的味吗？皇上做得真好。”

“对啊对啊。”每个人都应声着，可是没人敢深吸气了，全都憋着呢。

厨房里，爱卿、尚膳主事、小德子的脸上都蒙着一块布，因为先前的几个炒菜，油烟味太呛人了。

一旁的桌上，已经出锅了四道菜，但都盖着罩子，不晓得是什么样儿的。

“这是最后一道了，朕的得意之作，臭千张！闻着臭，吃着香！”锅里放着一只白瓷碟子，里面有一个个卷起来千张皮子，和普通乳白色的千张皮不同，那千张是泛着暗沉的绿色，仿佛发霉了一样。

小德子揉了一把发红的眼睛，他不知道自己掉了几回眼泪了，还是皇上能忍，一直站在炉灶边上，挥舞着大铲子。

“小德子，来尝尝。”爱卿道。

“啊？”小德子一愣，“先前的四个菜出锅，皇上也没叫奴才尝呀。”

“这次不同，朕一定要保证它的美味可口。”

“好、好吧。”小德子上前，爱卿用锅铲，捞起一个，送到小德子嘴边。

“把布掀开，张嘴。”

“是、是……”

一旁的周范暗暗想道：“还好不是我试菜。”

小德子的心里则不断念着：“千万不能吐，不能吐，难吃死了也要咽下去！”

然后一口闷地把臭千张给吞了，柔柔软软，虽然是千张豆皮，却和臭豆腐差不多都已经烧得软烂了，味道竟然不差，小德子愣住了。

“怎么样？”

“还挺好吃的。”小德子咂巴了一下嘴，“虽然很臭，但吃在嘴里香。”

“对吧！”爱卿得意扬扬地道，“好了，装盘。”

“好嘞！”小德子和周范拿出食盒，把菜、碗筷一一装入。

爱卿则在水桶里洗净手和脸，他往外一瞧，才惊觉天都黑了！

“朕今日的折子都没批完，小德子，你和周大人走一趟，把食盒给景霆瑞送去，就说是朕赏赐的筵席。”爱卿一笑道，“要告诉他，朕亲自下的厨。”

“是，皇上。”小德子和周范领旨。

尔后，爱卿真的在御膳房里用了晚膳，还把负责煮膳的庖厨都叫了来，称赞他们做的好吃，最重要的是，这些菜肴里有他们的用心。

厨子们何曾见过皇帝，又激动又感动，皇上亲口的赞誉比任何赏赐都来得贵重。

尔后，爱卿起驾回宫，去御书房干正事儿了。

青铜院。

景霆瑞端坐在一张梨花木嵌大理石的方桌后头，在桌子两旁，立着尚膳主事周范、御前太监小德子，两人不约而同地露出一脸傻笑，看着景霆瑞。

“这些菜当真是皇上亲手做的？”景霆瑞的面前放着五只青花瓷盘，盘上都覆着一个白瓷盘盖，暂且看不到里面是什么菜式。

方才，小德子前脚踏进门，就直喊着：“景将军，皇上给您烧菜啦！”

听得景霆瑞是一头雾水：“什么？”

后来周范解释了一通，大概是怕菜凉了，所有的菜都有盖子扣得严严实实。

“是呀，皇上说，那日请您赴宴，本是一件欢喜的事情，却因为某些错漏，让您食不知味，是乘兴而来败兴而归，”小德子有板有眼地说着，“所以皇上特地亲自下厨，给您烧了这五道菜。”

“皇上，不是在御书房批折子？”景霆瑞抬眼，目光犀利。

“奏、奏折当然是要批的，”小德子连忙道，“皇上现在正在御书房里忙呢，景将军，您大可放心。”

“我有什么不放心的，这扣了半年的俸禄，不是还有半年没扣吗？”景霆瑞没来由地说了这句，周范听不明白，小德子倒是吓得浑身又一个哆嗦。

“打开吧。”景霆瑞道。

周范逐一掀开盘盖，第一道是鱼香肉丝，颜色倒是挺好的，肉丝切得是粗了些，有些像肉条，但至少都是一样粗。

“将军，这是陈年老酱油泡过的肉丝儿，就是皇上忘了放油，炒的时候粘锅了，您担待着点。”小德子在一旁解说道。

第二道是酸菜炒腊肉，一解开盖子，就闻到一股辣味，但胜在色泽漂亮，有红有绿的。

“将军，这辣酱也是酿了百年的，你闻这味儿是不是够劲道……就是皇上的勺子有点大，可能放多了一丢丢，但不碍事，都一样好吃。”

第三道是爽滑鱼丸羹，鱼丸做得不太地道，有大有小，小德子忍不住说了一句：“小的那个是鹌鹑蛋，大的那个是鸡蛋，不大不小的是鱼肉丸子，鱼肉丸子里还混了点咸蛋黄儿。”

景霆瑞没有说话，只是静静听着。

第四道菜是水煮牛肉，这分量十足，连装菜的盘子都特别大。

第五道，便是卤水臭千张了。那个味儿其实已经从盖子里渗漏出来，如果这气味是有颜色的，大概就是一缕缕诡异的黑烟吧。

即便小德子已经知道是什么气味的，把盖子揭开的那一刻，比臭豆腐还要臭的味道直冲脑门，他都说不出话来。

景霆瑞也是轻轻咳了一声。

“这个臭千张……”

“我知道，你不用说了。”景霆瑞道，“有白饭吗？”

“有。”周范从食盒底下拿出一碗白饭，还有碗筷。

“嗯。”景霆瑞接过来，话不多说就开始用饭了，他夹起一块臭千张，吃了，再夹鹌鹑蛋……

“那卑职不打扰将军了。”周范躬身退出。

小德子也趁机逃了出来。

走到屋外的院子里，小德子大大地吸了一口气：“哇！还以为会在里头憋死。”

“卑职有件事不懂，想请教一下公公。”周范客客气气地道。

“什么事？”

“为何公公方才说，是皇上补偿给景将军的……”周范道，“说真的，卑职一直以为皇上要……惩罚他呢。”

“皇上为了何事要惩罚景将军？”小德子一脸困惑，“他们不是好好的吗？”

“那、那一桌菜……真的是赏赐，而不是闹着玩的？”

“当然是赏……喔！我知道你的意思了，皇上初次下厨难免有纰漏，但我方才试吃，味道还是不错的。”

“这样就好，卑职就怕景将军会错了皇上的意呢。”

“怎么会，皇上对他的好，景将军心里明白着呢。”小德子说，“我要回去伺候皇上了，就此别过。”

“公公慢走。”周范恭送道。

一个时辰后。

负责打扫青铜院的两个太监，一起收拾着方桌上的碗筷。

“将军今日的胃口可真好呀。”他们不知有皇上赏赐饭菜，其中一个笑着道，“盘子里，碗里全都吃空了，连个汤汁都没剩下。”

“可不是，将军不仅吃了这么多菜，还喝了一整壶的水呢。”另一个太监提起放在桌上的陶土水壶，是空的。

“真是奇了，”太监把碗筷放入空食盒，“你去装水，我把食具送回御膳房。”

“好。”

“出去时关门轻着点，将军又在看公文了。”

“我知道。”

提着食盒的太监才迈出青铜院的大门槛，就有一个小太监急吼吼地凑了上来，非要看食盒里的东西。

“这是干什么？谁让你来的。”

“是小德子。”

“是他呀，都是空盘子，有什么好看的。”

“小德子问，将军晚饭吃完了吗？”

“景将军今天胃口好，晚饭都吃完了。”

“好！”小太监就这么又一溜烟地跑了。

“今儿都是怎么了？”太监笑着摇摇头，往御膳房去了。

御书房内。

小德子听了小太监的回话，高兴得眉眼都眯到一起去了。

他忙不迭地走进殿内，走到认真批阅奏折的爱卿身旁，悄声禀告道：“皇上，奴才亲眼去瞧过了，景将军把御赐菜肴都吃完了。”

“好！没想到朕第一次下厨，就让瑞瑞把菜都吃了。”爱卿开心极了，他想要去找景霆瑞，可是手边还有一摞奏折呢。

他不得不按捺住心情，继续往下看。

不知道是不是白天太忙乎的关系，爱卿批着批着，竟然觉得困乏不已。

他以肘撑着御案，想先闭眼歇息一下。

可这一闭眼，不过半刻钟的工夫，就真的睡着了。

小德子没有吵醒皇上，很贴心地拿下皇上手里的朱砂笔，替他盖上披风。

“唔……”

爱卿觉得自己的胳膊已经麻痹得失去了知觉，苦皱着眉头醒来，眼前是一本墨迹有点晕开的奏章。

写的是皇家的远亲，四十五岁的永孝王爷，感谢皇帝给世子赐婚的内容。

给到了年龄的皇族子弟赐婚，本就是爱卿的责任，但奏章里各种歌功颂德，尽拍皇帝的马屁。

“疼疼疼！”爱卿想要伸手去擦一擦黄纸上的口水痕迹，可是才一动指头，右手就跟针扎似的，他睡得也太沉了，右臂给压得都动不了了。

“皇上，您醒啦！”小德子肩靠在一旁的殿柱上，也在打盹，此刻是慌忙醒了醒神，去扶住痛得歪着身子的皇帝。

“是什么时辰了？”爱卿把胳膊伸直着，搁在书案上，好让血气畅行，外头是一片漆黑，仿佛宫灯都不管用似的。

“快夜半了，要传宵夜吗？”小德子问。

“不用了，唉，一不小心就睡着了……朕本想等批完折子，去见一下瑞瑞的，罢了，明日上朝也能见着他。”爱卿道，“小德子，朕再批会儿折子，给朕沏一杯热茶来。”

“是，皇上。”小德子忙去了。

一夜过去，又到了洗漱、用早饭，准备上朝的时候了。

青铜院里，那些年轻的副将已经在忙了，整理书架上的兵书，还有一些新制兵器的铁铸模具。

桌上还有公文，但那些东西他们不敢乱碰。

“将军今日怎么还没起？”一个副将道，他的话音才落，里屋的门吱嘎一声就开了。

里屋的陈设简单，可以一眼望到底。

一张罗汉床上被褥已经铺叠整齐，床帐收起，地上一尘不染。

高大魁梧的景将军立在门内。

“将军，您起来啦。”副将们纷纷上前问候。

就在这时，景霆瑞竟然直挺挺的，连腰都没弯一下，就往前扑倒在地上。

嘭一声响，扬起些许灰尘，众人都惊呆了。

“景、景将军！”

“天呀——景将军晕倒了！快去找太医来！”

“你，去禀报皇上。”

“好！”

青铜院里顿时乱了套，不知是谁喊了一句：“不，万万不能惊动皇上，将军要是知道了，事后会怪罪的。”

“可是，景将军一会儿要上朝，皇上也会知道呀。”

“就推说有事没能上朝吧。”有人出主意，“总之，先去请太医来，其他的事情，都等将军醒了再说！”

“嗯，就这么办吧。”一众武将便忙开了。

在长春宫，御膳房送来了丰盛的早膳，不管是米面馒头，还是炒菜炖汤，全都是盛在金杯、金碗、金盘、金碟子里，然后放在雕刻着金龙的御膳桌上。

晨光照拂下，整一桌的金光灿灿，连那再寻常不过的白米粥，都变得像羊脂玉一样，有种说不出的味道。

小德子没有让膳食太监帮忙布菜，把他们打发走后，他亲自给爱卿盛粥，还道：“皇上，您瞧瞧这粥，色白如玉，定是熬制许久的。这粥呀，最怕煳锅了，得要人一直看着火，火大了不行，火小了也不行，可是个技术活呢。”

“你不过是昨日陪着朕去了一趟御膳房，怎么今日就成做饭的行家了？”爱卿打趣小德子道，“朕让你去御膳房当差如何？”

“不！奴才不去，奴才就跟着皇上！”小德子眼睛都瞪圆了，“皇上，您可别赶奴才走。”

“不赶你走。”爱卿笑了，从盘子里拿起一个包子，塞进小德子的手里，“吃吧，别咂巴嘴了，朕看你的口水都要掉下来了。”

“谢皇上。”小德子笑道。

小德子从小就陪着爱卿一起用饭，当然，这是不合规矩的，但爱卿一向父皇请求，父皇就恩准了，而作为太子侍卫的景霆瑞也会被爱卿叫上一起吃。

只是现在景霆瑞是个大忙人，爱卿也已是皇上，皇上和臣子一起吃饭，那名目就太多了，叫赐膳、赐宴、请宴还有赴宴。

每种的恩宠还都不一样，大致分为四种。

这第一种，是皇上当日用膳时，觉得哪道菜不错，就吩咐御膳房另烧一份，用食盒包袱裹好，送去权贵、功臣的府上。这也是最为常见的一种赐膳。

第二种就是请大臣来宫内赴宴，但一般都是在节日或祭祀庆典，赴宴的大臣也有许多。

第三种是比较少见的，就是皇上私下宴请大臣入宫，那已经是对那臣子的荣宠了。

到了第四种，皇上亲自登门去臣子的府上，到目前为止，就只有显宗帝去过赵国维的府邸。

有传闻太上皇也去过柯卫卿的府邸，但是微服去的，各部都未有记载，所以一直不过是个传闻罢了。

而当今皇上爱卿创下了这第五种，亲自下厨给臣子烧了一顿饭，真可是闻所未闻的——极致宠爱了。

“小德子，你当真觉得朕昨日烧的那顿不错吗？”爱卿问道，这已经是他自昨晚后不知第几回问了。

“皇上，就算要奴才回答一百次，那也是好吃，当真是好吃！”小德子信誓旦旦地道，“要不然景将军能把盘子吃个底朝天？”

“朕就担心瑞瑞是看在御赐的分上，就算难吃……也咽下去了。”

“奴才昨儿也是试吃过的，”小德子道，“皇上，您就放心吧，今日上朝，必能看到景将军那一脸喜气的样子。”

“朕还当真没见过他在朝上一脸喜气过，他总是一脸肃然，不苟言笑，弄得朕也紧张兮兮的。”爱卿说到这里，催促起小德子来，“哎，你快些吃，朕今日想早点去宣政殿。”

“是，皇上。”小德子用力地咬了一口包子，手里还拿了一杯牛奶，他冲爱卿笑着，爱卿也冲他笑着，这主仆二人忽然哈哈哈地大笑起来。

守在殿门外的侍卫不禁互相看了一眼，皇上今日的心情可真好，一大早就笑得这么欢，当今的圣上和历代皇帝都不大一样，他从不端架子，不会让人望而生畏，与其说他是皇帝，倒更像是个邻家的孩子。

皇上托着腮，皱着眉批着折子的模样，也像极了在书桌前苦学的书童，让人忍俊不禁。

而这些折子可比书本要复杂多了，而且永远没个完，也难怪皇上要愁眉以对了。

今儿能听见皇上这么开心的笑，殿门前的侍卫也忍不住露出一个笑脸，但很快收住了，认真地守着岗位。

不出多久，里头传来皇上起驾上朝的传唤，执事太监打开殿门，仪仗、御辇等早就候着了，皇上跟个兔子一样地蹦了出来，还一路欢快地登上了御辇。

仪仗开道，捧着各色皇帝随行器皿的宫女和太监垫后，这支差不多百余人的队伍，浩浩荡荡地向宣政殿出发了。

“——吾皇万岁、万岁、万万岁。”

气势磅礴的金銮大殿内，激荡着文武百官的跪地叩拜之声，大殿外，那片布满晨光的天幕中，鸽子正成群飞舞，哨鸣蓝天，一派祥瑞气象。

“诸位大臣，有事启奏，无事退朝！”小德子似模似样地在朝堂上高声吟唱道。

“臣袁文荃有事要奏。”这话音还未落尽，就有官员出来奏明圣上，爱卿朝堂下望了望，那人约莫五十岁，高高瘦瘦的，不太有印象，应当是自他登基后，头一回出来上奏吧。

在满朝文武，除了三品以上的官员大多会常驻之外，其余的人经常要出宫，甚至去外省办事，也有调遣出使他国的，还有升迁上来的、被贬罚下去的，每一年在爱卿的眼前，都会有好几拨的人员调换。

这些人的调令也都是由爱卿亲手复核批准的，朝中的每一个官员身份、官品、有无爵位，他们立了什么功，又犯过什么错，这些都是皇帝所需要记住的，将来才能“物尽其用”，发挥出这些人才的所长。

但是这个人爱卿还真是记不得了，他不禁瞧了瞧身旁的小德子，想看看他有什么印象没有，没想小德子也一副歪着脑袋苦思冥想的模样，爱卿便只得看着那位大臣，面带微笑地问道：“袁大人可是第一回上奏？”

“是，皇上，卑臣昨日出宫去码头迎接江北的贡品，未有在御膳房恭迎圣驾，卑臣有罪！”袁文荃说着，就跪下了，“卑臣望皇上责罚！”

“啊？”爱卿愣了愣，随即明白过来，这应当是御膳房的总领事吧。难怪乎，昨天只有尚膳主事周范在。

“是朕去得突然，什么责不责罚的，你太言重了。”爱卿笑着摆摆手，“起来吧。”

“不，是卑臣失职，皇上就算是去得突然，但卑职的下属没有一个尽责，卑职听闻您还亲自下厨，且还留您一人在小厨房生火，试问这当中要发生点什么事，谁能承担这后果？”

“呃……”爱卿哑口无言，敢情这位袁大人不是来请罪，而是来问罪的。

“什么？皇上昨日去御膳房烧饭？”朝堂里，有人惊讶地私语。

“早晨也听说了，还当开玩笑的，没想到是真的。”

“咳咳。”爱卿轻轻咳了两声，然后朝武将那头望去，想看看景霆瑞是否会帮自己说两句，但寻了两遍才发现景霆瑞不在队列中。

“皇上，卑职知道您年轻，对任何事都充满好奇，但柴米油盐这等事，就该交由专人去做，您乃九五至尊啊，岂能如同那些……”袁文荃见爱卿没有反驳，以及群臣明显的支持之意，让他越说越激昂，仿佛在教训自家孙儿一样喋喋不休。

“景霆瑞今日怎么没有上朝？”没想，爱卿这没头没尾的一句问话，让原本有些热闹起来的朝堂，瞬间冷了下去。

“什么？”袁文荃不禁反问。

“哦，朕是问景将军怎的没来？”爱卿朝原本该是景霆瑞站的方位点了点，百官齐刷刷扭头望过去，才发现少了一个人。

“启、启禀皇上，兵部有急报，景将军去处理了，没能赶上上朝。”但凡遇到紧急情况，确实可以不上朝。只不过那位启奏的将领，明显有点慌，头也埋得很低。

“是何军情如此紧急？”爱卿很是诧异。

“这个末将不知。”

“难道边塞又有战事？”底下的官员神色紧张地议论了两句。

“不会吧，才太平没几天……”

与战事相比，皇帝去御膳房显得不那么重要了，至少相对而言，不会让人产生惶惑情绪。

“皇上……”袁文荃还想说什么，爱卿已经抬手道：“朕已经明白你的意思了，朕下回去御膳房，必定先知会你一声，好让你多做准备。”

“吾皇万岁。”袁文荃跪叩，退下了。

之后便是其他官员的奏报，都不是什么危急关头的大事。待下了朝，小德子正要传辇，爱卿却道：“不急，你去把刚才说景霆瑞处理军情的将领给朕叫来。”

“咦？皇上不去兵部，反而去找那将士？”

“兵部尚书都在朝上一脸诧异，朕还去兵部做什么？倒是那将士，说话吞吞吐吐的，朕还没见过哪个武将这般瑟缩着回话的，他必定知道些什么，你快去找他来。”

“是！皇上圣明！”小德子急忙去了，那将领倒也没走远，被小德子领着来时，脸上都没什么血色了，看起来更可怜了。

“你到底在怕什么？”爱卿见着他，也忍不住问道，“朕不吃人呀。”

“怕、怕欺君之罪。”年轻的将领再也憋不住话了，便一口气地说，“皇上，景将军太过操劳，得了急病，青铜院上下都急疯了，但是都怕您担心，就推说……军情紧急，已经请了太医去瞧。”

“你是不是傻子，换作军情紧急，皇上就不担心了？”小德子翻了一个白眼，啐道。

“小德子！不许插嘴。”爱卿道。

“是，皇上。”小德子说完，还吐了吐舌头。

“急病？他得的是什么急病？”爱卿微微握着拳，难掩心中紧张地问。

“这、这末将也说不上来，反正很严重，景将军脸色都不好看。”

“去青铜院。”爱卿当机立断，小德子忙吩咐御辇，摆驾青铜院。

宣政殿到青铜院隔着好几道宫门，这一路上爱卿都急得不行，恨不得插上翅膀立刻飞到景霆瑞的身边，但是宫内侍卫遍布角角落落，尤其景霆瑞又加了不少巡逻队。

没有事先告知，而在宫里飞来掠去的话，马上就会被箭射成刺猬吧。

这一路上，爱卿只能不停地问将领，哪怕那将领已经没有别的话可以说了，他知道的已经全都告知了爱卿。

好不容易到了青铜院的大门前，御辇还未停稳，爱卿就迫不及待地跳下。

“皇上，您慢着点。”小德子道。

青铜院前的侍卫见到圣驾纷纷跪下，正要高呼万岁，爱卿挥手道：“免礼，别惊扰了病人休息。”

侍卫便悄然起身。

“瑞瑞，你千万不要有事！”爱卿跨过门槛，直往院子里冲，把所有人都甩在了身后，他深吸一口气，鼻间不禁泛起一阵酸涩，眼前的事物都有些模糊了。

现在可不是哭鼻子的时候，爱卿强忍住想要哭出来的冲动，再快走两步，伸手就要推到屋门了……

“景将军，可是好些了？”女子的声音，温柔似水，在这满是武将的地方，爱卿不禁愣怔。

“我本就没事，是他们大惊小怪，倒让你又熬药又送药的，受累了。”景霆瑞的声音，听起来口齿清晰，中气也足，确实不像有事。

“能伺候将军是奴婢的福分，哪有什么累不累的。”女子的话里透着明显的欣喜，且这讲话的腔调是娇滴滴的，听着似曾相识。

“彩娟，你以后……”景霆瑞的话没说下去，是因为看到了爱卿站在门外。

“皇上？”那一身朝服如此明黄灿烂，但是爱卿站在背光之处，脸上的神情却是看不大清楚。

“奴婢叩见皇上！”彩娟慌里慌张地跪下了，“吾皇万岁、万岁、万万岁。”

“末将给皇上请安。”景霆瑞倒是不慌不忙，正要下跪。

“罢了。”爱卿沉声道，走进屋内，这本该是正堂，但塞了不少书柜，显得有些局促，屋内还有一股尚未散尽的中药味。

再看中央的方桌上，摆着喝完了的青瓷药碗，还有一碟蜜饯。

“你还挺有心的，不忘给将军带碟蜜饯来。”爱卿对彩娟道。

“奴、奴婢……只是……”彩娟还未直接面见过圣上，心里的紧张可想而知，连话都答不上来。

“对了，你不是浣衣局的吗？怎么跑来给景将军送药了？”爱卿不咸不淡地问着，走到桌边坐下了。

“她给末将送换洗衣物，顺道罢了。”景霆瑞替彩娟作答，又道，“皇上，您怎么突然来了？也不通传一声，末将……”

“你到底得了什么病？”爱卿却打断景霆瑞的话，“他们明明说你病得很急，为何朕看你一点事也没有？”

“末将……”

“皇上，将军是病了！太医说……”彩娟怕皇上误会，急于帮景霆瑞辩驳，但景霆瑞很快接话过去。

“太医说末将只是长期熬夜导致气血亏虚，一时有晕眩之象。”

“将军……”彩娟有些不知所措地看了景霆瑞一眼，因为太医明明说的是脾胃失和，呕吐太多次，导致脱水昏迷，所以得喝药调理。

爱卿看看一脸淡然的景霆瑞，再看看始终在瞄景霆瑞的彩娟，想起上一回，彩娟给景霆瑞送东西，他还满面欣喜地接受了。

"是吗？原来是这样……"爱卿自言自语着，放在桌上的手却握紧成拳。

他甚至都不明白自己到底为什么会生气，胸口仿佛窝着一团火，听着景霆瑞替彩娟作答时，这火旺盛了三分，听着彩娟为景霆瑞辩解时，这火快蹿上天花板，就好像他们两个做了什么对不起他的事情一样。

"皇上？"景霆瑞声音里透着明显的疑惑。

"你没事就好，朕回宫去了。"爱卿说，脸上却没有一点笑意。

"奴婢恭送皇上。"彩娟像是如释重负，赶紧跪地叩首。

"末将……"景霆瑞也打算行礼。

爱卿抬脚就往外走，一句话也不留。

"皇上！"景霆瑞追了出去，小德子本在院子候着，看到爱卿怒气冲冲地走出来，还不及反应，景将军也出来了，竟还伸手一把拽住了皇上的衣袖。

这可是以下犯上的大罪！

吓得小德子赶紧往外退，还把闲杂人等都屏退到外头。

"景霆瑞，你好大胆子！"爱卿甩了一把手，竟然甩不脱，就转过身，抬头瞪着景霆瑞的脸。

"卿儿，你在生什么气？"没想，景霆瑞的话更胆大包天，直接喊了爱卿的小名。

"谁说朕生气了？朕有什么可气的？"爱卿哈哈一笑，"不就是在朝上给人教训了一通吗？"

"什么？"景霆瑞愕然地问，"谁敢训皇帝？"

"还不是因为……罢了，这事和你无关，放开。"爱卿再用力一挣，这回，他成功甩脱了景霆瑞。

但爱卿还没有转身，景霆瑞再一次抓住了爱卿的手，且这次不是抓衣袖，而是直接握上了。

"卿儿的事情，没有一件是与我无关的。"景霆瑞里声音里透着罕见的急切。

"是吗？朕不觉得。"爱卿冷然道，"放开。"

景霆瑞慢慢松开了手。

爱卿往屋外走去，小德子忙招呼道："快，皇上要起驾……"

"不要忙了，朕走回去。"爱卿说，便往前走了。

"哎，"小德子惊呆，看着爱卿脚不沾地地往前猛走，顿时反应过来道，"快呀，跟上皇上，还愣着做什么？"

于是乎，御辇、众多宫人，浩浩荡荡地跟在皇帝身后，小跑着追赶。

院内，彩娟听到皇帝起驾，且没什么动静了，才敢走出来。

"景将军……"她看到将军一动不动地盯着院门瞧，仿佛要把那里瞧出个什么名堂一样。

"彩娟，以后别再来这里了。"景霆瑞突然道。

“奴婢……”彩娟的声音颤抖了，“奴婢的心意，将军可明白？”

“不该有希望的事情，还是早早放弃的好。”景霆瑞沉吟着道，彩娟忽觉这话不像是说给自己的听的，反倒像是将军在自言自语。

“将军……”彩娟依然偷偷望着景霆瑞伟岸的脊背。

“别忘了，你是宫女。”景霆瑞忽然回头看着彩娟道，“皇上不计较这些事，不代表旁人也不计较。”

宫里有太多双眼睛了，彩娟当然明白这其中的风险有多大。因为不仅是妃子，宫女也是皇帝的女人。

当今圣上天性纯善，又情窦未开，未必在乎将军与宫女之间的暧昧，但其他人呢？十二监也会视而不见吗？

彩娟心里明白，只是不想直面此事，如今由景霆瑞提醒，方觉此情无望，不由得黯然神伤。

景霆瑞转身回去屋内，把门关上了。

爱卿沿着砖道一顿猛走，但凡看见宫门就进去，这拐来拐去的，不知不觉来到东御花园。

他走得是酣畅淋漓，忘却一切，却苦了后头跟着的人，小德子何时这么猛走过，此时也是气喘吁吁、大汗淋漓。

九曲廊桥下，湖面波光粼粼的迷人景象，让爱卿停下脚步，小德子这才得以和爱卿搭上话。

“皇、皇上，您跑什么呀？”

“朕哪里有跑，明明是走。”

“您、您这还不是跑，比、比兔子还快！”

“你还是先歇会儿气再说话吧。”看着小德子满面通红的样子，爱卿叹道。

“哎呀，真是谢谢皇上了。”小德子好容易把气顺了过来，爱卿却看着湖面在发呆。

“皇上，您和将军吵架了吗？”

“没有。”

“那您生什么气？”

“你也觉得朕在生气吗？”

“当然了，您这怒气都写在脸上呢。”小德子比画道。

“朕……”

“将军他身体怎么样？”不等爱卿说什么，小德子突然想起来道，“不是说病得很重吗？奴才方才瞧将军是好好的呢。”

“可不是嘛！”一提到这事，好不容易靠猛走发散掉的怒气又归拢起来，爱卿皱眉道，“他还让那个彩娟伺候着，他、他……舒服得很！”

“彩娟？”小德子是第二次听到爱卿提这个名字了。

“瑞瑞真是个骗子！明明说只对朕一人好的。”

“不对呀，皇上，景将军说的是，只对皇上一人效忠，什么时候变成只对您一人好了？”这事，小德子也是知道的。

“他说的效忠，就是指只对朕一个人好。”爱卿斩钉截铁地道。

“是这个意思吗？”小德子却一脸怀疑，还道，“景将军的爹娘都还在呀，怎么可能只对皇上您一人好？”

“朕、朕的意思是……”爱卿想要说出个道理来，可是话到嘴边自己也解释不出一个所以然来。

“是什么？”小德子认真地问。

“什么都不是！”爱卿回转身，“朕回宫去了！”

“皇上，您之前就这么说——哇！”不知哪刮来一阵大风，直吹得湖面荡起波澜，衣袖飞起。

爱卿愣住了，但这大风来得快，去得也快，转眼就不见了。

“真是一股妖风……”小德子才开口，忽觉在宫里说妖字不好，赶紧缩住口。

爱卿看着余波未消的湖面，有些愣怔，方才心头一怒，就觉得袖间有风起……背后也有料峭之意。

“皇上，您怎么了？”

“嗯……大概是方才一顿猛走，被风一吹，竟然觉得身上有些发寒。”

“啊，莫不是着凉了吧？”小德子紧张极了，“奴才去叫太医来瞧瞧。”

爱卿见他这般紧张，不由得一笑道：“你别慌，朕只是被风吹到一下，哪能就病了呢，朕又不是豆腐做的，一碰就碎。”

“说的也是。”小德子笑了，“皇上，等回寝宫后，可否传些点心来吃，奴才的肚子好饿。”

“你就知道吃。”

“没法了呀，早上陪着您就喝了一碗粥，吃了一个包子，还想再吃，您就急着上朝，等下了朝，您又跑去青铜院了……”

“知道了！朕传一桌点心来。”爱卿笑着摇摇头。

待回到长春宫里，爱卿还真的叫了满满一桌好吃的茶点，把小德子乐得嘴都合不拢。

可是爱卿没什么胃口，说要去歇会儿，便倒在了罗汉榻上，约莫过了一个时辰，小德子去叫爱卿起身，用些茶水，却发现皇上怎么也叫不醒，再一摸，皇上前额滚烫，竟是发高烧了！

第九章
和好如初时

爱卿这一倒下就昏睡不醒，还因为高烧不退，而满嘴胡话。

说什么“朕能飞！”“瑞瑞跑了！”“不要走！”

当然，没人会把爱卿高烧时的话当真，多位御医共同替爱卿诊脉，最后下定论说：“皇上是邪气入侵，不慎感染了风寒，只有及时退热，方可痊愈。否则……怕会惹来重疾。”

炎听闻这个消息，真是心如油煎，立即抛下他正在家中宴请的众多江湖门客，从宫外快马加鞭地赶了回来。

一进到长春宫里，他连斗篷都未及解下，便冲到龙榻边，悉心照看爱卿。

爱卿昏昏沉沉地睡着，脸庞绯红，额头滚烫，嘴唇干燥如树皮，身体还不时颤抖着，难受地呻吟着“好热……”“……水”之类的梦呓，目睹此情景，炎的心都要碎了！

炎握紧爱卿的手，替他擦拭额际的汗珠，喂他喝药，不眠不休地照顾他，还狠狠呵斥了小德子。

皇上龙体贵重，怎么会在宫里感染风寒？肯定是他们这些奴才伺候不周，玩忽职守！

小德子吓坏了，跪在地上，哭丧着脸说，皇上下朝后去看望了景将军，回宫时还好好的，不知怎么就这样了。

小德子这么一说，炎才想起，他竟然没在长春宫里看见景霆瑞？这家伙估计又替皇上“处理政务”去了吧。

古有太后垂帘听政，今有将军“越俎代庖”！只能说，都怪爱卿平时太放纵景霆瑞了，让他现在都无视起病重的皇帝了！

炎憋了一肚子的火，但现在也不是找景霆瑞算账的时候，他更担心爱卿，真恨不得替爱卿生病，替爱卿难受。这对他来说，还要好受一些。

在御医、小德子以及炎的精心照料下，次日清晨，爱卿就退烧了，也不再呓语，只是意识还有些昏昏沉沉的，时睡时醒。

到了傍晚，爱卿的病情大有好转，已经能坐起身喝粥了。

老御医擦着一头冷汗，躬身道：“这般看来，皇上已无大碍了。”

倒是炎，担惊受怕地熬了两天，连水都没喝一口，眼底有着深深的两抹黑，就跟熊猫似的，整个人都十分憔悴，爱卿看到他原本俊俏的脸蛋都瘦了一圈，心疼极了。

“炎……”爱卿皱着眉头，自责地道，“都是朕没用，让弟弟你操心了。”

“这是什么话。”炎露出温柔的笑容，伸手抚摸爱卿的额头，“您是大燕天子，臣弟本来就该伺候您，而且……”

炎突然跪了下来，吓了爱卿一跳！

“炎，你这是做什么？”

“都是臣弟失职，近来忙于招呼门客而怠慢了您，让您生病……”炎是认真的，不论爱卿出了什么事，他都认为是自己的错，是他没有照顾好皇帝。

“这怎么会是你的错？”爱卿苦笑着，“快起来吧，你这两日不眠不休地照顾朕，只有功劳，哪来的罪？朕感激你都来不及。”

“可是皇上……”

“好啦！你就别让朕为难了，”爱卿故意板起脸道，“你想让朕再病倒吗？”

“当然不是！”炎立刻站了起来，坐回爱卿的床边。

“而且，这件事本来就和你无关嘛……”爱卿小声嘀咕了一句，想着景霆瑞。

“哼，那就是和那个浑蛋有关吧！”没想到炎的耳朵极尖，怒冲冲地说道，“您累病了，那家伙倒好，才来探望了一会儿，就走了。”

“这……也、也不是和他有关啦。”爱卿担心炎与景霆瑞起争执，连忙道，“其实一开始是朕不对。”

“皇上，您是宅心仁厚，从不计较他人的过失，可是他……”炎正要说什么时，外头传来通报，宰相贾鹏来了。

“不见！皇上还需要休息。”炎飞快拒绝道。

“这不好。”爱卿赶紧说，“朕都病了两天，不见一见朝臣，他们会担心的。”

“皇兄，您就不能少操心一会儿国事，多担心一下自己！”炎虽然一脸的不悦，但还是让贾鹏入宫见驾。

贾鹏穿着官服，不是空手来的，还带来了千年人参、虫草等名贵药材，虽说这些东西宫里也有，但毕竟是臣子的一片心意，爱卿笑纳了，还亲切地赐座。

贾鹏坐下后，看着皇帝气色还好，便想长叙一番以示忠心，但没想到炎一直冷冷地瞪视着他，那目光如剑，令贾鹏如坐针毡，只能匆匆说了些保重龙体的话，便躬身告辞了。

贾鹏离去之后，又来了好几拨的大臣。

可以说，这三省六部的正、从二品，正、从三品的大员们都来了，争先恐后地带着各自的礼品见驾，从吃的、喝的、赏玩的、穿用的，一应俱全。

这跪下请安的人，都快把寝殿给塞满了，官阶略低一些的，只能隔着门槛跪拜。

炎已经是忍无可忍了，暗想：“这还有完没完啊！”

就在这时，萱儿送了刚煎好的汤药来，炎亲手端过药碗，用勺子撇去上头的浮渣，轻吹了吹，一勺一勺地，就跟哄孩子似的，喂给爱卿喝。

“好苦啊。”爱卿拧紧了眉头，抱怨着，但还是喝完了。

接着，炎就以皇上服了药，需要安歇为由，把大臣们全都打发走了。

官员们一边往外走，一边还在说，多得上苍保佑，皇上的龙体得以康复之类的话。

等走出了敞朗的寝殿，进了繁花似锦的御花园，臣子们的步履放慢了，开始说别的话了。

不知是谁突然称赞了一句：“永和亲王今日看起来，可真是沉稳练达，很有太上皇的风范啊。”

“嗯，此话不错。”

“老朽也如此觉得。”

不少人即刻点头附和，也有人说：“论年纪，皇上只比亲王殿下长一岁，可论武功、学识、人脉和名声，可都是永和亲王更占上风啊。”

“说到底，还是亲王殿下长得太像太上皇了。他年纪虽不大，举手投足却尽展皇家威严，”礼部尚书董有为拱手道，“让人不觉为之叹服。”

“是、是。听闻民间的那些所谓‘江湖豪杰’，也都折服在他的魅力下。不费朝廷一兵一卒，就令他们纷纷弃暗投明。这位亲王殿下，将来必有一番大作为。”

就在所有的官员都齐声称是时，有个高大挺拔的身影忽然出现在御花园里。

所有的官员一接触到他寒彻如刀锋的眼神，都立刻噤声不语，不少人还心虚地转开了头。

他年轻气盛、英姿卓绝，立在御花园里时，似乎令这满园的春色都黯淡了下去。

“景将军，你怎么才来问安，皇上都歇下了。”可也有人自恃是朝中老臣，官位远在景霆瑞之上，而出言挑衅。

景霆瑞冷淡地看他一眼，并不回应，而是说：“尔等方才的言论，有藐视圣上、呼群结党之嫌，就不怕被诛九族吗？”

“这……将军您言重了，我们只是在花园里闲逛，说着玩玩，您不必如此当真吧。”礼部尚书讪笑道。

这个景霆瑞不过是景亲王府的歌姬生的孩子，仗着有年少的皇帝撑腰，才在宫里任意妄为。一些老臣暗地里都瞧不起他，但也不敢在台面上表现出来。

“就是，我们开开玩笑，景将军，您也太较真了。”工部尚书也抚须笑道，打着哈哈。

“有道是言者无心，听者有意。各位大人身居高位，出入皇宫，更需谨言慎行，以免上行下效，招惹不必要的牢狱之灾。”

景霆瑞冷漠地丢下这句话，就抱拳告辞，往长春宫的方向走去。

过了好半天，大家都出不了声。似乎景霆瑞的眼神、语气，就如同无形的绳索勒住了他们的脖子，让他们紧张得气都喘不出。

“哼！怎么会有这种狐假虎威、自命不凡的人！”半晌之后，才有人愤愤言道。

“不就是仗着皇上宠信他！我听说，他可是宫里的大红人，不仅皇上宠着他，就连那些宫女为了多看他一眼，都在青铜院门外挤破了头。”一个官阶较低，貌不出众的青年男子酸溜溜地道。

“这人招蜂引蝶的，迟早会捅出娄子来。”这人一脸嫌恶地说，只是因为景霆瑞年纪比他轻，官位却比他高得多。

在这煽风点火下，大臣们假公济私地，纷纷说起景霆瑞的那些传闻，数落他的不是。

等出了宫门，车轿仆从都候在那里呢，便各自道别，打道回府了。

“好了，您再睡会儿吧。”炎体贴地给爱卿放平枕头。

“朕都已经睡饱了，倒是你，该回府去，好好地睡上一觉。”

“那臣弟陪您聊天，”炎一点都不想离开，还道，“天宇、天辰他们也很担心您，来了好几回，您都睡着……”

兄弟二人正说着悄悄话，小德子轻手轻脚地进来了，跪地禀告。

“启禀皇上，景将军求见！”

“他来做什么？”炎的眼角立刻吊起，就跟被激怒的猫一样。

“呃。”小德子立刻就答不上话，他很怕炎殿下生气时的样子。

“让、让他进来吧。”爱卿却低头道，“说起来，朕是从青铜院出来后就病倒的，想必已经有人在说他的不是了，朕此刻若再不见他，就不知会被传成什么样了。”

“皇兄你呀，就爱替别人操心！”炎虽然这样说，但没再阻止爱卿见景霆瑞了。

“奴才这就去传旨。”小德子如获大赦一般地退出。

不一会儿，景霆瑞就快步走了进来。

这寝殿里的红木雕竹石面圆桌、锦凳上都摆满了大大小小的锦盒，他不由扫视了一眼，炎便不客气地嘲笑道：“呵，某人倒好，姗姗来迟不说，还两手空空！”

“炎，”爱卿宠着弟弟，但也不想他与景霆瑞起冲突，便道，“你先下去吧，朕有话要与景将军说。”

“是……皇上。”圣命难违，炎对着景霆瑞只能干瞪眼，不过，他出去前，转身对小德子大声地道，“你这奴才要好好照顾皇上，不要像那缺心肝的家伙，害皇上得了风寒还不自知！”

小德子被夹在互相瞪视的两人中间，看起来可怜极了。

“小德子，你也下去吧。”爱卿看得出小德子根本不敢看景霆瑞，便道。

“奴才遵旨！”小德子是赶紧逃了个无影无踪。

垂着浅金纱幔的寝殿内，寂静极了，似乎都能听到熏香的燃烧声，爱卿觉得喉头燥热，咕地吞了口唾沫，却是意外地响。

爱卿莫名觉得尴尬，连脸都红了。

“末将……”景霆瑞才开口，爱卿就突然将头扭到一边，气呼呼道：“你还知道来看朕啊？有什么事就快说，没事就出去，朕累了！”

——他能不生气吗？

难受得紧的时候，特别想看到景霆瑞的脸，可是几次睁眼，都只有炎儿在，不是说炎儿不好，只是更希望瑞瑞也在。就跟儿时一样，只要他有什么不舒服，景霆瑞都一直是守候在侧的。

可以说是生病之人的一点任性使然吧。

一旦发现瑞瑞不在，心里便有失落感，这种失落又逐渐转变成不安和怨怒。

想到或许瑞瑞在彩娟那儿呢，那种愤怒就更加旺盛了，仿佛瑞瑞背叛了自己似的。

爱卿也不知自己是怎么了，身为皇帝，面对任何事都理应沉稳以对，可如今心情却如此起伏，就因为一个宫女，便责怪起瑞瑞的种种不是来。

尽管心里很清楚，瑞瑞不在床边伺候，是因为他公务缠身。

“末将知罪。”景霆瑞突然跪下了，“皇上。”

“你是没陪着朕，但也不至于要下跪领罪。”看到景霆瑞这般内疚，爱卿心软了，缓和口吻道，“起来说话吧。”

“但皇上何尝不是负了末将。”景霆瑞抬头道。

“啊？”爱卿愣了一下，“你竟然说朕有负于你？什么时候？”

“皇上自己说过的话，岂能不记得。”

“等等，现在是你给朕赔不是，怎么变成朕要给你赔不是了？”爱卿捏了捏发痛的额角，“你不要来糊弄朕！”

“原来，末将说的话，在皇上您心里一直是糊弄吗？”

“难道不是吗？你刚才还一脸诚恳赔不是，现在倒说朕的不好来，这不就跟那谁……对了，袁文荃一个模样吗？都在数落朕的不是！朕不就给你做了一顿饭？至于在朝上如此训斥朕？若是父皇在，也不过一笑了之罢了！”

“袁文荃已经辞官回乡了。”景霆瑞道。

“什么？”爱卿一惊，“怎么会的？”

“听闻御膳房那些人，认为他对皇上不敬，要集体弹劾他，他便自动请辞了。”景霆瑞轻描淡写地道。这件事的背后，说到底也是他操持的。

一个能公然在朝上说爱卿不是的人，当然不能留下，只是这件事他不想让爱卿知晓。

“这样啊……他那些什么朕高贵，碰不得柴米油盐的论调是不好，但也不至于让他回老家。”

“该给他的钱财一样不少，皇上，事情已成定局，就不要再谈他了。”

“那好吧。”爱卿点点头。

“皇上，您可还记得，您以前答应末将的事吗？”

“以前？所以这事是以前答应的吗？”

到底是什么事？爱卿的脑袋里一片空白，他答应景霆瑞什么了？不再四处乱跑让义父担心？不再偷偷去百子门看望皇妹，还是不再把太子傅气得吹胡子瞪眼？

这些话他是说过，且这都是过去的事情了。

爱卿绞尽脑汁想了半天，还是想不起来除了这些事情外，究竟答应了景霆瑞什么，便锁着眉头道：“那个……朕不记得了。而且就算朕答应了你什么，都是登基前的事情了吧？那时候朕还小，说的话不能算数啦。”

“不算数？”景霆瑞眉心轻拧，脸色就像乌云盖顶，快要爆发似的。

“那末将也没什么好说的了，容臣告退！”景霆瑞猛然站起身，就要离开！

“喂！——你！”爱卿气急，猛地掀开温暖的锦被，从龙床里坐起来，“你就没有别的话对朕说吗？”

比如，他和彩娟到底是什么关系？为什么总是在一起，还有说有笑的。

“既然皇上连那么重要的承诺都忘记了，末将也无话可说。”景霆瑞的声音冰冷至极，连爱卿都觉得怕。

“那你告诉我，我到底答应了你什么啊？”

爱卿急得连“朕”都忘记说了，景霆瑞皱眉，黑眸紧紧地凝视着他，那神情似乎十分复杂。

“这得要皇上自己想起来才行，皇上要是想不起来，就证明……”景霆瑞突然住口，移开视线。

“证明什么？”爱卿焦急地问。

“没什么。”景霆瑞敛下眼道，而后又躬身，“末将不打扰皇上休息了，告退。”

说完，竟真的头也不回地走了。

“喂！景霆瑞！你给朕站住——听到没？！”

爱卿气得要命，因为景霆瑞不仅欲言又止，没把话说清楚，还藐视圣旨，就那样走了。

“皇上，这是怎么啦？”听到爱卿大呼小叫地喊，炎和小德子赶紧进屋，却惊愕地看到皇上紧咬着嘴唇，泪流满面，竟然在哭！

“皇、皇上……奴、奴才去找太医？！”小德子高呼。

“皇兄，你这是怎么了？”炎也是大惊失色。因为爱卿已经许久都不曾哭了。

“没事！不用找太医。”爱卿说，抓起锦被盖住头部，怒气冲冲地躺在了床上。

为什么父皇和爹爹不再拦着，不再说他太缠瑞瑞的时候，他和瑞瑞的关系反而疏远了呢？

全然没有小时候那样亲近了。

爱卿心里难受得紧，他不明白景霆瑞的心里到底在想什么。

“还说承诺……朕到底说了什么话，让他这么在意？”

爱卿躲在被窝里苦思冥想着，可是他的脑袋里很乱，除了生气，还是生气。

炎很焦急却问不出原因，不过用膝盖想也知道，这事肯定和景霆瑞脱不了干系，对他的讨厌，立刻上升到了憎恨的地步。

“皇兄。”

“朕、朕没事，炎你先走吧。”听着隔着被窝发出沙哑声音，炎皱紧了眉头，不禁发誓，他这辈子都和景霆瑞势不两立。

景霆瑞离开寝宫，走得极快，一直出了御花园，才慢慢地放缓脚步，觉得手心里湿湿的，摊开手，才发现是血。

这一路上，他一直紧攥着拳头，都不知道指甲掐进了皮肉里。

“卿儿他果然不记得了……”景霆瑞低垂着眼帘，浓长的睫毛在眼底投下一片阴影，让他的眼神更加晦暗难明。

——那一年的万寿节：

“殿下，如果有人要杀您呢？您也不杀他？”

“嗯。瑞瑞，我不杀他。”

“殿下，您真是善良……这样吧，既然这是殿下您的愿望，卑职愿帮您达成。”

“真的吗？要怎么做？”

“往后，若真的有那样的事发生，有人不服您，卑职都会为您解决掉……但您要答应卑职一件事。等您长大后，不管世界怎么变，都只信赖卑职一人。这样，卑职才可以帮您处理各种麻烦的事情。”

“好！”……

如果爱卿还记得那个约定，就根本不会因为彩娟而生气了，如今是因为一个宫女，以后呢，涉及更大的利益冲突，爱卿又会怎么做？两人之间的嫌隙会越来越大吗？

只要想到这一点，景霆瑞就不得不紧张起来，甚至是有些惶惑，他可以不怕天不怕地，就怕爱卿说不需要他了。

而景霆瑞早就做好为爱卿牺牲一切的准备。

“要皇上信任一个臣子，果真是那样难吗……”景霆瑞不由得叹了口气，就算爱卿想起来了，愿意履行承诺，又能如何？

他的应承与自己的承诺会是同一种心情吗？说不定爱卿只是把他当作普通的臣子看待，毕竟每个臣子都会说誓死效忠帝王。

但景霆瑞心里清楚，自己的心意比任何一位臣子都更坚定。

如果能把自己的心掏出来给爱卿看，以证明自己所言非虚，这事情就会简单上许多吧。

可是正因为无法做到那般，两个人之间的身份又如此悬殊，所以才会有各种各样的忧虑。

手掌的血迹渐渐凝结，景霆瑞的眉头也如这淤血般蹙紧了，许久都不能释然。

春雷滚滚，开春后已经不知下了几场雨，爱卿眉心深锁，暗想这雨丝都飘了一个上午，怎么就不见停。

其实，雨停与否，对只能在御书房内伏案批阅奏折的爱卿影响不大，可他就是觉得怎么自己心情烦闷时，连抹阳光都瞧不着。

爱卿坐在这高大殿堂的正中，即使有着恢宏的御案、宝座，托金盘的宝象，以及鎏金雕龙屏风、紫檀书架等装饰，这书房依然大得可听见檐下雨水滴答的回响。

“皇上，奴才给您上点御膳房新制的果脯吧……”小德子见爱卿眉头皱着，便上前讨好地道。

“随意吧。”不等小德子说完，爱卿就应道，翻开了手边的一本奏章，御案上的奏章虽然有一尺多高，且还有两堆，但基本都已经批注完了。

倒也不是爱卿的动作有多快，而是这些奏章都是在他休息养病时累积下来的，景霆瑞都代为批注完毕，现在他只需要过目而已。

大部分是奏请圣安的折子，排下来便是各部的奏事，以及减免开春税赋之后，各地县府谢恩的折子。

爱卿想到景霆瑞是因为帮自己处理政务，才没有能一直守在龙榻边，心里的怒气顿时消减了大半。

“以前就帮朕罚抄，现在则是帮着处理奏折。”爱卿看着上头的“御笔朱批”，这笔迹不但和自己写的如出一辙，就连想法也类似。

这样得力的帮手，除了景霆瑞，满朝文武中再也找不出第二位了。

“只是这瑞瑞的心思，真是让人难以琢磨。”要在以前，爱卿绝对不会这么想，也不管旁人怎么评价景霆瑞是一个寡言冷酷的人，在他的心里，瑞瑞是除了父皇和义父之外，最疼爱自己的人。

“是因为我现在是皇帝，所以瑞瑞的态度才变得这么古怪？”爱卿感到十分头疼地想，“在登基之前，他还说会竭尽全力地支持我、保护我，现在就冷落我，真是太过分了！”

“皇上。”正当爱卿愁眉苦脸之时，小德子凑近叫道。

“吵什么，”爱卿托着腮，没好气地道，“朕说了，你要上什么点心都随意。”

“不是这个。”小德子小声地禀报，“奴才是要去御膳房的，只是刚出门，就遇见等着觐见的景将军，就进来通传一声。”

“什么？他怎么来了？”因为爱卿在批折子时不喜有人打扰，所以吩咐了门口的太监，若无传召或急事，不准放任何人进来。

一想到景霆瑞就在外头，爱卿的心头就立刻突突直跳，开始莫名地紧张了。

“说真的我又没有对不起他，是他无缘无故地对我生气……”爱卿自我安慰着，故作镇定。

“景将军送来了奏事处新呈上来的折子。”小德子笑了笑道，“奏事处的人本事可真大，竟然敢差景将军来跑腿。”

“照你这么说，他不是特意来见朕的而是为了公务啊。”爱卿难掩失望地道。

小德子眨了眨眼睛，心里直叹：“奴才都把话说白了，怎么皇上还是不明白，这摆明了是景将军借着由头来看皇上啊。”

“真气人，朕不见他！”爱卿一拍御案，当机立断道。

“那奴才先行告退？”小德子还要去御膳房取点心呢，但凡是皇帝要吃的东西，他都是亲力亲为的。

“等等！”爱卿道。

“奴才在。”

“你出去的时候，如果他还在，就让他进来吧。”爱卿极不自然地翻着已经看过的奏折，“反正朕也没什么事……”

“奴才明白，奴才这就去。”小德子笑着，很高兴地退了出去。

“末将给皇上请安！”景霆瑞确实是带着裱着黄绫的折子进来，爱卿看了他一眼，明知他跪在青砖地上，却装作没听到，翻着手里的奏本。

景霆瑞也不说话，自顾跪着，约半炷香后，爱卿叹了口气，放下本子道：“你起来吧。”

“谢皇上。”景霆瑞不紧不慢地说，起身的时候，黑眸看向桌案，爱卿立刻低头回避，虽然心里抱怨着：“我为何躲他啊？！”可就是不敢直视景霆瑞的眼睛。

“唔……朕还有好些折子要批，你有何事要奏？”爱卿觉得景霆瑞正望着自己，心想：“他难道不知道臣子不能这样盯着皇帝吗？”

但是，也不知是从什么时候开始的，景霆瑞确实没有遵从过那一套烦冗的礼节。现在才来追究这个也太晚了吧。

“关于开凿东部运河一事，末将已经和工部的诸位大臣商议，决定在今年夏季汛期之前动工。”景霆瑞奏事时语态沉稳，条理清晰，听得爱卿不由抬起头来，望着他。

“这事之前的奏折里也提到过，开凿东部的大运河，既能方便东部山林里的石材、煤炭、木材运输到南方，又利于战时运送边防粮饷，是极好的事。但它关系到兵部、工部、户部，还有运河沿岸各县府，工序烦琐，真没想到你们这么快就有了决议。”

爱卿惊喜地道，一抬手，一旁伺候的小太监，就走到景霆瑞跟前，把他手里的奏折接了过来，呈上去给皇上看。

爱卿翻开奏本，浏览了一遍后，不禁点头赞道：“此事涉及边防稳固，以及东南两地的商贸，是宜快不宜慢，你办得极为妥当。”

“谢皇上。”景霆瑞抱拳。

“呃！”爱卿的脸上却一热，暗想，“我怎么在夸他了？”不过一码事归一码事，景霆瑞办事确实又快又好，让人想不夸都难。

他原以为，这开拓大运河的事，起码要商议上一年半载，各部的尚书大臣才能确定下来。

“末将还有一事奏明。”

“讲。”爱卿看到景霆瑞的手里没折子了，焦躁地想，“这回他总该说到朕了吧。”

“你们先退下。”爱卿还相当体贴地，让殿里的内监、宫女都退至外头。

“是。”景霆瑞顿一顿，然后说，“自北斗御医随太上皇、巫雀王出宫，太医院院使一职就一直空缺，末将想以新调任入宫的军医吕承恩补缺。还有，末将想加强明德门、延兴门、延平门的巡逻防守，因此将赵廷易、孙凯、周木诚这三人升为百骑长，望皇上恩准。”

景霆瑞说的人，爱卿统统不认识，也不在意，太医院院使也好，还是守城门的百骑长，谁当不都一样，他耐着性子，只是想听听景霆瑞还有没有别的话要交代。

在景霆瑞表示，以上便是此次觐见的全部内容后，爱卿放在桌上的手，就捏成了拳头。

“……谢皇上，末将告退。”得到皇帝的许可之后，景霆瑞行完礼，就起身要走。

“等等！”爱卿叫住了他，还一脸严肃地站了起来。

“是！”景霆瑞停住了脚步。

“你来，除了这些话，就没有别的要和朕说了？”爱卿觉得心里很委屈，鼻头酸酸的，他都给他台阶下了，景霆瑞竟然还不理他。

“别的？”

“那晚的事，你打算怎么办？”爱卿皱拢眉头，直接挑明道，“没错，一开始是朕不对，可朕也给你做饭赔不是了，你难道还要气朕？”

“是皇上您辜负末将在先。”没想，景霆瑞显得冷淡地打断道。

“朕哪里有！”爱卿本想好好地和景霆瑞说话的，此时，怒火又蹭地燃起，被人误会的感觉果然很难受。

“是皇上您先忘了答应过的事情。”景霆瑞也拧起了眉头，断然道，“末将没有做错事情。”

“你！”爱卿气得脸色都白了，咬牙道，“好！那你说，朕到底答应了你什么？”

景霆瑞略微蹙眉，沉默不语。

“快说啊！这是圣旨！”爱卿气恼地用力一拍桌案，“你是想抗旨吗？！”

“恕臣难以遵命。”景霆瑞抱拳道，一副顽抗到底的样子。

“你真不想说？那好!”爱卿指着飘着雨丝的殿外，怒斥道，“出去跪着！直到你肯说出来为止！”

景霆瑞规矩地躬身行礼后，就一言不发地退了出去。

他跨出朱红的大殿门槛前，正好遇到小德子端着一碟西域蜜汁贡枣进来，小德子本想和景将军搭话，却听得里头“砰”的一声，茶盏摔碎在地，吓得他忙不迭地赶了进去。

景霆瑞望了望里头，微微地叹了一口气，就来到殿前空旷的，铺着石砖的广场上，面朝着御书房的大门，双膝跪了下去。

他这一跪可真是惊煞了所有人，要知道皇上平时最宠信的臣子非景霆瑞莫属！

虽说景霆瑞确实是天下罕见的文武全才，可是大多数人，尤其是文官都认为，他的极度受宠只是出于皇帝的私心。

可不是么，景霆瑞等同于陪着皇帝一起长大的，这层关系，简直比亲兄弟还要亲，而皇上又是极重感情的人，也难怪会重用景霆瑞了。

皇上亲口处罚景霆瑞，就跟太阳打西边出来一样，让人难以置信。所以不到半个时辰，这消息就不胫而走，让整个皇宫都炸开了锅。

“难道朝上要出大事情了？”满朝官员顿时惶惑难安。大臣们甚至觉得这“大事情”指不定跟自己有关，有的人还审视起自己上表的奏折来。

春雨淅沥下的太医院，就跟蒙着一层雾霭似的，阴凉得很。

“听说皇上在御书房处罚景将军了，弄不好怕是要砍头呢。”

太医院的年轻学徒从外头进来，身上还沾着雨水，却按捺不住地先汇报这一令人震惊的事情。

“什么？！”

一直把“宫里头的事，你们少管”挂在嘴边的老御医，这回也瞪圆了眼睛，胡须一抖地问：“此事当真？”

“千真万确！景将军在御书房外都跪了两个时辰了，这人都湿透了！有人去劝了，可皇上说，谁也不准替他求情。”小学徒立刻来了劲，绘声绘色地说着，他路过勤政殿时，听到太监们正在议论的事。

“据说，连相爷都去求见皇上了，想问景将军到底是犯了什么罪？但是皇上三言两语，就把相爷给打发了出来。听说皇上的脸色可难看了，简直是龙颜大怒，所以这回景将军是性命难保了。”

“景将军十岁就进宫当差了，听说是个习武天才，故而深受太上皇的喜爱，加上太子也宠着他，他向来是我行我素惯了的。”一旁，一位四十岁上下，正捧着药典研究的中年太医感叹道，“景霆瑞常常得罪人而不自知，这回是得罪了皇上，就有苦头吃了。”

“可不是么，不过话说回来，小的倒是挺佩服景将军的，”小学徒振振有词地说，“比起那些仗着官威，任意差遣、刁难我们的官爷们，景将军的为人要正派得多。”

“这倒是，他看着让人胆寒却不难伺候。”太医赞同地点头。

“你们聊够了没？”一直蹙眉，沉默着的老太医发话了，“今日的活都还没做完呢。”

“是！马上就去！”小学徒正点头时，外头有人来了。

一个身穿官衣却十分面生的年轻御医，以及两个十二监的太监，身穿绿袍，官位不低。

“这位大人是？”老御医赶紧起身相迎。

“这位是新上任的太医院院使，叫吕承恩。”十二监的大太监道，“人给你们领来了，好生相处着。”

“是。有劳公公了，公公慢走。”

老御医与诸位同僚齐齐躬身送走了太监，那位叫吕承恩的新大夫倒也不拘谨，朝屋内的同僚们微笑着点点头，向老御医行个大礼，便放下随身携带着的桐木大药箱，翻看起桌上摆着的一本厚厚的《药簿》。

各宫各所要用的药以及禁忌，都记录在上头。

“吕承恩……莫非是那个行军的大夫？”老太医心里思索着，“听说景将军的部下中，有一个世代为医的能人，用的方子大多是祖传的秘方。就行医而言年纪还很轻，和景将军一样是二十五岁，还经营着回春堂，这家皇城老字号的药铺。”

“怎么？晚生的脸上有脏东西？”吕承恩眨了眨那双不大也不小的眼睛，语气温和地问。

“呃，不，你请便，有什么问题不懂，尽管问老夫。”老御医立刻摆出官场上那一套，面带笑容，客客气气，心里却又有些戒备。

“是。”吕承恩倒是很受落，坐在一张梨花木圈椅里，开始专心研究起《药簿》来。

“应该是他没错了。”老御医心想，“果然景将军要在太医院里安插自己的亲信，只是没想到，他会舍得把这么有名的军医拨过来当差。”

太医院说得好听是为了伺候皇帝，但事实上，各宫有什么人身子不妥当，都要派他们出去问诊，是一块好处捞不着坏事总摊得上的地方。

那些亲王、大官们，身上的旧疾一犯，就当是太医们的疏忽，尽拿太医来撒气，自己却又不按时服药！

想到这里老太医就忍不住叹气，好在他就快告老还乡，不用在这里熬着了。

最重要的是，他心里头还揣着一件秘不可宣的大事，就是皇上前些日的风寒，得的实在是有些蹊跷。

先不说好好的一个人突然就病倒了，再者，老太医本想查看下皇上身上是否起疹子，结果景将军不准，皇上穿得也是严严实实的。

后来永和亲王来照顾皇上，想要帮皇上换一身亵衣，也被一旁的小德子给阻止了。

小德子还睁眼说瞎话，说是太医的医嘱，他这个老太医就在边上站着呢。

他何时下达过这样的医嘱？

但这既然是景将军事先交代的，皇上得的是风寒，不应脱衣，否则会加重病情，他就得顺着将军的意思告诉给亲王知道。这里容不得他多嘴多舌，要不然他多长出几个脑袋也不够景将军砍的。

那些小学徒不晓得景将军的厉害之处，难道他还不知道吗？

就拿御膳房管事的来说，若没有景霆瑞在背后施压能被撤职？

“唉，多一事不如少一事，老夫就闭紧嘴巴，平平安安地度过这最后的几个月吧。”老太医想到这里，倒也高兴吕承恩的到来，这照顾龙体、命悬一线的事情可算是有人接手了。

至于景将军被皇帝罚跪一事也不是他能过问的。老太医想着，定了定神，专注于手头的事上。

到了傍晚，殿外的雨声越来越大，廊檐下的风好似走马一般，横扫着窗棂，发出“喀喇喇”的震响。

爱卿坐在鎏金的雕龙宝座上，面色沉郁，小德子手握着拂尘，静悄悄地守在御座旁，偶尔他会抬头偷看两眼。

“小德子。”

“奴才在！”

“是什么时辰了？”

“呃……”小德子算了算道，“回皇上，已近酉时，您可是要摆驾长春宫？再过会儿，奴才该给您传晚膳了。”

皇上的午膳就没怎么用，这送来的果脯点心也是原封不动，小德子还真有点忧心圣上的龙体，毕竟这才大病初愈呢。

“朕不饿，他可有说了什么？”爱卿皱眉问道。

“皇上，奴才已经吩咐了外头，只要景将军肯开口，就立刻进来通报，可是您看……”这一下午了都没有侍卫进来过。小德子的话没说完，皇上的脸色是越发的铁青了。

“可恶！他是存心和朕过不去吗？”爱卿咬牙道，心里是不痛快到了极点。

如果只是生气也就罢了，随着外头小雨变大雨，风声呼啸的，爱卿的心里更多的是担心，铁打的人这么折腾也是要得病的吧。

“你出去问问。”爱卿交代道，“只要他肯说，哪怕是只字片语，朕就立刻赦免了他。”

“遵旨。”小德子火速地去了。

乌云蔽日，大雨滂沱，小德子双手用力握着油纸伞柄，也很快被横扫的风雨打湿了身上的衣袍。

景霆瑞跪在那里，如同殿门前的铜香炉般任凭风雨浇灌，却毫不动摇。他膝下的石砖地聚积着泛着涟漪的水洼，整个人就跟泡在水里似的。

“嗯？”意识到有人来，景霆瑞抬起眼帘，冰冷又急骤的雨水，立刻浇入他的眼睛，微微眯起之后，他才看清来者是小德子。

“将军，奴才是来传谕旨的。”小德子得用吼的，才能把话音穿过这密集的雨幕，传达给近在咫尺的景霆瑞。

但是小德子的话都还没说完，景霆瑞就摇了摇头，示意他不必再讲。

“景将军！做人不能这么犟，得识时务！”小德子是好说歹说，费了不少唇舌，可就是劝不动景将军，他根本是吃了秤砣，铁了心地要跟皇上斗气了。

小德子见此状，也不好回去复命。想皇上派他出来，就是为了说服景将军别再抗旨吧。

“唉！这可如何是好？”小德子感到很棘手地朝御书房那边望了望，没想到皇上正立在大殿的檐下，翘首望着这边呢！

而且，他似乎看到了景将军在摇头拒绝，所以气得甩袖，转身回了殿内。

“将军，您是何苦来的。”小德子忍不住对景霆瑞叹气道，“您不但害了自己，也苦了皇上啊！”

景霆瑞依然没有说话，小德子手中的油纸伞都快被大雨给掀翻了，他唯有跺跺脚，回了御书房。

不出片刻谕旨来了，皇上摆驾回长春宫，这院里的侍卫、宫女统统撤走，只留景将军一人在这罚跪。

在一行人浩浩荡荡地全都跟随皇帝离去之后，天也黑了下来，伸手不见五指，景霆瑞被淹没在这黑漆漆的雨夜之中，无声无息。

“唔……”

明明下了一整天的雨，可是在夜里爱卿却觉得很闷热，他在宽大的龙床里翻来覆去，忽地掀开锦被，双臂摊开着，瞪着天棚。

上面精工绘制着五彩的凤凰、描金的巨龙，还有一朵朵蓝白相间的祥云，在宫灯的照耀下，流光溢彩。

“好漂亮……”爱卿看着它们，明明存在了许多年，天棚始终都是这般华丽，仿佛身处天宫似的。

“天上的凤凰、金龙，你们能告诉我，我到底答应了瑞瑞什么事？”爱卿牢牢地盯着它们，在心里问道，“他宁愿抗旨也不愿回答我……”

爱卿已经想了很久，头都痛了，就是想不到他与瑞瑞之间有什么约定。

而他的心里更痛也很后悔，因为一时气结就下旨罚景霆瑞长跪，但如果他真的一直不回答，岂不是要跪到死？

“唉！”爱卿索性坐了起来。

他一晚上都在长吁短叹，守在龙榻旁的小德子，忍不住出声道：“皇上，您若是睡不着，就起来走走吧。”

就算龙床很结实，皇上这么反复翻腾也不是办法。

“也好。”爱卿爬起了身。小德子差人去点灯，且把里里外外的宫灯都点燃，寝宫里顿时明亮如昼！

“几更了？”爱卿问，萱儿过来伺候他更衣。

“回皇上，已经三更了。”萱儿轻声地答道，皇上这般下去，岂不是寝食俱废？她很担心。

“哦。”爱卿点了点头，默默看着殿内的陈设。掐丝珐琅山水屏风、青白玉五子登科寿山石、金漆花卉的茶具，烛光下所有的东西，都是闪闪发亮的，好似冰雕的宫殿。这副场景明明每天都可以见到，但是他从未放在心上。

“卿儿。”

突然，耳畔响起景霆瑞温柔的声音，爱卿愕然，回头四顾，周围什么人都没有，连萱儿都走开了，大概是他多日来都歇息不好，精神有些恍惚了吧。

爱卿坐在金丝楠木扶手椅上，暗暗长叹，尽管寝宫里灯火辉煌，他却觉得寒冷和寂寥，好想念景霆瑞的陪伴啊。

只要有景霆瑞在，他就从来不觉得害怕和孤独，景霆瑞的眼神和笑容，永远充满着春日般的暖意。

爱卿盯着那耀眼如冰的宫灯，头脑深处冷不防地浮现出这样的对话——

“瑞瑞，太傅说，‘君要臣死，臣不得不死’。以后，我一定要杀人吗？”

“殿下，太傅不是这个意思。他是说您日后，会有着至高无上的权力，大家都会听从您的，就算杀人……那也是不得已而为之。”

“可就算不得已，我也不想要杀人。我想要大家都好好地活着，都像今天这样开心！”

“殿下，如果有人要杀您呢？您也不杀他？”

“嗯。瑞瑞，我不杀他。”

“殿下，您真是善良……这样吧，既然这是殿下您的愿望，卑职愿意帮您达成。但是，您要答应卑职一件事。”

——没错！就是这个！

爱卿猛然想起当时的情景，从扶手椅上蓦然站起。

那天，他确实答应了景霆瑞一件事，是什么事呢？……对了。

“等您长大后，不管世界怎么变，你都只信赖卑职一人。这样，卑职才可以帮您处理各种麻烦的事情。”

“好啊。”

“那就一言为定。”

记忆之匣轰然敞开，爱卿的脸蛋就像面前燃烧的红烛，整个都红透了。那个时候，他、他竟然答应了景霆瑞这么不得了的事情，这不等于承认说，以后只宠信景霆瑞一人吗？

满朝文武这么多人，唯独景霆瑞一个能获得他全部的信任。

给了对方这样的承诺，之后却忘得一干二净！

“难怪瑞瑞会这么生气了，可是……”爱卿自言自语着陷入沉思，忽然，他抬头看着外边，在半个时辰前雨就已经停了。

“皇上，您是要去哪儿？”小德子看到皇帝突然往外走，立刻跟了上去。

“勤政殿。”爱卿沉吟着道，“朕有话要问景霆瑞。”

“那奴才去传舆。”小德子即刻道，心想皇上果然是熬不下去，要饶恕景将军了。只有他们和好了，那宫里才能“雨过天晴”！

“不用，朕自己走着去，侍卫们都不用跟来。”虽然爱卿那样吩咐，可小德子不敢掉以轻心，他暗示御前侍卫远远地跟在后头，别让皇上发现了。

“难道皇上不是去赦免将军的？这走着去可费时间了，将军看来还得跪上好一阵。”小德子一边想，一边把手里的宫灯提得高高的，好照见仍旧湿漉漉的御道。

大雨停歇之后，乌云渐渐散去，沾着湿气的月光就像是薄纱织就的。

景霆瑞身处在这片迷蒙的月色之中，乌黑的头发上挂着银白的水珠，铠甲下的袍衣也能拧出水来，就算没有人盯着看，他也还是纹丝不动地跪在那里。

膝盖早已僵硬得失去了知觉，景霆瑞的眼帘始终低垂，深黑的眸虽然注视着面前湿透的砖石，思绪却陷入极深的地方——黑暗、苍凉且冰冷。

“卿儿会不会从此就厌烦我了？”虽然不肯轻易就范，可是景霆瑞的心里全是被爱卿抛弃后的那种万般凄苦的心情。

可以说，自从他意识到自己此生只对爱卿一人效忠、效力之后，他就从没有考虑过，爱卿会厌弃自己。

因为那个总是以热切的目光叫着“瑞瑞”的卿儿，怎么可能会不要自己呢？

“他哪怕是登基为帝了，对我的态度也不会发生任何的改变。”对于这一点景霆瑞是深信不疑的，这世上没有人比他更了解爱卿，他的善良与单纯，考虑别人总是多过考虑自己。

尽管爱卿过于重视亲情、友情，对他的帝王之路而言只会是绊脚石，但是景霆瑞就是喜欢这样的爱卿，愿意为他付出一切！

“——卿儿只能信我一个。”虽然是臣子，可是却有着想独占圣恩的野心。

这么做的话，他一定会和满朝大臣为敌吧，宠臣向来是最容易树敌的。可是景霆瑞不在乎，只要爱卿认可他们之间的约定，就算他被全朝大臣——甚至全天下人排挤又如何？

结果爱卿却忘了那个承诺，所有的一切都像是他的一头热。

景霆瑞是剑眉紧锁，拳头上的筋脉浮凸着，想到爱卿会忘记，就说明他压根就没把这事放在心上，他整个人就跟掉了魂一般，恐怕他这一辈子都没有这么痛苦过。

忽然，一束光芒从远处射来，青石板地上洒下一片碎金般的光辉，景霆瑞抬起头，灯笼的光辉笼罩着两抹身影，一高一矮。

矮的那人微弯着背，嘴里叨叨着："皇上，这儿湿滑得很，您小心脚下。"

那高出大半个头的身影，听了这话，并没有减慢步伐，还是径直朝这儿走来。

景霆瑞微微地睁大了眼睛，似乎不能相信在这个时候，会看见爱卿。

"朕知道，小德子，你这一路上真是唠叨个没完。"

小德子不时地出手拦着，让皇帝走慢些，别着急，爱卿便忍无可忍地说道："行了，时候不早了，你先下去休息，朕若有事自然会传你的。"

"可、可是……"小德子显得十分犹豫。

"还不退下？！"爱卿正色道。

"是，奴才遵旨。"小德子唯有点头，转身。

"等等。"

"奴才在！"

"灯笼给朕啊。"爱卿道。

"是的，您瞧，奴才给忘了。"小德子赶紧把灯笼塞进爱卿的手里，这才一步三回头地跨出了黑漆漆的御书房院门。

爱卿提着亮堂的宫灯，走到景霆瑞三步开外的地方，忽然停下脚步看着他。

"皇上。"景霆瑞同样抬头，目光灼灼地注视着爱卿。

"你……"爱卿还没说完，就先是叹了一口气，黑亮的秀眉微微皱起，因为景霆瑞跪了这么久，除了头发以及身上的衣裳湿透之外，神色似乎并无异样。

他的身子骨还真的是铁打的啊，还是说武将都是这般硬朗？不过，见他没事，那一直悬吊着的心也终于安稳了一些。

"朕以为让你跪久一点，你就会想清楚的。"爱卿并不回避景霆瑞的目光，"看来你还是不当一回事啊。"

"末将……"景霆瑞想要说什么，但还是无法开口求饶。

"你的脾气比朕还要倔，退一百步说，即使是朕忘了，你大可以提醒朕一句，这事不就结了。"爱卿是气不打一处来，直瞪着景霆瑞道，"你难道对朕就这么没有信心？认为朕会赖你的账不成？有道是'君子一言，驷马难追'！更何况朕那时还是太子，太子的话你都不信吗？"

"什么？"景霆瑞站了起来，当然也踉跄了一下，大约是腿麻了吧。

不过，许是没想到他会突然起身，把还想滔滔不绝地发表意见的爱卿吓了一跳。

月色再朦胧，也不能掩去景霆瑞那俊美的容貌、英伟颀长的身材，只是此时的他看上去还笼罩着一股让人畏惧的寒气。

——仿佛他比他更生气、更激动似的。

“你、你做什么？”不会是让他跪了这么久，想要揍我吧？爱卿这么想到，但很快意识到那是不可能的，从小到大，景霆瑞别说揍他了，连句重话都不会说。

“皇上，不，卿儿，你是当真的吗？”景霆瑞站在爱卿的面前，满面惊讶地问，“你当真愿意从此只信赖我一人？而不是哄我开心的？”

“这种事情还能用来哄人？”爱卿不禁笑道，“瑞瑞，朕知道江湖中人会拜把子结义，为兄弟两肋插刀。朕是大燕天子，朕或许不能替你去死，但朕可与你共同进退，朕信你的忠义之心，更信即便天下人负朕，你也不会。所以这份独属于你的信任，与其说是你要朕赐给你的，倒不如说是朕应该给你的。”

“卿儿……”景霆瑞感动到热泪盈眶，他伸出手握住爱卿的手腕，将他一把拉入怀中。

“啊？”爱卿难掩惊讶地眨巴着眼睛，鼻子里闻到的都是雨水的味道，脸孔紧贴着景霆瑞的胸膛，感受到的也是一丝丝潮湿的冷气。

还有就是……怦咚！怦咚！景霆瑞的心跳声竟然这么响，和他的一样，正激烈地鼓动着。

“是了……”爱卿不由得想，他从小就喜欢景霆瑞陪伴在侧，是因为知道景霆瑞对自己是真心的好。皇宫这么大，人又这么多，可是真正关心他、了解他，让他打从心底暖和起来的人却只有寥寥几个。

成为皇帝之后，可以推心置腹的人就更少了，再怎么任意妄为，爱卿也还知道自己是皇帝，而这世上，大概没有比皇帝更孤单的人了。

想到这里，爱卿微微笑了起来，抬手轻拍了一下景霆瑞的肩头道：“小时候，只要朕一害怕打雷，你就会抱着朕细心哄着，没想到现在还能感受一回你的拥抱。”

“啊，末将失礼了！”景霆瑞这才反应过来，赶紧撤手。

“朕不怕你失礼，就怕你太讲究这些礼数，反倒与朕生分了。”爱卿笑着看着景霆瑞，“走吧。”

“皇上要带末将去哪？”

“书房里说话，你还想在这继续吹夜风呀。”

“是！”

摆设精致，充满书香气息的御书房内，只亮着一盏红漆描金的立式宫灯，红烛燃烧得正旺，余烟袅袅。

景霆瑞和爱卿说了好些话，从两人儿时的趣事，到现今朝堂上的种种，还谈到了太上皇和巫雀王。

景霆瑞本想告诉爱卿，有关巫雀族血统之事，但这件事非同小可，会给爱卿带去极大的压力，看着爱卿那毫无防备的笑脸，景霆瑞话到嘴边却还是未能说出来。

爱卿这一整夜都是极为兴奋的，也是他登基以来，头一次与景霆瑞促膝长谈这么久。

他索性都没有回寝宫睡，而是直接在御书房的卧榻上休息了。

第二天，景霆瑞以皇上彻夜忙于政务身体抱恙为由，停了今日的早朝，虽然皇上并没有生病。

炎得知皇兄又病了，便吵着要进长春宫探望，但是被禁军统领宋植拦在了宫门外，炎知道这背后有景霆瑞在捣鬼，气得不行却又无可奈何。

阴雨过后，天气晴朗得不可思议，到底是阳春三月，从东窗照进来的阳光特别舒适。

暖风徐徐之下，长春宫的寝殿内满是桃花的香气，一切都极为美好，直到寝殿的浴房里传出皇上“哇啊”的一声惨叫。

这声音很是狼狈，可小德子只是望了望那四面垂着竹帘的浴房，并没有赶过去救驾。

长春宫里的其他宫女、太监都已屏退到宫门外头伺候。

现在，为皇上沐浴、更衣的人便是景将军了。说起来景将军以前是太子侍卫时，就经常帮皇上洗澡，所以没什么可担心的。

小德子竟然还闭上眼，打起盹来，毕竟他昨晚也守在御书房里，陪着将军和皇上。

“景霆瑞！你住手！”爱卿半裸地泡在半人高的桐木浴桶里。

景霆瑞则站在外边，穿着深蓝的单衣，袖子挽起着，手里还抓着一个晒干后的丝瓜瓤。

这是拿来搓澡的，只是很糙。

“这段时间里都只有小德子伺候您沐浴，听闻您都没有搓过背……”

“没搓背有什么关系，你拿这么个玩意儿使劲擦朕的脊背，疼死了！你是想要弑君吗？”

“皇上，这根本不疼。”

“搓的不是你，你当然不疼。”爱卿眼角通红，直瞪着景霆瑞。

这时，外头通传，太医院院使吕承恩来了。

“太医？朕没叫太医来。”爱卿一脸困惑道。

“皇上，是末将让他来的。”景霆瑞道，接着就命人传太医进来。

“末将想让他来看看您。”景霆瑞说着，坐在床边，伸手摸着爱卿的额头，“看看风寒是不是彻底好了。”

“当然好了，朕现在活蹦乱跳的。”爱卿就像个闹别扭的孩子，用手撩拨着桶里的水。

“这样就好，但还是让吕太医看过才能放心。”景霆瑞应承着，吕太医已经进来了。

“卑职给皇上请安，吾皇万岁、万岁、万万岁！”吕承恩的声音清朗响亮，听着非常年轻，爱卿透过浴桶边缘望去，是一张清俊的脸孔，这就是由景霆瑞亲自举荐上位的人呀。

“你起身吧。”爱卿客客气气地道。

“谢皇上。”吕承恩站起身，眼睛却是一直朝下的，盯着地面。

“皇上，别急，擦干头发。”

“你好啰唆。”

“别赤脚站在地上，这地还凉着，哎，您怎么这么心急，还是末将带您过去吧。”景霆瑞抱起打算赤着脚丫子走到坐榻去的爱卿，还命小德子把鞋袜拿来。

爱卿一边穿鞋袜，一边摇头：“朕不是个奶娃，不用你们这么伺候。”

吕承恩扑哧一声笑了出来。

一瞬时，所有人都看着吕承恩。

“额……卑职失礼。”

“好大胆子，你竟敢笑话皇上！”小德子第一个发难。

“非也，卑职笑话的是景将军，现在的将军全然不像是那个叱咤疆场、令敌人惧怕的将军，简直就成了一个老妈子……”吕承恩也是个不怕死的，竟然实话实说了。

“哈哈哈！”爱卿大笑起来。

景霆瑞沉着脸，站在一旁不言不语。

“你过来给朕把平安脉吧，”爱卿道，“你要是不来，这个‘老妈子’还不放心呢。”

“卑职遵旨。”吕承恩笑着来到爱卿身边。

吕承恩诊脉的动作既细致又温柔，且诊断了好一会儿才道：“皇上龙体无恙，可能是方才泡澡有些久了，身上有些热，并不是发烧。景将军大可放心了。”

“什么？原来你当朕又发烧了，所以偷偷去叫太医来的？”爱卿看着景霆瑞道。

但不等景霆瑞回答，吕承恩便微笑道：“景将军可担心皇上了，所以稍有疑虑就想着找太医来。”

“朕知道他担心朕。”爱卿笑了，“但朕更希望他不要总是担心朕，而是多关心下自己，瑞瑞，你在雨里跪了那么久，可曾叫吕太医瞧过？”

吕承恩知道当今圣上与景霆瑞很要好，但听到他直呼这样可爱的小名，也不禁看呆了眼。

“末将好得很。”景霆瑞温柔一笑，“皇上无须担心。”

“嗯。”爱卿点点头，“朕信你。”

看着一点架子也没有的少年皇帝，和满眼宠溺之意的大将军，吕承恩的心里可是掀起了万丈波澜。

没想到大燕国的皇帝还真是一个天真烂漫的少年，吕承恩的祖父吕墨也曾在宫里当差，当年只是因为一件小事，就差点被斩首。

祖父事后与他说，宫里比任何地方都要藏污纳垢，是个杀人不见血的地方。而皇帝喜怒无常又心狠手辣，千叮咛万嘱咐地，让他以后千万不要进宫当差。

可他偏偏是一个酷爱冒险的人，越是危机四伏的地方，对他而言就越具吸引力。

所以他才会去当军医，身处在炮火横飞的战场，是会让人感觉血脉贲张的。

怎么说呢？只有经历过死亡才知生命之可贵。而不只是窝在家族的医馆里，开几帖祛风丸、正骨贴罢了。

跟随景霆瑞的军队，原本属于无意，可是一旦与他相处，就会在不知不觉中深受其影响。

有一种人天生具有王者的魅力，明明像刀刃般冷酷，却让人愿意为他去死。景霆瑞就是这样的人。

而且跟着景将军，他不愁缺少惊心动魄的日子。几场恶战打下来，他凭借着精湛的医术和忠心，成了景霆瑞身边为数不多的亲信之一。

所以，当景霆瑞让他入宫当御医，他毫不犹豫就答应了。

只是就算之前就略有耳闻，得知皇上和景霆瑞关系颇好，亲眼看到时还是吃惊不小。

应当还没有臣子对皇帝这么亲近吧，还能伺候沐浴更衣。

“吕承恩，你先下去吧。”景霆瑞道，还用眼角瞄了一眼门外。

“是。”吕承恩明白景霆瑞还要找他说话，便就在屋外候着。

屋内，隐约传来皇上和景霆瑞的对话。

“您以后有什么不适，尽管可以找刚才的太医，他为人和医术都不错，末将信得过。”

“既然你这么说，朕以后就只传召他。”

“还有皇上，在您上次发烧时，吕太医有瞧过您身上的胎记，他也说不碍事的，您就放心吧。”

“你不提，朕还忘了这茬。”皇上笑道。

“那末将还有事要办，您先休息，末将一会儿再来。”

“好，你去忙吧。”

景霆瑞没有说“末将告退”的那一套，直接就走了出来。当发现吕承恩正在听墙角，不禁瞪了他一眼。

“在军营时，你还懂些规矩，怎么到了宫里就乱来了？”

“唉，还不是随了主人。”吕承恩叹道，“将军，卑职什么时候查验过皇上的胎记呀？”

“你以后自会瞧见，以寻常待之即可。”景霆瑞低沉道，“皇上虽然从不提起，但我知道他心里还是有些担心。加上之前我都不让御医脱他的衣衫，时间久了他难保不会胡思乱想，如今你来了，倒也好办许多。”

“所以，这到底是怎么回事？”吕承恩听得是一头雾水。

“以后自会告诉你。”

“又要以后？卑职进宫到现在，听了多少个‘以后再说’了。”

“你不想要‘以后’也成，”景霆瑞突然道，“我现在就告诉你如何？”

“不、不！将军，还是以后再说吧，卑职怕这会儿听完就没命了，就没有以后了。”吕承恩摸着自己的脖子说。

“算你聪明。”

“还有呀，将军，你方才这么对皇上说，不算欺君吗？”

“等到他发现了才叫欺君。”景霆瑞停下脚步，说道，“现在只要皇上能按时用膳、好好休息就行了。”

爱卿非常关爱百姓，经常忙到废寝忘食，景霆瑞会这么说也不无道理。

“什么？这也行？”吕承恩顿觉自己上了贼船，这景霆瑞也忒胆大包天了。

“有什么不行，只要能对卿儿好……就没什么事是不行的。”景霆瑞霸气言道。

若不是亲耳听见，吕承恩打死都不会相信，景霆瑞竟敢直呼皇帝的名字，果然跟在他身边，总能见到寻常所不能见之事呀！

“——让开！宋植你这个浑蛋！竟敢再三阻拦本王！”远处的宫门口，响起一道怒不可遏的声音。

“对了，还有这个人也是很疼爱皇上的。”吕承恩对永和亲王的事也有耳闻，听说他对皇上是十分体贴和照顾，就仿佛他才是当兄长的人。

“何人在此喧哗？惊扰皇上休息。”景霆瑞走过去，明知是炎还这么问。

“哼，景霆瑞，你不要拿皇兄来唬我，皇兄怎么可能大白天就睡觉。”炎看到景霆瑞火气更旺了，怒睁着漂亮的凤目道，“还有，你最近怎么老缠着皇上不放，兵部养你就像养个闲人一样，根本毫无用处！”

“末将为何要骗您？皇上是当真在歇息，您要不信，大可以进去瞧瞧，只是惊扰了圣驾，我们谁也担当不起。”景霆瑞语气谦卑，但眼神极其冷漠，虽然炎是爱卿的弟弟，他俩在轮廓之间有着几许相似，但是对炎，景霆瑞明显就是公事公办了。

尤其是炎对爱卿过于热心了，他身为一个亲王，总是在皇宫里晃荡，与那些官员称兄道弟的，岂不是有结党之嫌？

这会给爱卿带去麻烦，所以在景霆瑞的眼里，炎是不受欢迎的。

“你当本王不敢进去？！”炎气得额角青筋都迸出来了，但是他不能真的硬闯皇帝的寝宫，也担心万一真的吵到了皇兄休息，他就太过意不去了。

“亲王殿下，卑职乃御医吕承恩，皇上当真是睡了。”吕承恩适时地插话进来。

“那……算了，本王不与奴才计较，晚点再来看皇兄！哼！”虽然炎看起来是一脸的不甘心，但总算是离开了。

宋植见此状，真是大大松了一口气，和永和亲王僵持的时候可真折磨人。因为他长得太像太上皇了，尤其生气时，那凤眸一瞪，凌厉如刀，都没人敢和他对视。

不过，景将军似乎从来不怕炎殿下，两人对视时似乎有杀气噼啪闪过，这气氛有够吓人的。

“这位亲王和皇上当真是亲兄弟吗？”吕承恩感到稀奇地问，“怎么一个温和似水，一个就暴烈如火。”

“太上皇取炎儿这个名，当真是没取错的。”景霆瑞亦叹道。

“景将军。”宋植向景霆瑞抱拳作揖，“多谢相助。”

“辛苦你了。”景霆瑞吩咐他道，“晚些时候，亲王若再来就无须拦他。”

“这又是为何？”吕承恩不懂了，不是不让亲王见皇上吗？

“皇上很喜欢这个弟弟，总是见面当然是不成的，但不见也不成，把握好他们见面的次数便好。”

“属下明白。”宋植领命。

景霆瑞点点头：“我回青铜院去了。”

宋植躬身道：“将军慢走。”

宋植对景霆瑞十分敬佩，而方才炎有句话说错了，景霆瑞并非在给兵部效力，而是在青铜院主持大局，甚至他有统领兵部公务的倾向。

“那卑职也回太医院了。”吕承恩拱手告辞。

在回太医院的路上，吕承恩心想，要说谁往长春宫跑得最勤快，当属景霆瑞自己吧。

而且那些侍卫都不会拦着他，不像永和亲王这么可怜，被吃“闭门羹”。

景霆瑞这么做，还真有点“只许州官放火，不许百姓点灯”的意味。

不过，他不就是这样一个霸道的人吗？

吕承恩笑着摇摇头，想着火爆的炎和压根不畏权贵的景霆瑞，以及总是被景霆瑞隐瞒一些事情的少年天子。

这往后的日子呀，恐怕热闹着呢。

想到这里，吕承恩对他的宫廷生活顿时生出许多期待来，这深深宫苑似乎比战场硝烟更要刺激人心呢。

翌日。

宣政殿内庄严肃穆，淳于爱卿一身九龙蟒袍，头戴金丝琉璃冠，端坐于辉煌的御座之上，听着丹殿下的文武官员，禀明各部的政务。

早朝一向是“有事启奏，无事退朝”，且只有四品以上的官员，才有资格向皇上禀告。

今日，除了一些例行的政务报告外，在朝上一向不发表政见的十二监的内常侍马培成，持着象牙笏出列，向皇上提出了一个请愿。

说起来，十二监是负责掌传诏旨，守御宫门，洒扫内廷，内库出纳，以及照料皇帝的饮食起居等事务的地方。

掌权者为宦官，既然职责不在政务上，所以在朝堂上，一般没有他们什么事，他们只需执行皇令即可。

马培成年过五十，说话慢条斯理，异常恭谨，就跟平时伺候皇帝一样，没有一点的错漏。

他禀明的事倒也不复杂，就是太上皇在每个月月中，都会休息两日，而皇上自登基以来，凡事都是亲力亲为，太过操劳了才会导致龙体欠安。

与其这般损耗龙体，不如改为每十日休息一天，皇上不用处理政务，官员也不必上朝，而这一日称之为“休沐”，即“休息沐浴”，这在前朝也曾有过。

没想到这个提议获得全朝官员的一致赞同，每十日休一天，一个月也不过三日。

这对于皇上来说并不是懈怠政务，且只有皇上圣体康泰，官员以及天下百姓才会安心，这国家才会安稳兴盛。

而按照常理，爱卿是该有休沐之日的，只是他认为“笨鸟先飞”“勤能补拙”，他既不像父皇这般聪明历练，善于料理国务，就该辛苦一些。

不过如今看来，陀螺般旋转不停的日子确实是累，且好些事都是心有余而力不足，爱卿便同意十二监的提议。

这件事讲定之后，景霆瑞出列了。

“启禀皇上，末将近日发现，皇城内的江湖人士过于集结，且都带有兵器。这些人生性粗莽，又目无法纪，常以‘比试’为名，在街市大打出手，损百姓钱财，扰皇城治安。末将以为，从今日起，但凡在皇城无正职者，理应遣其返乡，以安定民心。”

此话一出，朝堂内立刻议论纷纷，因为景将军所言极是，那些人确实整日地游手好闲，喝醉了就惹是生非，还偏偏都有两下子，官兵要拿下他们都是费尽力气。

但是关了几日后，官府除了放人也没有别的办法，根本是治标不治本。

但此政策乃双刃剑，使得好，则天下太平，若办砸了，就会引来这些江湖中人的一致反抗，挑起祸事，到时皇城该大乱了。

在官员中反应最大的莫过永和亲王了，谁都知道他招揽的江湖人士最多，门客近千，他都快成为一统江湖的豪强了。

但是不等他开口说什么，其他武将就纷纷上表，认为景将军说得有理有据，这些江湖人士，说得好听是来效忠朝廷，其实就是来依附豪门，骗吃骗喝的，还狐假虎威，扰乱秩序。

就连户部、礼部的文臣也难得地站在武将的一边，他们也不想家人上街之时，总要带上好一拨的家丁跟随保护，这样的情形已经存在数月之久。

虽然这些人当中，真有一些豪杰志士，但这数量恐怕是少之又少，因此这事还是得由朝廷来治理、疏导才行。

所以，在永和亲王准备为他的门客请愿之前，爱卿就已经下达了圣旨，同意这一政策，且即刻执行。不过他也有说明，这些人当中，如有愿意留在皇城内当差、为朝廷、为百姓效力的，都应以礼相待。这件事就交由景霆瑞督办。

退朝之后，景霆瑞跟随着爱卿去御书房议事，炎忙不迭地跟去了。

“炎，来尝尝这马蹄糕，可好吃了。”看见弟弟，总是笑眯眯的爱卿，立刻献宝似的把御膳房送来的点心，放在炎的面前。

“臣弟不饿。”炎此时都气饱了，他伸手指着景霆瑞的脸，说道，“这个家伙在朝上说得那么冠冕堂皇，其实就是针对臣弟而来！”

“此话怎讲？”爱卿不解地问。

“谁都知道臣弟的门客最多，他们虽然都滞留皇城，但一直是安分守己，绝无惹是生非！”

“那是你不知道罢了。”不等爱卿开口，景霆瑞就冷笑道，“你一直往宫里跑，如何得知他们在外头的情况？换而言之，是你这个做主人的不称职，才要劳烦朝廷出面处理。”

“你……本王并没有把他们视作奴才！”炎是火冒三丈，他虽贵为皇族，但生性仗义，从不计较那些人的出身，还很佩服他们练就一身好武艺。

像拜把兄弟之间肝胆相照、两肋插刀之类的故事也很感动他，这是在宫里看不到的。

从小到大炎都是以为，只有地位和权势才能决定一切，而不是情义，直到认识了这些人。

“不是奴才，那就是走狗了？”景霆瑞对此嗤之以鼻，“王爷，您这是结党营私，就不怕皇上降罪吗？”

“本王才不会做出任何对皇上不忠之事，倒是你，整日霸占着皇兄，是居心叵测！”

爱卿没办法再听下去了，他伸手握住炎的手，让他别再指戳着景霆瑞的脸，与此同时，他抬头斥责景霆瑞道：“景将军，不得无礼！永和亲王是朕的皇弟，他所做的一切都是为了朕，绝无半点私心。”

说起来，爱卿也真觉得头疼，自己和瑞瑞一同长大，炎又何尝不是？他们三人经常玩在一起，怎么长大了，他们两个就跟仇家似的越闹越僵！

景霆瑞的黑眸微微眯起，看着爱卿一直牵着炎的手，让他的脸色更加难看了几分。

“末将知错。”但是，他还是抱拳道，“末将在兵部还有事情要处理，先告辞了。”

“啊，好，你退下吧。”爱卿头也不回地道，正忙着哄劝生气的炎。

“好啦！你看瑞瑞他都认错了，你就别生气啦。这遣返之事朝廷自有主张，朕保证既不会怠慢你的门客，也不会滥用律法，你就安心吧。”

爱卿好言哄完弟弟，回头看到景霆瑞竟然还在，想要说什么时，却对视上他那双冷冰冰的、十分锐利的眸。

“他干吗这样盯着我？！”爱卿不由得在心里嘀咕，赶紧扭过头，当作没看见似的，和皇弟一起享用点心了。

“啊！好累！”把最后一本奏折合上，爱卿一边伸着懒腰，一边嚷嚷道。

“皇上，您辛苦了！”小德子立刻端上一盏热茶，并把朱批奏本都收拾起来。在发还给具奏人之前，得先送去尚书省抄录备案，以供各道衙门传抄执行，这称之“录副奏折”。

当然，这中间还有几本是言官上奏的，他们说的大多是风闻，无真凭实据，但是听到流言就上奏，是言官的特权。

爱卿对这少数几本的折子不加以批示，也不公开，而直接交至宰相府衙留档，这都是惯例。

不过，看到言官对炎颇有微词，爱卿的心里并不开心，身为帝王要做到“虚怀若谷，从谏如流”，可如果那不是正确的谏言呢？

景霆瑞在早朝时所奏之事，爱卿现在看来，倒也不是真为难了炎，换个角度来看，若炎的门客数量减少一些，那些对炎捕风捉影的折子也就会没了。

正想着这事时，门外的太监来报：“皇上，景将军在殿外请求觐见。”

“快传。”爱卿笑眯眯地说，心想，“瑞瑞和炎儿也许没有表面上那么不和呢。”

“末将叩见皇上。”进门后，景霆瑞利落地跪地行礼。

“起来吧。”爱卿看了看小德子，小德子极有眼色地把御书房里伺候的宫婢、太监都带了出去。

只剩下皇帝与景霆瑞单独相处。

“皇上看起来心情极好。”景霆瑞说，“想必中午和永和亲王一同用膳，吃得很开心吧？”

“那是当然的。”爱卿笑着点点头，并没有察觉到景霆瑞的不爽快，还道，“炎是很好的孩子，从小就是，看起来规规矩矩的，却是一副热心肠。朕知道，你也很喜欢他。”

“何以见得？”景霆瑞走到御座旁，环抱起双臂。

“这、这个还用得着说？”爱卿本想保持镇定，见景霆瑞紧盯着自己瞧，竟有些紧张。

“瑞瑞，你让朝廷出面管束江湖人士，不就是为了炎儿考虑？”爱卿轻咳一声，也转开了视线，“炎确实分身乏术，没办法管到他全部的门客，连言官也……所以，你就是为了炎才这么做的吧。”

“如果末将说，从头到尾都不是为了他，而是您，您打算怎么办？”景霆瑞笔直地注视着爱卿，语气虽说已经足够平静，却让爱卿感受到了他的不满。

“什、什么怎么办？”爱卿转移开视线，看向别处。

“皇上，”景霆瑞却走到爱卿的面前，“您不但误会了末将的用意，还大赞末将对别人出谋划策，为别人尽忠，真叫人生气。”

“朕怎么知道你的脑袋里在想什么？”爱卿抬头道，“还有什么别人，他是朕的亲弟弟，能算是外人吗？”

“对末将来说，除了您以外的人，就都是外人。”景霆瑞回答得理直气壮。

爱卿扶额，叹气：“武将是不是都和你一样执拗？有理也说不清！”

“皇上既如此嫌弃末将，大可把约定收回，不要末将再效力便是。”

“不行！”爱卿急了，“覆水难收！”

见到爱卿这般紧张，景霆瑞反倒冷静了下来，轻声地说了句：“末将遵命。”

“朕说你呀，就这么介意朕是怎么看你的吗？到底是为了炎，还是为了朕，其结果不都是为了朕吗？”爱卿深深叹息道。

“如果末将说很介意，皇上以后就不会误解了吗？”

“呵呵，这得看情况。”爱卿一笑道，“还有呀，朕那会儿是真不记得当年的约定了，你怎么就记得这么牢？”

“末将本来也想忘记的，但您亲手送了一件信物给末将……就再也忘不了了。”

“什么？朕什么时候送给你信物了？”爱卿惊讶极了。

“有啊，就是这个。”景霆瑞从腰带内侧摸出一个翡翠坠子来。

“嗯？”爱卿看着那雕刻拙劣的翡翠，看起来像小猪的玉佩，惊喜地道，“这是朕送你的老虎，你一直带在身上？”

“也不是一直，不小心掉过一回。”景霆瑞坦白道，“换衣服的时候，被浣衣局的彩娟捡了去，不过她很快就还回来了。”

听到景霆瑞这么说的时候，爱卿忽然明白过来，那天他看到景霆瑞和彩娟在桥上，景霆瑞那欣喜的表情以及收下的礼物，原来是这个呀！

“皇上？有什么问题吗？”

“不，没有。”想到自己误会了景霆瑞，爱卿更不好意思了，说道，“这玉佩才不是什么信物，只是保佑你平安罢了，如今你也没上战场，就还给朕吧。”

“送出去的东西，哪有收回的道理？”景霆瑞立刻收起玉佩，“有了它，可是时刻提醒末将，皇上的身边不能少了末将。”

“什么？我才没有那样！快把玉佩还给我啦！”爱卿跳起来去抢，连自称“朕”都忘了。

“不行。”景霆瑞明明可以很轻松地阻止爱卿抢夺，却故意放水，让爱卿围着御案追得是气喘吁吁又抢不回来，最后只有干瞪眼的份儿。

“大不了，末将也送您一件东西，当作回礼之物。”景霆瑞低头，对他低语道。

“回礼？是什么？那一般的东西，朕可不要。”爱卿嘴上这么说，脸上的期待和笑意都快藏不住了。

“末将遵旨，定不负圣望。”景霆瑞微笑应承着，“那这只小猪就真的是末将的了。”

“是老虎！你都戴了这么久了，还管它叫小猪！”

“抱歉，是末将口误了。”

“根本不是口误，而是你满心认为的吧？可恶！”

“没有的事，皇上雕刻的老虎真是纤毛毕现，栩栩如生。”

“景霆瑞！信不信朕揍你！”

“皇上，末将在这呢，没躲。”

“你、你你！”

小德子听到里面的玩闹之声，也替皇上开心，一个人的弦绷得太紧是会出问题的，尤其皇上心地善良，是个什么事都喜欢牵挂在心里的人。

待景将军离开后，小德子回御书房伺候，见皇上满面通红，且瘫坐在御座中。

“皇上，可要歇歇？”小德子问。

“不。”爱卿蹙着眉头，极不好意思地道，“让朕喘会儿气就好了……”

“是。”小德子忍不住掩嘴笑，“您若是打不过景将军，大可以对他下旨嘛。”

“他才不会听，他的脸皮比城墙还厚。”

“对了，皇上，方才珂柔公主有请您去她那儿坐坐，说是有好吃的点心，天宇和天辰也都在。”

“真的吗？近日事儿多，朕有好些天没见他们了，快走吧。”

“是，皇上。”小德子心想，皇上的心情是真好了，这大燕皇宫早就该缓和一下新帝初登时那种紧张又压抑的气氛，这才是真正的春天。

第十章

青花亲王案

自从太子继位，景霆瑞成了皇帝身边的大红人，景亲王府的宅邸自然是光鲜明亮，两只簇新的硕大红灯笼，悬在大门前。

在大理石砌的台阶两侧，还设着两座极为威武的铜狮，加上周围站立着的，全都是衣着统一的侍卫，而非小厮，让这景亲王府大显豪门气派。

景霆瑞策马来到这里，不带副将，也没有侍卫随行，这行只影单、作风简朴的样子，一点都不像是一位将军。

不过，即便他身着藏青便衫，未佩长剑，但是那伟岸挺拔的身段，不怒自威的气魄，以及他胯下那匹墨黑的骏马，都让人立刻醒悟到——这是景将军回来了！

景霆瑞为太上皇效力之时，曾高居一品“大将军”之位，有人说，他现在等同贬职，因为品阶是从二品的“卫将军”。

“卫将军”顾名思义，就是保卫皇上的将军，他统领着皇宫内外的侍卫，而这个位置非皇帝心腹不能做。

因此景霆瑞乍看降级，实则今日的人气，比他为太上皇效力时更为旺盛。

“将军。”侍卫恭敬地行礼，没人敢偷瞄那张分外英俊却不苟言笑的脸庞。

“哎哟，我的大少爷，回来也不通知一声！这可巧了，王爷和娘娘都去观音庙里上香了。”

今日是三月十五，景亲王妃总是虔诚地供奉菩萨，每逢初一、十五都要去，为了给她的儿子景霆云祈福。而景亲王对王妃向来是“妇唱夫随”，自然是要一同去的。

“没事，我正巧路过，进来看看我娘。”对于管家老刘的一席话，景霆瑞并不在意，他进了大门，看到一座雕刻着猛虎的大理石影壁，明显是新造的。

而这一路进去，景霆瑞都差点认不出这是原来的那座王府，那青瓦覆盖的楼宇如同仙山琼楼，新扩建的湖泊里立着仙鹤起舞、鲤鱼跃龙门的石雕。

“这是数月前，为了二少爷大婚，特地重建的园子，大少爷您还没瞧见过吧？”注意到景霆瑞的目光在那些雕梁画栋的亭台上停留，老刘便笑着道，“别看这儿的变化翻天覆地，其实没有使多少两银子，这里头好些东西，都是人家做好了，特意送来的。”

“父王他都收下了？这么重的礼？”

“王爷起初也是不肯收的，可是盛情难却啊。要不，人家得说我们王府眼界高，看不起他们，才不愿收礼的。”老刘一路走，一路讲个不停。

而上回景霆瑞因为有军务在身，未能参加弟弟的婚礼，老刘就把当时热闹得能掀翻屋顶的场面，绘声绘色地讲述了一通。

像荷花池边摆了大擂台，表演了壮汉摔跤，望湖楼阁里的戏台连唱了十天的戏，而客似云来，这贺礼都快堆叠到天花板上了。

不过可惜的是景霆云喝得太多，都没有闹洞房就醉倒在地，给人抬着回到少奶奶那儿。

这少奶奶又是怎样的如花似玉，是大户人家的小姐，门当户对，从大红花轿上下来时，她手上的龙凤镯子戴了有三十副，金闪闪的可耀眼了。不过，她进门都五个多月了，肚子却不见有动静。

所以王妃娘娘就更坐不住了，怎么都要去观音庙求抱孙子，这才一大早地就出门了。

“依小的见，二少爷、二少奶奶都如此年轻，抱孩子还不是眼前的事，不用着急。”这老刘说得有些过头了，是在嚼主人的舌根。

景霆瑞只是看了他一眼，就惊得他赶紧闭嘴。

其实，老刘自个儿也觉得奇怪，他平时不是这么不知分寸的人，只是站在景将军的身边时，心里就发慌，忍不住地话痨，说白了也是为了掩饰那万分紧张的心情。

他还觉得，王府里的事，无论大小都瞒不过这双犀利的眼睛，所以还是先说在前头的好。

景霆瑞的生母安妃，生性喜静，老刘小声地说：“安娘娘的屋子没怎么大动，只是把墙刷白了，门前种了八株皇上御赐的玉兰花，可美了。”

景霆瑞来到西院门里，果然是和以前一样，院子打扫得干干净净。若不是门前栽着那散发着幽幽香气，如同紫玉、白玉雕就的兰花，还以为这儿是王府的斋堂呢。

进了圆拱门，便是一间开着东窗的客厅，一张花梨木贵妃塌上面铺着紫绸软垫，搁在它前面的是一张古色古香的紫檀木茶几，摆着一张古琴、一盘仙桃。

“这些可都是重新置换过的。”老刘无不欢喜地说，“原来那些也太素净了，不符合王妃娘娘的身份。”

对此，景霆瑞只是略略点头。老刘积极地去唤王妃了，就算是亲生儿子也不能直闯娘娘的寝室。

东窗望出去就是庭院，围墙外头有一个下水渠，天一热就会散发出阵阵恶臭。暴雨时，脏水还会倒灌入院子里，这样的环境不能算好，可却是景霆瑞出生并住到九岁的地方。

还记得，在他七岁时，景霆云把他最喜欢的一柄木剑折断了，丢进沟里，他弯腰下去打捞时，景霆云却在背后用力一推。

景霆瑞自三岁就开始练武，自然晓得闪身躲避，反倒是景霆云用力过猛，一头扎进水沟里，灌了好几口脏水。

虽说景霆瑞很快就将他拉了上来，但他的号啕大哭还是惊扰了全府的人。景亲王妃气坏了，指着安妃的鼻子大骂：“瞧你养的下贱蹄子，竟敢谋害少主！”

景霆云则一个劲地对王爷哭诉：“父王！是他推我下去的，打他！”

为了这事，景霆瑞被罚跪在庭院中央，不吃不喝，整整三日，安妃在一旁除了默默流泪，其他什么都做不到。

“霆瑞，果真是你。”

一道饱含深情，却又不敢表露太多，以至微微发抖的女声从背后传来，打断了景霆瑞的回忆。

景霆瑞回头，就看到老刘打起一道珠帘，穿着深褐锦衣、手里握着菩提念珠的母亲走了出来。

她不过四十一岁，却穿得相当老成，不过，即便是颜色暗淡的衣饰，也掩盖不住那丰华绝代的面庞。

“儿子给母亲请安。”景霆瑞想要行礼，却被安妃快走几步，一把拦住，“你是将军，怎可给一妾妃行礼？”

“您是母亲，应当受此大礼。”景霆瑞还是跪下去，磕了三个响头。

安妃脸上露出幸福的笑容，尔后拉着儿子的手，坐在贵妃榻中，老刘说不扰他们母子重聚，上了热茶和点心后，就退下去了。

“我刚才瞧见你望着东墙，可是想外头的水渠，”安妃微微笑着说，“你放心，王爷早就命人填上了土，现在是只有花香，没有臭味了。”

“嗯。”景霆瑞微微点头，自己的母亲总是受到小小的恩惠，就感到莫大的满足，有些事情岂是一把土就能掩盖过去的。

“在宫里头待得可好？”安妃仔细端详着儿子俊逸的面庞，原本很是欢喜，但在想到了一些旧事后，她的眼里竟然含着泪水，沙哑地道，“你怎么会不好？有皇上眷顾着你，倒是为娘，一直都不能为你做些什么，让你受尽了委屈。”

“您生养了我，就是最大的恩惠了，还提过去的事做什么？”景霆瑞安慰着母亲，“更何况，我长大了，该由儿子照顾娘亲才对。”

“哎！我这是修了几辈子的福，才有了你这么个乖巧懂事的儿子。”安妃大受感动，却也揭开了心中的旧伤疤，用帕子抹着泪珠道，“可惜你的外公命苦，享不到你的福。”

原来安妃虽是歌姬，但在被卖入舞坊之前，是临县富甲一方的刘府独生女。其母亲亦出自书香门第，却不幸难产而亡。她由父亲拉扯长大，后家中遭遇变故，赔了买卖。家里的大宅、万亩田地，十数商铺全都给典当还债了。

老父也气绝身亡，养在深闺之中，只有十七岁的刘氏，不懂世间险恶，被姨母卖到舞坊当歌姬，取名倩儿。

倩儿长着一张倾国倾城的脸蛋，弹得一手好琴，写得一手好字，舞姿妙曼，极为诱人。

当时，正值青年的景亲王爷深受她的吸引，花了大把钱，买下了她。

倩儿有了身孕之时，亲王妃还无所出，景王爷既舍不得美人，又抛不下那腹中骨肉，禀明皇帝之后，就顺理成章地纳了倩儿为妾室，更名“安妃”。

当然，这进门后的日子堪比一把辛酸泪，诚然，安妃现在过得是不错，但依然遮掩不去双手上那粗糙的伤痕。

“外公的坟墓我已命人修葺，母亲今年扫墓，可以好好祭拜一下外公。”景霆瑞轻轻握了一把母亲的手，安慰道。

“嗯。”安妃点头，终于止住了泪。

“在我儿时，母亲曾提过……”景霆瑞难得地停顿了一下话头，才道，“有一传家宝贝，母亲说过，将来会赠给媳妇。”

“是，这宝贝是祖上传下来的，家里再穷时，我也没有想过卖了它，总该给子孙后辈们留点东西。”安妃好奇地问，“你怎么突然想起问这个？”

“可否将它给我？”景霆瑞想了想，还是直言道，“有个人，他虽然不是您的儿媳，但我想送给他。”

“什么？你有心上人了？是哪家的小姐？为娘可曾见过？”安妃顿时喜上眉梢，连声问道。

“不，并非是……”景霆瑞不知从何解释，他不想蒙骗母亲，可有些话是万万说不得的。

“罢了，儿子大了，有些话你不说，母亲也明白。”安妃起身，笑盈盈地说，“我这就去拿，你等着。”

安妃误以为儿子喜欢上的是哪位郡主，才不好意思提起，以免坏了人家的名节，毕竟成婚得靠父母之意，媒妁之言，哪有私下定亲的道理。

不过，虽然规矩是这样，但这天底下有多少儿女不是私下先喜欢上，才找了媒婆去提亲，景霆瑞先送定情之物倒也不过分。

尔后，安妃就把那只景霆瑞小时候就瞧见过，如今已经褪了色的小锦盒取了来，慎重地放在景霆瑞的手里，还笑着道：“要好好地和人家说。别忘了，媳妇儿是用来疼爱的。”

“是，母亲。”景霆瑞小心地收好，“我会立刻转交给他。”

“我真想见见这位小姐，你喜欢上的，定是貌美如仙又贤良淑德。”安妃难得这般的好心情，直到景霆瑞起身告辞时，脸上还挂着笑容。

“景将军，您回来了！”

景霆瑞才离开母亲的小院，就有一妙龄少女迎面而来。她容貌姣美、体态婀娜，穿着一袭色泽淡紫、高束着柳腰的纱裙，踏着茵茵芳草走来时，有种春风扑面、百花盛开之感。

“你是？”景霆瑞原本对这样的搭讪并不在意，只是这位少女的面庞，竟有几分眼熟，却一时记不起她是谁。

“您不认得奴婢了吗？”少女眨着水灵灵的杏眼，难掩激动地说，“奴婢是倩倩，是田雅静啊。”

“田姑娘？”都说女大十八变，这才一年未见，怎么倩倩就大变了样，景霆瑞还记得把她从战火中救下来时，是怎样的瘦小，眼里充满着恐惧，好像小动物一般。

如今她的个头是长高不少，亭亭玉立，举手投足间气质儒雅，一点都不像是母亲的贴身丫鬟，倒似一位王府小姐。

“是，将军。”田雅静彬彬有礼地欠身道，“奴婢给将军请安，将军的救命之恩，永生难忘。”

“这都过去的事情了，无须重提，你在王府里过得好就行了。”景霆瑞拜托她道，“倒是要麻烦你，多多照看着我的母亲。”

“这是自然的，安妃娘娘视奴婢为己出，从不让奴婢干粗重活，”田雅静无不感恩地道，“娘娘还教奴婢识字、练琴，这些恩情奴婢是一辈子都报答不完的。”

“我道外头怎么这么热闹，原来是碰着静儿了。”安妃听到院外的交谈声，便走了出来，田雅静立刻上前，体贴地扶着她。

“好孩子。”安妃笑着拍拍她的手，又对景霆瑞道，“方才，静儿陪少奶奶下棋去了，你没遇上她，我心里还觉得遗憾呢，这会儿倒好，还是碰见了，这话怎么说来着，‘有缘千里来相会’，怎么样？霆瑞，静儿是个美人坯子吧？”

“娘娘！”田雅静脸上飞红，娇羞地一跺脚，“您快别说啦。”

“母亲说得是。”景霆瑞礼貌地拱手道，但表情并无多大变化。

“这儿的日子是极难消磨的，多亏你带静儿来给我做伴。”安妃把田雅静的好说了一箩筐，景霆瑞只是静静地听，并没有插话。

“若不是你已经有了……这静儿也是极不错的。”安妃的话并没有挑明，但也是在告诉景霆瑞，若那位郡主拒绝了他，府中还有这么好的儿媳妇等着他呢。

“母亲，我还有事，就先告辞了。”没想到，景霆瑞却提出辞行。

“好了，你去吧。这不我又耽搁了你一阵。”安妃倒也不介意，毕竟儿子是个大忙人。

这时，老刘来了，恭敬地问景霆瑞：“可得空去见见二少爷、少奶奶？他们都备下茶点候着。”

景霆瑞同样以有事在身为由，婉言推辞了。老刘便带着许多下人，恭送景霆瑞出府。

“不知将军何日再来……”田雅静看着景霆瑞离去的方向，久久都不能回神，低声说道。

“这人才走呢，你就这么想他啦。”安妃不禁调笑道。

“娘娘，您又取笑人家！”田雅静越发不好意思了。

“好，不笑你了，我们进屋去吧。对了，少奶奶待你可好？”安妃一边关心地问，一边往回走。

“好。”田雅静说，心里却在暗暗叹气，哪里是少奶奶找她，是二少爷景霆云，说是下棋，却没少对她动手动脚。

虽然是同父异母，这差别未免也太大了些。田雅静觉得二少爷空有一副皮囊，无一点真本事不说，脾气暴躁又很好色……据说他连少奶奶的陪嫁丫头都没放过。

当然这些丑事，全被爱面子的少奶奶掩盖了过去，她是绝对不会向王爷、王妃告状的。

即便是讲了，又能如何？景王妃是出了名地溺爱儿子，到头来挨罚、被撵出家门的只有可怜的婢女们。

所以，尽管景霆云对她多次意图不轨，她却还是赔着笑，躲躲闪闪，不敢有丝毫得罪。

而景霆云多少顾忌着田雅静是景霆瑞带回府的，不敢直接霸占。

“唉！”田雅静现在只盼望景将军可以天天回王府，甚至有朝一日，将她接出府去，哪怕是当他的妾室也好。

“将军，您可知道，在奴婢见到您的那一刻，就已经决定此生非君不嫁。”田雅静抱着这样的心意，而安妃对她来说，便是未来的婆婆。

在大燕皇宫西向白虎门外百丈转左，有一条专门出售古董瓷器、江南丝绸、象牙等奢侈之物的街巷，名为“虎眼巷”。

这条街两头窄中间宽，铺着暗黄的石板，还真有那么点虎眼的感觉。

也许是近水楼台先得月，这里是一年四季都生意兴隆，出宫置办货物的太监，都首先来这里进行交易，也带旺了人气。

皇城里的富商都喜欢攀龙附凤，只要哪个店家挂出招牌，这是宫里头流行的款式，那么不管是玳瑁梳子还是红木茶几，都会一抢而空！

“青花阁”就坐落在“虎眼”正中的位置，老字号商铺，以出售古董青花瓷器为主，童叟无欺。

“王老爷，店里新进了一批青瓷枕，您可要进来……”店门口，小厮正努力招呼着一位熟客，那人正想往店里去时，结果被人粗鲁地呼喝开了。

“滚开！没瞧见礼爷来了！还不快让开路！”客人立刻吓得躲了开去，那被称作礼爷的人，四十来岁，在七八个带刀护卫的簇拥下，大模大样地走进店里。

正在柜台上挑选瓷器的男女老少见此情形，无不放下手里的东西纷纷逃了出去。

掌柜是一位年过六旬的老者，虽然皱着花白的眉头，但也不得不放下算盘，赔笑地迎上去：“礼爷，可是来挑选青花瓷器的？您大可吩咐一声，不管什么样式的，本店会亲自送到您的府上。”

“呸！我礼亲王府里，还缺几件破青花？！”礼爷养尊处优，那身材是相当的肥硕，他几乎是挤着坐进一张太师椅里，还手提着镶嵌玉石的腰带。

看那情形，简直要绷断了似的，他坐定后，喘了口气，对一旁的守卫头目使了个眼色道：“去，把银票给他。”

那胳膊都有碗口粗的守卫，把佩刀往柜台上一拍，再丢下几张面值千两的银票，狂傲地道：“老头，我们礼爷要买你的铺子。识相的，就快点把房契、地契交出来。”

“铺子不卖！”老板对着这位礼亲王府的长孙道，“多少钱都不卖，别说这里只有区区的三千两。”

“哟！你是嫌钱少了？”礼爷笑了笑，“这好说！再添二百两！”

“你是听不懂人话吗？”帘子一掀起，从里屋冲出一个毛头小子，浓眉大眼的，样子倒也清俊，他大叫着道，“我爹说了不卖！”

“大人们说话，哪里有小兔崽子插嘴的地方。”礼爷怒拍几案，护卫立刻上去，把他拿下了。

“住手！别伤着我的孩子！”这可是他五十岁才生的儿子，平时很宝贝，老人立刻上前阻止，跪地道，“礼爷！这铺子是祖传的，不是钱的问题，是当真不能卖！老身知道您最近相中虎眼巷的买卖，已经买了十来家的老字号，何苦连老身这家也要拿去？那些铺面已经足够您做古董生意了！”

“放屁！谁说本大爷只要做古董买卖？来这儿的人非富即贵，钱袋子那都是鼓鼓的！开家赌坊岂不是更好？”礼爷一双浑浊的眼睛往被抓住的少年身上瞄了瞄，“赌坊最缺奴才伺候……本爷看你的儿子，不论年纪、样貌都很合适，不如我做个好人，再添个一百两，连人带店都给你买下来！”

“你、你……这是天子脚下啊！你这是强买掳掠，就不怕王法处置？！”老板气得脸孔涨得通红，捂住心口，似乎快要支持不住，却还是据理力争。

“王法？不就是护着咱们这些亲王贵族的吗？若不是在皇城，本爷还奈不了你如何呢！”礼爷狂傲地大笑，身旁的护卫们也跟着哄堂大笑。

“爹！爹！救我！”少年急得大叫，因为那些护卫已经在捆他的手脚，大有把他带走的意思。

而另一边守卫头目，正拿着笔墨，写下卖人的字据，大意是“青花阁原老板之子，一百两，卖予礼亲王府终生为奴，不得反悔。”

老板扑过去阻止，抓过字据往嘴巴里塞。很快，守卫头目就命人砸店，这乒乒乓乓碎的可都是做工精湛、价值不菲的青花瓷，老板心疼啊，又要去护，那些小厮什么的，都看不过去了，也操起长板凳冲过去帮忙，于是，护卫和青花阁的人是揪打成一团。

还打上了二楼，礼爷是笑眯眯地走上二楼的，这里是他的地盘了，当然要仔细验看，二楼是招待贵客用的，设有佳酿。

他嗜酒如命，当即命人搬来酒坛子，他坐在摆着花生、糕点的八仙桌旁，看着手下极尽可能地殴打老板、数个小厮，砸碎一切可以碰到的东西。

他还让人把那个小子押过来，一口一个小畜生，辱骂不停。

而这少年从小衣食无忧，还未受过这等羞辱，加上看见爹被打得快要断气，也不知哪里来的力气，猛地用头一顶，天灵盖正击中礼爷的大鼻子，顿时鲜血直冒！

“死兔崽子！”守卫头目见状，狠打了一巴掌后，揪起少年的衣领，往关着的窗户上使劲一扔，“砰”的一声巨响，少年竟一头撞穿了二楼的窗子，跌了出去！

“驾！”

在景亲王府待得久了，景霆瑞都有些归心似箭了，驱策着“黑龙”朝着皇宫疾驰而去。

“黑龙”是飞蹄扬鬃，在宽敞的皇城大道上犹如一道闪电，划过众人的眼前。这路两边的商肆都没看清是什么人，只觉得刮起一阵强劲的旋风，连地面都在震动，而他转眼间就消失不见，只留下飞扬的尘土。

斜阳西照，景霆瑞眼见就要接近皇宫的西门，突然，有团黑影从旁边商铺的二楼摔出，破碎的窗户、横栏，伴随着那个人，纷纷砸落。

就连“青花阁”的招牌也砸断在地上。

“——吁！”景霆瑞登时勒紧缰绳，黑龙抬起前蹄，长嘶一声，立刻镇定下来，四条腿稳稳地立在大道上。

“唉呦。”面前的一片狼藉中，那人满面是血，手脚被捆缚，痛苦地哀叫着，是个十五六岁的少年。

景霆瑞飞速下马，查看他的伤势，少年的额头被撞出一个血口子，受了惊吓，面白如纸，景霆瑞当即伸手点住少年颈部的穴位，为他止血。

这时，酒楼里又响起“乒乓”打砸之声，围观的百姓无人敢靠近，只是远远地观望着。

胆大一些的年轻人，会帮着景霆瑞扶起受伤的少年。

“大侠救、救命，我爹还在里面！”少年伸出手臂，指着店铺的二楼，极力想要说什么，却挨不住剧痛，昏了过去。

“快抬他去看大夫，”景霆瑞道，拿出银两，“救人要紧！”

那两个年轻人倒也仗义，左右使劲地抬起了少年，就去找大夫。

景霆瑞转身想要去店内看看，却被围观的路人叫住了，那人道：“这位爷，你是好心人，不过，里头的事你就别管了。”

“为什么？”景霆瑞蹙眉。

“你没瞧见，都打闹成这样了，还没有官兵上门吗？”那人摇头道，“多一事，不如少一事，这些人咱们得罪不起……”

然而，那人的话还没说完，景霆瑞就已经凌空一跃，飞上了二楼。

二楼原本设有存放贵重器皿的木柜，一排排的相当整齐，只是现在全都被推翻了，价值不菲的瓷器也尽数砸毁，满地的破碎瓷片。

这里只有酒桌是完好无损的。有个头戴金冠，一身光鲜锦衣的肥硕男子，背对着临街的窗户，坐在那儿抬着头，骂骂咧咧着什么。

一个护卫忙着用锦帕按着他的鼻子，给他止血。

其他人，七个身强力壮的护卫，正搜罗库房，往外头搬着瓷器，也不看是什么，搬出来就用力砸碎。

那肥硕男子还大笑道：“真是吃了豹子胆了，竟敢打我？！哼！爷我今天就是想听这‘哐哐’声，怎么的？来啊，给老子继续砸！全部砸光了为止！”

老板被揍得鼻青脸肿，却还是跪在那人的面前，不停地磕头，哭着求饶：“礼爷！您大人有大量，就放过小的一家吧！”

“哟，这老狗还会说人话啊，哈哈！”这位礼爷的鼻血是止住了，他笑着端起酒壶，把酒淋在老板的头上，这伤口遇着酒，可是火辣辣地疼，老板却连躲都不敢，任由他欺侮辱骂。

突然，“嗖”的一下，一枚碎瓷片，划过礼爷的手背，疼得他哇哇大叫地跳起来，酒壶砰地摔碎在地！

“什么人？！”所有人顿时往残破的窗口望去，他们方才都忙着照顾礼爷、砸东西，都没注意到这里竟然来了一个男人，且是身高八尺，极为高挑。

他从窗户进来，站在这里，却一点声音都无，可见轻功之高。

他的目光更是锐利得让人不敢直视，在他扫视而过的瞬间，那些护卫都停了手，不由头皮发怵。

“疼死老子了！”礼爷紧按着血流如注的手背，那伤口都深可见骨，他转过扭成一团的肥脸来，恶狠狠地瞪着景霆瑞，“倒来了个不怕死的，都愣着干什么？打！给老子打死他，丢河里去！”

都说相由心生，这人真是暴躁残虐得很。

护卫们仗着人多，自然蜂拥而上，将景霆瑞团团围住，叠罗汉似的扑上去，将他压倒在地。

礼爷哈哈大笑，拍着桌案：“让你来管老子的事，我可是礼亲王的长孙！别说砸了这破瓷器店，就算是砸了这皇城，你们又奈我何？！”

他还扬扬得意地笑着，一股雄厚的内劲就扑面而来！脸上的肥肉都被吹得变形，而那些壮实的护卫，竟然就跟风中残叶似的，全被弹了开去，砰砰地撞向天花板、墙面，石灰下雨般砸下，护卫们一摔到地上，全都不省人事！

这可真的惊吓到礼爷了，顿时面无人色，这些人可都是高手啊，就这么一招被摆平了，他能不感到害怕吗？

他转身想逃，却被景霆瑞拎住了粗厚的脖子，一把摁倒在了惊惶的老板面前。

“道歉。”景霆瑞低沉的声音，犹如冷冬中的寒冰，让人听见都忍不住打哆嗦。

礼爷挣扎着：“老子是……”

“砰！”

景霆瑞猛地一摁，礼爷那吃得白白胖胖的脸，嵌进了地板里，疼得他“呜哇”惨叫！

“给老人家道歉。”景霆瑞又道，把他拉了出来，这位礼爷脸上扎了好几个洞，血流不止，加上歪掉的鼻子，简直没了人样。

“对不起！大爷！您饶了我吧！”礼爷哭得极为难看，眼泪鼻涕一把把地掉，老板瑟缩着点了点头。

景霆瑞拽下男子挂在腰间的织锦钱袋，抖落出里面成卷的银票，大概有五千两吧，给了老板。

老板颤巍巍地接过，就在这时，楼梯上一阵剧烈的震动，有人冲了上来，是礼爷的护卫之一，方才一直守在楼下，见情况不对，立刻去搬了救兵。

“就是他，快拿下他！”在那家养护卫的背后，是皇城提督府的衙役。

那些人持着兵器，纷纷包围了过来，那位礼爷可算是找到救命稻草了，大喊着：“稽查大人救命！”

被称作稽查大人的男人，三十多岁，看见一个身穿常服连剑都没有的寻常男子，正抓着礼亲王府的宝贝世子打呢，立刻下令逮捕他，救下礼绍。

“哪里来的野小子？！竟敢在皇城闹事，不是活腻了吧！”稽查大人招呼着衙役上前，景霆瑞见到如此颠倒黑白，官官相护的情形，不由得眯起了黑眸，冷冷地道："上梁不正下梁歪，就当我是替你们的长官教训你们。"

"什么？！好大的口气！给我上！"稽查大人抄起锋利的大刀，就斜刺里砍去，景霆瑞身影一闪竟然消失了。

众人正惊愕时，那个高大的影子又嗖地出现，一腿横扫向稽查大人的手臂，骨头裂开，发出令人毛骨悚然的咔嚓声响。

"啊啊啊！杀人啊！造反啦！"稽查大人捧着手腕凄厉惨叫，这后到的皇城禁军也不知发生了什么事，只晓得听了号令往里打。

很快，这一场战斗，就从青花阁一直蔓延到整条街巷……

勤政殿，已是掌灯时分。

爱卿结束了一日的政务，此时已经颇觉疲惫，好在炎来了，还带来一个很有意思的东西，名为"铜乐盒"。

它主要是用铜制成，底座是一个雕花的木盒，上面有一个小人拿着锤子，敲打面前的"木琴"，虽然只有短短的几个音，可是小人来回地敲，就形成了一首流水般的曲子。

"真好玩！"爱卿从没见过这么精巧的东西，简直是爱不释手，便问，"这是从哪里来的？"

"是臣弟的一个门客送的，他是西凉人，臣弟觉得很是不错，就借花献佛拿来博您一笑了。"炎也很高兴，兴致勃勃地说。

"西凉国？"爱卿想了想，说道，"好像是在极远的西北一带，义父年轻时，似乎有去那边游历过。"

"嗯，是有这么回事。"炎点头道。

"所谓男儿志在四方，想义父当年不到二十岁，就已经云游四海，历经磨炼，而朕却只能待在皇宫里，衣来伸手，饭来张口，唉！什么时候朕也能像义父这样游历天下……"

"呵，看您，又说些贬损自己的话，"炎微笑着道，"您是皇帝，义父那时不过是一个侍卫，怎么可以相提并论？而且您也没多惬意吧？看您每日御批的折子，都有小山这么高，累坏了吧？"

"朕不累，朕只是觉得……"爱卿并不想只通过奏折去了解国家和百姓。

"没有只是，您是天子，自然要住在宫里，而且，"炎打断道，"比起让您去那些遥不可及的国家探访，臣弟更想您留在这里。"

"您要是出游了，臣弟可就见不着您了。"炎想要说这个，但爱卿低头摆弄着铜乐盒，嘟哝道："朕知道，国不可一日无君嘛。"

正当爱卿玩得兴起时，小德子慌慌张张地小跑着进殿。

"皇上！"小德子扑通一跪，也朝炎行礼，"亲王殿下。"

"起来吧。"爱卿拨弄着小铜人，是头也不抬，自顾答道，"朕知道了，一会儿就用晚膳。"

“不是的皇上，宰相大人！兵部、吏部等诸位大人都到了！”小德子吞了口唾沫道，“外头出大事了！”

“什么大事？”爱卿闻言抬头，悚然地问，“瘟疫、地震？”在白天的折子里，他还看到说，近日天象有异变，要防范天灾之类。

“比这还糟——是景将军他出事了！”小德子是跪在地上都不敢起身。

“什么？瑞瑞？！他、他怎么了？”爱卿手里的铜乐盒砰地掉落在地，脸上血色全无，因为小德子的话，就如同匕首突然地扎进他的心窝，让他痛不可当！

“皇兄，您先别急，听这奴才把话讲完。”炎赶紧说道，上前扶了爱卿一把。

“听说，景将军打了提督府的护卫军，还有礼亲王府的人，现在被收押进兵部大牢里了！”

“瑞瑞他打人？怎么……”爱卿的话还没问完，那以宰相贾鹏为首，二十余位大臣就涌了进来。

“臣等给皇上请安！”

说起来，爱卿登基至今，都没碰到过这种阵仗，这些人的脸色都极难看，就跟吃了苦瓜似的，还黑压压地跪了一地。

“都起来吧。”爱卿强迫自己定下神，尽管他的面色还是惨白的。

瑞瑞被捕牢内，就说明他的性命暂时无虞，只是不知他身上是否有伤？爱卿满脑子都想着景霆瑞血肉模糊的样子，眼前就又开始发晕了。

“臣等给亲王殿下请安。”

见永和亲王就站在皇帝身旁，众人也规规矩矩地向炎行礼。炎微微点头，没多说什么。

“皇上，想必小德子公公，已经把臣等请求觐见的原因告知您了。”

贾鹏的上奏总是从容有度，或者说是绵里藏针，让人不知不觉就中了他的招，却还要赔笑着说是。

“嗯……朕听说了。”爱卿不由深吸了一口气，问道，“这到底是怎么回事？景将军是回府拜见母亲，怎么会和提督府的人起冲突？还有礼亲王府又为何参与其中？”

提督府，全称是“九门提督巡捕府门”，负责皇城睢阳九座城门的守卫和门禁，还有巡夜、救火、缉捕、审案等。

九门提督大人是五十四岁的李朝，官从一品，为人严谨，作风磊落，是太上皇挑选的人。

礼亲王府，是太祖皇帝的表舅礼槊，年老时，把封属之地重新贡献给了朝廷，带着孙儿孙媳来到皇城颐养天年，颇受太祖皇帝的宠爱和推崇，住在旧王府大街一带。

他活到九十岁时，还获赐“寿仙”的匾额，如今这匾额还挂在旧王府大街的牌坊上，受人景仰。

在礼亲王仙逝后，由他儿子继承爵位，依然在皇城生活，其他的事情，爱卿就不晓得了。

“事情是这样的，”贾鹏看了李朝一眼，对爱卿奏明道，“礼亲王府的世子礼绍买下虎眼巷一家名为‘青花阁’的瓷器铺，但是收铺子时，那位老板反悔了，不但撕毁契约，还出口伤人，礼世子便与店家起了冲突。”

“尔后，景将军路过，他见到礼世子的护卫在青花阁里与人争执，便上前劝阻，不知为何就交起手来。店铺被毁，惹来提督府的官兵，这景将军并没有收手，还打上了瘾，足足放倒了一个营的兵！”

“这怎么可能？！”爱卿难以置信地道，“景将军不是会胡乱出手之人，这其中一定有什么误会！”

“皇上，景将军有没有出手打人，您可以问李大人嘛，他可是当事人。”贾鹏是手一拱，就把问题的核心抛给了李朝。

“回皇上。”李朝略一停顿，他似乎忌惮着景霆瑞是皇上跟前的红人，讲话留有余地，“由于微臣赶到之时，虎眼街巷内，已经躺满了士兵，所以这具体情况，微臣也还在调查之中，请容微臣日后再禀。”

“既然什么都还不清楚，为何要缉拿景将军？！”爱卿着急地问。

“因为景将军伤人是事实，”贾鹏插话进来，且愤愤不平地道，“他打了士兵，还伤了礼世子，微臣来之前，就已经去礼亲王府探视过，世子他是鼻青脸肿，身上多处骨折，难以下床，可见景将军下手之重。”

“来人，传御医去礼亲王府！”爱卿即刻下令道。

“遵旨！”小德子立刻出去办了。

“正如贾大人所说，”李朝又道，“景将军出手伤人已是事实，至于此事的起因、经过就还需调查，方可判定将军是否属于正当防卫。”

“如果是呢？”爱卿问，他绝对不信景霆瑞会无故打伤人。

“那自然是立即释放景将军。”李朝答道。

“倘若不是的话。”贾鹏再度强势地插话进来，“那么请皇上一定要按照大燕律法，严惩景将军，才能平复兵怨民恨。”

“事情还不到那个地步，朕知道该怎么做。”看到贾鹏一度地指责景霆瑞，还牵扯到兵怨民恨上去了，爱卿虽然感到气愤，但也无可奈何。

“朕现在要去兵部大牢，亲自问一问景将军。”爱卿起身道。

“皇上！万万不可！”没想到，贾鹏不但无视皇上的口谕，还一把拦在前头，“这有失您的身份！”

“什么？”爱卿一愣。

“大牢里押着的是疑犯，除非召开御前大审，才需皇上您露面。”贾鹏义正词严地道，“否则，您这是假公济私地去探望景将军，有失公平。”

“你说朕假公济私？！”爱卿咬牙切齿道，“那么，朕这就召开御前大审，总行了吧？”

“这也不可！”贾鹏正色道，“御前大审，审的都是谋反叛逆之罪，皇上您这么做，可是会让景将军的处境更为糟糕。”

“这……”爱卿气得甩袖，“这也不行，那也不行，也就是说朕是看不到景霆瑞了？”

爱卿觉得难以置信，他是皇帝，普天之下，莫非王土，他还能被不准去？！

“正是如此。”贾鹏一行礼，所有的大臣都跟着行礼，异口同声地说，“臣等恳请皇上三思！”

“你们！”

“皇兄！”看到爱卿气得发抖，却又不能强行突破这众臣的阻挠，炎发话道，“现在案情还不明了，您去探望景将军，确实会招人话柄，让您摊上‘有失公允’之名，这事还是交给提督府和宰相大人处理吧。我相信他们一定会还景将军一个清白的。”

“怎么连你也……”爱卿还以为炎会同意他去。

炎向爱卿轻轻地摇头。

爱卿长叹一口气，颓然地坐下：“你们都退下吧。”

“臣等告退。”贾鹏就像是斗胜的公鸡，带着众人昂首离去了。

“炎，你为何帮他们说话？”爱卿一脸不解地问。

“臣弟不是帮他们，而是为了您和景将军考虑。”炎说。他虽然很讨厌景霆瑞，但和爱卿一样，不认为他会无缘无故地打人，这件事必有蹊跷。

“您现在去了大牢探视，别人只会说景将军是仰仗了皇恩，才这般目无法纪，敢在皇城里闹事。这造谣的人再煽风点火一下，就能弄得满城风雨。到时候，不但景将军的名誉难保，就连皇上您也会被谣言中伤，这案子反倒是不好判了。”

炎的一席话，倒是点醒了正心绪混乱的爱卿。

正所谓“流言猛于虎”，它能够颠倒是非黑白，提督府的士兵会不会因谣言而公开反对景霆瑞，导致他即使无罪也要被判有罪呢？这种民间舆论引导案件宣判的事情，并不是没有过，为的就是平息民怨。

所以，爱卿握紧着双拳，沉思着，最后只能深深地叹了一口气。

“这案子由提督府审理，还牵涉皇亲国戚，是不会这么快了结的。”炎劝说道，“臣弟知道您很担心景将军，但也要顾着身体。”

炎说着，就让小德子端来晚膳，好说歹说地劝爱卿用膳。

“朕现在什么胃口都没有。”爱卿抚着额头，“朕是皇帝，瑞瑞现在被关在牢里，朕却连去探望一下都不行。”这种事即便是明白其中道理，心里也还是很不好受。

“正因为您是皇帝，所以有那么多双眼睛都盯着您呢。”炎感同身受地说，“这天下最至高无上的人是皇帝，而最身不由己的人也是皇帝。”

他不过是皇帝的弟弟就受了不少的“侧目”，所以炎平时很注重举止行为，而皇上要顾忌的就更多了。

爱卿抬起头，眼底泛着泪花，可他到底还是忍住了眼泪，坚决地道：“朕是不会让霆瑞有事的，绝对不会让宰相处决他！”

以前，爱卿从未觉得宰相大人有何可怕之处，顶多就是说的话不中听，以及有些守旧罢了。直到现在才发现，贾鹏有着左右朝廷众臣言论的力量，竟能令他无可奈何。

炎想要劝说几句，可是他心里更在意的，倒是爱卿说的那句“霆瑞”。

怎么不是“瑞瑞”了，听起来，他们就像有了极为亲密的关系，从儿时的玩伴，变成了正经朋友似的。

不过，爱卿正急在心头，说不定一时口误才叫了“霆瑞”吧。

炎这天晚上一直陪着爱卿，直到他用了晚膳，回长春宫歇下了为止。

皓月如镜，高悬在碧空之中。月色如水银般浸润着皇城万物，不管是纵横交错、商肆林立的街道，还是处在宫墙角落里的成排低矮的石砌牢房，都被抹上了一层淡淡的、清冷的银光。

兵部大牢关押的大多是违禁的士兵，还有战场上的逃兵，现在并无战事，也没什么人犯事，所以，整座牢狱里都是空落落的。只有七八个巡夜的士兵，手持兵器，不时地来回走动。

牢房共有二十八间，分为地上一层，地下一层，景霆瑞所在的牢房，就是最北边的地下，两面为潮湿、发霉的石墙。

有一个靠近天花板的朝东的窗洞，封着铁栏杆，同样是锈迹斑斑。透过它勉强可以看到地面上来回巡视着的士兵们的靴子。

月光通过这窗洞，照亮一张简易的木板床，上头铺了一些干草，放着一个塞满碎草的破布枕头。

地上也散落着一些干草，看得出这些草甸都是新搬来的，都没有发霉，为的就是能让景将军尽可能地住得舒适一些。

景霆瑞正坐在简陋的床上，屏息调着内力，在牢里他不能练剑，只能练功。

再好的刀不磨也会钝，景霆瑞即使处在再糟糕的环境，也不忘磨炼武艺，这也是身为武将的根本吧。

突然，寂静的牢房里，响起一阵窸窸窣窣的脚步声，以及牢头左一声“公公”右一声“公公”的热情叫唤，景霆瑞睁开眼睛，就看到有人领着小德子来了。

“景将军！”看到景霆瑞，小德子立刻露出了笑容，随后又板着脸，转头对牢头道，“快去把牢门打开！”

“马上，公公。”牢头急忙掏出腰上的钥匙，将缠绕在牢门与木栅栏之间的锁链解开，“嘎吱”一声推开牢门，自己则站在一旁，恭候小德子进去。

小德子快步地走入，虽然知道牢房不是什么好地方，但是身处如此简陋、阴暗的小屋子里，还是让他的眉头皱起，很不满地道：“这里怎么这么暗，还有一股子霉味，当真是最好的一间了？”

“当然，景将军屈尊在这儿短住，小的们自然得好好伺候着。”牢头连忙道，“这里有窗洞，自然是通风一些的，若是换作别的地方，还有一股尿臊臭呢。”

“小德子。”景霆瑞开口了，“你来做什么？”

“景将军……”小德子想要说什么，但可能是顾虑到牢头在吧，欲言又止。

“小的出去把风。”牢头机灵地道，不过他出去后又回头提醒了一句，“公公，请抓紧些，小的一会儿就要换岗了。”

“知道了。”小德子应声道，牢头离开之后，他才放下了手里的东西，一个三层高的红漆食盒。

但是这里没有桌子，他只能将就地放在地上，一边打开膳食的盒盖，一边道：“这是皇上托奴才送来的，牢里头的伙食不好，皇上可惦记着您呢。有您喜欢吃的牛肉、羊肉，还有暖身的梨花酒，将军，请趁热用吧。”

“皇上近来可好？”景霆瑞问，并不在乎那些冒着热气的美食。自从被关入大牢内，算一算，他已经有十三天没有见到爱卿了。

“皇上他……好。”小德子本想说“不好”的，皇上不放心只让提督府、宰相府去查案，自己除了处理日常政务之外，整个人都扑在这桩青花阁的案子上，如此操心之下，皇上根本是“食难知味，夜不成寐”。

这人都瘦了一大圈，可是皇上又不准他多嘴，还说如果瑞瑞知道了什么，就一定是他泄露出去的，会赏他一顿板子！

如此这般，小德子就不敢说实话了。

“皇上可有按时用膳，按时歇息？”景霆瑞更细致地问道。其实，就算不这么问，心里也知道爱卿现在的处境有多么艰难！

他一定是很想来牢里探视，却受到各方的阻挠吧，而爱卿又是一个直脾气，他越是和贾鹏对立，日子也就越难过。

“有，皇上吃得好，睡得也好。”小德子撒谎的本事很差，这样讲话时，眼睛里竟然还泛着泪花。

这主仆二人倒是一样的性子，心事根本藏不住。

景霆瑞也不点破，只是皱眉道：“是末将害皇上受苦，真是罪该万死。”

“没有的事，景将军，”小德子连忙说，“皇上私下都说，是他没用，让您在牢里受累，却毫无解救的办法。”

“这件事本就与皇上无关，他何需自责？”景霆瑞依然拧着眉头，说道，“麻烦你去和皇上说一声，我在这里好吃好住，无须他牵挂。你也看到了，牢头他不敢拿我怎样。”

“是。”小德子点点头，心里却是思绪万千，景将军看起来完全没有食欲的样子，这里也根本不是人住的地方。

皇上是在宫里头不思饮食，景将军则是在牢里受苦受累。

小德子还注意到，自打他进来开始，景将军的话就一直围绕在皇上好不好上，根本就不关心自己的处境。

“景将军，奴才知道这么问实属多嘴，可是，奴才实在是心里纳闷，依照您的地位与本事，何苦要遭受这份罪？”小德子十分疑惑地说，“在当时，您只要拿出将军令牌，他们不就没辙了？”

小德子想过，如果礼世子知道眼前的人就是赫赫有名的景大将军，皇上跟前的大红人，他就一定会想大事化小，小事化无，绝对不会想要告状的，那根本是自找麻烦。

所以，景将军到底是为了什么才自投罗网，非要下狱受苦的呢？

“这件事我自有分寸。”景霆瑞叹道，“不过，连你都觉得奇怪，想必皇上也是那样想的吧。”

“正是。”小德子说道，“皇上对此也很纳闷。”

“‘不入虎穴，焉得虎子’。”景霆瑞看着小德子，“你回去，就这么对皇上说，我想，他会明白的。”

“虎穴、虎子？”小德子是完全没听懂，但还是认真地点头，“奴才会把这话原原本本地带给皇上的。”

“公公！”外头，牢头来催促了，小声地问，“事情办好了没？”

“好了。”小德子虽然还想多关照景霆瑞几句，但他毕竟是买通了牢头，偷偷摸摸进来的，被人撞见可不好。

“你要好好照看将军。”小德子不忘叮嘱牢头，还塞了一袋银钱给他。

“当然了，您不说小的们也会照做的，景将军威望极高，谁敢怠慢。”牢头说的也是实话，在这满朝的武将当中，若景霆瑞称第二，没人敢居第一。

但牢头还是收下了钱，说会给将军买好吃的。

小德子离去前再三扭头回望着牢里静静坐着的景将军，想着他到底何时才能和皇上重聚呢？

现在这般情形，可真是叫人于心不忍呢。

进入立夏，经历几场雷雨之后，是花稀而绿暗，到处都是层层叠叠的浓绿，无边无际，似乎连天空都能染成深绿色。

爱卿站在一个高耸的宫阁之上，他的心情也这般深沉，看不到一点点的花红。

青允垂手立在他的身后，这里原本是登高望远的观景阁，名为朝凤楼，现在是他们密会的场所。

从这儿能望见关押景霆瑞的兵部大牢，那里有一座高耸的北塔楼，有重兵把守。

“什么，青花阁的老板竟悬梁自尽？在这种时候？！”

正在远眺的爱卿，猛地转回头来，是一脸的惊愕！而带来此噩耗的青允，则是愁眉深锁，神色凝重。

“回皇上，是真的。”青允抱拳道，“不过，仵作说他是自尽。属下以为应当是礼亲王那边下的毒手，事已至此，我们要另寻证人才能为景将军翻案了。”

“这、这究竟为何会弄成这样？竟还闹出了人命？！”爱卿不但气急，还很愕然，愣愣地道，“明明这两日里就可结案了。”

青花阁的老板虽然胆小怕事，但也知道若不是景将军出手相助，不但他祖传的铺子没了，连家中的宝贝独子也要备受羞辱。

景将军对他们家有着大恩，于是，他思前想后，加上家人的支持，他还是决定站出来翻供。

他并没有把青花阁低价卖给礼绍，更没有说把儿子送给他当奴。这一切都是礼亲王府的人对他威逼后的谎言。

当然，青允一直秘密来往于皇上以及青花阁老板之间，老板愿意改口供，也是因为皇上愿意支持他，并保证会重建被砸毁的青花阁。

既然如此，这位老板就更没有后顾之忧，放开了胆子说实话。最近两次庭审的结果都让全朝哗然，而舆论明显偏向景霆瑞，认为礼绍是一个仗势欺人的恶徒。

景霆瑞揍了他，那是大快人心！

只要再一次庭审，就可以释放景霆瑞，然后有关礼绍霸占青花阁的产业，会继续深入调查。

可是现在老板一死，之前的口供也没了用处，正所谓死无对证！

而且，礼亲王府会借机倒打一耙，说那是老板畏罪自尽，因为他污蔑了礼绍的清白。

这样一来，别说景霆瑞不可以获释，他会不会被判下故意伤害皇族的罪名都很难说。

“他们这是谋杀！罪犯滔天！大燕《刑律》之中，早就写明人命关天，是不可以滥杀无辜的，更不能谋财害命！”爱卿握紧着拳头，愤然地捶向窗栏，“朕定不会轻饶了礼亲王府！”

“皇上，他们作恶多端，是一定要捉拿。不过属下以为，您还得小心宰相大人。”

“贾鹏？”

“是，这案情其实很清楚，就是礼绍仗势欺人，而景将军路见不平，出手相救。这人证、物证俱全，却迟迟不开堂，就是因为宰相大人总是推迟审判的日子，直到老板被杀害。”

“他这么做，到底是图些什么？！朕从未亏待过他啊！”说到这个，爱卿也是憋了一肚子的怨气。

因为他曾多次催请贾鹏结案，但是贾鹏推托说：“有句话叫无商不奸，这老板三番两次地改口供，是不可信的。所以此案，还是待微臣细审了再说。”

爱卿是皇帝，去插手一个不需要他出面的案子，会被人说妨碍公正。

而有《刑律》在前，任何事都会依法办理，他只能获知此案的审理结果。

所以，爱卿除了催请贾鹏尽快审案，以及让青允去暗中调查，暂时也想不到别的办法。

本来，这案子是由提督府审理的，倒也很快就能知道结果，可李朝为表公正严明，偏偏请了贾鹏当参谋，两人共同审查此案。

李朝还时常迁就公务繁忙的宰相大人，所以这案子才会一拖再拖，案情也由简单明了变成了曲折复杂。

而景霆瑞已经被兵部关押了近三十天，爱卿真是心急如焚。

“他的图谋，只有他自己知道。”青允看着这个他曾经的小徒弟，语气里充满着担心，“只要皇上您心里设个防备就好。”

爱卿的为人天真善良，又久住在深宫，处理着尽是挑好话说的折子。他太单纯了，这世上有很多阴暗、残忍的一面，他都不知道。

青允也不想说太多，以免爱卿那张可爱却清瘦的脸蛋上，又平添几分忧愁，有些事情，还是慢慢来吧。

若是景霆瑞在就好了，青允也会想，只有他才能让皇上重拾笑颜。为此，青允也很想早日帮景霆瑞洗清冤屈。

“朕是不会有事的，你不用担心，你专心去搜集礼亲王府的罪证就好。”不过，令青允意外的是，爱卿没有像以前那样，遇到难过的事情就红着眼圈，就跟受伤的小兔子似的，现在的他反倒很镇定。

“不入虎穴，焉得虎子。”是景霆瑞托小德子转告他的话。起初，爱卿也没想明白这是什么意思，于是，他让青允去暗中调查礼亲王府，结果知道他们是无恶不作。

年近七十的礼亲王一向宠溺儿子，久卧病榻之后，就更加放任他了。礼绍好色又贪财，已经弄出了好几条人命，但因为是皇族，很多人不敢得罪他，就这么掩盖了过去。

判案讲究的是证据，如果贸然去礼亲王府搜证，肯定会招致反对。

但如果以“青花阁案”去调查，律法面前，礼亲王府只能配合提督府衙了，而这个调查来得这么突然，想必礼绍也来不及销毁一些曾经霸占别家店铺的证据。

只是，爱卿没想过会弄出人命来，那位可怜又无辜的青花阁老板的死，提醒了他，万一他们也敢对景霆瑞下毒手呢？

爱卿是秀眉紧锁，低声说道：“此事已经不能再拖下去了。就算贾鹏再怎么阻挠，朕也要这案子有一个定论，要让恶人受到应得的惩罚！”

“属下遵旨！”青允领命去了。

“瑞瑞……”爱卿却依然望着北塔的方向，压抑着那快要满溢出来的担心和思念。

<未完待续>

后记

您好，初次见面，我是米洛。

很高兴与您在这里见面。

《逆臣》作为《情倾宫闱》的系列作品，先后在中国台湾地区跟泰国出版，现在它终于能以简体版和读者见面了。

虽然是系列作品，但小说的主人公是独立的。

《宫闱》的主人公是柯卫卿和淳于煌夜等；《逆臣》的主人公是淳于爱卿和景霆瑞等。所以不用担心没看过《宫闱》就看不懂《逆臣》这个故事。

《逆臣》前前后后大概写了四年，并且之间一直在网络平台上连载。四年的时间说长不长，说短也不短，很感谢可爱的读者们从一开始就支持《逆臣》，直到它完结。

和繁体版不同的是，简体《逆臣》会以分卷的方式出版，听编辑说，约是每月一册，请大家多多捧场。

感谢为《逆臣》辛苦工作的编辑们，感谢封面画家柳宫燐老师。

《逆臣》还有漫画版，感兴趣的读者/朋友们也可以关注一下。

最后，再次感谢您购买本书。

希望能通过此书认识更多的朋友。

祝您一切都好。

笔名：米洛

连载地址：http://www.jjwxc.net/onebook.php?novelid=2145970

微博地址：http://weibo.com/mirrorbl

喜好：养猫，写小说，卖萌。